Arena-Taschenbuch
Band 1586

»Der Sohn des Seekönigs«:
Ein ausgezeichnetes Buch über das Leben der norwegischen Wikinger, in dem Geschichte und Roman mit spannender Handlung geschickt ineinander verwoben sind. Mit den beiden »Helden« des Buches können sich junge Leser im Geschichts- und Abenteueralter identifizieren und dabei eine Menge historisches Wissen ganz nebenbei erfahren. Hier wird es ihnen spannend und anschaulich geboten. Das ist ein Stück lebendig gemachte Geschichte, die haftet!

Vereinigte Jugendschriften-Ausschüsse,
Hessen

»Drachen nach Drontheim«:
In seinem ersten Wikinger-Buch »Der Sohn des Seekönigs« wurde am Beispiel einer Siedlung an einem norwegischen Fjord der kulturhistorische Hintergrund der Wikingerzüge deutlich. Der neue Roman behandelt eine bedeutsame Zeit der skandinavischen Geschichte, die nicht mehr vorwiegend von Raubzügen und Überfällen geprägt ist, sondern von Machtpolitik, aber auch von Entdeckungen und kühnen Handelsfahrten. Ein ausführlicher Sachteil mit Zeittafel, Worterklärungen und einem historischen Überblick ergänzt die spannende Erzählung für Leser von zwölf Jahren aufwärts.

Frankfurter Allgemeine Zeitung

Gerd Lobin

Drachenboote in Sicht!

Sammelband:
Band I: Der Sohn des Seekönigs
Band II: Drachen nach Drontheim

Arena

CIP-Titelaufnahme der Deutschen Bibliothek

Lobin, Gerd:
Drachenboote in Sicht! / Gerd Lobin.
– 1. Aufl. – Würzburg: Arena, 1988
(Arena-Taschenbuch ; Bd. 1586)
Enth.: Bd. 1. Der Sohn des Seekönigs.
Bd. 2. Drachen nach Drontheim
ISBN 3-401-01586-9
NE: GT

Dank schulde ich Frau Professor Dr. Sigrid Lichtenberger für manchen wertvollen Hinweis auf Lebensweise und Brauchtum der Nordländer in der Wikingerzeit und Prof. Dr. Gerd Wolfgang Weber, der das Manuskript aus der Sicht des Skandinavistikers kritisch begutachtet hat. Gerd Lobin

---

Die Bildstreifen über den Kapitelanfängen sind Ausschnitte aus dem Teppich von Bayeux, der in siebzig Meter Länge und fünfzig Zentimeter Breite gestickte Darstellungen aus der normannischen Geschichte und insbesondere der Eroberung Englands durch Herzog Wilhelm zeigt. Das Werk mit 1500 Einzelbildern ist bald nach der Schlacht von Hastings (1066), in der Wilhelm der Eroberer mit seinem Sieg über Harold die Krone Englands gewann, vermutlich auf Betreiben des Bischofs Odo von Bayeux hergestellt worden.

1. Auflage als Arena-Taschenbuch 1988

Umschlaggestaltung: Peter Eilhardt
Karten: Heike Völker-Sieber
Gesamtherstellung: Pfälzische Verlagsanstalt, Landau
ISSN 0518-4002
ISBN 3-401-01586-9

Band I:
Der Sohn des Seekönigs

Heimkehr der Drachenboote

Seit Mitternacht braust der Herbststurm. Mit seiner ungebärdigen Kraft rüttelt er an den Schindeldächern der Wikingerhäuser, die sich auf dem schmalen Landstreifen zwischen dem Ufer und der steil aufragenden Felswand am äußersten Ende des Fjordes unter den wenigen Bäumen ducken. Ingolf wälzt sich unruhig auf seinem Lager hin und her. Er lauscht dem Rauschen des Wassers, hört den Regen prasselnd auf das Dach des Holzhauses klatschen, vernimmt die halblaute Stimme der Mutter, die seine kleinen Geschwister beruhigt. Von der Weide hinter dem Anwesen klingt dumpf das Muhen der Kühe herüber, die von dem heulenden Sturm auch aus ihrer Ruhe aufgeschreckt worden sind.
Ingolf erhebt sich und geht steifbeinig zur Tür. Er tastet sich mit ausgestreckten Armen voran, um in der Dunkelheit nirgendwo anzustoßen. Als er an der Tür ist und diese knarrend aufstößt, muß er sich bücken, um ins Freie zu gelangen. In der Dämmerung des Oktobermorgens sieht er, wie der Sturm graue Regenwolken über das karge Land treibt. Von den Zweigen des Eichbaumes vor dem Haus reißt er die letzten gelben Blätter, nimmt sie in wirbelndem Spiel mit sich fort. Das dunkelgrüne Wasser des sonst so stillen Fjordes ist aufgewühlt, die Wellen haben weiße Schaumkronen und

Island
Faröer-
Inseln
Shetland-
Inseln
Orkney-
Inseln
Hebriden-
Inseln
Schottland
Lindisfarne
Irland
Man
Munster
England
Essex
Maldon
London

Halogaland
Hitra
Smöla
Drontheim
Todalshjolen
Jostedalsbreen
Aurlandsfjord
Myrdal
Eidfjord
Oslo
Uppsala
Bömlofjord
Skiringsal
Birka
Skagerrak
Visby
Gotland
Fyrkat
Jütland
Jelling
Seeland
Fünen
Trelleborg
Bornholm
Lolland
Falster
Haithabu
Fehmarn
Rügen

klatschen spritzend an das Ufergestein.
Den Wetterumschwung hatte Ingolf schon gestern abend kommen sehen, als er mit Thorleif, seinem Freund, fischend auf einem Felsbrocken am Ufer saß und die Sonne, die so viele Tage lang mit strahlendem Glanz das herbstliche Land vergoldet hatte, plötzlich hinter einer weißen Wolkenwand im Westen verschwunden war. Sofort hatte Ingolf an den Vater und die anderen Männer in den Drachenbooten dort hinten im Westen denken müssen, und er hatte gehofft, daß das aufkommende Unwetter sich wieder verziehen möge. Am Herdfeuer, nach der Abendmahlzeit, hatte die Mutter ihren jüngeren Kindern von den Göttern erzählt, von *Odin*, *Tyr* und dem gewaltigen Thor, der hoch in den Wolken flüchtigem Wild nachjagt und hammerschwingend Blitze zucken und Donner grollen läßt. Sie hatte *Freyja*, die Göttin des Herdfeuers, um Fürsprache bei Thor angefleht, damit er den Langschiffen, die den ganzen Sommer über auf Beutefahrt an fernen Küsten unterwegs waren, eine glückliche Heimkehr schenke.
»Die Männer draußen auf dem Meer brauchen sanften Westwind, der die roten Segel bläht und die Drachenboote schnell und leicht über die Wellen gleiten läßt«, hatte die Mutter gemurmelt. »Die Götter mögen sie vor Sturm bewahren!«
Mittlerweile ist es hell geworden. Drüben, im Gesindehaus, öffnet sich die Tür und Helga, die Magd, geht an Ingolf vorbei hinüber zur Weide. In der einen Hand trägt sie den Melkeimer, mit der anderen versucht sie ihr wehendes Haar zu bändigen, und der Wind bläht ihren Rock.
Ingolfs Gedanken sind noch immer bei seinem Vater. Das klingende Pingpang verrät ihm, daß Ragnar, der Schmied, schon bei der Arbeit ist. Zu ihm, dem *Mutterbruder*, zieht es ihn. Mit langen Schritten läuft er hinüber zur Schmiede.

Als er die Tür öffnet, sieht er, daß sich Ragnar vom Herbststurm nicht stören läßt. Er schürt das Feuer, daß die Funken sprühen. Mit der Zange faßt er den glühenden Eisenstab und legt ihn auf den Amboß.

»Da, halt die Zange«, ruft er Ingolf zu. »Du bist schon stark genug dafür. Pack fest an, Junge! Wenn unsere Männer zurückkommen, brauchen sie scharfe Schwerter und Äxte, spitze Speere. Ich, Ragnar, werde sie ihnen schmieden! Und ich werde zeigen, daß meine Klingen ebenso gut sind wie jene, die Gunnar, der Wanderhändler, neuerdings von den Schwertfegern im Rheinland anbietet.«

Der Junge läßt sich nicht zweimal auffordern. Er ist stolz darauf, dem berühmten Waffenschmied Ragnar helfen zu dürfen. Mit der ganzen Kraft seiner dreizehn Jahre preßt er das glühende Eisen auf den Amboß, während Ragnar und sein Sklave abwechselnd die schweren Hämmer niedersausen lassen.

Ping pang, ping pang, das ist Musik, wie Ingolf sie liebt. Mit glänzenden Augen erlebt er, wie die geschickten Hände der beiden Männer aus dem glühenden Eisenstab ein Schwert schmieden, eines jener kurzen Wikinger-Schwerter, die an allen Gestaden des Meeres so gefürchtet sind.

»Wann werden die Drachenboote heimkehren?« erkundigt sich Ingolf nach vollbrachtem Werk bei seinem Mutterbruder, der das Schwert fachmännisch in der Hand wiegt und mit dem Daumen die Klinge prüft.

Ragnar glättet mit der Hand den zerzausten rotblonden Bart, der wie ein Pelz seine nackte Brust bedeckt, denn am warmen Schmiedefeuer tragen er und Kai, der Sklave, nur einen Lendenschurz.

»Was weiß ich?« knurrt er dann. »Du kennst doch unsere Krieger. Sie kommen und gehen wie der Wind. Aber du hast recht. Ehe wieder die Scheibe des vollen Mondes über den

Himmel zieht, werden die Winterstürme kommen. Dann müssen Erik und Harald, dein Vater, mit ihren Männern wieder bei uns sein. Denn im Winter kann kein noch so festes Drachenboot über das Nordmeer fahren. Das weiß ich am besten.«

»Wann hast du zum letztenmal ein Drachenboot gesteuert, Ragnar? Mutter sagt, du warst einmal ein berühmter Steuermann, dessen Schiff immer beuteschwer von den Wiking-Fahrten heimgekehrt ist?«

Der Schmied lacht trocken und glättet wieder seinen filzigen Bart. Dann legt er seinem *Schwestersohn* die Hand auf die Schulter und sagt mit ernster Stimme:

»Ich war einmal ein gefürchteter Mann an den Gestaden des Nordmeeres, Ingolf. Aber das ist lange her. Seit dieser Brite – Thor möge ihn vernichten! – mir mit seinem Pfeil das Knie zerschossen hat, kann ich nicht mehr hinausfahren. Ein Wikinger mit einem steifen Bein als Führer eines Drachenbootes, das wäre ein Spaß, was? Und da ich im Umgang mit Hammer und Amboß schon immer eine geschickte Hand hatte, schmiede ich seither Schwerter, Äxte und Speere, damit unsere Männer im Kampf gute Waffen haben. Seit neun Sommern habe ich keinen Ruderbaum mehr in der Hand gehabt.«

»Stimmt es, daß du damals der erste Gefolgsmann des Seekönigs warst, Ragnar?«

Ingolf hat einen roten Kopf bekommen. Er brennt vor Wißbegierde, und seine Augen leuchten.

»Des Seekönigs rechte Hand war ich«, sagte Ragnar nach kurzem Zögern. »Aber nicht des Seekönigs, den du kennst, Ingolf. Damals, als ich noch ein Drachenboot führte, folgten wir dem Wort Thorolfs, und mit ihm sind wir auf vielen Beutezügen erfolgreich gewesen.«

»Und Erik, der Seekönig? Und Harald, mein Vater? Wo wa-

ren die?«
»Erik und Harald waren zwei Jungen wie du und Thorleif. Ich weiß noch, wie sie zum erstenmal mit hinausfuhren auf das Nordmeer. Harald war bei mir im Boot, Erik bei seinem Vater. Er war ein tüchtiger Kerl, dein Vater. Der stärkste Junge von allen. Keiner ritt so tollkühn wie er, keiner konnte wie er das Schwert schwingen.«
»Und wie ging es weiter?«
Ragnar streicht sich wieder den Bart und wiegt bedächtig seinen Kopf.
»Ja, wie ging es weiter«, sagte er dann, und seine Stimme klingt nachdenklich. »Die beiden Freunde bewährten sich in manchem Kampf und auf mancher Fahrt. Als die Zeit herankam, ihnen die Führung eines Bootes anzuvertrauen, wurden wie durch Zufall zwei Plätze frei, meiner und der Thorolfs, des Seekönigs. Die Briten hatten uns eine Falle gestellt. Als wir an Land gingen, fielen sie über uns her. Wir konnten uns vor ihrer überlegenen Streitmacht zwar in die Boote retten, aber viele von uns blieben tot am Strand zurück. Unter ihnen war Thorolf, der Seekönig. Ich hatte den verfluchten Pfeil im Knie, doch Harald, dein Vater, trug mich an Bord. Er führte die Drachenboote heimwärts, und wir haben kein einziges verloren.«
Atemlos hat Ingolf zugehört. Ganz nahe steht er jetzt vor Ragnar, und seine Augen wollen dem Schmied die Worte schier von den Lippen saugen.
»Und dann, was geschah dann?« stößt er hervor.
»Dann wurde Erik zum Seekönig gewählt«, antwortet Ragnar. »Und Harald nahm den Platz in meinem Boot ein. Aber das ist eine Geschichte, über die ich heute und hier nicht reden will. Außerdem wird es Zeit für dich heimzugehen, Ingolf. Aber sag Hiltrud, meiner Schwester, sie soll dich bald wieder zu mir gehen lassen. Ich kann einen tüchtigen Bur-

schen wie dich immer gut brauchen.«
Ragnar streicht Ingolf mit der schwieligen Hand durch das Blondhaar und will gerade wieder an das Schmiedefeuer treten, um es anzublasen, als ein langgezogener, dumpfer Ton zu hören ist.
Ingolf fährt zusammen und horcht angestrengt, aber auch Ragnar legt die Hand wie eine Muschel ans Ohr, um besser zu hören. Da ist er wieder, der langgezogene dumpfe Ton, der sich ein wenig wie das Röhren eines Hirsches anhört.
»Die Drachenboote kommen, die Drachenboote kommen«, jubelt Ingolf. »Hast du es gehört, Ragnar?« Er packt den alten Schmied bei den Hüften und dreht sich mit ihm voller Freude im Kreise.
»Hör auf, Ingolf, denk an mein krankes Bein«, sagt Ragnar, halb schimpfend, halb lachend. »Wenn ich noch herumtanzen könnte wie ein junger Bursche, dann würde ich hier nicht das Schmiedefeuer schüren, sondern mit den Kriegern im Drachenboot gleich da hinten um die Ecke biegen.«
Nicht nur Ragnar und Ingolf haben die Signale gehört, mit denen die Heimkehrenden ihr Kommen ankündigen, damit ihre Boote, wenn sie von den Bewohnern der Siedlung überraschend gesichtet werden, nicht für Schiffe von Feinden gehalten werden. Überall, in Häusern und Ställen, auf Weiden und Feldern herrscht Freude, eilt die Nachricht von der Heimkehr der Drachenboote von Mund zu Mund. Die Knechte und Mägde richten das Geschirr, säubern mit behender Hand die Futtertröge, damit der zurückkehrende Herr sein Anwesen wohlgeordnet finde. Die Kinder rennen jubelnd und ausgelassen hinunter zum Bootssteg, an dem die Drachenboote anlegen werden. Die Frauen streichen die Kleider glatt und ordnen das Haar, ehe sie gemessenen Schrittes und erhobenen Hauptes den Kindern folgen.
Auf struppigem Pferd galoppiert ein breitschultriger, blonder

Junge heran, verhält die alte Stute vor der Schmiede und winkt Ingolf zu.
»Hast du die *Luren*-Signale gehört, Thorleif?« ruft der ihm entgegen. »Die Drachenboote kommen!«
»Gehört habe ich die Männer, gesehen aber noch nicht«, entgegnet sein Freund. »Los, spring auf! Die alte Stute ist noch immer stark genug, uns beide zu tragen. Wir reiten hinauf zum Wächterfelsen. Von dort aus können wir die Boote schon sehen, wenn sie um die Biegung kommen.«
Ingolf zögert keinen Augenblick. Mit einem Sprung sitzt er hinter dem Freund auf dem Pferd, das unter der plötzlichen Doppellast in der Hinterhand einzuknicken droht, sich dann aber, unwillig schnaubend, in Trab setzt, als Thorleif mit der Zunge schnalzt.
Am Fuße des Wächterfelsens verhält Thorleif die Stute und läßt sie im spärlichen Gras weiden, während er und Ingolf behende den Felsen erklimmen, der durch die Nässe glitschig geworden ist. Glücklicherweise hat der Regen aufgehört. Der Wächter weist sie nicht ab, als er Thorleif, des Seekönigs Sohn, erkennt.
»Noch nichts in Sicht von den Booten«, berichtet er.
Ingolf und Thorleif wagen sich bis an die äußerste Spitze des Felsens vor, dorthin, wo dieser steil zum Fjord hin abfällt. Im gleichen Augenblick reißt der Wind ein Loch in die Wolkendecke und im schwarzdunklen Wasser spiegeln sich die Strahlen der Sonne. Sie lassen rot das Segel des Schiffes aufleuchten, das sich an der Biegung des Fjordes um den Felsen schiebt.
»Da sind sie, da kommen die Drachenboote«, ruft Ingolf und deutet mit der Hand auf das Schiff.
Das Boot mit dem roten Segel kommt bei dem kräftigen Wind gut voran. An der Bordwand hängen die runden Schilde, dahinter sind, erbsengroß, vereinzelte Köpfe zu sehen.

»Es ist das Boot meines Vaters«, ruft Thorleif. »Der Seekönig ist wieder da.«
Im gleichen Augenblick wird hinter der Felsnase das Segel des zweiten Bootes sichtbar. Auch dieses Schiff kommt schnell näher. »Vor dem Mast steht Vilgard, ich erkenne ihn und sein Schiff. Jetzt fehlt nur die ›Seeschwalbe‹, das Boot meines Vaters.« Doch das dritte Schiff bleibt aus. Die beiden Drachenboote sind längst unter dem Wächterfelsen vorbeigesegelt und fahren in den Nebenfjord ein, an dem die Wikingersiedlung liegt, als Ingolf und Thorleif noch immer wie gebannt auf die Felsnase starren. So sehr sie sich aber auch vorbeugen und die Hand über die Augen legen, um besser sehen zu können, die ›Seeschwalbe‹ bekommen sie nicht zu Gesicht.
»Ich habe auch nur zwei Signale gehört«, stammelt Ingolf. »Wären alle drei Boote glücklich heimgekehrt, hätten es drei Töne sein müssen. Da muß etwas passiert sein. Was wird Mutter sagen, wenn Vater nicht zurückkommt?«
»Du kannst dich geirrt haben, als du Vilgard erkanntest«, versucht Thorleif den Freund zu trösten, doch sehr überzeugend klingen seine Worte nicht. »Warum soll es nicht dein Vater gewesen sein, der am Mast des zweiten Bootes stand?«
Ingolf wehrt mit der Hand ab.
»Du meinst es gut, ich weiß es«, sagt er mit leiser Stimme. »Aber so wie du deinen Vater, den Seekönig, sofort erkannt hast, als sein Boot um die Felsnase bog, hätte ich auch meinen Vater erkannt. Nein, die ›Seeschwalbe‹ ist noch nicht zurückgekommen.«
Thorleif führt die alte Stute am Zügel, als sie sich schweigend an den Abstieg machen.
»Unten am Fjord wird sich alles aufklären«, sagt Thorleif, und ein Funken Hoffnung schwingt in seinen Worten.
Ingolf schweigt. Er hat den Kopf gesenkt. Den Pfad bergab

zur Siedlung sieht er wie durch einen Schleier.
Der anfängliche Jubel am Anlegeplatz verklingt mehr und mehr, je näher die beiden Boote kommen. Nur die jüngsten Kinder lärmen ausgelassen im Angesicht der heransegelnden Schiffe. Die Frauen halten angstvoll Ausschau, und selbst die Mägde und Knechte, die abseits stehen, verharren schweigend. Viele Blicke richten sich auf Hiltrud, Haralds Frau, die erhobenen Hauptes inmitten der Menge steht.
Ingolf und Thorleif kommen in dem Augenblick am Ufer an, als Eriks Schiff anlegt und der Seekönig als erster an Land geht. Gudrun, seine Frau, tritt ihm einen Schritt entgegen, doch Erik geht an ihr vorbei auf die schweigende Menge zu. Mit seinen Augen sucht er Hiltrud. Als er vor ihr steht, legt er ihr beide Hände auf die Schultern.
»Wir kommen ohne Harald«, sagt er mit fester Stimme. »Auf dem Nordmeer, in einem nächtlichen Sturm, haben wir sein Boot verloren.«
Ein Stöhnen geht durch die Versammlung am Ufer, vereinzeltes Schluchzen, halblautes Gemurmel ist zu hören. Für Ingolf und Thorleif, die eben noch kein Durchkommen fanden, öffnet sich plötzlich eine Gasse. Augenblicke später stehen sie neben dem Seekönig und Hiltrud, die dem Überbringer der Unglücksbotschaft fest in die Augen blickt.
»Wie konnte das geschehen?« erkundigt sie sich ungläubig. »Die ›Seeschwalbe‹ ist nicht schlechter gebaut als dein oder Vilgards Boot. Und daß Harald ein guter Steuermann ist, weißt du besser als ich.«
»Das ist richtig«, nickt Erik. »Doch kann man ein Unglück ungeschehen machen? Es war vor drei Tagen. Wir hatten längst die Küsten der *Hjaltland*-Inseln passiert und machten gute Fahrt. Steifer Westwind blähte unsere Segel und ließ die Drachen über die Wellen gleiten. Am nächsten Morgen, so rechneten wir uns aus, würde die Felsenküste vor uns liegen,

und nach einem weiteren Tag und einer Nacht könnten wir in die stillen Gewässer des Fjordes einfahren. Da fiel uns mitten in der Nacht der Sturm an wie ein wütendes Tier.«
»Ein Sturm vor drei Tagen?« mischt sich Ragnar ein, der ein paar Schritte entfernt in der Menge steht. »Von einem Sturm vor drei Tagen haben wir hier nichts gemerkt.«
»Es war einer jener Stürme, für die das Nordmeer berüchtigt ist«, sagt Erik. »Die Männer sind meine Zeugen. Ich schwöre euch, daß die Wellen plötzlich turmhoch gingen und die Brecher über die Bordwand schlugen. Wir hatten Mühe, das Drachenboot über Wasser zu halten. Die ganze Nacht mußten wir schöpfen, sogar mit unseren Helmen. Als der Morgen graute, lag die felsige Küste *Bömlos* vor uns. Der Sturm flaute so plötzlich ab, wie er gekommen war. Doch als wir, ermattet auf den Ruderbänken sitzend, uns das Salzwasser aus den Augen rieben, war nur noch Vilgards Boot in der Nähe. Die ›Seeschwalbe‹ war verschwunden.«
»Kann es nicht sein, daß Haralds Boot abgetrieben worden ist und er mit seinen Männern vor dem Sturm im Bömlofjord Schutz gesucht hat?« Hiltruds Stimme klingt hoffnungsvoll, und auch in den Augen der um ihre ausgebliebenen Männer bangenden Frauen, die sich mit ihren Kindern herangedrängt haben, glimmt Hoffnung auf. »Du sagtest selber, daß ihr Mühe hattet, euch über Wasser zu halten. Harald ist ein großartiger Schiffsführer, und die meisten seiner Männer sind erfahrene Seeleute. Ihr Boot ist vielleicht besser mit dem Sturm fertig geworden.«
Die Frauen murmeln Zustimmung, doch Erik schüttelt den Kopf.
»Nein, Hiltrud«, sagt er dann mit leiser Stimme. »Macht euch keine Hoffnungen auf die Rückkehr der Männer. An der Felsenküste haben wir eine Planke aus dem Wasser gefischt, die von der ›Seeschwalbe‹ stammt. Sie ist der Beweis

dafür, daß der Drache gesunken ist.«
»Vielleicht haben die Männer sich schwimmend retten können. Du sagtest selber, daß ihr nahe der Küste in den Sturm geraten seid?«
»Wir waren nahe der Küste, als der Sturm am Morgen abflaute, Hiltrud. Das ist ein Unterschied. Nein, diesen gewaltigen Sturm hat niemand lebend überstanden, der nicht in einem festen Boot saß.«
Hiltrud drückt ihre beiden jüngsten Kinder an sich, die zu weinen begonnen haben. Ingolf und Thorleif pressen die Lippen zusammen. Ingolf legt seiner Mutter tröstend den Arm um die Schulter.
Der Seekönig wendet sich jetzt an die beiden Jungen, blickt sie fest an. »Ihr beide seid Freunde seit den ersten Kindheitstagen«, sagt er. »Ihr seid so unzertrennlich, wie Harald und ich es in unserer Jugend waren. Da mein treuester Gefolgsmann nicht heimgekehrt ist vom Nordmeer, will ich mich seines ältesten Sohnes annehmen. Von heute an will ich auch dich, Ingolf, als meinen Sohn betrachten.«
Hiltrud schaut Erik mit erstaunten Augen an und preßt ihren Kopf an Ingolfs Schulter. Ragnar, der Schmied, drängt sich humpelnd durch die Menge, stellt sich neben die Schwester und ihre Kinder.
»Du bist der Seekönig, und dein Wort gilt auch hier viel«, sagt er zu Erik. »Doch ich bin Hiltruds Bruder und darf als Sippenältester nach altem norwegischen Recht nicht übergangen werden, wenn über die Zukunft ihrer Kinder entschieden wird.«
»Du, Ragnar, willst Einwände erheben?« Erik blickt dem Schmied verwundert in die Augen. »Ausgerechnet du, der du meines Vaters erster Gefolgsmann warst, willst verhindern, daß ich den vaterlos gewordenen Jungen als meinen Sohn annehme und damit Haralds *Sippe* vertrete. Du weißt genau,

daß von seinen Brüdern niemand mehr lebt.«

»Ich will verhindern, daß übereilt entschieden wird, und erinnere dabei nur an Recht und Gesetz. Einstweilen trete ich als Mutterbruder bei Ingolf an seines Vaters Stelle.«

Ragnars Worte lösen unter den Umstehenden beifälliges Gemurmel aus. Der Schmied aber wechselt einen schnellen Blick des Einverständnisses mit seiner Schwester und fährt dann fort:

»Hiltrud und ich haben nichts dagegen, wenn du für den Jungen sorgst. Haralds jüngere Kinder wachsen heran, und es wird eng unter dem Dach in seinem Haus. Du magst ihn deshalb zu dir nehmen, denn dein Haus ist größer. Deinen Sohn nennen sollst du ihn jedoch erst, wenn sicher ist, daß Harald wirklich nicht mehr vom Nordmeer heimkehrt.«

Ein neues Schiff wird gebaut

Am Abend des Ankunftstages versammeln sich alle Männer, wie es Brauch ist, im Hause des Anführers zum gemeinsamen Mahl. Sie haben den Sommer über erfolgreich die Küsten Englands und Schottlands heimgesucht. Jetzt gilt es, den Göttern zu danken und die erbeuteten Schätze zu teilen.

Die Beute von minderem Wert war gleich beim Entladen der beiden Drachenboote aufgeteilt und in die Häuser getragen worden. Frauen und Kinder der weniger begüterten Krieger hatten Säcke, Kisten und Fässer weggeschleppt, bei den wohlhabenden Männern besorgten die Sklaven diese Arbeit. Knut, der unfrei geborene alte Norweger, der sein Haar wie alle Sklaven kurzgeschoren trägt und im Hause des Seekönigs die Aufsicht über das Gesinde führt, hatte Eriks Anteil, die Hälfte von allem Erbeuteten, wegtragen lassen. Auf sein Geheiß hatten die Knechte in der Halle die Truhen voller Silberzeug und Ballen kostbaren friesischen Tuches so geordnet, daß jedermann sie im Auge hatte.

Am Fjord gibt es kein Gehöft, das sich mit Eriks prächtigem Anwesen vergleichen ließe. Es liegt auf einem kleinen Hügel und besteht aus mehreren Häusern. Das Herrenhaus mit seinem tief heruntergezogenen Dach und seiner Doppelpfostenreihe dient als Versammlungsort der Männer, die entlang den Längswänden auf Bänken sitzen. Erik hat als Hausherr

und Anführer seinen Platz auf dem *Hochsitz*, dessen Balken kunstvoll geschnitzt sind.
Die Frauen haben ihr eigenes Haus, in dem Gudrun mit ihren Mägden spinnt und webt. Gleich neben dem Frauenhaus ist das Küchenhaus, während die Schlafhäuser auf der anderen Seite des Hofes stehen, der von den Gebäuden ganz umschlossen ist. Das Gesindehaus liegt dem Herrenhaus gegenüber, die Vorratshäuser stehen auf Pfählen und sind nur über Leitern zu erreichen, damit Mäuse und Ratten nicht über die Vorräte herfallen können.
In der Halle geht es lebhaft zu. Thorleif und Ingolf haben es als Söhne des Hauses übernommen, die Gäste mit frischem Bier zu versorgen. Gudrun hat die Vorräte, die für die Bewirtung der großen Gästeschar nötig ist, in das Vorhaus tragen lassen. Sie selber sitzt auf der Querbank, auf der die Hausfrau und besondere Gäste bei festlichen Gelegenheiten Platz nehmen dürfen. Sie hat das Feuer im Auge und läßt geräuchertes Fleisch, getrockneten Fisch und Käse auftragen.
Neben Gudrun sitzt Hiltrud. Trotz der Ungewißheit um ihren verschollenen Mann hat sie es sich nicht nehmen lassen, an diesem Abend in Eriks Haus zu kommen und hat, wie selbstverständlich, den Platz neben der Hausfrau eingenommen. Damit unterstreicht sie, daß sie auch ohne Harald, gestützt auf ihre starke Sippe mit Ragnar als Sprecher, Einfluß nehmen will. Der Seekönig führt das große Wort. Er hat gerade den Becher gehoben.
»Ich fordere euch auf, meine Freunde, auf diejenigen zu trinken, deren Plätze heute abend leergeblieben sind: Auf Harald und seine Mannschaft!«
Erik setzt den Bierkrug an den bärtigen Mund und trinkt ihn in einem Zuge aus.
»Ah, köstliches Bier«, sagt er dann und wischt sich mit dem Handrücken den Schaum vom Mund. »Das ist doch viel er-

frischender als der süße *Met*, den unsere Vorfahren so geschätzt haben und der an Festtagen heute noch ausgeschenkt wird.« Von seinem hohen Sitz herab reicht er Thorleif den Zinnbecher und läßt ihn sich von neuem füllen. Dann redet er weiter. »Hier, an meiner Seite hätte er sitzen sollen, mein getreuer Gefolgsmann und guter Freund. Keiner von uns war auf dieser Fahrt so erfolgreich und so tapfer wie er. Als wir Burg Stonehill erstürmen mußten, um an die Schätze der Stadt heranzukommen, war Harald der erste, der mit der Streitaxt in der Rechten und dem Schwert in der Linken auf der Mauer stand und allen den Schädel spaltete, die sich ihm entgegenstellten. Beim Verladen der Beute konnte er von den Kisten und Ballen, die wir in den Lagerhäusern fanden, nicht genug an Bord der ›Seeschwalbe‹ schaffen lassen. Das Schiff lag im Wasser wie eine Ente. Wer sich an Bord nach fettigem Mahle die Hände waschen wollte, brauchte bloß über die Bordwand zu langen. Ja, Harald, das war ein Kerl! Auf seinen Einzug in *Walhall*!«
Wieder hebt Erik den Becher an die Lippen und stürzt das Bier herunter. Es wird warm im Haus. Das Feuer strahlt Hitze aus, und das Bier macht die Köpfe heiß. Erik reißt sich das Wams auf, streift es von den Schultern. Im groben Leinenhemd sitzt er am Tisch.
Da winkt er plötzlich Ingolf zu sich heran, der gerade mit einer Kanne frischen Bieres aus der Vorhalle kommt, während Thorleif den Männern auf der anderen Seite der Tafel einschenkt. »Komm her, Ingolf«, grölt der Wikingerfürst mit schon schwer gewordener Zunge. »Dies wäre heute der große Tag deines Vaters gewesen. Ihn hätten wir als Helden gefeiert. Los, schenk dir selber einen Krug Bier ein und setz dich auf seinen Platz, hier zu meiner Rechten. Und stoß mit mir an, deinem *Ziehvater*, und mit Thorleif, deinem neuen Bruder.«

Ingolf zögert einen Augenblick, ist unschlüssig, wie er sich verhalten soll. Auch Thorleif sieht den Vater überrascht an.
Am Tisch Eriks springen ein paar Männer auf, und die beiden Freunde hören, wie der narbengesichtige Björn unwillig sagt: »In der Männerrunde dürfen nur Krieger sitzen. Ingolf ist dreizehn, und dein Sohn Thorleif hat gar erst zwölf Sommer erlebt. Beide müssen noch ihre Prüfungen ablegen und zu Männern erklärt werden, bevor sie sich zu uns gesellen dürfen, das weißt du genau.«
Ingolf wundert sich, daß es ausgerechnet Björn ist, der dem Seekönig widerspricht. Er führt in dessen Drachenboot das Ruder, und Ingolf hat ihn bisher immer für einen Mann Eriks gehalten.
Der Seekönig schwenkt ungeachtet des Einwandes seinen Becher. Er lacht dröhnend.
»Wenn sie noch keine Männer sind, dann wird es hohe Zeit, daß sie es werden«, ruft er in die Halle. »Als ich zwölf war, hat mir mein Vater von einer Beutefahrt meine erste Sklavin mitgebracht, eine dunkeläugige Schöne aus dem Frankenland. Im Frühjahr darauf, ich war gerade dreizehn, bin ich zum erstenmal mit hinausgefahren. Und als ich im Herbst vom Nordmeer heimkehrte, hatte ich einen Sack Gold dabei. Du, Björn, weißt es genau, denn wir haben beide im gleichen Boot gesessen, im Drachen Thorolfs, meines Vaters.«
»Und in meinem Boot saß Harald, das solltest du auch erzählen«, warf Ragnar ein.
Nach diesen Worten ist es in der Halle still geworden. Ingolf, der gerade in die Vorhalle gehen wollte, um frisches Bier zu holen, bleibt gebannt an der Tür stehen. Zum zweitenmal hört er heute eine Geschichte, die ihm bislang vorenthalten worden war.
Er sieht, wie Erik von seinem Ehrensitz aufspringt und wütend nach seinem Schwert greift.

»Was willst du damit sagen?« ruft er drohend.
Thorleif ist zu Ingolf getreten. Die Augen der beiden Jungen wandern zwischen Erik und Ragnar hin und her.
Ragnar bleibt ruhig auf seinem Platz sitzen, trinkt einen Schluck und sagt dann gelassen:
»Ich will nichts sagen. Ich erinnere mich nur genau wie du an die alten Zeiten. Und auch mir fallen dabei Geschichten ein. Oder weißt du etwa nicht mehr, daß Harald dich in den meisten Wettkämpfen der Mannbarkeitsprüfung besiegt hat und nach altem Brauch als bester Jungkrieger in das Boot des Anführers hätte kommen müssen?«
Die Männer haben schweigend zugehört. Auf der Querbank sieht Gudrun angstvoll Hiltrud ins Gesicht und blickt dann auf Erik, ihren Mann. Der ist seltsam blaß geworden, hat sich aber wieder auf den Hochsitz gesetzt und will es offenbar auf keine Auseinandersetzung ankommen lassen, macht mit der Linken eine wegwerfende Handbewegung und sagt leichthin:
»Lassen wir die alten Geschichten. Nicht um Harald und mich geht es, sondern um Ingolf und Thorleif.«
»Es ist Gesetz bei uns, daß ein junger Mann erst einen Platz im Boot einnehmen darf, wenn er fünfzehn, mindestens aber vierzehn ist«, meldet sich wieder Björn zu Wort, in dessen Gesicht Schwerthiebe deutliche Spuren hinterlassen haben.
»Das Gesetz ist gut«, nickt Erik. »Es bewahrt uns davor, mit Kindern an Bord hinauszufahren. Doch das Gesetz läßt auch zwei Ausnahmen zu, wie dir bekannt ist, Björn. Die eine Ausnahme ist, wenn ein junger Bursche für sein Alter ungewöhnlich stark und kräftig ist und mit Streitaxt und Schwert wie ein Mann umgehen kann. Die zweite Ausnahme kann gemacht werden, wenn ein Stamm Verluste erlitten hat und Krieger braucht.«
Erik trinkt wieder in einem Zuge den Becher leer und winkt

dann Ingolf und Thorleif zu, ihm nachzuschenken. Dann setzt er seine Rede fort.
»Nun, sind in diesem Fall nicht beide Ausnahmen gegeben, alter Björn? Mein Sohn Thorleif und sein Freund Ingolf, der bald sein Bruder und mein Sohn sein wird, sind über den Sommer herangewachsen wie die Pferde auf meiner Fohlenweide, die im Frühjahr vor unserer Ausfahrt noch steifbeinig hinter den Stuten hergestelzt sind und denen man nun bald die Sättel auflegen wird.«
Er breitet seine Arme aus und zieht Thorleif und Ingolf, die mit ihren Bierkannen neben ihm stehen, zu sich heran, steht selber vom Hochsitz auf.
»Seht doch selbst, was aus ihnen geworden ist«, ruft er und lacht wieder dröhnend. »Als wir nach den Aprilstürmen hinausgefahren sind, reichten mir beide bis ans Kinn. Jetzt sind sie mir über die Schulter gewachsen. Ich verwette einen Teil meiner Beute, daß mir beide im Frühjahr, wenn wir die Boote zur Ausfahrt rüsten, gerade in die Augen sehen können. Dann wird es Zeit, daß sie sich an Bord eines Drachenbootes als Männer bewähren.«
Thorleif und Ingolf bekommen rote Köpfe, als einige der Männer mit den Füßen Beifall zu trampeln beginnen. Ihnen entgeht aber auch nicht, daß andere in Schweigen verharren. Das scheint auch Erik zu spüren, der jetzt jedem der Jungen einen Becher in die Hand drückt.
»Daß ihr auf dem Wege seid, Männer zu werden, könnt ihr gleich hier beweisen«, sagt er zu ihnen. »Ich trinke auf das Wohl meiner beiden Söhne und künftigen Gefährten und bin bereit, sie als *Schwertgenossen* anzunehmen, wenn sie die erforderlichen Prüfungen bestanden haben.«
Auf der Querbank der Frauen ist Hiltrud bei diesen Worten ganz blaß geworden. Am Tisch erhebt sich schwerfällig Ragnar und schlägt mit der geballten Faust auf die Platte.

»Halt«, ruft er und unterbricht Erik. »Wenn du künftigen Schwertgenossen zutrinkst, habe ich nichts einzuwenden, obwohl auch das gegen den alten Brauch verstößt. Wenn du in einem Trinkspruch aber Ingolf deinen Sohn nennst, so widerspreche ich hier vor allen Zeugen. Trotz deiner Schilderung heute morgen beim Anlegen gibt es noch immer Zweifel, ob sich alles so zugetragen hat. Es war aber ausgemacht, daß du Ingolf erst deinen Sohn nennen sollst, wenn feststeht, daß Harald wirklich tot ist. Einstweilen glauben wir nicht daran, ich nicht und Hiltrud erst recht nicht.«

»Ich bin sicher, daß er lebt«, ruft Hiltrud gegen allen Brauch in die Stille hinein. »Als ich auf dem Weg hierher vorhin an der Weide vorbeiging, trabte Haralds Rapphengst dort mit stolz wehender Mähne. Glaubt ihr nicht, daß er den Kopf hängen ließe, wenn sein Herr tot wäre?«

Ingolf erschrickt über die Worte der Mutter. Ihre Sicherheit, ihre Zuversicht überraschen ihn. Sollte in der Tat noch ein Fünkchen Hoffnung bestehen, daß sein Vater am Leben ist? Er fühlt sich in diesem Moment hin und hergerissen: Dort die Frau, seine Mutter, seit drei Tagen vielleicht Witwe, mit ihrem kleinen Hof und den zahlreichen Geschwistern, hier das Haus des Seekönigs mit seinem sichtbaren Wohlstand. Wo, fragt er sich, lägen für ihn die besseren Zukunftsaussichten? Die Antwort gibt in diesem Augenblick Erik, der Seekönig. Er geht mit bedächtigen Schritten durch die Halle, bleibt neben Ragnar stehen, legt ihm die Hand auf die Schulter:

»Denke nicht so viel an den nicht zurückgekehrten Harald, denke an Ingolf, seinen Sohn«, sagt er mit ganz ruhiger Stimme. »Wenn er bei Hiltrud bliebe, müßte er Bauer werden und den Vater ersetzen. Hiltrud hat noch viele Kinder, die ihr Hof ernähren muß. Ich aber habe nur Thorleif, diesen einzigen Sohn. An seiner Seite soll Ingolf erzogen werden,

und ich will, daß beide hervorragende Krieger werden. Du hast vorhin meinen Zorn gereizt, als du die alte Geschichte von Harald und mir hervorkramtest, Ragnar. Jetzt bin ich dankbar dafür, daß du es getan hast. Denn jetzt kann ich hier vor allen Männern und auch vor Hiltrud und Gudrun versichern, daß ich zwei gleichberechtigte Söhne haben werde. Sie sollen zeigen, wer der Bessere von ihnen ist, und das allein soll dann Maßstab sein.«
Des Seekönigs Hand ruht noch immer schwer auf Ragnars Schulter. Er blickt dem alten Schmied fest in die Augen.
»Wenn du so willst, geht es auch darum, alte Fehler zu beseitigen.«
Die letzten Worte hat er mit halblauter Stimme gesagt, weil sie nur für Ragnar bestimmt waren. Doch Ingolfs waches Ohr hat sie vernommen, und auch Thorleif scheint zu wissen, wovon sein Vater eben geredet hat.
Doch schon ist Erik wieder an seinem Platz, hebt den Becher, trinkt den beiden Jungen zu.
»Na, also«, lacht er wieder dröhnend. »Trinken können sie schon, meine neuen Gefolgsmänner. Daß sie mit Waffen umgehen können, glaube ich auch. Das, was sie noch lernen müssen, mag ihnen während des Winters Gangolf, unser bester Schwertfechter, beibringen. Und du, Ragnar, wirst ihnen die Waffen schmieden.«
Da steht nochmals Björn auf.
»Du solltest dennoch der Entscheidung des *Things* nicht vorgreifen, Erik«, sagt er mit fester Stimme. »Das Gesetz schreibt vor, daß ein junger Mann nach bestandenen Prüfungen vor dem Rat der Männer im Thing erscheint. Dort wird entschieden, ob er einen Platz im Boot bekommt oder nicht. Die Versammlung der Männer spricht das letzte Wort, nicht du!«
»Ich will dem Thing nicht vorgreifen«, braust Erik auf. »Alles

soll seinen Gang gehen. Doch das nächste Thing ist im Frühling, sollen wir solange untätig warten? Wir brauchen Männer, Björn, junge Männer, und die sollen sich auf die Aufgaben vorbereiten.«
»Die beiden Drachenboote sind doch voll besetzt, was redest du?« begehrt Björn auf, und auch einige andere Männer murmeln unwillig.
»Natürlich«, brüllt der Seekönig. »Natürlich sind sie voll besetzt! Aber wo ist das dritte Boot, he? Es liegt auf dem Grunde des Nordmeeres! Und mit ihm vierzig Krieger. Weißt du nicht, daß wir drei Boote zu stellen haben, wenn uns das *Ledingsgebot* des Königs oder des *Jarl Hakon* erreicht, der jetzt in Drontheim regiert? Willst du vielleicht mit zwei Schiffen auf Beutezug fahren, wenn im Frühjahr der Wind günstig weht? Mit zwei Drachenbooten? Ich hätte gerade dich für klüger gehalten, Björn. Denn dich als meinen langjährigen Schwertgenossen und Steuermann habe ich ausersehen, das dritte Boot zu führen.«
Erik hat sich hochgerappelt von seinem Sitz. Er wankt zwar ein bißchen vom vielen Biergenuß, doch seine Augen sprühen Feuer. Er schaut sich in der Runde um, blickt seinen Kriegern ins Gesicht, einem nach dem anderen. Alle Wikinger sind aufgesprungen.
»Du willst ein neues Langschiff bauen?« rufen sie fast einstimmig.
Der Seekönig knallt mit hartem Schlag seinen Becher auf den Tisch, daß das Bier schäumt.
»Ja, ich will ein neues Boot bauen«, sagt er dann. »Und da ich annehme, daß mein Wunsch auch euer Wille ist, wollen wir gleich hier darüber entscheiden!«
Erik deutet mit der Hand auf die Truhen voller Silberzeug an der Stirnwand des Hauses.
»Von der Beute steht mir, dem Anführer, die Hälfte zu«, ruft

er. »Ich verzichte darauf! Mein Anteil soll mein Beitrag zu den Kosten des Schiffsbaus sein. Davon sollen die Zimmerleute bezahlt werden, die für den Kiel, die *Spanten* und die *Steven* verantwortlich sind. Gleich morgen will ich Boten nach Drontheim schicken, wo die besten Schiffsbauer leben. Einer von ihnen sollte den Winter hier bei uns verbringen und den Bau des neuen Langschiffes leiten. Es soll größer, schöner und schneller sein als alle Drachenboote, die auf den Meeren fahren. Ich, Erik, will ein Schiff, das pfeilschnell über die Wellen gleitet, mit dem man alle Gestade erreichen kann. Ich gebe für ein solches Schiff alles gewonnene Silber her, und ich fordere auch alle auf, es mit mir zu bauen.«

Nach dieser Rede des Seekönigs herrscht Stille in der Halle. Nicht nur Ingolf und Thorleif, alle Krieger und auch die Frauen blicken bewundernd auf Erik, der eben noch vom Bier berauscht schien und nun mit seiner Begeisterung alle mitgerissen hat.

Dann springt Björn auf und schwingt den Becher.

»Unser Seekönig soll leben«, ruft er in die Stille hinein. »Jawohl, wir bauen ein Schiff. Ein Schiff, wie es noch niemals die Meere befahren hat. Gleich morgen wollen wir mit den Vorarbeiten beginnen.«

Zwei Schwerter und ein Versprechen

Über Nacht ist es kalt geworden am Fjord. Der Sturm, der gestern geheult hat wie eine Meute hungriger Wölfe, ist abends abgeflaut, und der Winter hat seinen Vorboten, den Nachtfrost, geschickt. Sein kalter Hauch hat die Herbstblumen zu bizarren Gebilden erstarren lassen, und die Knechte sind schon früh in die Berge gestiegen, um die Schafe, die den Sommer über oben weideten, ins Tal zu treiben.

Trotz des ausdauernden Gelages gestern abend sind auch in Eriks Haus die Männer schon früh auf den Beinen. Die Äxte geschultert, ziehen sie in den Wald, der gleich hinter der Schmiede beginnt. Erik ruft im Vorbeigehen Ragnar einen Gruß zu.

»Beeilt euch mit dem Fällen der Bäume«, ruft der Schmied zurück. »Wenn der Wind dreht, kann es Schnee geben, und dann ist Holzmachen nicht gerade ein Spaß!«

Ingolf und Thorleif, die am Ende des Zuges gehen, bleiben bei Ragnar stehen.

»Wir wollten dich bitten, uns eine Axt zu geben, damit wir den Männern helfen können«, sagt Ingolf. »Heute wird jede kräftige Hand gebraucht.«

»Wer Kraft hat, kann sie auch anderswo einsetzen«, sagt Ragnar vieldeutig. »Ich dachte eigentlich, ihr seid gekom-

men, um euch bei mir zu bewaffnen, nachdem es seit gestern abend ausgemachte Sache zu sein scheint, daß ihr im Frühjahr einen Platz in einem Boot bekommt.«
»So gib jedem von uns ein Schwert, Erik wird es bezahlen«, fordert Thorleif den Schmied auf.
Ragnar streicht sich, wie es seine Gewohnheit ist, den zerzausten Bart, dreht sich um und geht ohne ein Wort zu sagen in die Schmiede. Dort mustert er mit kritischem Blick die scharf geschliffenen Schwerter, die an den Wänden hängen, nimmt eines herab, läßt es mit kraftvollem Hieb durch die Luft sausen, prüft mit dem Daumen bei einem anderen die Klinge, mustert mit nachdenklichem Blick die beiden blonden Jungen, die vor ihm stehen. Schüttelt dann den Kopf.
»Alles nur ganz normale Schwerter, wie sie jeder Krieger trägt«, sagt er dann, mehr zu sich selbst als zu den beiden Freunden. »Nichts für künftige Helden!«
Dann geht Ragnar auf einen Stapel Eisenstäbe in die Ecke zu, wählt sorgsam zwei aus, drückt jedem der beiden Jungen einen in die Hand.
»Da«, sagt er lächelnd. »Da habt ihr eure Schwerter!«
Ingolf und Thorleif sehen den Schmied ratlos an. »Das sollen unsere Schwerter sein?« empören sie sich wie aus einem Munde. »Zwei verrostete Eisenstangen? Willst du uns narren?«
Als er die Ratlosigkeit und Empörung der Jungen sieht, bricht Ragnar in lautes Gelächter aus und schlägt sich vor Vergnügen mit der flachen Hand auf den Schenkel.
»Das sind noch nicht eure Schwerter, ihr Helden, das sollen sie erst werden«, sagt er dann, noch immer lachend. »Ein rechter Wikinger schmiedet sich seine Waffe selber. Es wird hohe Zeit, daß ihr es lernt. Los, Ingolf, schüre das Feuer. Du hast es ja schon oft genug gemacht. Und du, Thorleif, nimm den Hammer, sobald das Eisen glühend ist.«

Ragnar kümmert sich nicht weiter um die beiden Freunde. Er legt die beiden ausgesuchten Eisenstangen in die Glut, sieht zu, wie sich das schwarze Eisen rötet, reibt sich die Hände, bevor er zur Zange greift, schiebt damit das eine Eisenstück an den Rand des Glutberges, der seinen blonden Bart rot leuchten läßt, ergreift mit der Zange in der linken Hand die andere glühende Eisenstange und legt sie auf den Amboß. In die Rechte nimmt er einen Hammer und winkt Thorleif zu, nach dem schweren Vorschlaghammer zu greifen.

»Los, Junge«, ermuntert er ihn. »Wir schmieden jetzt dein Schwert. Gleichmäßig schlagen, bitte!«

Thorleif ist mit Feuereifer bei der Sache. Er schwingt den schweren Hammer mit aller Kraft, läßt ihn auf die glühende Eisenstange sausen. Funken sprühen grell, das Eisen biegt sich wie ein Bogen.

»Schlag mit mehr Gefühl«, raunzt ihn Ragnar an. »Du sollst keinen Ochsen betäuben, sondern ein Schwert schmieden. Los, versuch es noch einmal.«

Ragnar hat währenddessen das glühende Eisen herumgedreht und mit leichten Hammerschlägen geradegeklopft. Ping, ping, ping macht der Hammer.

Pang, klingt es dazwischen, als Thorleif mit dem schweren Hammer zuschlägt, diesmal ohne gewaltige Kraftanstrengung. Wieder sprühen Funken, und die beiden Jungen sehen, wie sich der Eisenstab am Ende verbreitert.

»Gut so«, ermuntert der Schmied den Jungen. »Mach weiter, Thorleif! Schöne, gleichmäßige Schläge, immer auf dieselbe Stelle. Alles andere überlaß mir!«

Das Pingpang, Pingpang, Pingpang klingt lustig. Frauen, die draußen vorübergehen, glauben, Ragnar sei mit seinem Knecht bei der Arbeit.

Thorleif läuft nach einigen Minuten der Schweiß von der Stirn. Das Schlagen mit dem Vorschlaghammer strengt an.

Doch er sieht mit wachsender Begeisterung, wie die Eisenstange unter den Doppelschlägen immer schwertähnlicher wird.
Ragnar nimmt das halbfertige Schwert, schiebt es in die Glut. Dann greift seine Zange nach der anderen Eisenstange.
»So, Ingolf, jetzt bist du an der Reihe, und Thorleif hat Pause. Los, Junge, schmiede dir dein Schwert!«
Ingolf hat gut aufgepaßt vorhin. Und da er Ragnar schon oft in seiner Schmiede geholfen hat, fällt es ihm leicht, den Vorschlaghammer zu schwingen und gleichmäßig auf das Eisen zu schlagen, das sich mit jedem Schlag mehr verformt. Nach einem guten Dutzend Doppelschlägen zieht Ragnar die Zange vom Amboß.
»Prächtig«, lobt er den jungen Schmied. »Der Rohling deines Schwertes ist ausgezeichnet gelungen. Wenn du nachher so weiter machst, bekommst du ein Schwert, um das dich jeder Kämpfer beneiden wird, weil er denkt, der kunstfertige Ulfbert in Köln oder dein Mutterbruder Ragnar habe es für dich geschmiedet. Doch jetzt ist Pause, weil die Rohlinge ihre Zeit brauchen, um gut durchzuglühen. Um so besser gelingt später die wichtige Feinarbeit, auf die es ankommt, denn es sollen ja zwei Prachtschwerter werden.«
»Warum läßt du uns die Schwerter selber schmieden, Ragnar?« erkundigt sich Ingolf, als sie mit dem Schmied in seiner dürftigen Stube sitzen und sich an Brot, Käse und Milch stärken. »Wenn das jeder Wikinger tun wollte, hättest du bald keine Arbeit mehr.«
Der alte Schmied lächelt wieder und krault sich dabei seinen Bart.
»Du hast recht«, sagt er dann. »Das wäre in der Tat fatal. Ich hoffe auch nicht, daß ihr beide, Thorleif und du, alle eure Schwerter künftig selber schmieden werdet. Aber ihr müßt es können, müßt wissen, wie Schwerter und Äxte geschmiedet

werden. Eines Tages wird jeder von euch ein Drachenboot führen, vielleicht du, Thorleif, oder du, Ingolf, einmal Seekönig sein. Und vielleicht wird kein Schmied wie der alte Ragnar zur Stelle sein, wenn nach harter Schlacht die schartigen Klingen zu nichts mehr taugen und ihr neue Waffen braucht. Dann werden alle Männer ratlos auf den Anführer starren, und es wird gut sein, wenn er das Feuer anblasen lassen und sich und den Männern neue Waffen schmieden kann.«

Ragnar steht nach diesen Worten auf und geht zurück zum Amboß. Die Jungen folgen ihm. Als Ingolf sieht, wie der Schmied seinen weißglühenden Rohling aus dem Feuer zieht und auf den Amboß legt, will er wieder zum großen Hammer greifen. Doch Ragnar winkt ab.

»Was jetzt kommt, ist Feinarbeit, die nur ein erfahrener Schmied besorgen kann«, sagt er. »Aber paßt gut auf, ihr beiden, seht mir genau auf die Finger. Seht euch meine Schläge an und die Art, wie ich das Schwert mit der Zange halte. Dann wißt ihr, wie man eine Waffe schmiedet.«

Was Ragnar mit Zange und Hammer macht, erscheint den beiden Jungen wie Zauberei. Ingolfs Schwert wird, das sehen auch sie, eine prachtvolle Waffe, beidseitig geschärft, mit gleichmäßig auslaufender Spitze. Mehrmals taucht es der Schmied ins Wasser, läßt es zischend abkühlen, bevor er es im Feuer wieder glühend macht und dann von neuem mit dem Hammer bearbeitet. Endlich scheint er mit seiner Arbeit zufrieden zu sein, denn er nickt wortlos.

»Da«, sagt er dann zu Ingolf. »Es ist fertig, dein Schwert. Ihm fehlt nur noch der Griff und natürlich der Schliff!«

Er schwingt die Zange mit dem Schwert über seinem Kopf. Ehe er es verhindern kann, greift Ingolf danach, zieht jedoch mit einem Wehlaut die Hand schnell zurück. Er hat sich die Finger verbrannt.

Ragnar stellt das Schwert zur Seite und lacht lauthals.
»Noch eine Lehre für euch, ihr beiden Helden«, sagt er dann. »Es ist nicht ganz ungefährlich, heiße Eisen anzupakken, weil man sich daran schnell die Finger verbrennt. Nicht nur in der Schmiede.«

Als Thorleif und Ingolf zur Mittagszeit aus der Schmiede kommen, die frischgeschmiedeten und sorgsam geschliffenen Schwerter stolz im Gürtel tragend, läuft ihnen Björnhild über den Weg, Björns hübsche Tochter. Das Mädchen hat die blonden Zöpfe wie einen Kranz um die Stirn gewunden und über die Schultern einen warmen Umhang gehängt, der sie vor dem kalten Wind schützt. Unter dem Arm trägt sie einen leeren Weidenkorb.
»Was hast du im Wald gesucht, Björnhild?« redet Thorleif sie an.
Das Mädchen zuckt mit den Achseln. »Ich habe gehofft, noch ein paar Pilze zu finden«, sagt sie dann. »Vater ißt sie so gern, und ich wollte ihm nach seiner Heimkehr eine Freude machen. Doch den Nachtfrost haben die Pilze nicht überstanden.«
»Du solltest nicht allein im Wald herumstreifen«, gibt Ingolf zu bedenken. »Denk an die Wölfe und Luchse. Und vergiß nicht, daß die alte Gunnhild vor zwei Sommern von einem Bären angefallen worden ist.« Björnhild lacht hell auf.
»Das hört sich ja an, als ob du dich um mich sorgtest, Ingolf? Doch das ist nicht nötig. Ich bleibe immer in der Nähe der Siedlung und fürchte mich so schnell nicht.«
»Ingolf hat recht«, sagt nun auch Thorleif. »Du solltest dich, wenn es dich wieder mal in den Wald zieht, von einem tüchtigen Krieger begleiten lassen, der dich mit dem Schwert vor Wolf und Bär beschützt.« Er dreht sich dabei so, daß Björnhild das Schwert an seiner Seite nicht übersehen kann. Mit

einem schnellen Blick auf Ingolf sieht sie, daß auch in seinem Gürtel eine Waffe steckt.

»Ach so, ihr möchtet wohl gerne meine Beschützer sein«, sagt sie lachend, auf die beiden neuen Schwerter deutend. »Wo habt ihr denn die Schwerter her? Ihr seht so aus, als wolltet ihr in den Kampf ziehen.«

»Selber geschmiedet«, sagt Ingolf stolz.

»Selber geschmiedet? Das soll ich euch glauben? Ein Schwert schmieden, das ist eine Kunst, die hier am Fjord nur ein einziger Mann beherrscht, nämlich Ragnar, der Schmied.«

»Von ihm kommen wir gerade, wie du wohl bemerkt hast«, sagt Thorleif. »Er hat uns gezeigt, wie man sich ein Schwert schmiedet!«

»Und ihr habt es wirklich selber gemacht?« Björnhild sieht die beiden Jungen noch immer ungläubig an.

»Natürlich hat uns Ragnar dabei geholfen«, gibt Thorleif zu. »Aber geschmiedet haben wir sie selber.«

Da lacht das Mädchen wieder. »Ich habe auch schon öfter dem Schmied zugesehen, wie er ein Schwert oder eine Axt schmiedete«, sagt sie. »Aber ich habe anschließend nicht behauptet, ich hätte die Axt oder das Schwert geschmiedet. Wenn ich euch glauben soll, daß ihr selber schmieden könnt, dann müßt ihr es mir schon zeigen. Doch jetzt muß ich heim, die Mutter wartet.« Björnhild dreht sich um und geht. Ihr Lachen ist noch zu hören, als sie in Björns Haus verschwindet.

Es dämmert schon, als Erik mit den Männern heimkommt. Ihr Gang ist müde, ihre Gesichter sind verschwitzt.

Thorleif und Ingolf füttern gerade im Stall Thorleifs alte Stute, als sie den schweren Schritt Eriks in der Tür hören. Er trägt ein Bündel Äxte unter dem Arm, das er mit einem Schwung auf die Erde wirft.

»Da, es gibt noch etwas zu tun für euch«, ruft er ihnen zu, »bringt die Äxte zu Ragnar und sagt ihm in meinem Namen, er möge sie heute abend schärfen. Wir müssen morgen früh wieder den Bach hinauf zu den Eichen. Ihre Stämme sind knochenhart. Das ist gut für die Planken unseres neuen Bootes, aber die Äxte werden schnell stumpf, und das Fällen ist sehr mühsam.«

»Wir kommen mit!« rufen Ingolf und Thorleif wie aus einem Munde. »Von morgen an helfen wir euch.«

»Ich habe heute schon eure Bärenkräfte beim Bäumefällen vermißt«, sagt Erik. »Aber plötzlich wart ihr verschwunden. Wo seid ihr denn geblieben?«

»In der Schmiede«, antwortet ihm Thorleif. »Bei Ragnar. Wir haben uns Schwerter geschmiedet. Hier, fühle mal, wie scharf sie sind.«

Da lacht der Seekönig und klopft Thorleif und Ingolf anerkennend auf die Schultern.

»Feine Arbeit, muß ich sagen. Er ist doch ein alter Fuchs, der Ragnar. Aber es ist gut so. Mit mir hat es sein Vater auch so gemacht. Ein Wikingerführer sollte eben alles können: ein Schiff steuern, ein Schwert schmieden und ...«

» ... Bäume für den Bau eines Drachenbootes fällen«, unterbricht Thorleif seinen Vater.

»Richtig«, sagt der Seekönig gutgelaunt und lacht wieder dröhnend. »Ihr dürft also mitkommen, morgen früh, wenn der Hahn kräht. Aber vorher sorgt dafür, daß wir scharfe Äxte haben.«

Erik dreht sich um und will den Stall verlassen, als er sieht, wie die beiden langbeinigen Jungen auf die zottige alte Stute klettern, die er selber schon als Junge geritten hat, Ingolf mit den Äxten unter dem Arm.

»Paßt auf, daß euer alter Gaul nicht unter der Last zusammenbricht!« ruft er den beiden Jungen nach. »Es wird Zeit, glaube ich, daß jeder von euch seinen Hengst bekommt, damit die anderen euch als Krieger ernst nehmen. Wenn wir fertig sind mit dem Bäumefällen, wollen wir Sven, dem alten Züchter drüben auf der anderen Seite des Fjordes, einen Besuch machen. Er ist zwar ein Halsabschneider, aber er züchtet weit und breit die besten Hengste. Da wollen wir jedem von euch einen aussuchen.«

»Ist das ein Versprechen?« sagt Thorleif ungläubig.

»Bei *Thors Hammer*«, versichert ihm sein Vater. Und jubelnd traben die beiden Jungen mit der alten Stute davon, während der Seekönig mit schwerem Schritt ins Haus geht.

Der Schiffsbauer aus Drontheim

Seit Stunden arbeiten die Männer droben am Bach im Schweiße ihres Angesichts. Erik hat mehrere Trupps gebildet und jeder Gruppe einen Baum zugeteilt. Er selber geht mit einigen Männern daran, eine kerzengerade gewachsene Esche zu fällen, die als Kielbaum des neuen Langschiffes ausersehen ist. Die Axthiebe dröhnen über den stillen Fjord, ihr Echo hallt mehrfach zurück.

»Horch, Gisli, wie die Äxte unserer Männer arbeiten«, sagt der Steuermann der kleinen *Schute* zu dem Mann mit der Pelzkappe, der neben ihm sitzt, während die vier Ruderer mit den Föhrenholzriemen das Boot schnell vorantreiben. »Seit Tagen sind sie bei der Arbeit. Erik hält sein Wort. Wenn der Schiffsbaumeister kommt, hat er gesagt, sollen die Stämme, die er für den Bau des neuen Drachenbootes braucht, zu seinen Füßen liegen.«

»Du hast recht, Vilgard«, sagt der Angesprochene. »Und es ist umsichtig von ihm, einen Schiffsbaumeister aus Drontheim zu holen und nicht selber anzufangen, ein Langschiff

zu bauen, so wie es früher hier an den Fjorden gemacht worden ist. Die unsachgemäß zusammengefügten Planken sind dann beim ersten Sturm auf dem Nordmeer oft auseinandergebrochen, und viele tapfere Männer sind in den Wellen umgekommen.«
»Und die Boote, die ihr Drontheimer baut, sind seetüchtiger?« sagt Vilgard zweifelnd.
Gisli lehnt sich auf seinem Sitz zurück und mustert den Schiffsführer mit einem mißbilligenden Blick. »Im letzten Winter habe ich ein Schiff gebaut für Raud, den Häuptling auf *Salten.* Es ist das schönste und größte Drachenboot, das jemals die Meere befahren hat. Raud nennt es liebevoll seine ›Schlange‹. Wenn du es sehen könntest, würdest du den Unterschied zwischen einem selbstgebauten Boot und einem Langschiff, dessen Bau ein Fachmann überwacht hat, sofort begreifen.«
Die Abenddämmerung senkt sich auf den Fjord, als das Boot mit dem Schiffsbaumeister an Bord an seinem Ziel ist. Am Anlegesteg erwartet sie kein Mensch.
»Die Männer sind noch alle im Wald«, erläutert Vilgard, der Steuermann, seinem Fahrgast. »Laß uns zum Haus des Seekönigs gehen, sie müssen ja bald kommen.«
Vor Eriks Haus begegnen Vilgard und Gisli einem traurigen Zug. Die Männer tragen nicht nur ihre Äxte, sondern auch zwei Bahren, die sie aus Ästen und Zweigen zusammengefügt haben. Auf der einen Bahre liegt Björn, auf der anderen Thorleif. Ihren blassen Gesichtern sieht man an, daß sie große Schmerzen haben.
Erik tritt auf Vilgard und seinen Begleiter zu.
»Du also bist der Schiffsbaumeister, von dem in letzter Zeit so viel geredet wird«, sagt er zu Gisli. »Ich heiße dich willkommen und bitte dich, die Leitung beim Bau des neuen Bootes zu übernehmen. Vilgard hat dir ja schon meinen Vor-

schlag unterbreitet. Du bekommst fünfzig Pfund Silber, wenn du den Winter über bei uns bleibst und wir im Frühjahr ein neues Drachenboot haben. Gelingt es dir besonders gut, lege ich noch zehn Pfund dazu.«
Gisli erwidert den Gruß des Seekönigs.
»Ich habe schon viel von dir gehört«, sagt er dann. »Bei uns in Drontheim wird dein Name mit großem Respekt genannt. Alle rühmen deinen Mut und deine Tapferkeit. Das Unglück, das dich deinen besten Mann Harald verlieren ließ, hat auch uns traurig gestimmt, als wir davon hörten. Doch welches Unglück hat euch heute getroffen?«
Erik wiegt den zerzausten Kopf hin und her. Dann fängt er an zu reden:
»Wir hatten schon eine prächtige Esche für den Kiel des Bootes gefällt und wollten gerade den letzten Baum umlegen, als sich das Unglück ereignete. Die mächtige Krone der Eiche brach krachend durch das Geäst der Nachbarbäume, ein Ast fiel herunter und traf Björn und Thorleif, meinen Sohn, die nicht mehr schnell genug zur Seite springen konnten. Thorleif hat eine blutende Schulter und wird wohl bald wieder gesund werden. Björn hat es schlimmer erwischt. Ich fürchte, sein Bein ist gebrochen.«
Ehe Erik noch etwas sagen kann, steht der Mann aus Drontheim auch schon neben der Bahre des Kriegers.
»Zeig mir dein Bein, Björn«, sagt er und schlägt die Decke zurück. »Ich habe nicht nur gelernt, Steven, Spanten und Planken zusammenzufügen. Manchmal gelingt mir das auch mit gebrochenen Knochen.«
Gisli tastet behutsam den geschwollenen Unterschenkel Björns ab, der trotz der starken Schmerzen, die jede Berührung verursacht, den Fremden vertrauensvoll anlächelt.
»Paß auf«, sagt Gisli nach einer Weile. »Ich richte den gebrochenen Knochen und mache dir eine Schiene. Dann mußt

du ein paar Wochen im Haus liegen, bis der Knochen wieder zusammengewachsen ist.«

»Das will ich ja gerne aushalten«, sagt Björn mit schmerzverzerrtem Gesicht. »Wenn ich bloß wieder laufen kann und nicht wie Ragnar ein Hinkebein zurückbehalte.«

»Im Frühjahr, wenn die drei Boote auslaufen, wirst du mit dabei sein«, verspricht ihm Gisli. »Es ist ein glatter Bruch, der wird schnell heilen.«

»Vergiß nicht, daß du das dritte Boot führen sollst«, wirft Erik ein und klopft seinem Gefolgsmann aufmunternd auf die Schulter. Gisli läßt sich ein paar Zweige bringen, schnitzt sie mit dem Messer zurecht, fragt nach Leinen und Bast, richtet mit sicheren Griffen das gebrochene Bein und legt dann den Verband an, von den Umstehenden bestaunt.

»So«, sagt er dann und richtet sich auf. »Ich habe keinen Zweifel, daß Björn zum *Julfest* wieder auf seinen beiden Beinen stehen kann. Doch nun will ich auch nach dem anderen Verletzten sehen.«

Der Gast aus Drontheim reinigt mit dem Leinentuch Thorleifs Schulterwunde, tastet vorsichtig den Knochen ab, bewegt den Arm des Jungen im Gelenk.

»Gebrochen ist nichts, wie du schon vermutet hast«, sagt er zu Erik. »Aber der Schlag gegen die Schulter wird deinem Sohn noch lange Schmerzen bereiten. So eine Prellung kann schlimmer sein als ein Bruch.«

Am Abend sitzen sie in des Seekönigs großer Halle am wärmenden Feuer. Vom Wasser des Fjords her zieht feuchte Kälte herauf, kriecht über die Wiesen, macht sich zwischen den Häusern breit, läßt Frauen wie Männer frösteln. Da tut die behagliche Wärme wohl.

Erik hebt den Becher, trinkt dem Schiffsbaumeister aus Drontheim zu.

»Ich grüße dich nochmals«, sagt er. »Mögen die Götter die Hände über dich halten und deine Arbeit hier gelingen lassen! Doch jetzt, Gisli, berichte! Was bringst du uns an neuen Nachrichten mit? Was erzählt man sich in Drontheim?«
Der Ankömmling hebt den Becher und gibt dem Seekönig Bescheid.
»Die Götter sollen auch dich schützen, Erik. Dich und deinen Stamm! Mögest du erfolgreich sein wie dein Namensvetter, den sie den Roten nennen. Von ihm hört man, daß er westlich von Island, dort, wo die Sonne untergeht, grünes Land entdeckt und mit einer Schar Getreuer besiedelt hat. Der Ruhelose scheint seßhaft geworden zu sein.«
»Ist das der rote Erik Thorwaldsson, der im Streit zwei Nachbarn erschlagen und darauf vom Thinggericht auf Island zu drei Jahren *Friedlosigkeit* erklärt wurde?« erkundigt sich Ragnar, der Schmied. »Ich habe noch seinen Vater, den alten Thorwald, gekannt. Das war auch ein Hitzkopf, der überall Streit suchte. Mit dem bin ich mal in *Haithabu*, dem großen Handelsplatz im Süden, wohin mich Geschäfte geführt hatten, aneinandergeraten. Als Thorwald das Bier in den Kopf gestiegen war, fiel er mich mit dem Schwert in der Hand an, wütend wie ein reißender Wolf. Ich habe ihm aber gezeigt, wer geschickter das Schwert führt. Nach ein paar Hieben lag er am Boden, und die Frauen mußten seine Wunden pflegen.«
Erik trinkt Ragnar zu und sagt anerkennend:
»Es ist wahr, du führtest eine scharfe Klinge. Aber das ist lange her.«
»Über dreißig Jahre«, nickt Ragnar. »Doch jetzt bin ich begierig, mehr über Thorwalds Sohn zu erfahren.«
»Erik der Rote hat, als das Urteil gesprochen war, mit getreuen Freunden ein Boot bemannt und ist losgesegelt, der sinkenden Sonne nach«, berichtet Gisli weiter. »Nachdem er

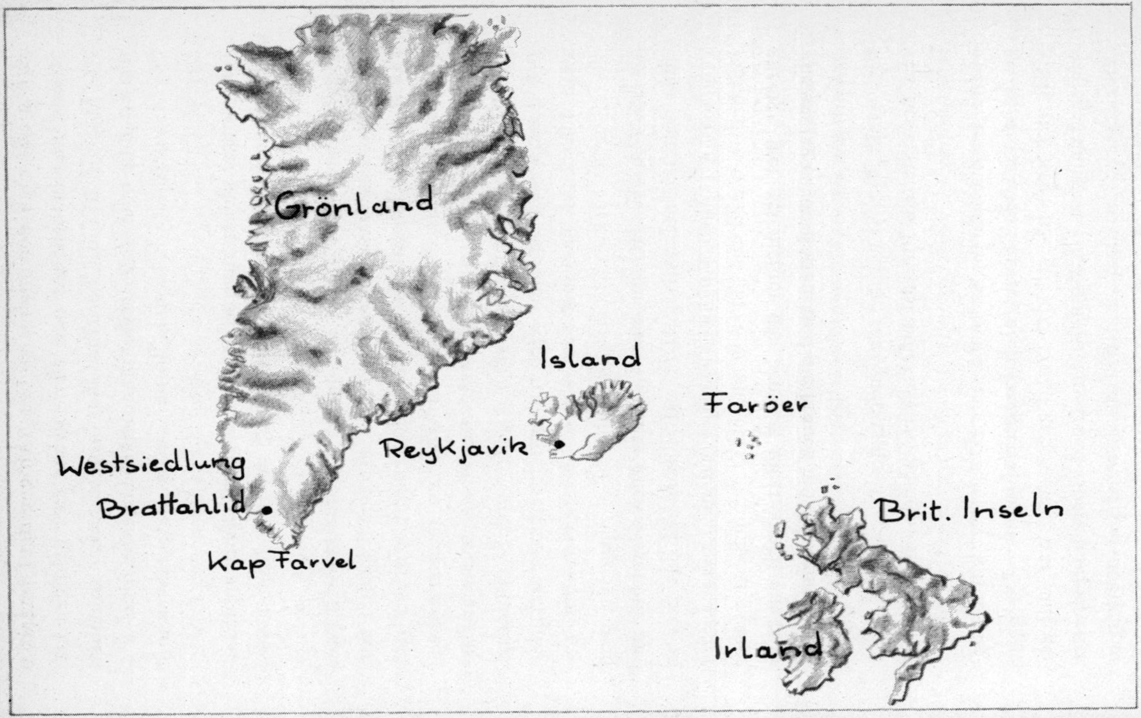
Grönland
Island
Faröer
Reykjavik
Westsiedlung
Brattahlid
Brit. Inseln
Kap Farvel
Irland

einige Tage gesegelt war, stieß er auf eine felsige Steilküste, kaum zu erklimmen und teilweise von Eis bedeckt. Er segelte mit dem Treibeis die Küste entlang nach Süden, umschiffte ein Kap und kam in freundlichere Gebiete, wo Gras und Moos wuchsen. Erik fand Fjorde wie bei uns, fuhr hinein und entdeckte grüne Täler mit Bachläufen, in denen sich Fische tummelten. Er nannte das Land Grönland und beschloß, es zu seinem Eigentum zu machen.«

»Wenn er dort keinen Menschen antraf, war das ja nicht schwierig«, wirft der Seekönig ein. »Doch nur mit Männern kann man kein Land besiedeln.«

»Deshalb segelte Erik der Rote nach drei Jahren zurück nach Island, erzählte dort von dem neuen Land im Westen mit seinen Flüssen und grünen Tälern inmitten der Eiswelt der Berge und machte damit die Leute auf der kargen Insel so neugierig, daß sich scharenweise Männer, Frauen und Kinder einschifften und nach Grönland fuhren. Wenn es stimmt, was die Händler berichten, dann sind im letzten Sommer mehr als zwanzig Schiffe westwärts gesegelt. Angekommen sind aber wohl nur vierzehn, einige sind umgekehrt, andere sind in den rauhen Wellen des Nordmeeres versunken.«

»Und Erik der Rote ist mit ihnen gefahren?« erkundigt sich der Seekönig.

»Er war der erste, der die günstige Drift im Frühjahr ausnutzte. Es heißt, daß sein Haus nahe der südlichen Spitze Grönlands steht. Er nennt es *Brattahlid.* Weiter nordwestlich haben sich die anderen Island-Auswanderer angesiedelt.«

Als Gisli seine Rede beendet hat, drängt Ingolf sich nach vorn. »Kann man von hier nach Grönland segeln?« erkundigt er sich mit rotem Kopf. »Ich meine, wenn man ein gutes Drachenboot hat?«

»Mit einem guten Langschiff kannst du überallhin segeln«, sagt der Schiffsbaumeister. »Du brauchst es mir nur zu sa-

gen, dann baue ich dir ein Boot!« Er lacht bei diesen Worten und haut sich mit den flachen Händen auf die Schenkel. »Allerdings kostet das eine Kleinigkeit!«
Die anderen Männer fallen in das Gelächter ein. Nur Ingolf verzieht keine Miene. Sein Kopf ist allerdings noch ein bißchen roter geworden als vorhin bei Gislis Erzählungen.
»Ihr braucht gar nicht zu lachen«, begehrt er auf und sieht sich herausfordernd im Kreise um. »Eines Tages werde ich ein Drachenboot führen und damit über das Nordmeer fahren. Mein Boot wird das schönste und schnellste auf allen Meeren sein!«
Gisli und Erik und auch die anderen Männer hören auf zu lachen. Das Schweigen, das plötzlich in der eben noch so fröhlichen Halle herrscht, durchbrechen Gislis fragende Worte, an den Seekönig gerichtet:
»Wer ist der Junge, der hier mit Männern reden darf, als wäre er ein erprobter Krieger?«
Erik legt die Hand auf Ingolfs Schulter.
»Es ist Ingolf, Haralds Sohn. Bald wird er mein Sohn, der Sohn des Seekönigs sein. Es ist mein Wille, diesen vaterlosen Jungen hier, den Sproß meines toten Gefolgsmannes Harald, zu meinem Sohn zu erheben. Es soll keinen Unterschied geben zwischen ihm und meinem eigenen Fleisch und Blut, und ich will aus ihm einen tapferen Krieger und einen Anführer machen, wie sein Vater einer war.«

Der rote Hengst und der Mann mit dem Kreuz

An jenem Tag, an dem Thorleif seinen Verband ablegen und seine Schulter wieder beinahe schmerzlos bewegen kann, löst Erik das Versprechen ein, das er den beiden Jungen gegeben hatte. Es ist ein klarer Tag. Die Herbstsonne wirft lange Schatten, als er mit ihnen eine Schute besteigt und hinüber zur anderen Seite des Fjordes rudert, wo Sven, der Pferdezüchter, seinen Hof und seine Weiden hat.

Ingolf und Thorleif treiben mit kräftigen Ruderschlägen das Boot voran. Die Jungen wetteifern dabei, wer von ihnen der Stärkere ist. Erik am Steuerruder hat Mühe, das Boot auf Kurs zu halten. Mal drückt die Spitze nach links, mal nach rechts hinüber.

Die beiden Jungen keuchen vor Anstrengung, als sie das andere Ufer erreichen. Am Bootssteg erwartet sie Sven. »Was seid ihr denn für Ruderer?« ruft er ihnen entgegen. »Seht euch mal die Kiellinie des Bootes an. Sie sieht aus, als habe sich ein Riesenwurm durch das Wasser geschlängelt.«

»Ich bin mit zwei Burschen gerudert, die sich im Boot wie Hengstfohlen auf der Frühlingsweide benahmen«, ruft Erik gutgelaunt zurück. »Dabei wollen sie schon bald einen Platz

im Drachenboot haben und Krieger werden.«
Während Ingolf und Thorleif das Boot festmachen, legen sich die beiden Männer zum Gruß gegenseitig die Hand auf die Schulter, und Erik nennt das Anliegen, das ihn mit den Jungen zu Sven geführt hat. Der kneift ein Auge zu und lächelt hintergründig.
»Ich habe ein Mittel, deinen beiden Feuerköpfen den Übermut auszutreiben«, sagt er halblaut zu Erik. »Warte nur, bis wir auf der Weide sind. Dort können sie zeigen, wieviel Kraft in ihren Muskeln steckt.«
Auf der Weide am Berghang tummelt sich eine vielköpfige Pferdeherde in der Sonne. Die Mutterstuten trotten grasend, ihre halbwüchsigen Fohlen springen übermütig umher. Die jungen Hengste traben im Pulk am anderen Ende der Weide. Abseits von ihnen galoppiert mit hochgerecktem Kopf und wehender Mähne ein Rotschimmel davon, als sich die beiden Männer mit Thorleif und Ingolf der Herde nähern.
»Der da drüben, der Schimmelhengst, dämpft jeden Übermut. Bisher hat er allen Versuchen, ihn zu zähmen, widerstanden. Ich will ihn bald verkaufen, denn er bringt mir mit seinem urwüchsigen Temperament die ganze Herde durcheinander. Wer ihn zureitet, bekommt ihn zum halben Preis.«
»Ein Häuptlingspferd«, sagt Erik bewundernd, nachdem er mit abschätzendem Blick den Hengst gemustert hat. »Wartete auf meiner eigenen Weide nicht mein schneeweißer ›Blitz‹ auf mich, so würde ich ihn selber besteigen und bändigen.«
»Ich will ihn zureiten«, ruft Thorleif. »Das ist ein Hengst, wie ich ihn mir wünsche! Den oder keinen!«
Als Erik die Entschlossenheit seines Sohnes spürt, nickt er stolz. Er weiß, daß Thorleif mit Pferden umgehen kann, hat den Jungen schon oft auf feurigen Hengsten galoppieren sehen. Sven winkt zwei Knechte herbei, die mit dem Ausbessern der Koppelstangen beschäftigt sind. »Bringt den Rot-

schimmel her«, ruft er ihnen zu.
Die Knechte laufen davon, jeder mit einem Hanfstrick in der Hand. Als der Schimmel sie kommen sieht, hebt er den Kopf und sieht ihnen mit gespitzten Ohren entgegen. Die Knechte schleichen sich von zwei Seiten an das Tier heran, sorgsam bemüht, hinter vereinzelten Büschen Deckung zu suchen. Als der Hengst den einen der Knechte gewahr wird, setzt er sich sofort in Trab und achtet dabei nicht auf den anderen, der hinter einem Schlehenstrauch kauert. Der wirft ihm schnell die Hanfseilschlinge über den Kopf. Das Pferd geht sofort nach vorne und hinten hoch, keilt aus, versucht verzweifelt, die Schlinge abzustreifen, schleppt dann den Knecht hinter sich her, der sich mit beiden Beinen in das Seil stemmt. Das ist der Augenblick, in dem der zweite Knecht von der anderen Seite dem Hengst seine Schlinge über den Kopf werfen kann. Das Pferd tobt ungebärdig, als es die zweite Fessel spürt, aber die Männer, im Umgang mit halbwilden Pferden erfahren, ziehen von beiden Seiten kräftig an ihren Stricken, kürzen sie mit jedem Griff, bis der Rotschimmel mit zitternden Flanken zwischen ihnen steht, angstvoll die Nüstern blähend, unwirsch mit dem Kopf und dem Schwanz schlagend und kraftvoll mit den Hufen stampfend.
»Jetzt schnell hinauf auf seinen Rücken, Thorleif«, fordert Sven den Jungen auf, der schon breitbeinig bereitsteht. »Krall dich in der Mähne fest und paß auf, wenn die Knechte die Seile lockern.«
Thorleif ist blaß geworden, als er den Kampf des Hengstes mit den beiden Knechten beobachtet hat. Doch jetzt scheint sich das Pferd beruhigt zu haben, denkt er.
»Gehe schräg von vorn heran auf ihn zu«, rät ihm der Vater. »Und sprich dabei beruhigend auf ihn ein.«
Der Junge tut, was Erik ihm geheißen. Und in der Tat, der Hengst läßt ihn herankommen. Er hält seine Ohren zwar ge-

spitzt, mustert mit den Augen halb mißtrauisch, halb ängstlich den breitschultrigen Jungen, macht aber keine Anstalten auszubrechen. Mit einem gewaltigen Satz springt Thorleif auf seinen Rücken, krallt sich in der langen Mähne des Dreijährigen fest.

Einen Augenblick lang steht der Hengst wie erstarrt, dann wehrt er sich mit ganzer Kraft gegen den Reiter. Mit allen vier Beinen springt er gleichzeitig ab, macht einen Buckel, geht abwechselnd vorne und hinten hoch, schnaubt und wiehert und macht trotz der Stricke verzweifelte Sprünge.

Thorleif hält sich mit der einen Hand in der Mähne fest, umklammert mit der anderen den Hals des feurigen Tieres. Ein paar Herzschläge lang kann er sich auf dem Pferderücken behaupten, dann verspürt er plötzlich einen stechenden Schmerz in der Schulter, lockert den Griff der Hand und – fliegt im nächsten Augenblick kopfüber ins Gras, wo er benommen liegenbleibt.

Ingolf ist mit zwei Sätzen bei ihm, auch Erik und Sven stürmen herbei. Aber da richtet sich Thorleif auch schon auf, wischt sich mit dem Handrücken Schweiß und Dreck aus dem Gesicht, lächelt gequält und sagt dann tapfer: »Der Hengst hat den ersten Gang gewonnen, der zweite geht an mich.«

Erik schüttelt den Kopf. »Du blutest wieder an der Schulter«, sagt er und schiebt das Hemd zurück. »Hier, die Wunde, die dir der Ast geschlagen hat, ist wieder aufgebrochen. Mit einer solchen Behinderung kann auch der stärkste Mann kein Pferd bändigen. Den Hengst soll zureiten, wer immer will!«

»Ich«, ruft in diesem Augenblick Ingolf. »Ich will es versuchen!« Und ehe Erik Einwände machen kann, sitzt er auch schon auf dem Rücken des Pferdes, krallt sich in der Mähne fest, preßt dem Tier die Oberschenkel in die Seite.

Der Hengst versucht sofort, auch diesen Reiter abzuwerfen.

Der Instinkt, der ihm verrät, daß er um seine Freiheit kämpft, verleiht ihm neue Kräfte. Wieder bockt er, geht vorne und hinten hoch, aber Ingolfs kräftige Schenkel legen sich wie eine Klammer um seine Rippen. Der Abstand zwischen seinen einzelnen Sprüngen wird immer größer, seine Versuche, den Reiter abzuschütteln, werden immer matter. Der Hengst ist schweißüberströmt, seine Flanken zittern. Da greift Ingolf mit beiden Händen nach den Hanfseilen, packt sie fest und ruft den Knechten zu loszulassen.

Der Hengst galoppiert sofort davon, doch Ingolf bleibt auch beim rasenden Galopp auf seinem Rücken. Zunächst läßt er ihn laufen, dann aber benutzt er die Hanfseile in seinen Händen als Zügel, lenkt ihn nach rechts, lenkt ihn nach links, zwingt ihn, im Kreis zu laufen, das Tempo zu wechseln, aus dem Galopp in den Trab, aus dem Trab in den Schritt zu fallen. Schließlich zwingt er das Pferd mit starker Hand, neben den drei Männern und den beiden Knechten stehenzubleiben. Der Hengst steht mit zitternden Flanken und gesenktem Kopf. Er hat seinen Herrn gefunden.

»Großartig, Ingolf, der Hengst gehört dir«, ruft Erik anerkennend dem Reiter zu. Und mit einem Seitenblick auf Sven, den Händler, triumphiert er: »Du hast nicht nur ein ausgezeichnetes, sondern auch ein billiges Pferd. Dein Können als Reiter tut meinem Geldbeutel gut. Jetzt wollen wir aber noch einen Hengst für Thorleif aussuchen.«

Auch der zweite Handel ist bald abgeschlossen. Thorleif wählt einen Falben, der von nicht minderer Rasse als der Rotschimmel ist, aber doppelt soviel kostet.

»Der Unterschied ist nur, daß er schon zugeritten ist«, sagt der Händler schmunzelnd. »Der Falbe hat auch schon einen Namen. Er heißt ›Sturmwind‹, weil er so schnell ist. Der Rotschimmel, dem Ingolf noch seinen Namen geben muß, wird beim gestreckten Galopp Mühe haben, mit deinem

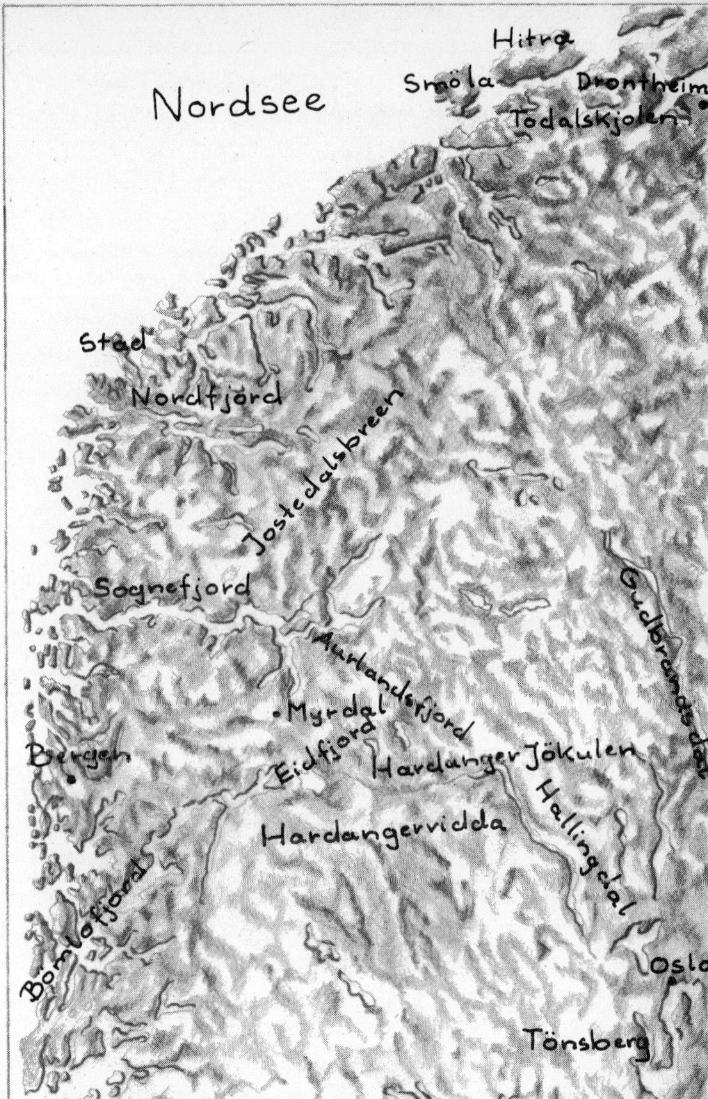

Hitra
Smöla
Drontheim
Nordsee
Todalskjolen
Stad
Nordfjord
Jostedalsbreen
Sognefjord
Gudbrandsdal
Aurlandsfjord
Myrdal
Eidfjord
Hardanger Jökulen
Bergen
Hallingdal
Hardangervidda
Bömlofjord
Oslo
Tönsberg

Pferd Schritt zu halten, Thorleif.«

Als die beiden Knechte versuchen, die Hengste in das Boot zu bringen, stoßen sie auf neue Schwierigkeiten. Der Schimmel scheut vor dem Wasser, wiehert ängstlich und rührt sich nicht von der Stelle.

Sven macht ein bedenkliches Gesicht und schüttelt dann den Kopf. »Er könnte aus Angst ins Wasser springen«, sagt er. »Wir müßten ihn fesseln. Das ist aber bei einem soeben gezähmten Pferd nicht ratsam. Es würde euch mit den Hufen die Planken zerschlagen. Am besten ist es wohl, wenn Ingolf ihn um den Fjord herum nach Hause reitet. Dabei kann sich der Schimmel richtig austoben und wird dann bei dir auf der Weide lammfromm sein, Erik!«

»Ich reite auch«, ruft Thorleif, den die Niederlage gegen den Rotschimmel noch immer wurmt.

»Du fährst mit mir und kurierst erst gründlich deine Schulter aus, bevor du dich wieder auf ein Pferd setzt«, sagt der Seekönig mit Entschiedenheit. »Ich denke, daß Sven uns zum Rudern die Knechte mitgibt.«

Diesmal wagt Thorleif nicht, seinem Vater zu widersprechen.

Außerdem bereitet ihm seine Schulter arge Schmerzen.

Ingolf gönnt seinem Hengst nur so lange eine Pause, wie er braucht, um ihm Sattel und Zaumzeug aufzulegen. Er weiß, daß er einen weiten Weg vor sich hat. Ein Seitenarm des Fjordes schneidet tief ins Land ein. Ihn muß er umreiten, um zurück zur Siedlung zu gelangen. So springt er in den Sattel, winkt Sven und den Männern im gerade ablegenden Boot einen Gruß zu und galoppiert davon.

Der Weg führt leicht bergan und wird bald schmal und steinig. Ingolf muß den Hengst zu langsamerer Gangart zügeln. Die gibt ihm die Möglichkeit, den Blick schweifen zu lassen.

Drunten auf dem in der Sonne glitzernden Wasser erkennt er Eriks Boot als dunklen Punkt. Am Himmel darüber ziehen, Segelschiffen gleich, weiße Wolken.
Das Pferd unter ihm schnauft. Das mahnt Ingolf, auf den Weg zu achten, der hier oben nur ein Felspfad ist. Er tätschelt dem vor wenigen Stunden noch so ungebärdig wilden, jetzt aber brav trabenden Rotschimmel den Hals. »Ich werde dich ›Wolke‹ nennen«, murmelt er halblaut. »Das ist ein schöner Name für einen Prachthengst wie dich.«
Nachdem er eine ganze Zeit geritten ist, hat er die Spitze des Seitenfjordes erreicht. Der Weg macht einen scharfen Knick. Als der Reiter um die Ecke biegt, hat er eine kleine Wiese vor sich, und unter einem Felsblock links von ihm sprudelt ein Bach. Die Sonne erreicht gerade noch die Wiese.
Der richtige Platz zum Ausruhen, denkt Ingolf. Mir wird eine Erfrischung guttun, und ›Wolke‹ kann sich nach dem langen Ritt am Gras satt fressen.
Er gleitet aus dem Sattel, lockert dem Pferd den Zügel, schöpft mit hohlen Händen Wasser aus der Quelle und lehnt sich dann an einen Baumstamm.
Ingolf spielt mit einem Grashalm und schaut dann nach Norden. Die ausgedehnte Gletscherwelt des *Jostedalsbreen* liegt vor ihm, jenes bizarre Gebirge aus Fels und Eis, in das kaum eines Menschen Fuß vorgedrungen ist. Dort oben, wo Schnee und Eis sich an düsteren Tagen in den Wolken verlieren, hausen die Götter. Von dort aus, so erzählen es die *Goden* und die Wikinger-Frauen, wenn sich abends am Herdfeuer die Kinder zu ihren Füßen versammeln, unternimmt Odin auf seinem achtbeinigen Grauschimmel *Sleipnir* weite Ritte über das zerklüftete Land, alles sehend, alles hörend – Odin, der mächtige Gott!
Ingolf läßt den Blick über den Fjord schweifen, nach Süden hin. Da unten, noch weit entfernt, kräuselt Rauch aus der

Tiefe empor. Die Siedlung, denkt er. Bis dorthin muß ich noch reiten, und die Sonne steht schon tief. Er reckt die Glieder.

Als er dem Hengst die Zügel anziehen will, hört er den heulenden Ton. Auch ›Wolke‹ hat ihn gehört, spitzt die Ohren und schnaubt angstvoll. Ingolf legt ihm die Hand auf die Nüstern.

Da ist das Heulen wieder, und Ingolf müßte kein Wikinger sein, wenn er nicht wüßte, wer solche Laute von sich gibt. »Wölfe«, murmelt er. »Wölfe? Was wollen die Bestien denn um diese Jahreszeit schon hier. Im Herbst treiben sie sich doch sonst immer noch droben im Gebirge herum und wagen sich nur im tiefsten Winter in die Nähe der Siedlungen.«

Ingolf hat keine Angst, doch er ertappt sich dabei, wie er nach seinem kurzen Schwert am Gürtel greift, das er ständig mit sich führt, seit er es bei Ragnar zusammen mit Thorleif geschmiedet hat. Er klettert in den Sattel und tätschelt seinem Pferd den Hals. »Ruhig, ›Wolke‹«, sagt er. »Ganz ruhig!«

Ingolf ist kaum hundert Schritte geritten, als der Wald in einen kahlen Berghang übergeht, an dessen Fuß der Weg sich teilt. Der eine Pfad führt rechts hinunter zum Fjord und zur Siedlung, der andere kriecht links hinauf und wird meistens nur von Jägern begangen. Ingolf weiß aber von den Viehhirten, daß dieser Pfad auch über den *Myrdal-Paß* hinüber zum *Eidfjord* führt, an dem der große Stamm des Seekönigs Thurgeis lebt, der wegen seiner Raubgier und seiner Grausamkeit gefürchtet ist.

Da ist es wieder, das wölfische Geheule, und als Ingolf sich die Augen reibt, sieht er zwei, drei graue Schatten da oben neben dem Pfad nach Myrdal. Nur einen Augenblick lang überlegt er, ob er sein Pferd antreiben und hinunter zum Fjord galoppieren soll, dann lenkt er den Hengst nach links,

treibt ihn den Berg hinan.
Hinter einer Krümmung des Weges sieht Ingolf, daß höchste Eile geboten ist. An eine Felswand gelehnt steht ein Mann. In der Hand hat er einen Knüppel, der wohl sein Wanderstab beim beschwerlichen Weg über den Myrdal-Paß gewesen ist. Jetzt wehrt er sich mit dem Stab gegen drei Wölfe, die ihn bedrängen. Es sind, das sieht Ingolf auf den ersten Blick, noch junge, heranwachsende Tiere, keine erfahrenen Wölfe, die listig ihre Beute umschleichen und dann so plötzlich anspringen würden, daß ihr kaum eine Abwehrmöglichkeit bliebe. Diese hier knurren und kläffen den Mann am Felsen immer wieder von vorne an, und der schlägt von Zeit zu Zeit mit dem Knüppel nach ihnen. Ein erfahrener Jäger scheint er nicht zu sein, denkt Ingolf. Dann zückt er sein Schwert, treibt seinen Hengst an und reitet im Galopp auf die Gruppe zu.
Als der von den Wölfen bedrängte Mann ihn kommen sieht, sinkt er mit einem Angstschrei zu Boden und bleibt bewußtlos liegen. Die Wölfe wenden sich dem berittenen Gegner zu. Ehe aber einer von ihnen zum Sprung ansetzen kann, ist Ingolf mit seinem Rotschimmel mitten unter ihnen und spaltet mit dem Schwert den ersten zähnefletschenden Schädel, der rechts neben ihm auftaucht. Jaulend bricht der Wolf in den Läufen ein und rollt den Berg hinunter. Die beiden anderen klemmen den Schwanz ein und laufen davon.
Ingolf springt vom Pferd und beugt sich über den reglos daliegenden Mann. Er ist nicht mehr ganz jung, sicherlich mehr als vierzig Jahre alt. Das Hemd aus feinem Leinen und das pelzbesetzte Wams deuten darauf hin, daß der Mann nicht unvermögend ist. Doch er scheint weder Armring noch sonstigen Schmuck zu tragen. Erst bei genauerem Hinsehen entdeckt Ingolf um den Hals des Fremden ein dünnes Goldkettchen, und als er die Bänder des Hemdes aufnestelt, um dem

Bewußtlosen Erleichterung zu verschaffen, sieht er, daß daran ein seltsamer goldener Gegenstand hängt: ein einfaches Kreuz, ohne Edelstein oder Verzierung, nur ein Kreuz.
Im gleichen Augenblick schlägt der Fremde die Augen auf und blickt Ingolf voller Angst und Entsetzen an. Seine Augen starren auf das blutverschmierte Schwert, und mit den Händen umschließt er angstvoll seinen Hals, als fürchte er, daß ihm der Kopf abgeschlagen werde.
»Wovor fürchtest du dich?« erkundigt sich Ingolf. »Doch nicht etwa vor mir?«
Der Fremde nimmt seine Hände von seinem Hals und nickt. »Gehörst du nicht zu meinen Verfolgern?«
»Zu deinen Verfolgern? Wie kommst du darauf? Ich bin hier vorbeigeritten, habe die Wölfe gehört und dann entdeckt, daß sie dich bedrängten. Einem habe ich mit meinem Schwert den Schädel gespalten, die beiden anderen sind mit eingekniffenem Schwanz davongerannt. Das war alles!«
»Dann ist an deinem Schwert also kein Menschenblut?« Der Fremde weiß immer noch nicht, ob er Ingolf trauen kann.
»Menschenblut? Nein! Mein Schwert ist noch ganz neu. Erst vor wenigen Wochen habe ich es mir geschmiedet. Benutzt habe ich es zum erstenmal hier, als ich der Bestie den Schädel spaltete. Doch komm, die Sonne wird gleich untergehen. Ich helfe dir auf mein Pferd und dann wollen wir uns sputen, daß wir die Siedlung erreichen, bevor die Nacht sie in ihre schwarzen Schatten hüllt.«
»Welche Siedlung?« erkundigt sich der Fremde.
»Die Siedlung Eriks am Aurlandsfjord. Ich will nicht wissen, wer du bist und woher du kommst. Dich danach zu fragen und zu entscheiden, was weiter geschehen soll, ist Eriks Sache. Ich habe dich hilflos gefunden und bringe dich zu meinem Ziehvater!«
»Du hast mir das Leben gerettet«, sagt der Fremde und greift

nach der Hand des jungen Wikingers. »Das vergesse ich dir nicht!«

»Ich habe nur ein paar halbwüchsige Wölfe vertrieben, die noch nicht wissen, wie man dem Wild nachstellt«, wehrt Ingolf ab.

»Wenn du nicht gekommen wärst, hätten mich die Bestien zerrissen. Ich hatte keine Kraft mehr, mich ihrer zu erwehren. Du bist mein Lebensretter.«

»Gut«, sagt Ingolf. »Jetzt wollen wir aber nicht mehr darüber reden, sondern aufs Pferd steigen. Sonst wird es dunkel, und wir müssen die Nacht hier oben verbringen. Sag mir nur noch, was das für ein seltsames Kreuz ist, das du auf der Brust trägst. Ich habe es vorhin gesehen, als ich dein Hemd öffnete, um dir Luft zu verschaffen.«

»Es ist das Kreuz Gottes, das Zeichen einer neuen Religion«, antwortet der Fremde nach kurzem Zögern. »Wenn ich dir mehr darüber sagen soll, muß ich dir meine ganze Geschichte erzählen.«

»Die wollen wir uns für heute abend aufsparen«, ruft Ingolf, hilft dem Fremden aufs Pferd und ergreift selber den Zügel, den Rotschimmel antreibend, »wenn du gegessen und getrunken hast und mit den Männern in der Halle des Seekönigs beim Bier sitzt. Ich will Erik bitten, daß er Thorleif und mich zuhören läßt, wenn du berichtest.«

»Und du glaubst nicht, daß er mich davonjagen wird des Kreuzes wegen?« meint der Fremde und deutet mit der Hand auf die Stelle, wo er unter seinem Hemd das Zeichen trägt.

»Davonjagen? In die Nacht hinaus? Wie kannst du so etwas nur denken? Ist es nicht Gesetz bei uns Wikingern, daß wir jedem, der an unsere Tür klopft, das Gastrecht gewähren? Alles andere wird später entschieden werden.«

Torkils Geschichte und ein Brand

Der alte Knecht Knut blickt überrascht von seiner Arbeit auf, als Ingolf bei einbrechender Dunkelheit mit einem fremden Mann auf dem Pferd in den Hof reitet. Dann tritt er näher und hilft dem Fremden beim Absteigen, mustert mit Kennerblick den Rotschimmel.

»Ein prachtvoller Hengst«, murmelt er halblaut und sagt dann zu Ingolf:

»Du solltest gleich ins Haus gehen. Der Seekönig wartet schon auf dich. Er ist wegen deines langen Ausbleibens beunruhigt. Um den Hengst werde ich mich kümmern.«

In der Vorhalle tritt den Ankömmlingen Erik entgegen. Er blickt erst den Fremden, dann Ingolf fragend an, sagt aber kein Wort.

»Ich habe einen Gast mitgebracht«, erklärt Ingolf die Anwesenheit des Fremden. »Oben am Berghang, wo sich die Wege gabeln, habe ich ihn getroffen.«

»Dein Sohn hat mir das Leben gerettet«, sagt der Fremde, und Erik hört zum erstenmal, daß ein anderer Ingolf seinen Sohn nennt. »Ohne ihn hätten mich die Wölfe zerfleischt!«

Erik legt dem Mann zur Begrüßung die Hand auf die Schulter, wie es Sitte ist.

»Willkommen in meinem Haus«, sagt er dann. »Wen einer meiner Söhne mitbringt, der ist mein Gast!«

»Ich bin Torkil, Händler aus Gotland«, stellt sich der Frem-

de vor.
Erik mustert den Gast von Kopf bis Fuß.
»Daß du kein Krieger bist, hat mir schon deine Kleidung verraten«, sagt er dann. »Wie aber kommt ein Händler in die Öde des Gebirges, noch dazu ohne Waffen?«
»Ich bin auf der Flucht«, berichtet Torkil. »Doch das ist eine lange Geschichte, die . . .«
». . . die du mir erzählen sollst, wenn du gegessen und getrunken hast«, unterbricht ihn Erik. »Ein schlechter Gastgeber, der mit seinem Gast in der Vorhalle herumsteht, anstatt ihn an den Tisch zu bitten. Tritt ein, Torkil, Gudrun, mein Weib, wird dich bewirten! Du mußt hungrig sein!«
Auf einen Wink hin läuft Ingolf ins Vorratshaus, um einen Krug Bier zu holen. Draußen begegnet ihm Thorleif, der gleich neugierig fragt: »Wer ist das, den du da mitgebracht hast?«
»Torkil, ein Händler aus Gotland«, antwortet Ingolf. »Mehr weiß ich auch nicht!«
»Du kennst nur seinen Namen und lädst ihn gleich ein«, wundert sich Thorleif. »War das nicht ein bißchen leichtsinnig?«
»Er war in Not«, rechtfertigt Ingolf sein Verhalten. »Als ich ihn fand, war er am Ende seiner Kräfte und wehrte sich verzweifelt mit einem Knüppel gegen drei Wölfe, die ihn angriffen!«
»Wölfe? Um diese Jahreszeit?« wundert sich Thorleif. »Wie hast du sie vertrieben?«
»Ich habe einem von ihnen den Schädel gespalten, da sind die anderen beiden mit eingekniffenem Schwanz weggerannt.«
»Du hast einen Wolf erlegt? Einen richtigen Wolf?«
Ehe Ingolf antworten kann, hört er die ungeduldige Stimme Eriks: »Wo bleibt denn das Bier?«
»Geh in die Halle und sieh dir den Mann an«, raunt Ingolf

dem Freund und Bruder zu. »Alles andere erzähle ich dir später.«
Die Ankunft des Fremden hat sich schnell in der Siedlung herumgesprochen. Als Torkil sich an Bier, gebratenem Schweinefleisch und frischem Brot gelabt hat, finden sich immer mehr Männer in der Halle des Seekönigs ein, unter ihnen Gisli, der Schiffsbaumeister, Vilgard und Ragnar. Und als Thorleif und Ingolf alle Krüge gefüllt haben, richtet Erik das Wort an den Gast und fordert ihn auf, jetzt zu erzählen, wie er waffenlos in die öde Bergwelt gelangt ist.
»Wir sind begierig, deine Geschichte zu hören«, ermuntert der Seekönig seinen Gast.
»Ich bin, wie ich schon gesagt habe, Händler«, erzählt Torkil, »auf Gotland, der Insel im Ostmeer, steht mein Haus. Meine Fahrten führen mich nicht nur nach *Helgö* und nach *Truso,* sondern noch weiter nach Osten. In *Holmgard* habe ich einen Handelsfreund, dessen Schiffe bis hinunter nach Kiew fahren. Ich selber besitze ein Lagerhaus in Haithabu, wo sich mit Kauffahrern aus England und Schottland einträglich Handel treiben läßt.«
»Wie bist du aber hierher, in den Norden gekommen, wenn du, wie du selber sagst, mit deinem Handelsschiff das Ostmeer befährst?« will Erik wissen.
»Ich hatte in Haithabu gegen vorzügliche Zobel- und Marderfelle eine Anzahl Ulfbert-Klingen eingetauscht. Die wollte ich hier oben im Norden absetzen und dafür Taue aus Seehundshaut und *Walroßhauer* erwerben.«
»Und, bist du deine Klingen losgeworden?«
»Ja«, gibt der Händler dem Seekönig zur Antwort. »Aber leider auf ganz andere Weise, als ich gedacht hatte. Ich fuhr hinein in den *Hardangerfjord* und weiter in den Eidfjord. Thurgeis, der Häuptling dort, zeigte für die Klingen großes Interesse, so daß ich auf einen günstigen Handel hoffen

durfte. Als er aber entdeckte, daß ich ein Christ bin, brach er den *Kauffrieden*, der doch überall herrscht, wenn ein Händler kommt, nahm mir mein Boot und meine Waren weg und jagte mich mit Hunden von seinem Hof. Ich war froh, daß ich mein nacktes Leben rettete.«

»Was ist das, ein Christ?« erkundigt sich Erik.

»Das Christentum ist eine neue Religion, die von Männern in langen Kutten verbreitet wird«, belehrt ihn Torkil. »Sie nennen sich Mönche, und sie ziehen vor allem von Irland aus, die neue Lehre zu verkünden. Ihr Symbol ist das Kreuz!«

Torkil nestelt an seinem Hemd und zieht dann das Kettchen mit dem kleinen Kreuz hervor, das Ingolf schon gesehen hat.

»Es sieht aus wie ein Thorhammer«, sagt Erik kopfschüttelnd. »Und das ist das Zeichen deiner Götter?«

»Wir Christen kennen nur einen Gott«, sagt Torkil. »Den Allmächtigen!« Da lacht Erik lauthals und haut mit der flachen Hand immer wieder auf die Tischplatte.

»Nur einen Gott?« ruft er. »Dann ist das aber eine arme Religion! Da will ich doch lieber bei meinen alten Göttern bleiben.«

»Ich habe auch von der neuen Religion gehört«, wirft Gisli ein. »Bei uns in Drontheim gibt es schon viele Männer und Frauen, die das Taufhemd übergestreift haben und Christen geworden sind. Und von anderen Ländern hört man, daß der mächtige Gott der Christen die alten Götter längst verdrängt hat.«

»Auf meinen Handelsfahrten treffe ich viele Christen an«, berichtet Torkil weiter. »Bei den Franken im Süden des Ostmeeres ist die neue Religion schon seit mehr als hundert Jahren verbreitet. In *Jütland* hat Harald Blauzahn, der Sohn Gorms des Alten, den heiligen *Hain* bei *Jelling* beseitigen und dort eine christliche Kirche bauen lassen, nachdem er die Dänen zu Christen gemacht hatte. Den großen Stein, in den er diese Tat einritzen ließ, habe ich selber gesehen. Und fern im Osten, im Reich *Wladimirs,* des Großfürsten von Kiew und Holmgard, geht das Gerücht, der Fürst wolle sich taufen lassen. Er will sein Reich Missionsmönchen aus Byzanz und Griechenland öffnen, damit sie dort die neue Lehre verkünden.«

»Wir bleiben bei unseren alten Göttern«, ruft Erik. »Bei Odin und Thor, Freyja und *Freyr*! Was sollen wir mit Gott dem Allmächtigen, wir sind mit unseren Göttern zufrieden!«

»Obwohl ich manchmal glaube, daß sie nicht mehr die Kraft wie früher haben«, wirft Ragnar ein.

»Was willst du damit sagen?« fährt ihn Erik an.

»Denke doch nur an eure Sturmfahrt auf dem Nordmeer«, sagt Ragnar ruhig. »Ihr habt ein Boot verloren. Meinst du, daß Harald und seine Männer nicht die Götter angerufen haben, als die wilden Wellen ihr Boot zu ihrem Spielball machten?«

»Die alten Götter sind stark wie eh und je«, sagt jetzt auch Vilgard, der Führer des zweiten Drachenbootes. »Als meine ›Möwe‹ von den Wellen verschlungen zu werden drohte, rief ich Thor um Hilfe an, und plötzlich schwamm das Boot wieder so sicher wie zuvor.«

»Wir können nur hoffen, daß unsere Götter nicht erzürnen, wenn wir einem Andersgläubigen Herberge geben«, sagt der alte Gumbjörn, der sich bisher nicht zu Wort gemeldet hatte, mit düsterer Stimme. »Vielleicht leben unsere Götter mit dem Christengott in Fehde und nehmen es uns übel, wenn wir einen seiner Anhänger aufnehmen.«

»Gumbjörn hat recht«, pflichtet Nils an der anderen Ecke der Tafel seinem Vorredner bei. »Hört nur, wie der Wind heult. Das ist nach einem klaren Tag immer ein schlechtes Zeichen. Vielleicht sind die Götter schon wütend auf uns.

Thurgeis hat den Christen auch fortgejagt.«
»Ich bin aber nicht Thurgeis, der den Kauffrieden bricht, sondern Erik, der Seekönig«, ruft der Hausherr. »Und unter meinem Dach herrscht Gastrecht wie bei Thorolf, meinem Vater. Ingolf hat Torkil mitgebracht. Er mag solange bleiben, wie es ihm hier gefällt! Wem das nicht paßt, der soll aufstehen und hinausgehen!«
Eriks Augen blitzen, an seiner Stirn ist die Zornesader geschwollen. Er ist von seinem Hochsitz aufgesprungen und weist mit der Hand zur Tür, die sich in diesem Augenblick öffnet. Knut, der alte Knecht, steckt den Kopf herein und ruft:
»Feuer! Es brennt! Eines der Vorratshäuser brennt!«
Ein unbeschreiblicher Tumult bricht aus. Alle Männer in der Halle sind aufgesprungen, stürzen zur Tür. Ingolf und Thorleif erreichen als erste die Vorhalle. Als sie die zweite Tür aufreißen, blicken sie in die rote Feuersglut. Das Vorratshaus drüben, auf der anderen Seite des Hofes neben dem Gesindehaus, steht in hellen Flammen.
»Wasser! Wir brauchen Wasser, holt Eimer!«, hören sie Knuts Stimme.
Die beiden Jungen laufen hinüber zur Küche, raffen alle leeren Eimer und Schüsseln zusammen, rennen zum Brunnen, wo Knechte schon dabei sind, Wasser zu schöpfen.
Die Männer bilden eine Kette, die vollen Eimer fliegen von Hand zu Hand, es brodelt und zischt, wenn sich Feuer und Wasser mengen.
»Das brennende Vorratshaus ist nicht mehr zu retten«, ruft Torkil, der neben Thorleif in der Reihe steht. »Wir müssen die Dächer und Außenwände der Nachbargebäude befeuchten, damit die Funken nicht überspringen und andere Häuser in Brand setzen können!«
»Torkil hat recht«, pflichtet Erik seinem Gast bei, und schon

klatschen die Männer an der Spitze den Inhalt der Eimer und Schüsseln gegen das Gesindehaus und das zweite Vorratshaus. Das Dach dieses hochgebauten Vorratshauses ist von unten schwer zu erreichen, und angstvoll verfolgen die Augen vieler Männer und Frauen den Funkenflug.
»Komm schnell, wir holen eine Leiter«, ruft Thorleif und rennt hinüber zur anderen Hofseite.
Thorleif und Ingolf lehnen die Leiter an das Dach des Vorratshauses, und Thorleif will hinaufsteigen. Ingolf zieht ihn zurück.
»Laß mich hinauf«, ruft er. »Denk an deine Schulter.«
»Denk du nicht immer an dich und die Möglichkeit, Mut zu zeigen«, fährt ihn Thorleif an. »Diesmal klettere ich auf das Dach, und du kannst mir die Eimer zureichen!«
Es gelingt den beiden Jungen und den Männern, ein Übergreifen des Feuers auf die Nachbargebäude zu verhindern. Das Vorratshaus aber brennt nieder. Ein paar verkohlte Balken sind alles, was von ihm übrigbleibt.
Die Männer versammeln sich verschwitzt und durchnäßt um Erik und blicken verstört in die rauchende und glimmende Glut. Der Wind treibt ihnen den Qualm in die Augen, daß sie tränen. Ingolf schüttelt sich. Hemd und Hose sind von Wasserspitzern durchnäßt, ihn fröstelt es.
Erik sieht es und breitet seine Arme aus.
»Kommt noch auf einen Trunk mit hinein ans warme Feuer«, ruft er. »Was hier zu tun bleibt, können die Knechte besorgen. Wir alle haben uns einen Schluck verdient, denke ich!«
Er geht auf die Vorhalle des Hauses zu, gefolgt von den anderen. Nur Gumbjörn, der Alte, wendet sich zum Gehen.
»Kommst du nicht mehr mit uns, Gumbjörn?« lädt ihn Erik ein. Der Alte schüttelt den Kopf.
»Es ist besser, dein Haus nicht zu betreten«, sagt er mit grollender Stimme. »Das Feuer hat gezeigt, daß die Götter ihre

schützende Hand nicht mehr über dich und dein Anwesen halten, in dem ein Andersgläubiger Herberge gefunden hat.«
»Die Rache der Götter«, sagt auch Nils und stellt sich neben Gumbjörn.
»Die Rache der Götter«, murmelt es mehrstimmig dort, wo die Frauen stehen.
Erik läßt seine Blicke schweifen und blickt seine Gefolgsmänner an. Er erkennt schnell, daß sich zwei Gruppen bilden. Einen Augenblick lang überlegt er, ob er wie Thurgeis handeln und Torkil, den Händler, fortschicken soll. Doch gleich verwirft er den aufkommenden Gedanken. Dies zu tun, würde nicht nur das heilige Gastrecht verletzen, es würde auch seinem Ansehen und seiner Autorität schaden. Er hat vorhin in der Halle vor allen Männern Torkil das Gastrecht gewährt. Die meisten von ihnen würden ihn für wortbrüchig halten, wenn er sich jetzt eines anderen besänne.
»Die Rache der Götter?« ruft er deshalb mit lauter Stimme. »Weshalb soll es auf die Rache der Götter zurückzuführen sein, wenn es irgendwo brennt? Haben wir nicht in jedem Jahr mehr als einmal Feuer am Fjord, ohne daß wir für den Brand gleich den Unwillen der Götter verantwortlich machen?«
»Aber du hast die Götter erzürnt, weil du einen Andersgläubigen aufgenommen hast«, widerspricht ihm Gumbjörn.
»Das ist etwas ganz anderes. Ich gehe jetzt und werde dein Haus solange nicht betreten, wie der Christ unter deinem Dach weilt.«
Nicht nur Nils, auch viele andere Männer folgen dem Alten. Die übrigen schweigen bedrückt, als sie hinter Erik und Torkil ins Haus gehen.
In der großen Halle bleiben an diesem Abend viele Plätze leer. Torkil sieht es mit Betrübnis und wäre am liebsten aufgestanden und fortgegangen. Erik scheint seine Gedanken zu

erraten, denn er hebt den Krug und trinkt ihm zu: »Bleib ruhig sitzen und vertreibe die trüben Gedanken hinter deiner Stirn«, sagt er zu seinem Gast. »Die Männer sind heißblütig. Daß sich allerdings Gumbjörn so halsstarrig zeigt, betrübt mich sehr.«

»Hat er nicht recht mit seinen Einwänden?« sagt Torkil nachdenklich. »Kaum hast du mich unter deinem Dach willkommen geheißen, da brennt eine Scheune nieder. Ein Zufall, gewiß! Aber nicht alle Männer glauben an den Zufall.«

»Was mich mehr als der Widerstand der Männer betrübt, ist der Verlust der Vorräte«, gibt Erik dem Gespräch eine Wendung. »Knut, mein alter Knecht, hat mir vorhin berichtet, daß in dem Vorratshaus alles Korn verbrannt ist. Die Ernte im August ist verhagelt, das wenige aber, das meine Knechte einbringen konnten, ist jetzt verbrannt. Wovon sollen wir im Winter Brot backen? Wir werden darben, und das ist das Schlimmste an dem Brand.«

Torkil schüttelt den Kopf, trinkt aus seinem Krug und sagt dann:

»Ihr werdet nicht darben, wenn du meinem Vorschlag folgst, Erik. Ich bitte dich, mich heute nacht und morgen unter deinem Dach ausruhen zu lassen, damit ich wieder zu Kräften komme. Für den Tag danach aber rüste mir ein Boot aus, das mich nach Haithabu bringt. Dort angekommen, will ich das Boot mit Korn und Hirse beladen, soviel es fassen kann. Das soll mein Dank für meine Rettung sein. Du aber wirst Korn haben, aus dem die Frauen Brot backen können.«

»Aber die Winterstürme?« wirft Erik ein. »Es ist ungeschriebenes Gesetz bei uns, im Winter nicht das Nordmeer zu befahren!«

»Der Winter läßt sich Zeit in diesem Jahr«, entgegnet Torkil. »Als Handelsfahrer kenne ich mich aus, glaube mir. Der Wind hat gedreht, er kommt vom Osten her. Das ist das Segelwetter, wie wir es brauchen, um schnell nach Haithabu zu kommen. Wenn du mir einen erfahrenen Schiffsführer gibst, werden wir in zwei Nächten und drei Tagen am Ziel sein.«

»Ich will das Boot führen«, ruft Vilgard. »Die ›Möwe‹ ist so schnell, wie ihr Name es sagt. Und sie ist segelfertig. Wenn du willst, können wir schon morgen abend auslaufen. Dann fahren wir während der Nacht durch den Fjord und haben zwei Tage und zwei Nächte auf dem Meer vor uns.«

»Und wenn das Wetter umschlägt?« gibt Erik zu bedenken. »Vergeßt nicht, daß ich in diesem Herbst schon ein Boot verloren habe.«

Doch die Zahl der Männer, die dafür sind, Vilgard mit dem Drachenboot nach Haithabu zu entsenden, wächst. Als auch Ragnar sich zum Fürsprecher des Unternehmens macht und darauf hinweist, daß mit Ausnahme der Fahrt durch das *Skagerrak* das Boot ständig unter Land fahren könne, gibt sich Erik geschlagen.

»So sei es also«, sagt er. »Aber ich lasse mir von dir die Waren nicht schenken. Gastfreundschaft ist eine, Handel eine andere Sache. Was du uns lieferst, wird in Silber aufgewogen. Schließlich hast du im Eidfjord an Thurgeis ein beladenes Boot verloren.«

»Ich bin immer noch ein wohlhabender Mann«, sagt Torkil stolz. »Wenn ich wollte, könnte ich zehn Schiffe beladen. Aber es soll geschehen, wie du sagst, doch unter einer Bedingung.« Torkil deutet mit der Hand auf Ingolf und sagt:

»Gib mir nach Haithabu Ingolf mit, meinen Lebensretter. Er soll den Handelsplatz kennenlernen, und ich hoffe, ihm manches zeigen zu können, was er hier nie zu sehen bekommt.«

Ingolf ist ganz rot geworden, als die Augen aller Männer plötzlich auf ihm ruhen. Obwohl er weiß, daß er ungefragt eigentlich schweigen muß, wenn Männer miteinander reden,

bittet er: »O ja, laß mich mitfahren, Erik!«
Der Seekönig denkt einen Augenblick nach. Seine Zustimmung gibt er erst, nachdem auch Ragnar und Vilgard für Ingolf gesprochen haben.
»Wenn Ingolf und Thorleif nächstes Frühjahr mit auf Kriegsfahrt sollen, wird es gut sein, wenn sie sich vorher an das Leben auf einem Drachenboot gewöhnen und lernen, wie man ein Schiff steuert«, sagt Vilgard.
»Dann darf auch ich mit?« ruft Thorleif erfreut.
Erik widerspricht sofort.
»Du bleibst hier! Erstens deiner kranken Schulter wegen und zweitens, weil ich nicht gleich beide Söhne verlieren möchte, falls dem Drachenboot etwas passiert. Doch Ingolf darf fahren. Ich hoffe, daß ihr in sieben Tagen mit einem vollbeladenen Boot wieder hier sein werdet.«

Eine Entdeckung und ein Besuch in Haithabu

Am Morgen nach Ingolfs Abreise sattelt Thorleif seinen Hengst. Erik, sein Vater, ist hinunter zum Schiffsbauplatz am Fjord geritten, wo unter Gislis kundiger Leitung der ›Adler‹ entsteht, des Seekönigs neues Langschiff.

Wegen der Größe des Schiffes hatte es zwischen Erik und dem Schiffsbaumeister beinahe Streit gegeben. Erik hat anfänglich darauf bestanden, einen Drachen mit dreißig Ruderbänken zu bauen, also groß wie ein Königsschiff. Gisli hat ihn schließlich davon überzeugt, daß er ein solches Schiff auch bemannen müsse, was nach dem Verlust der Mannschaft Haralds wohl nur schwerlich möglich sein werde.

»Außerdem ist ein Königsschiff geeignet, Flaggschiff und Mittelpunkt einer Flotte zu sein, nicht aber, um an fremden Küsten Beutefahrten zu unternehmen«, hatte der erfahrene Bootsbaumeister erklärt. »Was du brauchst, ist eine schnelle und wendige *Schnigge* mit zwanzig Ruderbänken, die dich

dem Winde gleich über die Meere trägt. So ein Boot will ich dir bauen, und du wirst, denke ich, mit mir zufrieden sein.«
Thorleif hatte unbemerkt den Hof verlassen können. Er ist schlechter Laune an diesem Morgen, ärgert sich, daß Ingolf nach Haithabu segeln durfte und er nicht. Kaum ist er aus dem Tor hinaus, als er auch schon ›Sturmwind‹, seinen Hengst, zu schnellerer Gangart antreibt. Thorleif reitet ihn zum erstenmal und brennt darauf zu erfahren, ob der Hengst wirklich so schnell ist, wie Sven, der Züchter, es versprochen hat. In wildem Galopp prescht er den Berg hinan und nimmt dabei unbewußt den Weg, den Ingolf zwei Tage zuvor mit Torkil geritten ist.
Ein Schwarm schwarzer Krähen fliegt auf, als Thorleif sich der Stelle nähert, wo der Weg sich gabelt. Auffliegende Krähen, das deutet auf Aas hin, denkt Thorleif und treibt seinen Falben hinüber zu der Stelle, wo die Krähen gesessen haben. Eine Schlucht tut sich vor ihm auf, und als er vom Pferd springt, um über die Felskante zu spähen, entdeckt er unter sich im mageren Gestrüpp einen blutiggrauen Klumpen, offenbar der Mittagstisch der Krähen, die jetzt, ärgerlich krächzend, über ihm kreisen.
Thorleif will schon wieder auf das Pferd steigen, als ihm ein Gedanke kommt. Behende steigt er in die Schlucht hinunter, um das blutiggraue Etwas näher in Augenschein zu nehmen. Er findet, was er erwartet hat. Da liegen die von den harten Schnäbeln der Krähen zerfetzten Reste eines toten Wolfes, dem ein Schwerthieb den Schädel gespalten hat. Mit einem Knüppel dreht Thorleif den Kadaver um und betrachtet ihn von allen Seiten, um festzustellen, ob das Fell noch verwendbar ist. Denn aus einem Wolfsfell ließe sich vorzüglich eine Satteldecke gerben.
Die Untersuchung endet mit einer Enttäuschung. Zu lange hat der tote Wolf hier unten schon gelegen, zu sehr haben

die Krähen den Kadaver zugerichtet. Aber Thorleif entdeckt auch, daß das tote Tier ein noch recht junger Wolf gewesen ist. Seine Laune hat sich bedeutend gebessert, als er zu seinem Falben zurückkehrt, in den Sattel steigt, den Hengst zur Rückkehr an den Fjord antreibt und den noch immer krächzend kreisenden Krähen ihren Fraß überläßt.

Thorleif beschließt, nicht gleich nach Hause zu reiten, sondern Ragnar, dem Schmied, noch einen Besuch zu machen. Als er an Björns Haus vorbeireitet, fällt ihm ein, daß er nach dem Kranken sehen könnte, der mit ihm zusammen von dem Ast der Eiche getroffen worden war.

Björn kommt ihm zu seiner Überraschung humpelnd entgegen. Aus Ästen mit Gabeln, die er unter seine Achseln schieben kann, hat er sich zwei Krücken geschnitzt, auf die er sich beim Humpeln stützen kann.

»Weißt du, ich halte es einfach nicht aus, wenn ich den ganzen Tag auf meinem Lager liegen soll«, sagt er, nachdem er Thorleif begrüßt hat. »Ich denke immer, mein anderes Bein verliert vom vielen Nichtstun seine Muskelstärke und seine Gelenkigkeit. Aber sag mir, wie es deiner kranken Schulter geht? Du bist hierher geritten, wie ich sehe. Daraus schließe ich, daß du wieder gesund bist!«

Björn humpelt an Thorleifs Seite über den Hof zu ›Sturmwind‹, dem Falben.

»Ein prachtvolles Pferd«, lobt er. »Ich habe gehört, daß Erik es bei Sven drüben gekauft hat. Und Ingolf reitet einen Rotschimmel? Da seid ihr beide ja ganz hervorragend beritten.«

Im gleichen Augenblick öffnet sich die Tür, und Björnhild tritt auf den Hof. Sie begrüßt Thorleif, fragt dann aber gleich nach Ingolf. »Er ist gestern abend mit dem Händler nach Haithabu gefahren, um Korn zu holen? Stimmt es, daß er seinen Hengst selber zugeritten und einen Wolf getötet hat? Man hört so viel von seinen Taten!«

Das Mädchen sprudelt seine Fragen nur so heraus. Ihre Wangen haben sich gerötet, und mit ihren blonden Zöpfen sieht sie sehr hübsch aus.
Thorleifs Laune wird sofort wieder schlechter.
»Mein Vater hat ihn nach Haithabu fahren lassen, weil meine Schulter noch nicht ganz in Ordnung ist«, sagt er dann. »Sonst hätte ich sicher mitfahren dürfen. Das Zureiten des Hengstes war übrigens gar nicht so schwierig, weil ich die halbe Arbeit schon besorgt hatte. Der Hengst war müde, als Ingolf ihn bestieg.«
Das Mädchen lacht, und ihr Lachen klingt glockenhell.
»So war das also! Und ich hatte gehört, der Hengst habe dich abgeworfen!«
Thorleif senkt den Blick und murmelt dann, mehr zu sich selber als zu Björnhild:
»Hat er auch, aber erst, nachdem ich lange mit ihm gekämpft hatte und bloß, weil meine kranke Schulter plötzlich so arg schmerzte.«
»Du hast offenbar für alles, was Ingolf betrifft, eine Ausrede«, wundert sich Björnhild. »Das hört sich an, als ob du ihm seine Leistungen nicht gönntest! Nun sag bloß noch, den Wolf, dem Ingolf droben am Weg nach Myrdal den Schädel gespalten hat, habest du vorher müde gehetzt, so daß er sich winselnd von Ingolf erschlagen ließ?«
»Das nicht gerade«, wehrt Thorleif ab. »Doch wenn du das gefährliche Tier sehen willst, brauchst du nur zu mir auf meinen Falben zu steigen und hinzureiten. Er liegt oben in einer kleinen Schlucht und dient den Krähen als Fraß.«
»Woher weißt du das?« fragt Björnhild zweifelnd.
»Ich komme gerade von da oben herunter«, erzählt ihr Thorleif. »Wollte nachsehen, ob das Fell des Wolfes noch verwendbar ist. Dabei habe ich festgestellt, daß Ingolf, dein Held, nicht einen Wolf erschlagen hat, sondern ein Wölflein.

Dazu braucht man eigentlich kein Schwert, sondern es genügt ein Knüppel!«
Björnhild sieht Thorleif mit ihren hellen Augen enttäuscht an.
»Ich denke, Ingolf ist dein Freund und soll dein Bruder werden«, sagt sie dann. »Warum redest du da so schlecht über ihn?«
»Ich sage nur, wie es gewesen ist«, verteidigt sich Thorleif. »Ingolf hat einen jungen, unerfahrenen Wolf erschlagen, nun gut. Eine Heldentat war das bestimmt nicht.«
»Wolf ist Wolf«, bleibt Björnhild auf ihrem Standpunkt. »Ich hätte dich mal hören mögen, wenn das Raubtier von dir und nicht von Ingolf erschlagen worden wäre. Du wärest nicht müde geworden, mit deiner Heldentat zu prahlen, und du hättest das Gleichgewicht verloren und wärest auf die Nase gefallen, so sehr wäre deine Brust vor Stolz geschwollen!«
»Nun streite dich nicht mit Thorleif, sondern bitte ihn ins Haus und reiche ihm einen Trunk«, ermahnt sie ihr Vater, der gründlich den Hengst gemustert hat und jetzt angehumpelt kommt.
»Danke, ich muß weiter, will noch schnell auf einen Sprung zu Ragnar, dem Schmied«, wehrt Thorleif ab, den es in diesem Augenblick nicht nach weiterem Beisammensein mit Björnhild gelüstet. Dabei mag er das Mädchen ganz gern. Wenn Björnhild nur nicht dauernd von Ingolf reden würde.
»Schade«, sagt Björn bedauernd, und Björnhild winkt ihm zu, als er in den Sattel springt und davonreiten will.
Björn ist von dem Hengst sichtlich angetan.
»Ein prachtvolles Tier«, sagt er zu Thorleif. »Pferde von solcher Rasse züchtet nur Sven. Was der Falbe wert ist, wirst du, glaube ich, erst schätzen lernen, wenn er dich zum erstenmal in einen Kampf trägt. Dem Hengst ist so schnell kein anderes Pferd gewachsen!«

Am übernächsten Morgen segelt Vilgards ›Möwe‹ mit Torkil und Ingolf an Bord durch die *Schlei* auf Haithabu zu. Trotz der frühen Stunde herrscht auf dem Fjord mit seinen flachen Ufern schon reges Leben und Treiben. Steifer Ostwind bläht die Segel, so daß die ›Möwe‹ gute Fahrt macht. Der Drachen überholt ein dickbauchiges Schiff, wie es Ingolf noch niemals gesehen hat. Es liegt tief im Wasser und hat außergewöhnlich hohe Bordwände.

»Ein *Knorr*«, erläutert ihm Torkil auf seinen fragenden Blick. »Das sind die Schiffe der Wanderhändler. Sie sind fester gebaut als die leichten Kriegsschiffe und haben einen großen Laderaum, in dem man die Waren befördern kann. Sieh mal, das Schiff da drüben hat Vieh geladen, das der Händler entweder auf *Fünen* oder in Schonen gekauft hat und jetzt nach Haithabu bringt. Dort wird er versuchen, einen Käufer aus Irland zu finden, wo Rinder am besten bezahlt werden.«

»Woher weißt du das alles?« erkundigt sich Ingolf überrascht. Torkil lacht und winkt mit der Hand dem Schiffer zu, der drüben auf dem Knorr am Mast steht.

»Wir Handelsfahrer kennen uns alle untereinander«, sagt er dann. »Irgendwo treffen wir uns immer mal wieder auf unseren Fahrten. In Haithabu, in *Birka*, in Truso, in *Ladoga* oder in Holmsgard, das manche jetzt Nowgorod nennen. Und wir wissen natürlich, womit dieser oder jener vorwiegend handelt. Nun, von Herjulf, dem Schiffer des Knorr da drüben, weiß ich, daß er gerne Vieh aufkauft, nach Haithabu bringt, und auf der Rückfahrt nach Osten meistens Tuche aus England und Friesland mitnimmt. Tuche hat übrigens sicherlich auch der Knorr geladen, der uns jetzt entgegenkommt. Haithabu ist ein begehrter Umschlagplatz, weil er vom Nordmeer ebenso zu erreichen ist wie vom West- und Ostmeer. Wir segeln durch die Schlei nach Haithabu. Händler vom Westmeer müssen flußaufwärts die *Treene* fahren und das letzte Stück Weges ihre Waren nach Haithabu auf Fuhrwerke verladen. So günstig liegt kaum ein anderer Handelsplatz. Und ich kann von mir wohl sagen, daß ich rund um das Ostmeer alle kenne.«

Eine Stunde später hat die ›Möwe‹ im Hafen von Haithabu festgemacht, und Ingolf geht an Torkils Seite mit staunenden Augen durch den Ort. Er sieht zum erstenmal in seinem Leben Häuser, die nicht – wie droben am Fjord – weit verstreut liegen, sondern eng beieinander stehen. In ihnen arbeiten Handwerker, feilschen Kaufleute mit Kunden um die Preise für Waren, die aus allen Richtungen zusammenkommen.

Torkil führt seinen jungen Begleiter in ein großes Haus, das einem reichen Handelsmann gehört. In der Halle liegen Ballen von Häuten, Fellen und Tuchen, Fässer mit Wein und Honig, Berge von Getreide. Menschen gehen ein und aus, prüfen dies, betrachten jenes. Ein alter Mann mit einem seltsam gewundenen Tuch als Kopfbedeckung, wie Ingolf es noch niemals gesehen hat, führt vier junge Mädchen herein, geht auf die Ballen ostfriesischen Tuches zu. Mit dem Händler spricht er in einer Sprache, die Ingolf nicht versteht.

»Das ist ein arabischer Kaufmann, der Tuch kaufen möchte, um seinen Sklavinnen Gewänder machen zu lassen«, erläutert ihm Torkil. »Sie frieren in ihren dünnen Kleidern.«

Auch Torkil wechselt mit dem Araber einige Worte in der fremdartig klingenden Sprache.

»Ich kenne Omar schon seit vielen Jahren«, sagt er dann zu Ingolf. »Er kommt hierher mit Silber und tauscht dafür kostbare Pelze ein, auf die im Orient die Frauen der Vornehmen ein Auge haben. Das Silber wiederum läßt sich bei den Schmuckhandwerkern gut absetzen, aber es ist auch als Zahlungsmittel, wie du weißt, begehrt. Doch warte, ich will mit meinem Handelsfreund wegen des Getreides reden.«

Ingolf sieht, wie Torkil sich an den Kaufmann wendet, dem das Haus mit der großen Halle gehört. Eine Zeitlang feilschen sie um die Preise, dann reicht der Kaufmann Torkil die rechte Hand, und dieser schlägt ein. Das Geschäft ist abgeschlossen.

»Der alte Gauner verlangte zunächst einen viel zu hohen Preis«, sagt Torkil lachend zu Ingolf. »Als er jedoch merkte, daß ich mich nicht übertölpeln ließ, ging er sehr schnell herunter. So, das Getreide haben wir. Jetzt brauchen wir noch einige Säcke Malz und ein paar Fässer Honig.«

»Warum kaufst du das nicht hier?« erkundigt sich Ingolf.

»Hier ist alles teuer«, belehrt ihn Torkil. »Doch zweifellos hat Ulf Ulfssohn, so heißt der Kaufmann, in Haithabu das beste Getreide. Deshalb habe ich hier die Ladung gekauft, die heute noch auf die ›Möwe‹ verladen werden kann. Malz und Honig kriegen wir anderswo billiger und besser.«

»Kannst du einfach so fortgehen? Mußt du nicht zuerst bezahlen?« fragt Ingolf erstaunt, als sich Torkil zur Tür wendet.

Der Händler schüttelt den Kopf.

»Ich habe überall in Haithabu Kredit, wenn du weißt, was das ist. Das heißt, ich mache mit dem Geschäftspartner einen Preis aus und verspreche, ihn zu zahlen. Er weiß, daß er von mir sein Geld bekommt, auch wenn ich es im Augenblick nicht habe, weil Thurgeis mich am Eidfjord ausgeraubt hat, obwohl ich als friedlicher Händler zu ihm kam.«

»So kaufst du hier ohne Silber ein?« wundert sich Ingolf.

»Ich kaufe auf meinen Namen«, sagt Torkil. »Der gilt unter Kaufleuten mehr als ein Sack Silber!«

Währenddessen sind sie auf dem Bohlenweg, der zwischen den Häusern entlangführt, in ein Viertel gelangt, in dem die Häuser weniger groß sind.

»Hier kaufen wir Malz und Honig«, sagt Torkil. »Und ich

irre mich bestimmt nicht, wenn ich vermute, daß ich hier nur den halben Preis von dem zu zahlen habe, den mir Ulf abverlangt hätte.«

Eine halbe Stunde später hat Torkil das Gewünschte erstanden. Sein Gesicht verrät, daß er mit dem Handel zufrieden ist.

»Jetzt wollen wir aber endlich zu meinem Lagerhaus gehen und sehen, was Ali, mein afrikanischer Diener, während meiner Abwesenheit gekauft und verkauft hat.«

Vor Torkils Lagerhaus am Ende des Bohlenweges werden die Ankömmlinge von einem Mann mit dunkler Hautfarbe und wulstigen Lippen begrüßt.

»Ich habe schon von deiner glücklichen Ankunft gehört, Herr«, spricht dieser Torkil an. »Doch du bist mit einem fremden Schiff gekommen. Das verheißt nichts Gutes. Ist dir ein Unglück widerfahren?«

»Du sagst es, Ali«, nickt Torkil. »Mir ist in der Tat ein Unglück zugestoßen. Und wäre Ingolf nicht gewesen, mein junger Freund hier, dann hättest du mich wohl niemals wieder begrüßen können. Ihm verdanke ich mein Leben.«

Da wirft sich der Sklave vor Ingolf nieder und fordert ihn auf, den Fuß in seinen Nacken zu setzen. Ingolf blickt Torkil ratlos an.

»Tu es getrost«, sagt dieser. »Damit will Ali zeigen, daß er dich neben mir als seinen Herrn betrachtet. Ich habe ihn vor vielen Jahren auf dem Sklavenmarkt in Holmsgard gekauft. Seither ist er mein treuer Diener und Sachwalter meiner Angelegenheiten, wenn ich unterwegs bin.«

Torkil gibt Ali ein Zeichen aufzustehen, nachdem Ingolf die Geste vollzogen hat. Dann bringt der Sklave auf Torkils Geheiß eine große Kiste herbei, in die der Händler ein halbes Dutzend Schwertklingen tut.

»Bringe eine davon deinem Mutterbruder Ragnar, damit er

sich von Ulfberts Können überzeugt«, sagt er zu Ingolf. »Und hier, diese Töpfe aus dem Rheinland, sind Geschenke für Gudrun und für Hiltrud, deine Mutter. Nimm jeder der beiden Frauen noch eine Bernsteinkette mit, damit sie sich daran erfreuen, denn Schmuck läßt das Herz jeder Frau höher schlagen.«

Ali packt alles, was Torkil ihm reicht, in die Kiste, bedeckt die Waren mit Leinen und seidenen Tüchern, die, wie Torkil erzählt, aus dem Orient kommen.

»Nun fehlt nur noch ein Geschenk für dich, mein Lebensretter«, sagt Torkil schließlich zu Ingolf. »Ein Schwert hast du dir schon selber geschmiedet, doch ich glaube, daß dir noch ein Schild fehlt, um im Kampf die Schläge deiner Feinde aufzufangen. Du sollst einen tragen, der eines Königs würdig wäre.«

Auf einen Wink Torkils bringt Ali einen Schild herbei, bei dessen Anblick Ingolf am liebsten Freudenschreie ausgestoßen hätte. Der Schild ist ganz mit weißem Leder bespannt und trägt darauf als einzige Verzierung einen großen Schlangenkopf aus Goldplättchen.

»Der Schild ist für einen großen König angefertigt worden, der lange die Dänen regiert hat, Harald Blauzahn. Sein eigener Sohn Sven, den sie den Gabelbart nennen, hat ihn entmachtet und regiert jetzt als König. Bevor der Schild fertig war, hatte Harald Gormssohn das Kreuz genommen und wollte als Christ einen solchen Schmuck nicht mehr tragen. Da habe ich den Schild gekauft und gewartet, daß ein Mann käme, der eines solchen Königsschildes würdig wäre. Jetzt bist du gekommen, Ingolf. Ich schenke dir den Schild und wünsche, daß er dir immer Schutz gegen die Schwerthiebe und Lanzenstiche der Feinde bieten wird. Denn nichts ist im Kampf neben dem scharfen Schwert so wichtig wie ein guter Schild.«

Sturmfahrt über das Nordmeer

Der Ostwind bläst am nächsten Morgen mit unverminderter Stärke. Die ›Möwe‹ muß kreuzen, als sie den Hafen von Haithabu verläßt. Torkil und Ali, der schwarze Sklave, stehen am Bootssteg und winken den Abreisenden zu. Ingolf winkt zurück, doch Vilgard muß seine ganze Aufmerksamkeit dem Ruder des Schiffes zuwenden. Es ist achtern an der Steuerbordseite des Schiffes angebracht und läßt sich von einem einzigen Mann mühelos handhaben. In dem schmalen Fjord erfordert das Steuern des Schiffes, zumal bei Gegenwind, volle Aufmerksamkeit und großes Können.
Haithabu ist längst im Dunst zurückgeblieben, als Ingolf sich an Vilgard wendet:
»Westwind wäre jetzt besser, um das vollbeladene Schiff voranzutreiben«, sagt er. »Er würde uns das mühevolle Kreuzen ersparen.«

»Von mir aus kann der Ostwind bleiben«, belehrt ihn Vilgard. »Er macht uns zwar Mühe, doch nur solange, wie wir hier in der Schlei sind. Haben wir das offene Ostmeer erreicht, werden wir sehr bald gute Fahrt machen.«
»Aber das wäre doch auch bei Westwind der Fall.«
»Natürlich«, sagt Vilgard. »Nur wünsche bitte nicht den Westwind herbei. Er kommt um diese Jahreszeit meistens als Sturm, und Sturm können wir auf unserer Fahrt nicht brauchen. Wenn es beim Ostwind bleibt, können wir auch ohne den erfahrenen Torkil als Lotsen hier in den unbekannten Gewässern Tag und Nacht segeln, weil uns die Sterne den Weg weisen. Sieh doch, wie klar der Himmel ist.«
Ingolf senkt den Kopf. Er schämt sich der Belehrung durch den erfahrenen Schiffsführer, ärgert sich, daß er das nicht selbst bedacht hat.
Vilgard legt ihm die Hand auf die Schulter.
»Hier«, sagt er dann. »Nimm du jetzt das Ruder. Es wird Zeit, daß du lernst, ein Schiff zu führen!«
Ingolf wird ein bißchen rot vor Stolz, als er den Ruderbaum in der Hand hält. Daß Vilgard ihn auf solche Weise auszeichnet, freut ihn sehr. Leicht bewegt er das Ruder nach links und spürt sofort die Bewegung des Vorderstevens. Dann drückt er den Ruderbaum nach rechts. Wieder gehorcht ihm das schwer im Wasser liegende Boot auf der Stelle.
»Ein gutes Schiff ist wie ein gehorsamer Hengst«, erläutert Vilgard ihm die Steuertechnik. »Wie der Hengst auf das leichteste Ziehen am Zügel anspricht, folgt ein Boot dem Ausschlag des Ruders. Wer gut reiten kann, ist meistens auch ein guter Steuermann. Und reiten kannst du ja wohl, habe ich mir erzählen lassen.«
Ingolf denkt in diesem Augenblick an seine erste Begegnung mit ›Wolke‹, seinem Rotschimmel, und an das Hochgefühl,

als er den Hengst gezähmt hatte. Das gleiche stolze Gefühl hat er jetzt, als die ›Möwe‹ unter seiner Hand gegen den Wind kreuzt.

»Etwas mehr ausholen«, rät ihm Vilgard, »und dann scharf herum. So kann der Wind wieder voll das Segel blähen.«

Nach mehrstündigem Kreuzen passiert die ›Möwe‹ die Engstelle der Schlei. Dann öffnet sich unvermittelt der Fjord, und vor ihnen liegt das Ostmeer im Glanz der Mittagssonne.

»Jetzt geht es geradewegs nach Norden«, ruft Vilgard, der Ingolf wieder am Steuerruder abgelöst hat. »Geh in den Scherenraum und ruhe dich aus! Wir werden uns alle paar Stunden am Ruder ablösen. Wenn der Wind anhält, werden an Backbord morgen früh schon Jütlands grüne Küsten auftauchen. Und dann ist das Nordmeer nicht mehr weit.«

Obwohl er keine Müdigkeit verspürt, tut Ingolf, wie Vilgard ihm geheißen. Er wirft sich im *Scherenraum* auf die weichen Felle, die der Mannschaft auf langer Seefahrt zum Ausruhen dienen. Das Erlebte geht ihm noch einmal durch den Kopf. Neben sich hört er die Wellen an die Bordwand klatschen. Das Schiff wiegt sich leicht im Wind. Ingolf fallen die Augen zu. Als er erwacht, ist die Sonne verschwunden und die Dämmerung aufgezogen. Schattenhaft erkennt er Vilgard am Steuerruder. Ingolf rafft sich auf, stakt mit wiegenden Schritten zum Halbdeck achtern, wo das Boot gesteuert wird.

»Soll ich dich jetzt ablösen?« wendet sich Ingolf an Vilgard.

Der Schiffsführer nickt.

»Ja, nimm du das Steuerruder. Die See ist ruhig, wenn es mir auch scheinen will, als habe der Wind leicht nach Süden gedreht. Jedenfalls macht die ›Möwe‹ trotz der Ladung gute Fahrt. Wenn nichts besonderes geschieht, möchte ich bis Mitternacht schlafen und dann wieder das Steuer übernehmen.«

Augenblicke später ist Vilgard vorne im Scherenraum verschwunden, wo auch die Besatzung ruht, die nichts zu tun hat, wenn das Schiff auf See ist und unter Segel läuft. Nur im Kielraum sind zwei Männer dabei, das einsickernde Kielwasser auszuschöpfen.

Ingolf steht auf dem Deck allein in der Dunkelheit. Die ›Möwe‹ durchschneidet die Wellen, das Wasser rauscht außenbords, doch sonst ist außer Schnarchtönen und dem Knarren des Mastes kein Laut zu hören.

Auf der Backbordseite nimmt Ingolf den schmalen Küstenstreifen wahr. Vilgard hat ihm geraten, immer in Sichtweite der Küste zu bleiben, sich ihr jedoch nicht zu sehr zu nähern, weil es an manchen Plätzen noch immer räuberische Wikinger gäbe, die allzu gern ein einsam segelndes und noch dazu so wertvoll beladenes Boot überfallen und aufbringen würden.

Voraus flammt plötzlich ein Licht auf. Ingolf glaubt im ersten Augenblick, es drohe Gefahr, auf einer der hier im Belt zahlreichen Inseln zu stranden, ehe er entdeckt, daß das Licht von einem Schiff stammt, das der ›Möwe‹ entgegenkommt. Trotz der Dunkelheit erkennt Ingolf, daß es sich bei dem langsam näherkommenden Segler um einen Knorr, also ein Kauffahrerschiff, handelt, das sicherlich auf dem Weg nach Haithabu ist, und von dem keine Gefahr ausgeht.

Später kommt auf der Steuerbordseite eine Insel in Sicht. Ingolf erinnert sich an die Hinweise, die Torkil dem Schiffsführer auf der Herfahrt gegeben hat, und vermutet, daß es sich um *Tunö* handelt. Er weiß, daß er in den nächsten Stunden das Schiff leicht nach Steuerbord steuern muß, um an *Djursland* vorbeizusegeln. Ein Blick auf den Sternenhimmel zeigt Ingolf, daß es auf Mitternacht zugeht. Wenig später kommt auch Vilgard schon aus dem Scherenraum auf ihn zu.

»Der Wind ist stärker geworden, das Boot macht gute Fahrt«, stellt der Schiffsführer fest.

»Tunö liegt schon hinter uns«, berichtet Ingolf. »Bis auf einen Knorr, der uns vor ein paar Stunden begegnet ist, hat sich nichts ereignet.«

»Dann lege du dich jetzt aufs Ohr und laß mich ans Ruder«, ordnet Vilgard an. »Bis Mittag kannst du ruhen. Ich übernehme wieder die Führung des Schiffes.«

Nach vielen Stunden tiefen Schlafes erwacht Ingolf, weil die ›Möwe‹ in schwerer See ächzt und knarrt. Brecher klatschen an die Bordwand, Wasser spritzt in den Scherenraum.

»Gut, daß du kommst«, ruft ihm Vilgard zu. »Ich wollte dich gerade wecken lassen. Wer bei solchem Wellengang ruhig schlafen kann, ist ein guter Seemann. Der Wind hat nach Westen gedreht und sich in einen mittleren Sturm verwandelt. Ich habe soeben alle Mann an Deck befohlen.«

Die ›Möwe‹ macht trotz des stürmischen Wetters gute Fahrt. Jetzt zeigt es sich, daß Vilgard sie umsichtig beladen hat, als er in Haithabu die Fracht an Bord nahm. Das Schiff liegt gleichmäßig, nicht zu tief, im Wasser. Das zusätzliche Gewicht der Ladung hat Vilgard dadurch ausgeglichen, daß er das Schiff nur mit der Notbesatzung von zehn Mann besetzt hat. Er vertraut darauf, daß die Winde es treiben und die Männer nicht zu den Riemen greifen müssen.

Das Heulen des Windes wird immer stärker, zeigt an, daß der Sturm sich zum Orkan ausweitet. Trotz ihrer Lage beginnt die ›Möwe‹ auf den Wellen zu tanzen. Das Steuerruder ist nur noch schwer zu bewegen. Ingolf packt mit an, hilft Vilgard bei den Steuermanövern.

»Wir müssen jetzt nach Nordwesten«, ruft ihm Vilgard zu, und Ingolf hat Mühe, beim Heulen des Sturmes die Worte zu verstehen. »Das Kap liegt hinter uns. Wir müssen bei diesem Sturm gegen den Wind kreuzen. Die Götter mögen uns helfen!«

Die Götter scheinen die Hand schützend über Vilgard und

sein Schiff zu halten, denn die ›Möwe‹ übersteht auch die gefährlichsten Segelmanöver, ohne Schaden zu nehmen.
»Sie ist ein prachtvolles Schiff«, ruft Vilgard. »Die ›Möwe‹ wird mit dem ärgsten Sturm fertig.«
Aber Vilgard jubelt zu früh. Als er beim nächstenmal das Steuer herumwirft, erwischt ein schwerer Brecher das Schiff schräg von vorn, ein Zittern geht durch den Drachen, eine Sturmböe zerfetzt das Segel, die *Rahstange* bricht krachend herunter, trifft Vilgard mit ihrer ganzen Wucht am Kopf. Ächzend sinkt der Schiffsführer zu Boden.
Ingolf versucht unter Aufbietung aller Kräfte, das segellose Schiff mit dem Steuerruder in den Wind zu drehen.
»An die Riemen«, brüllt er den Männern zu. »Rudert mit allen Kräften. Wenn das Schiff sich dreht und seitwärts von einem Brecher getroffen wird, sind wir verloren.«
Keiner der Männer widerspricht dem Jungen, dessen blonde Haare im Winde flattern und der mit starker Hand das Steuerruder führt, während Vilgard mit blutender Kopfwunde bewußtlos zu seinen Füßen liegt. Die selbstverständliche Sicherheit, mit der Ingolf nach Vilgards Ausfall die Führung übernimmt, gefällt ihnen. So schieben sie die mehr als fünf Meter langen Riemen aus Föhrenholz durch die kreisrunden Ruderlöcher und legen sich mit aller Kraft hinein. Tatsächlich bekommen sie das antriebslos vor dem Wind treibende Boot unter Kontrolle.
Ingolf dreht das Steuerruder so, daß die ›Möwe‹ mit ihrem schlanken *Bug* die Wellen schneidet. Auf beiden Seiten des Schiffes rauschen Wellenberge vorbei, Gischt spritzt ins Schiffsinnere. Nach endlos langer Zeit verzweifelten Ruderns muß Ingolf zwei Männer auffordern, die Riemen einzuziehen und Wasser zu schöpfen, das sich in bedrohlicher Menge im Kielraum angesammelt hat.
»Gut so, Ingolf«, sagt Vilgard, der in diesem Augenblick aus

seiner Bewußtlosigkeit erwacht. »Halte das Boot mit dem Bug immer gegen die Wellen, dann schaffst du es. Ich . . .« Mehr kann Vilgard nicht sagen, weil den Schwerverletzten von neuem die Bewußtlosigkeit umfängt.

Den ganzen Nachmittag kämpft die ›Möwe‹ gegen den Sturm an. Erst am Abend wird sein Heulen leiser, schwächt der orkanartige Wind sich ab, beruhigt sich das aufgewühlte Meer. Die acht Männer auf den Ruderbänken heben ihre zotteligen Köpfe, lachen mit blanken Zähnen den Jungen am Steuerruder an. Da weiß Ingolf, daß er seinen ersten Kampf mit den Urgewalten des Meeres gewonnen hat.

Obwohl sich die erschöpften Männer mit aller Kraft in die Riemen legen, kommt das schwerbeladene Boot gegen den noch immer steifen Westwind kaum voran. Um die Hände freizuhalten und sich um Vilgards Verletzung kümmern zu können, hat Ingolf den Ruderbaum festgebunden. Mit feuchtem Leinen kühlt er des Schiffsführers Kopf. Vilgard liegt noch immer in tiefer Bewußtlosigkeit. Zusammen mit einem der Männer aus dem Kielraum hat Ingolf ihn in den Scherenraum getragen, auf weiche Felle gebettet und mit Fellen zugedeckt. Lange und nachdenklich betrachtet er den bewußtlosen Anführer, von dem er jetzt keinen Rat erwarten kann. Dem vom Kampf mit den Wellen erschöpften Jungen kriecht ein Schauer über den Rücken. Er schüttelt sich vor Kälte. Doch die Verantwortung, die mit Vilgards Verletzung auf ihn zugekommen ist, kann er nicht abschütteln. Einige der Männer auf den Ruderbänken lächeln ihm trotz der Erschöpfung ermunternd zu. Ingolf weiß jetzt, daß er versuchen muß, die ›Möwe‹ heimzusteuern.

Da das Boot bei festgestelltem Ruder sich zwar langsam, aber gleichmäßig seinen Weg durch das noch immer unruhige Meer sucht, findet Ingolf Zeit, die Ladung zu kontrollieren. Er lüftet die Häute, unter denen die Fracht verstaut worden ist, und stellt zu seiner Freude fest, daß das Leder keine Feuchtigkeit durchgelassen hat. Korn und Malz sind trocken geblieben.

Die Besichtigung des Mastes fällt weniger zufriedenstellend aus. Vom roten Segel flattern an Schnüren nur noch ein paar Fetzen, die Rahstange, die Vilgard beinahe erschlagen hat, ist zerbrochen.

Aus dem Leinen, das Torkil uns mitgegeben hat, könnte man ein Notsegel anfertigen, denkt Ingolf. Aber ohne Rahstange wird es nur schwerlich zu befestigen sein. Einen Augenblick lang erwägt Ingolf den Gedanken, einen der leichten Föhrenholz-Riemen, mit denen die Männer rudern, als behelfsmäßige Rahstange zu verwenden, als ihm auch schon etwas Besseres einfällt. Vorne, im Vorschiff, steht der Amboß, ohne den kein Wikinger-Schiff auszulaufen pflegt. Wie wäre es, wenn er sich bei Tagesanbruch gleich daranmachte, eine Manschette zu schmieden und damit die zerbrochene Rahstange zusammenzufügen?

»Rudert, Männer, rudert nach Kräften«, ruft er, beseelt von seinem Plan, den Fahrtgenossen zu. »Morgen früh, wenn sich die See beruhigt hat, wollen wir ein Notsegel anfertigen. Dann könnt ihr euch von den Anstrengungen erholen.«

»Wie willst du ohne Rahstange segeln?« ruft ihm einer der Männer zu. »Siehst du denn nicht, daß sie in zwei Teile zerbrochen ist?«

»Das Boot bleibt auch mit festgestelltem Ruder gut auf Kurs«, sagt Ingolf, nachdem er einen Blick auf die Kielwasserlinie geworfen hat. »Ich werde jetzt im Vorschiff das Herdfeuer anblasen, und für die Rahstange eine Manschette schmieden. Ich denke, daß ich damit fertig sein werde, wenn der Morgen graut.«

Die Männer haben am nächsten Morgen gerade das weiße Notsegel aufgezogen und sind übermüdet auf ihre Lager gesunken, als im Scherenraum Vilgard die Augen aufschlägt. Er versucht aufzustehen, sinkt aber mit einem Stöhnen gleich wieder auf das Lager zurück. Seine trüben Augen verraten, daß er fiebert. Als er das Knattern des Segels hört und wie durch einen Schleier sieht, daß sich über ihm im Wind weiße Leinwand bläht, umspielt ein Lächeln der Zufriedenheit seine Mundwinkel. Er winkt Ingolf herbei, der wieder am Ruder steht, und fordert ihn auf, sich zu ihm herabzubeugen.

»Wir sind im Sturm wahrscheinlich nach Nordost abgetrieben worden«, flüstert er Ingolf mit heiserer Stimme zu. »Wenn die Felsenküste in Sicht kommt, nimm Kurs auf das offene Meer und segle so weit entfernt von ihr nach Norden, daß du immer nur die Kuppen der Berge siehst. Sie sind um diese Jahreszeit schneebedeckt und deshalb nicht zu verfehlen. Auf diese Weise entgehst du den spähenden Blicken derer, die entlang der Küste in Schlupfwinkeln ihre Raubnester haben und auf einzelne Boote lauern. Ein schwerbeladenes, aber schwachbemanntes Schiff wie die ›Möwe‹ wäre eine leichte Beute für sie.«

Ingolf legt Vilgard die Hand auf die Schulter, drückt den Fiebernden auf das Lager zurück und beruhigt ihn:

»Ich werde mich an deine Anweisungen halten, Vilgard, und ich will alles tun, um die ›Möwe‹ sicher heimzubringen. Das Boot macht gute Fahrt. Ich denke, noch zwei Tage, dann haben wir es trotz der Verzögerung durch das Unwetter und mit unserer schweren Ladung geschafft.«

Vilgard blickt ihn an und lächelt wieder.

»Wenn einer es schafft, dann bist du es, Ingolf. Ich bewundere dich. Du stehst zum erstenmal am Steuerruder und führst es so sicher, als hättest du schon oftmals ein Boot über das Nordmeer gesteuert.«

Als der Häuptling die Augen geschlossen hat, geht Ingolf wieder nach achtern und nimmt den Ruderbaum in die

Hand, den er vorübergehend einem der Männer anvertraut hatte.

»Leg dich zur Ruhe«, fordert er ihn auf. »Das Schiff macht bei beständigem Wind gute Fahrt. Da genügt es, wenn ein Mann am Ruder steht und die Augen offenhält.«

Im gleichen Augenblick reißt hinter dem Boot die Wolkendecke auf, und das bleigraue Meer glitzert im fahlen Schein der Wintersonne. Das weiße Segel über ihm knatternd vom Wind gebläht, das Rauschen des Wassers an den Bordwänden wie Musik im Ohr, so fährt Ingolf mit der ›Möwe‹ dem heimischen Fjord entgegen.

Ragnars Enthüllungen

Es ist Winter geworden am Fjord. Nicht nur die Berge haben Schneekappen, auch die Täler liegen unter einer weißen Decke. Auf dem Wasser treiben Eisschollen, und auf den Höfen bereiten die Frauen das Julfest vor. Erik und Gudrun wollen die Festzeit zum Anlaß nehmen, ein großes Gastgebot zu veranstalten, mit dem Ingolfs Erhebung zum Sohn des Seekönigs gefeiert werden soll. Alle Freunde und Verwandten sind dazu eingeladen worden. Unter Gudruns Aufsicht sind die Mägde seit Tagen dabei, aus Gerste Bier zu brauen, aus Weizen und Roggen Brot zu backen. Die Vorratshäuser sind gefüllt, und in den Räucherkammern hängen saftige Schinken und gut durchwachsene Speckseiten, um die große Schar der zu erwartenden Gäste angemessen bewirten zu können.

Am Julabend unternimmt Erik, wie der Brauch es vom Hausherrn verlangt, den Rundgang durch das Anwesen. Er mustert im Küchenhaus den Tisch, den Gudrun dort für die Toten hat decken lassen und der zwölf Tage und zwölf Nächte lang die verstorbenen Ahnen zum festlichen Mahl einlädt. Dann tritt er in den Stall und wirft den Pferden und dem Vieh das Festfutter vor. Die letzte Garbe legt er unter das Vordach, damit auch die Vögel etwas zu picken haben. Dann nimmt Erik Speisen und wirft sie in die vier Winde; er hofft, daß der Wind im kommenden Jahr den Booten günstig wehen wird.

Nach diesen Verrichtungen betritt Erik das Haus, ruft die Familie und das Gesinde zusammen und verriegelt hinter ihnen die Tür. In der Julnacht geht Odin in mannigfaltigen Verkleidungen um und bezeichnet die Toten des kommenden Jahres; da ist es ratsam, die Tür des Hauses entgegen sonstigem Brauch gegenüber Fremden geschlossen zu halten.

In der großen Halle ist der Tisch festlich gedeckt. In der Mitte ruht der Kopf des Julebers, den Erik als Dank und Opfergabe an die Götter eigenhändig geschlachtet hat. Zum Schweinefleisch tischt Gudrun Hirsebrei auf. Die Hausfrau läßt die Augen forschend über die Tafel wandern, ob auch alles seine gute Ordnung habe. Eriks Aufmerksamkeit ist beim Mahle mehr nach außen gerichtet; er lauscht auf jedes Geräusch, bangend, ob es nicht vielleicht Odins Schritt sei, den er knirschend im Schnee vernimmt, und ob da nicht jemand an die Tür klopft. Thorleif und Ingolf geben sich ungezwungen dem Mahle hin, lassen sich Fleisch und Brei schmecken und denken nicht so sehr an den verschollenen Harald, als an den nächtlichen Mummenschanz, den sie gleich nach dem Mahle treiben werden, wenn sie mit den anderen Jungmännern vermummt von Gehöft zu Gehöft ziehen. Sie nehmen sich vor, Björnhild und den anderen Mädchen Schabernack zu spielen.

Die ›Möwe‹ mit Ingolf am Steuerruder war jubelnd begrüßt worden, als sie vor acht Tagen durch den Fjord gesegelt kam. Ingolf hatte, als das Schiff sich der Siedlung näherte, mehrmals auf der Lure das Ankunftssignal blasen lassen und für solche Umsicht das Lob des Seekönigs erhalten.

»Als unser Ausguck mir meldete, er habe ein Schiff mit weißem Segel gesichtet, befahl ich den Männern, sofort zu den Waffen zu greifen«, hatte er Ingolf erzählt und den Jungen in seine Arme geschlossen. »Dann aber hörten wir das vertraute Signal und konnten unsere Schwerter wieder wegstekken, weil es Freunde waren, die sich näherten.«
Gisli, der Schiffsbaumeister, und heilkundige Frauen hatten sich gleich des verletzten Vilgard angenommen und übereinstimmend festgestellt, daß sein Schädel nicht gebrochen war.
»Er braucht noch zwei oder drei Tage Ruhe, dann wird der Schmerz im Kopf nachlassen«, hatte Gisli versichert. »Ich bin sicher, daß Vilgard wieder gesund ist, wenn das Julfest beginnt.«
Die Prophezeiung des heilkundigen Schiffsbauers hat sich erfüllt. Vilgard ist einer der ersten, der sich am Tag nach dem Julmahl auf Eriks Hof einfindet, um das Fest der bevorstehenden Sonnenwende zu feiern. Er sieht noch ein bißchen blaß aus, ist aber wieder guter Dinge. Erik begrüßt ihn herzlich, indem er beide Hände auf Vilgards Schultern legt und den Schwertgenossen an seine Brust zieht.
»Ich bin froh, dich wieder gesund zu sehen«, sagt er. »Ohne dich hätten wir das Julfest hier bei mir nicht so feiern können, wie ihr alle es seit meines Vaters Zeiten gewohnt seid, denn wir hätten weder Gerste und Malz gehabt, um Bier zu brauen, noch Mehl, um Brot zu backen.«
»Danke nicht mir, sondern Ingolf«, wehrt Vilgard ab. »Ob die ›Möwe‹ ohne ihn heimgekommen wäre, steht in den Sternen. Ich weiß nicht, was geschehen ist, als mich die niederstürzende Rahstange wie ein Keulenschlag traf und plötzlich um mich herum alles dunkel wurde, aber in jenem Augenblick befand sich das Boot in höchster Not.«
»Du meinst also in der Tat, daß Ingolf die ›Möwe‹ davor bewahrt hat, in den Wellen des Nordmeeres zu versinken?«

Erik sieht seinen Gast ungläubig an.
»Zumindest weiß ich, daß keiner der Männer Ingolfs Wort in Frage stellte. Während der kurzen Augenblicke, in denen die Dunkelheit mich verließ, hörte ich Ingolfs befehlende Stimme Anweisungen geben, und keiner war an Bord, der ihm widersprach. Und als er dann in der Morgendämmerung am Amboß stand, die Manschette für die zerbrochene Rahstange schmiedete und im roten Schein des Feuers sein Haar golden schimmerte, da sind ihm die Herzen der Männer, die auf den Ruderbänken stöhnten und auf eine glückliche Fügung hofften, zugeflogen. Ich weiß nicht, ob ich selber das Boot so schnell wieder flott bekommen hätte.«
»Du, der bewährte Schiffsführer, stellst deine Fähigkeiten hinter die eines Jungen, der zum erstenmal an Bord eines Schiffes war?«
»Ingolf Haraldsson ist wie sein Vater«, sagt Vilgard bewundernd. »Erinnere dich nur an den schlimmen Tag, als uns die Briten in die Falle lockten und Thorolf, dein Vater, fiel. Da übernahm Harald wie selbstverständlich die Führung und brachte die Drachenboote sicher heim. Daran habe ich denken müssen, als ich mit schmerzendem Schädel, unfähig der geringsten körperlichen Bewegung, im Scherenraum der ›Möwe‹ lag und über mir im Wind plötzlich das weiße Segel knatterte, während kurze Zeit vorher noch die Rahstange zerbrochen an Deck gelegen hatte.«
»Das ist lange her«, sagt Erik mit leiser Stimme, und seine Miene verfinstert sich bei den Worten. Doch er verscheucht schnell die aufkommenden trüben Gedanken. »Daran wollen wir jetzt nicht denken. Wir feiern Julfest. Sieh nur, es sind schon viele Gäste in der Halle. Komm, wir wollen uns zu ihnen setzen.«
Erik hat kaum auf dem Hochsitz Platz genommen und Vilgard den Ehrensitz auf der anderen Seite angewiesen, da be-

treten Ingolf und Thorleif die Halle. Kein Wort des Widerspruchs erhebt sich, als Ingolf wie selbstverständlich auf den Sitz Haralds, seines verschollenen Vaters, zugeht und sich niederläßt. Thorleif hingegen zögert einen Augenblick, ob er Ingolfs Wink, sich neben ihn zu setzen, befolgen soll oder nicht. Das zustimmende Nicken Eriks ermuntert ihn jedoch, es zu tun, und er läßt sich neben dem Bruder nieder.
Während die Männer in der Halle dem Bier zusprechen, das, frisch gebraut, ihnen köstlich mundet, unternimmt in der Küche Hiltrud einen letzten Versuch, Ingolf zu behalten. Sie redet auf Gudrun, die Hausfrau, ein, beschwört sie, Harald nicht den Sohn zu nehmen. Doch Gudrun gibt nicht nach.
»Du solltest lieber über die Totenfeier für Harald nachdenken, anstatt Entscheidungen umstoßen zu wollen, die längst gefallen sind«, sagt sie mit bei ihr ungewohnter Entschiedenheit. »Es sind mehr als zwei Monde her, seit unsere Männer ohne Harald und die anderen heimgekehrt sind. Glaubst du immer noch, daß er eines Tages zurückkommt? Bist du immer noch sicher, daß er nicht tot ist?«
»Ich lebe in seinem Haus und habe noch keine Veränderung entdeckt, die darauf deutet, daß Harald nicht mehr am Leben ist. Niemals hat nachts einer seiner Hunde geheult, und sein Hengst scharrt so ungeduldig mit den Hufen, als warte er nur darauf, daß Harald ihm den Sattel auflegt.«
»Aber es ist Brauch bei uns, daß nach angemessener Frist Abschied genommen wird«, versucht Gudrun sie zu beeinflussen. »Wie soll Harald in Walhall glücklich werden, wenn du hier noch immer auf ihn wartest? Und die große Schar deiner Kinder mit dir?«
Hiltrud senkt den Kopf und sagt dann leise:
»Nur einer wartet nicht mehr auf Harald. Und gerade er hätte allen Grund dazu, weil Harald ihn unter allen seinen Kindern stets besonders ausgezeichnet hat.«

»Laß Ingolf seinen Weg gehen, Hiltrud«, sagt Gudrun besänftigend. »Du weißt, daß die Götter mir, seit ich Thorleif geboren habe, keine Kinder mehr schenken. Laß mir Ingolf, damit ich zwei Söhne habe. Dir bleiben noch fünf.«

»Die aber noch so klein sind, daß ich von ihnen während Haralds Abwesenheit keine Hilfe erwarten kann«, sagt Hiltrud mit Bitterkeit in der Stimme. »Ich muß sie tränken und sättigen, und ich habe keinen starken Arm, der mich dabei unterstützt.«

»Du hast Ragnar, deinen Bruder, und du hast die anderen Männer deiner Sippe, deren Pflicht es ist, Haralds Besitz zu hüten, bis er an seine Erben übergeht. Wenn du so fest an Haralds Rückkehr glaubst, kann dir Ingolfs Erhebung zum Sohn Eriks nur recht sein, weil du noch das *Erbmahl* hinauszögern kannst, auf das deine Kinder Anspruch haben. Denn deine jüngeren Kinder sind in der Tat noch zu jung, um ihr Erbe anzutreten.«

»Du verstehst es geschickt, mir meinen Schmerz zu versüßen«, sagt Hiltrud mit trauriger Stimme, »wie du immer schon verstanden hast, mir gegenüber deinen Willen durchzusetzen.«

»Was redest du da? Bist nicht du es, die von uns beiden stets die Glücklichere war? Als wir Mädchen waren und die beiden besten Jungkrieger um uns freiten, da wurde ich Erik angetraut, weil die beiden Sippen es so beschlossen hatten, und du bekamst Harald. Die Götter haben deine Ehe mit sechs Kindern gesegnet, ich habe Erik nur einen einzigen Sohn geboren. Wenn du an den Häusern deiner Nachbarn vorbeigehst, kannst du es erhobenen Hauptes tun. Ich spüre noch heute, wie die Leute hinter meinem Rücken wisperten, wenn Erik im Herbst von großer Fahrt heimkam und ich ihm wieder keine Hoffnung auf ein weiteres Kind machen konnte. Doch komm, es ist alles gesagt! Wir wollen in die

Halle gehen. Die Männer werden schon auf das Mahl warten.«

In der Halle geht es lustig zu. Die Männer erzählen Geschichten von ihren Beutefahrten, berichten von fremden Küsten, brüsten sich mit Jagdabenteuern und Heldentaten bei blutigen Kämpfen.

Eriks dröhnende Stimme übertönt dabei die Schilderungen der anderen, und sein Lachen schallt immer wieder durch den großen Raum.

Ingolf wird von allen Männern als einer der ihren betrachtet. Über den Umstand, daß er die geforderten Mannbarkeitsprüfungen noch nicht abgelegt hat, sehen die Krieger hinweg, seit sie erfahren haben, wie sehr er sich beim Sturm auf dem Meer bewährt hat.

»Er hat schon viel geleistet«, rühmt Ragnar seinen Schwestersohn. »Am Amboß hat er sich selbst ein Schwert geschmiedet wie übrigens Thorleif auch, auf der Weide hat er einen Hengst zugeritten, in den Bergen einen Wolf getötet und im Orkan auf dem Meer ein Schiff gesteuert. Wo gibt es einen Dreizehnjährigen, der so etwas von sich behaupten kann?«

Thorleif erlebt mit Mißfallen den Wirbel, der um Ingolf gemacht wird. Und als gar sein Vater aufsteht und die Männer bittet, ihm zuzuhören, weil jetzt der Augenblick gekommen sei, wo er Ingolf zu seinem Sohn erheben wolle, senkt Thorleif den Kopf und stiert auf die Tischplatte.

»Ich habe den Sohn meines Gefolgsmannes Harald in mein Haus genommen, wie ihr wißt«, hebt er an. »Diese Entscheidung hat nicht den Beifall aller gefunden, doch die Taten, die Ingolf vollbracht hat, seit er unter meinem Dache lebt, zeigen, daß die Götter auf meiner Seite sind. Harald und ich waren Freunde von Kindheit an. Gemeinsam jagten wir Elch und Bär, gemeinsam maßen wir unsere Kräfte bei kämpferi-

schen Spielen, gemeinsam fuhren wir hinaus auf das Nordmeer. Einen treueren Gefolgsmann, einen besseren Schwertgenossen, habe ich nie gehabt.«
Erik unterbricht seine Rede, trinkt aus seinem Krug und blickt sich dann forschend in der Runde um. Dann spricht er weiter: »Wir haben zur gleichen Zeit geheiratet, und mein Sohn Thorleif wurde nur wenige Monate später geboren als Ingolf. Die Freundschaft der Väter hat sich bei den Söhnen fortgesetzt. Seit sie auf ihren Beinen stehen können, war Thorleif zu finden, wo Ingolf war, und Ingolf, wo Thorleif sich aufhielt. Harald und ich waren glücklich, als die Zehnjährigen uns Schnittwunden an ihren Armen zeigten und berichteten, sie hätten zum Beweis immerwährender Brüderschaft ihr Blut gemischt.«
Wieder macht der Seekönig eine Pause, trinkt einen Schluck aus seinem Krug und mustert die Schar seiner Gäste.
»Wenn es den Göttern gefallen hätte, mich nicht vom Nordmeer heimkehren zu lassen, so hätte ich mir gewünscht, daß Harald die Erziehung meines Sohnes übernehme. Es ist anders gekommen. Harald, der Beste unserer Krieger, ist nach Walhall gesegelt. Ich bin sicher, daß ich seinen Wunsch erfülle, wenn ich seinen Sohn Ingolf zu meinem Sohn erhebe.«
Erik ist von seinem Hochsitz aufgestanden und streckt Ingolf zu seiner Rechten beide Hände entgegen, zieht den Jungen, der sie ergreift, zu sich empor, drückt ihn an seine Brust. Auch die Krieger in der Runde sind aufgesprungen.
»Ich ernenne dich zu meinem Sohn und meinem Erben«, sagte Erik zu Ingolf, nachdem er mit einer Bewegung seiner Hand Thorleif aufgefordert hat, sich an seine linke Seite zu stellen. »So wie Thorleif und Ingolf seit ihrer frühen Jugend als Freunde und *Blutsbrüder* alles geteilt haben, sollen sie als wirkliche Brüder meine gleichberechtigten Erben sein. Euch alle, meine Freunde und Schwertgenossen, rufe ich zum Be-

weis der Gültigkeit dieses Schwures als Zeugen an.«
Die Männer trommeln mit den Fäusten auf die Tischplatte und trinken dann Erik und seinen beiden Söhnen zu. Ingolf gibt ihnen lachend Bescheid, Thorleif hebt mit ernstem Gesicht seinen Becher. Auf der Querbank der Frauen hat Hiltrud Tränen in den Augen, während Gudrun vor Freude strahlt.
Als der Lärm abklingt und die Männer wieder ihre Plätze einnehmen, bleibt nur Ragnar, der Schmied, stehen.
»Was aber wird, wenn Harald doch noch heimkehrt«, ruft er mit lauter, jedes einzelne Wort betonender Stimme. »Noch ist die Totenfeier nicht gehalten, noch gilt er lediglich als verschollen. Fürchtest du nicht, Erik, daß er eines Tages vor dich hintreten und seinen Sohn von dir zurückfordern wird?«
Der Seekönig ist wieder aufgesprungen, blickt Ragnar mit großen Augen an, schweigt einen Augenblick und sagt dann, mit einer Bewegung seiner rechten Hand eine Vision verscheuchend:
»Sollte das eintreten, was Ragnar angedeutet hat, dann wird es meine und Haralds Sache sein, eine Lösung zu finden. So, wie es in der Vergangenheit bei zwischen uns auftauchenden Schwierigkeiten immer Lösungen gegeben hat.«
Erik läßt sich auf seinem Hochsitz nieder, greift zum Krug und gibt damit zu erkennen, daß er die Aussprache für beendet betrachtet.
»Die Mägde sollen den Braten auftragen«, ruft er Gudrun, seiner Hausfrau, zu.
Doch Ragnar steht noch immer, mit beiden Händen schwer auf die Lehne des Stuhles gestützt.
»In diesem Augenblick, wo auf dein Geheiß Haralds Sohn unsere Sippe verlassen und in deine Sippe eintreten soll, darf nichts ungesagt bleiben, und auch du, der Seekönig, darfst

keiner Frage ausweichen.«

Erik sieht den Schmied unwillig an, nickt dann aber zum Zeichen seiner Zustimmung. Die Älteren unter den Kriegern in der Runde hören aufmerksam zu, doch auch zwischen den jüngeren verstummt die Unterhaltung. Alle spüren, daß Entscheidendes bevorsteht. Vor allem Ingolfs und Thorleifs bemächtigt sich spannende Erwartung.

»So frage ich dich, Erik Thorolfsson, was an jenem Tage geschehen ist, als du vom Thing zum Seekönig gewählt wurdest?« ruft Ragnar in die Stille hinein.

»Worauf spielst du an? Was soll damals geschehen sein? Das ist neun Jahre her. Was sollen die alten Geschichten?«

»Die alten Geschichten müssen heute aufgetischt werden, damit es nicht zu Zwietracht unter unseren beiden Sippen kommt, die gar in *Blutrache* ausarten könnte.«

»Was redest du, Ragnar? Sprich dich deutlich aus!«

Der alte Schmied greift zu seinem Krug und trinkt einen Schluck.

Dann setzt er seine Rede fort:

»Als wir damals heimkamen ohne Thorolf, deinen Vater, und auf dem Nordmeer kein einziges Boot verloren hatten, weil Harald uns ebenso kühn wie umsichtig geführt hatte, da gab es, wie du weißt, nicht wenige Männer unter uns, die dafür eintraten, Harald zum Seekönig zu wählen. Sie haben den jungen Anführer auf den Schild gehoben und aus dem Boot an Land getragen, um so seine Leistung zu würdigen. Erinnerst du dich, Erik Thorolfsson?«

Eriks Augen wandern an den Eichenbalken der Hallendecke entlang, mit einem Winken seiner Hand bedeutet er Ragnar fortzufahren:

»Du hingegen standest damals abseits. Weshalb aber würdigten dich die Krieger kaum ihres Blickes? Weil viele von ihnen dir vorwarfen, du habest den Seekönig Thorolf, deinen Vater, mit deinem Schild nicht so beschirmt, wie es deine Pflicht als sein nächster Schwertgenosse gewesen wäre. Als damals die Briten über uns herfielen und Thorolf den Befehl gab, zurück in die Boote zu springen, warst du einer der ersten an Bord, während Thorolf mit einer Handvoll Krieger den Rückzug deckte. Alle sind erschlagen worden. Nur ich kam davon, weil Harald mich mit dem Schwert heraushaute und mich dann auf seinem Rücken an Bord trug.«

Es ist totenstill in der Halle, als Ragnar seine Rede unterbricht, um sie gleich wieder fortzusetzen:

»In die Wahl des neuen Seekönigs ging Harald als großer Favorit. Du hast vorhin so viel von den Gemeinsamkeiten zwischen dir und ihm geredet. Vergessen zu erzählen hast du dabei, daß ihr beide Rivalen wart, denn neben Harald stelltest du dich zur Wahl. Und nicht Harald wurde gewählt, sondern du. Mit einer Stimme Mehrheit, einer einzigen Stimme. Kannst du mir sagen, wie solches geschehen konnte, Erik?«

Der Seekönig hebt die Hände und zuckt mit den Achseln.

»Du hast es eben doch selber gesagt. Ich bekam die Mehrheit, wenn auch nur mit einer Stimme. Und Harald war der erste, der mich zur Wahl beglückwünschte.«

»Das ist richtig! Harald ist ein guter Verlierer gewesen, obwohl es, glaube ich, das erstemal gewesen war, daß er dir, seinem Blutsbruder, unterlag. Aber wie hätte er sich verhalten, glaubst du, wenn er gewußt hätte, daß du deshalb gewonnen hast, weil die entscheidenden Stimmen gekauft waren?«

Bei seinen letzten Worten hat Ragnar die Stimme anschwellen lassen. »Nun, Erik Thorolfsson, was hätte er wohl gesagt?«

Der Seekönig ist aufgesprungen, hat sein Schwert aus der Scheide gerissen und macht Anstalten, auf Ragnar einzudringen. Vilgard und Björn, der nach seiner Verletzung erstmals wieder in der Runde sitzt, werfen sich dazwischen. Ingolf und Thorleif sehen sich ratlos an. Hiltrud und Gudrun auf der Querbank haben Tränen in den Augen. In der Halle herrscht unbeschreiblicher Tumult.

»Wie kannst du es wagen, mich, den Seekönig, zu bezichtigen, mir meine Wahl erkauft zu haben!« herrscht Erik den Schmied an, und seine Augen sprühen Feuer.

Ragnar blickt ihm unerschrocken ins Gesicht und weicht keinen Schritt zurück. Dann sagt er ruhig:

»Habe ich dich beschuldigt, die Stimmen gekauft zu haben, oder habe ich gesagt, du habest deshalb gewonnen, weil die entscheidenden Stimmen gekauft waren?«

»Das ist doch dasselbe«, brüllt Erik. »Außerdem mußt du es beweisen.«

»Das ist nicht dasselbe, und ich werde es beweisen«, entgegnet ihm Ragnar ruhig. »Ihr erinnert euch doch alle an Alf Alfsson, den alten Schmied, meinen Lehrer, der im letzten Winter den *Strohtod* gestorben ist, nachdem er so viele Sommer auf dem Nordmeer verbracht hat, blutige Kämpfe geschlagen und oftmals vor den Toren von Walhall gestanden hatte. Als ich an seinem Sterbelager saß, schickte er die Frauen hinaus und berichtete mir, des gefallenen Seekönigs Sippe habe ihm damals einen großen Beutel Silber gegeben, weil sie wollte, daß Erik, Thorolfs Sohn, zum neuen Seekönig gewählt werde. Und er nannte mir die Namen einiger, die auch einen Sack Silber bekommen haben.«

In der Halle ist es ganz still geworden. Die Augen aller sind auf Erik gerichtet. Der Seekönig ist blaß, und seine Augen flackern drohend.

»Für diese Behauptung würde ich dich zum Zweikampf fordern, wenn du nicht ein alter Mann und überdies ein Krüppel wärest«, sagt er mit schneidender Stimme. »Von mir hat damals, vor meiner Wahl, nicht ein einziger Mann auch nur ein Silberstück bekommen, das schwöre ich euch bei allen Göttern. Und wenn Alf Alfsson auf seinem Sterbebett etwas anderes behauptet hat, dann hat er gelogen. Außerdem wißt ihr alle, daß der Alte in seinen letzten Jahren manchmal nicht klar im Kopf war.«

Doch Ragnar, der Schmied, läßt sich nicht umstimmen.

»Wer hat denn behauptet, du hättest den Männern das Silber gegeben? Alf hat gesagt, das Silber sei von deiner Sippe gekommen. Das ist ein Unterschied. Hier geht es heute nicht darum, herauszufinden, ob du davon Kenntnis hattest oder nicht. Neun Jahre sind seither vergangen, und in dieser Zeit hast du dich als Anführer bewährt. Doch deine Sippe ist einflußreicher und wohlhabender denn je. Du und deine Anverwandten besitzen die größten Höfe und die meisten Ländereien hier am Fjord, und nichts kann mehr gegen euren Willen geschehen!«

»Und was hat das alles mit der damaligen Wahl zu tun? Wir haben Glück gehabt auf unseren Fahrten, und die Drachenboote sind jeden Herbst beuteschwer heimgekehrt. Habt ihr nicht alle davon euren Vorteil gehabt?«

»Ja, aber du und deine Sippe, ihr seid reich geworden. Hätte damals Harald eine Stimme mehr bekommen, dann wäre unsere Sippe heute führend.«

»Jetzt weiß ich erst, worauf du hinaus willst«, entgegnet Erik hohnlachend. »Aus dir spricht der Neid eines alten, kranken Mannes.«

Ragnar, der noch immer, auf seinen Stuhl gestützt, an der anderen Seite der Tafel steht, schüttelt den Kopf.

»Aus mir spricht die Wahrheit«, sagt er. »Im letzten Winter nach Alfs Bestattung, habe ich mich gefragt, ob ich sie gleich auftischen sollte. Damals bin ich zu dem Ergebnis gekommen, daß es dem Frieden in unserem Stamm dienlicher wäre, von den alten Geschichten zu schweigen. Aber jetzt hast du sie ans Licht der Erinnerung gezerrt und mit einem Glanz umgeben, der ihnen nicht zusteht. Und deshalb sage ich hier nochmals, und die Älteren unter uns werden sich daran erinnern, daß damals, als die Wahl so überraschend zu deinen Gunsten ausging, nicht nur die Überzeugungskraft der Leute, die für dich sprachen und warben, im Spiel war, sondern auch säckeweise Silber. Habe ich also nicht recht, wenn ich sage, daß die Wahl erkauft worden ist?«

Ragnar läßt sich schwer auf seinen Stuhl fallen, der Seekönig stiert vor sich hin. Die ausgelassene Stimmung, die noch vor kurzem in der Halle herrschte, ist verflogen. Die Männer sprechen den aufgetragenen Speisen zu und hängen dabei ihren Gedanken nach. Erik hat sich in seinem Hochsitz zurückgelehnt und läßt den Blick über seine Krieger schweifen. Dabei fällt ihm ein, wie sehr er gezweifelt hatte, als vor neun Jahren sein *Vaterbruder* zu ihm gekommen war und ihm erklärt hatte, er könne damit rechnen, zum Seekönig gewählt zu werden. Seine Sippe habe, wie es in solchem Falle ihre Pflicht sei, alles getan, um seine Wahl durchzusetzen. Die Doppeldeutigkeit dieses Satzes kommt ihm in den Sinn. Hat er auch damals diese Worte so aufgefaßt, wie Ragnar es soeben behauptet hatte? Erik schüttelt den Kopf, so daß einige der Männer ihn verwundert anschauen. Nein, sagt er zu sich selbst, an der Ordnungsmäßigkeit dieser Wahl hat er niemals gezweifelt.

Eriks Blick fällt auf seine Söhne. Zuerst mustert er Thorleif, dann Ingolf. Wie sehr der Junge doch seinem Vater ähnelt. Der gleiche hohe Wuchs, dieselben ausladenden Schultern, das leuchtende Blondhaar und die hellen Augen. Vielleicht wird er erreichen, was sein Vater deshalb nicht geschafft hat, weil er, Erik, ihm im Wege stand. Ich will dem Jungen dabei den Weg ebnen, nimmt er sich vor, hebt seinen Krug und trinkt seinem neuen Sohn zu.

Die Jagd auf den Keiler

Am Abend vor dem Julfest hatte es am Fjord zu schneien begonnen, und jetzt, wo acht von den zwölf dunklen Nächten vorüber sind, schneit es noch immer. Die Knechte haben Mühe, die Wege zwischen den einzelnen Häusern freizuschaufeln, und auf dem Hof türmen sich bald hohe Mauern von Schnee.

Knut hat Anweisung gegeben, die Pferde von der Weide zu holen und in den Stall zu sperren, wo sich besonders ›Wolke‹, Ingolfs Hengst, unwillig gebärdet. Er keilt mit den Hinterbeinen aus, trommelt mit den Hufen gegen die hölzernen Wände, wiehert laut.

»Du mußt ihn bewegen«, rät der erfahrene Knecht dem Jungen. »Er ist noch zu frisch zugeritten und muß sich austoben können, damit er nachts im Stall Ruhe gibt. Auch Thorleif sollte seinem Falben Bewegung verschaffen.«

So ziehen die beiden Jungen warme Hosen und Jacken aus Fell an, steigen in die Pelzstiefel und schwingen sich in den Sattel. An Traben und Galoppieren gar ist nicht zu denken. Der Schnee liegt stellenweise so hoch, daß er den beiden Hengsten bis an den Bauch reicht.

»Laß uns hinunter zum Fjord reiten«, schlägt Thorleif vor.

»Dort wird der Schnee nicht so hoch sein, weil der Wind am Wasser stärker weht.«
In der Tat läßt es sich in der Nähe des Wassers besser reiten. Die Jungen treiben ihre Pferde zum Trab und schließlich zum Galopp an. Thorleif reitet voran, und Ingolf hat große Mühe, ihm zu folgen.
Auf dem Schiffsbauplatz am Fjord rührt sich keine Hand. Ingolf, der zum letztenmal vor seiner Fahrt nach Haithabu auf der Baustelle gewesen ist, staunt über die Fortschritte, die der Bau des neuen Schiffes gemacht hat. Der ›Adler‹ hat schon Formen angenommen, und Ingolf bewundert den leicht gebogenen Kiel und den edlen Schwung der Steven.
»Erik ist stolz auf sein neues Schiff«, berichtet ihm Thorleif. »Er überhäuft den Schiffsbaumeister als Zeichen seiner Zufriedenheit und seines Wohlwollens mit Geschenken. Und er zweifelt auch nicht mehr daran, daß der ›Adler‹ rechtzeitig zum Frühjahr fertig wird. Erik freut sich, glaube ich, schon mächtig darauf, mit ihm aufs Nordmeer hinauszufahren. Und ich freue mich auch darauf, wenn ich ehrlich bin.«
»Bist du denn so sicher, daß du in diesem Boot sitzen wirst?« hält ihm Ingolf entgegen.
»Ach, du meinst wegen der Prüfungen?« Thorleif lacht herzhaft. »Die bereiten uns beiden doch keine Schwierigkeiten.«
»An die Prüfungen habe ich auch gedacht«, gibt Ingolf zurück. »Doch ich zweifle nicht an ihrem Ausgang, sondern ich erinnere dich daran, daß nach altem Brauch der beste Jungkrieger in das Boot des Seekönigs kommt. Es soll ja mal eine Ausnahme gemacht worden sein, die sich aber bestimmt nicht wiederholen wird.«
Ingolf und Thorleif haben seit dem Julabend mit der Auseinandersetzung zwischen Erik und Ragnar das Thema Harald nicht mehr angesprochen. Auch jetzt sucht Thorleif schnell nach Ausflüchten.

»Du hast recht«, sagt er lachend. »Und da ich der Bessere von uns beiden bin, werde ich auch im neuen Boot sitzen. Wenn du Zweifel daran hast, können wir uns ja gleich heute mal zur Probe im Wettkampf messen. Ich schlage dafür ein Wettreiten vor.«

»Ein Wettreiten im tiefen Schnee? Wie stellst du dir das vor?« sagt Ingolf. »Die Pferde haben Mühe, im Schritt zu stapfen.«

»Wir reiten über den Fjord«, sagt Thorleif kühn. »Die Eisdecke ist dick genug. Sie wird uns tragen!«

»Die Götter haben deinen Geist verwirrt, Thorleif«, warnt Ingolf. »Du wirst mit deinem Hengst ertrinken!«

Aber Thorleif läßt sich nicht warnen, sondern treibt ›Sturmwind‹ auf das Eis. Der Hengst wiehert und sträubt sich ängstlich, aber Thorleif schlägt ihm seine Füße solange in die Flanken, bis er sich auf die weiße Fläche drängen läßt. Er springt jedoch mit gewaltigem Satz sofort zurück auf das Land, als das Eis unter seinen Hufen zu knirschen beginnt. Thorleif wäre beinahe vom Pferd gefallen. Dort, wo ›Sturmwind‹ eben noch stand, gähnt ein schwarzes Wasserloch in der schneebedeckten Eisfläche.

»Bedanke dich bei deinem Hengst, daß du nicht eingebrochen bist!« ruft Ingolf. Thorleif lacht laut, tätschelt dann aber doch mit der Hand den Hals des Falben, der zitternd und noch immer ängstlich schnaubend sich von der tückischen Eisfläche fernhält.

Dann reiten sie zurück. Als sie sich Eriks Haus nähern, hat es aufgehört zu schneien. Die fahle Wintersonne läßt den Schnee glitzern. Auf der Weide neben dem Anwesen treffen die Jungen eine fröhliche Gesellschaft an. Knut und die anderen Knechte haben eine große Fläche vom Schnee befreien müssen, und Erik vergnügt sich mit seinen Gästen, die nun schon seit acht Tagen bei ihm weilen, beim *Kugelspiel.* Höl-

zerne Kugeln müssen so weit wie möglich gerollt werden. Die schnellsten Läufer jeder Mannschaft setzen der Kugel nach, um sie möglichst früh zu erreichen.
»Ihr kommt gerade im rechten Augenblick«, ruft Erik seinen Söhnen entgegen. »Knut mag eure Pferde versorgen, ihr beide aber spielt mit. Jeder verstärkt eine Mannschaft.«
Die Jungen legen die dicken Pelzjacken ab, die ihnen beim Spiel hinderlich wären. Thorleif nimmt sich die Kugel und schleudert sie mit aller Kraft, während Ingolf ihr leichtfüßig nachläuft und sie schon nach ein paar Dutzend Schritten eingeholt hat.
Jetzt ist Ingolf an der Reihe, die Kugel rollen zu lassen. Sie rollt längst nicht so schnell wie vorhin bei Thorleif, aber dieser ist auch nicht so leichtfüßig wie Ingolf, so daß Ingolfs Mannschaft einen Vorteil hat.
Als nach einer längeren Pause, während der die anderen Männer ihre Kraft und ihre Schnelligkeit unter Beweis stellen, die beiden Jungen abermals an der Reihe sind, mißglückt Ingolfs Wurf völlig, und Thorleif holt schon nach wenigen Schritten die Kugel ein. Der Vorteil von vorhin ist wieder ausgeglichen.
So wogt das Spiel hin und her, her und hin. Keine Mannschaft hat einen Vorsprung, als Ingolf und Thorleif den letzten Durchgang bestreiten.
Ingolf tritt zuerst an die Abwurfmarke, nimmt Anlauf, wirft mit vollem Schwung, die Kugel rollt und rollt, Thorleif aber stürzt ihr nach, rennt, was die Lungen hergeben, erreicht die Kugel endlich, nachdem sie weiter als je zuvor gerollt ist. Ingolfs Mitspieler kommen auf den Jungen zu, klopfen ihm anerkennend auf die Schulter, fühlen sich bereits als Sieger.
Da macht sich Thorleif zum allerletzten Wurf bereit. Kraftvoll läuft er an, setzt die Kugel ganz flach auf, gibt ihr mit voller Kraft einen gewaltigen Schwung. Die Kugel rollt so

schnell, daß sie mit den Augen kaum zu verfolgen ist. Aber Ingolf stürzt ihr so flink nach, wie er in seinem Leben noch niemals gerannt ist. Es sieht so aus, als würde er die schnelle Kugel vor Thorleifs Marke erreichen, doch als er nach ihr greifen will, rutscht er auf dem glatten Schneeboden aus und greift im Fallen daneben. Die Kugel rollt über das Mal hinaus; Thorleifs Mannschaft hat gewonnen.

Thorleif steht nach dieser Leistung plötzlich im Mittelpunkt und er genießt es offensichtlich, im Zweikampf mit Ingolf der Bessere gewesen zu sein.

»Du hast Glück gehabt, daß ich im Fallen neben die Kugel gegriffen habe«, sagt Ingolf mit einem Lächeln, als er den Bruder beglückwünscht.

»Glück gehört dazu«, gibt Thorleif zurück. »Du hast es auch schon mehrmals gehabt.«

»Was willst du damit sagen?«

»Na, es hätte ja sein können, daß dich da oben in den Bergen ein richtiger alter Wolf angegriffen hätte und nicht ein junges Wölflein. Was hättest du dann gemacht?«

»Dann hätte ich ihm genauso den Schädel gespalten wie dem jungen Wolf«, sagt Ingolf unumwunden. »Ich habe nicht behauptet, daß ich einen gewaltigen Wolf erlegt habe. Das ganze Abenteuer mit Torkil ist mir übrigens niemals wichtig gewesen!«

»Aber du hast erzählt, daß du den Hengst, den Ingolf gezähmt hat, vorher müde geritten hattest«, wirft Björnhild ein, die bei den zuschauenden Frauen gestanden und von den beiden Jungen bisher nicht bemerkt worden ist.

Thorleif bekommt einen roten Kopf vor Verlegenheit. An das letzte Gespräch mit Björnhild läßt er sich in aller Öffentlichkeit nur ungern erinnern.

»Er hat ja auch in der Tat vor mir auf ›Wolke‹ Rücken gesessen«, verteidigt Ingolf seinen Bruder. »Vielleicht wäre es ihm ohne seine Verletzung wirklich gelungen, den Hengst zuzureiten.«

Ehe sich Thorleif, Ingolf und Björnhild weiter auseinandersetzen können, gibt Erik das Zeichen, ins Haus zu gehen.

»Morgen früh wollen wir zeitig aufbrechen, um Schwarzwild zu jagen. Der Ostwind hat die Wolken vertrieben, die Nacht wird kalt werden. Im frischen Schnee werden es die Knechte leicht haben, Spuren der Keiler und der Sauen zu finden. Wir wollen uns bemühen, möglichst viel Wild zu speeren. Frisches Fleisch ist nach all dem Geräucherten und Gedörrten der letzten Tage ein Leckerbissen.«

Am nächsten Morgen, noch in der Dämmerung, ziehen die Männer, mit Jagdspeeren und Bogen bewaffnet, in den Wald. Sie werden von einer Anzahl Knechte begleitet, von denen einige auch Hunde führen, die kläffend an ihren Leinen zerren. Vor dem Waldrand erwartet sie Knut, der Alte, mit zwei jüngeren Knechten.

»Wir haben eine starke Rotte aufgespürt, Herr«, sagt er zu Erik. »Ihre Spuren führen in ein dichtes Gebüsch und nicht wieder heraus. Also müssen die Tiere zwischen den jungen Fichten stecken. Die Hunde werden sie schon heraustreiben. Doch vorher sollten die Jäger Aufstellung nehmen.«

Erik ordnet an, das Gebüsch im Halbkreis von zwei Seiten zu umgehen und auf diese Weise einen Ring zu bilden.

»Wir gehen langsam auf das Dickicht zu, ziehen auf diese Weise den Ring immer enger und schicken dann die Hunde hinein. Die Tiere werden flüchten und laufen uns direkt in unsere Speere!«

Es kommt so, wie Erik es vorausgesagt hat. Als der Ring der Jäger dicht genug ist, gehen die Knechte mit den aufgeregt kläffenden Hunden in die Dickung. Es ist für sie ein mühevolles Werk, hinter den stürmisch an den Leinen zerrenden

Kläffern sich einen Weg durch das tiefverschneite Gebüsch zu bahnen.
Thorleif und Ingolf stehen in dem Ring der Jäger zu beiden Seiten Eriks. Alle drei haben die Jagdspeere gesenkt, bereit, sie jeden Augenblick einem Keiler oder einer Sau in die Rippen zu stoßen.
Da kommt ein schwarzer Schatten genau auf sie zugerannt. Der Schnee stiebt, grunzend sucht eine junge Sau nach einem Fluchtweg, der in die Freiheit führt. Thorleif hebt seinen Jagdspeer. Jetzt ist das Wildschwein nahe genug heran, ein Stoß, und quiekend bricht das Tier in den Läufen ein, überschlägt sich noch ein paarmal und bleibt dann direkt vor den Füßen des Jungen liegen, den Schnee blutigrot färbend.
»Großartig, Thorleif!« ruft Ingolf dem Bruder zu, und auch der Seekönig nickt anerkennend. »Ein sauberer Stoß, Junge«, sagt er zufrieden.
An mehreren Stellen versuchen jetzt Sauen und halbwüchsige Keiler den Ring der Jäger zu durchbrechen. Einigen wenigen gelingt es, die meisten aber bleiben auf der Strecke. Auch andere Jäger, unter ihnen Vilgard und Björn, haben Jagdglück an diesem kalten Wintermorgen.
Im Dickicht vor ihnen ist die Hölle los. Das aufgeregt heisere Kläffen der Hunde mischt sich mit wütendem Grunzen und den Rufen der Knechte, die ihre Hunde zur Vorsicht mahnen. Der alte Keiler, Herr der Rotte, hat sich in eine Gruppe junger Fichten zurückgezogen. Dem ersten Hund, der ihm zu nahe kommt, schlitzt er mit seinen gewaltigen Hauern die Seite auf. Jaulend und winselnd verendet das Tier im Schnee. Das Schicksal des Rüden macht die anderen Hunde vorsichtiger. Sie umstellen die Fichtengruppe, kläffen wütend und zeigen dem alten Keiler ihr Gebiß, aber in die Nähe seiner Hauer wagt sich keiner von ihnen.
Plötzlich bricht das mächtige Tier aus. Sein Fell ist aschgrau,

seine Größe und die Ausmaße seines Gebisses weisen ihn als einen Herrn des Waldes aus.
»Ein Urtier«, flüstert Erik, als das Ungetüm auf ihn zukommt, den Schnee pflügend. »Der gehört mir!«
Der Seekönig hebt den Jagdspieß, macht Anstalten, ihn dem Keiler in die Seite zu rammen, als dieser im Angesicht des Jägers unvermittelt einen Haken schlägt und so der Reichweite des Speeres entgeht. Zwischen Erik und Thorleif bricht er durch, und der Seekönig kann nicht mehr tun, als ihm wütend den Jagdspeer nachzuschleudern. Er bringt damit dem alten Keiler eine blutende Wunde am Rücken bei, die im weißen Schnee eine leuchtend rote Spur hinterläßt.
»Ihm nach!« ruft der Seekönig Thorleif und Ingolf zu. »Den müssen wir erlegen.« Und er greift mit der freien linken Hand auf seine Schulter, um sich zu vergewissern, daß er auch das Hanfseil griffbereit hat, ohne das er als erfahrener Jäger niemals auszieht, wenn es darum geht, das schwarze Wild zu jagen.
Die Blutspur des waidwunden Keilers ist nicht zu verfehlen. Sie führt auf die Berge zu.
»Jetzt brauchen wir die Pferde«, sagt der Seekönig. »Der Keiler kann sich noch lange durch den Schnee schleppen, der bergwärts immer höher wird.«
»Ich hole sie«, bietet Ingolf an, drückt Thorleif Speer und Bogen in die Hand und rennt los, Richtung Siedlung. Es dauert nicht lange, bis er wieder zurück ist. Freihändig und mit wehendem Haar sitzt er auf seinem frischgezähmten Rotschimmel, links und rechts die Hengste Eriks und Thorleifs führend.
Dann machen sie sich zu dritt an die Verfolgung des flüchtigen Keilers, und die Schar der Knechte kann mit den Pferden nicht Schritt halten und folgt in einigem Abstand. Nach einiger Zeit nähern sich die Reiter einer Baumgruppe.

Erik gebietet seinen beiden Begleitern, die Pferde zu zügeln.
»Ich denke, daß er dort unter den Bäumen steckt«, sagt er zu ihnen. »Auf dem Ritt hierher habe ich gesehen, daß er mehr Blut verloren hat, als ich zunächst dachte. Reite um die Baumgruppe herum, Thorleif, und sieh nach, ob drüben seine blutige Spur weiterführt! Wenn nicht, dann ist der Augenblick gekommen, wo der alte Keiler sich zu seinem letzten Kampf stellt.«
Thorleif ist bald wieder zurück.
»Da drinnen im Gebüsch steckt er«, sagt er zu Erik. »Der Schnee auf der anderen Seite ist so unberührt wie ein frischgewaschenes Leinentuch.«
»Dann müssen wir jetzt von den Pferden herunter«, bedeutet der Seekönig seinen Söhnen. »Denn der Kampf mit einem verwundeten Keiler ist eine Sache, die ein Mann zu Fuß ausfechten muß.«
Erik, Thorleif und Ingolf springen in den Schnee und binden ihre Hengste an einem Baum fest. Dann folgen sie der blutigen Spur, die Jagdspeere im Anschlag.
»Vergeßt nicht, daß ich ihn speeren will«, sagt Erik zu seinen beiden jungen Jagdgenossen, und das Jagdfieber läßt seine Augen leuchten. »Ihr greift nur ein, wenn es nötig ist!«
Wenige Augenblicke später entdecken sie den alten Keiler. Er liegt unter einer Fichte, hebt nur mühsam den schweren Kopf, seine kleinen Augen blicken tückisch.
Erik geht das Wild schräg von vorn an, Thorleif und Ingolf nähern sich dem Keiler jeder von einer Seite. Obwohl die Jäger ihm schon sehr nahe gekommen sind, rührt sich der Keiler nicht vom Fleck. Da hebt Erik den Jagdspeer, setzt zum todbringenden Wurf an. In diesem Augenblick wirft sich das mächtige Tier mit letzter Kraft herum, Schnee stiebt auf, der Speer verfehlt sein Ziel.
Das schwarze Ungetüm kommt direkt auf Thorleif zu. Der

Junge hebt den Speer zum Stoß, doch ehe er ihn ausführen kann, schlägt der todwunde Keiler wieder einen Haken, greift jetzt den Seekönig an, der mit dem Messer in der Hand das wütende Tier erwartet.

»Da, Erik, nimm meinen Speer!« ruft Ingolf und wirft dem Seekönig den Jagdspeer zu. Erik fängt ihn mit der Linken auf, springt zur Seite und rennt dem Keiler den Speer in die Flanke. Der Kampf ist entschieden; noch einige grunzende Laute, dann ist der Keiler tot.

Erik wischt sich mit dem Handrücken den Schweiß aus dem Gesicht, der sich mit blutgetränktem Schnee vermischt hat. Lärmend kommen die Knechte mit ihren kläffenden Hunden herbei, bestaunen den gewaltigen Keiler. Knut bedeutet einigen jüngeren Knechten, dem erlegten Wild die Läufe zusammenzubinden. Er selber nimmt die Axt und fällt einen armdicken Eschenbaum, den sie dem Keiler durch die gefesselten Läufe schieben. Dann hieven die stärksten Knechte die Last auf ihre Schultern und schleppen sie durch den hüfthohen Schnee der Siedlung zu, der Spur folgend, die von den Hengsten Eriks und seiner Söhne getreten worden ist.

Wettkampf mit den Pfeilen

Der Winter erweist sich in diesem Jahr als wenig gestrenger Herr. Der *Hartmond* ist kaum vorüber, da scheint seine Kraft schon gebrochen zu sein. Über Nacht dreht der Wind, der gestern noch schneidend aus Osten blies, nach Süden und weht als milder Hauch über Hügel und Täler. Er läßt an den der Sonne zugewandten Hängen schnell den Schnee schmelzen und bringt Leben in die Siedlung. Die Frauen und Mägde in den Frauenhäusern verlassen die Spinnräder und Webstühle, vor denen sie die dunklen Tage verbracht haben, und machen sich im Hof mit Reisigbesen daran, den feuchten Schnee zusammenzukehren. Von den Dächern tropft es, und das Vieh drängt, unruhig stampfend, aus den Ställen hinaus auf die Winterweide.

Am Schiffsbauplatz werden wieder von starken Fäusten, die plötzlich nicht mehr klamm und steif vor Kälte sind, die scharfen Äxte geschwungen und mit kräftigen Schlägen spitze Nägel zur Befestigung der Planken in das harte Eichenholz getrieben. Erik, der neben dem Schiffsbaumeister steht und selber eine Axt in der Hand hält, ist mit dem Fortgang der Arbeiten zufrieden. Er läßt sich von Gisli die einzelnen Arbeitsvorgänge erklären.

»Die Zeiten, wo unsere Schiffe nur mit Holznägeln und Kiefernwurzeln zusammengefügt wurden, gehören der Vergangenheit an«, sagt der Schiffsbaumeister. »Wir vernageln und vernieten die Planken untereinander und erhalten so einen Bootskörper mit dem Kielbaum als Träger, in den wir die Spanten wie Rippen einziehen können. Ragnar hat auf meine Bitte Eisenstifte mit rundem Kopf geschmiedet, die sich von außen durch beide Planken schlagen lassen und innen dann mit einer kleinen Eisenplatte vernietet werden. Ein so zusammengefügtes Boot widersteht auch den schwersten Stürmen auf dem Nordmeer.«

Eriks Auge ruht wohlgefällig auf dem nahezu fertigen Bootskörper seines neuen Schiffes, und er streicht mit der Hand liebevoll über das Eichenholz der Planken.

»Wir dichten die Planken mit teergetränktem Werg ab«, erläutert ihm Gisli. »Beim Vernieten wird die haarige Masse zwischen den Brettern so fest zusammengepreßt, daß der Schiffskörper später wasserdicht ist.«

»Warum benutzt du denn nicht Ragnars Eisenstifte, um die Spanten mit den Planken zu verbinden?« wundert sich Erik.

Gisli lächelt bei diesen Worten, als habe er auf die Frage des Seekönigs schon gewartet.

»Eine solche Vernietung würde das Schiff starr wie eine Holzkiste machen, die hilflos auf den Wellen torkelt. Wir verbinden Planken und Spanten mit Tauen und Wurzeln und geben dem Schiff auf diese Weise jene Geschmeidigkeit, die es braucht, um auch bei schwerstem Seegang seetüchtig zu sein.«

Die Männer sind dabei, die Oberkante des Bootskörpers mit einer dicken Bohle zu verstärken. An ihrer Unterkante brin-

gen sie eine Leiste mit viereckigen Ausschnitten an, durch die später die Haltebänder der Schilde gezogen werden sollen, mit denen auf See die Bordwand überhöht wird.
»Dort drüben wird der *Mastfisch* zugehauen«, sagt Gisli und deutet mit der Hand auf zwei Männer, die mit ihren Äxten einen dicken Eichenkloben bearbeiten. »Dieser schlanke Eschenstamm hier wird als Mast das Segel tragen, und dort ist auch schon die Rahstange hergerichtet.«
»Dann ist mein ›Adler‹ ja schon bald fertig«, sagt Erik lachend. »Und ich hatte gezweifelt, daß wir es überhaupt bis zum Frühjahr schaffen würden.«
»Nun, der laue Wind zeigt doch an, daß das Frühjahr nicht mehr fern ist«, geht Gisli auf Eriks launigen Ton ein. »Außerdem gibt es an dem Boot noch viel Arbeit. Wir haben erst einen Teil der Spanten eingezogen, die Bänke für die Ruderer fehlen noch und die Schnitzer arbeiten an den Schmuckbrettern, die den Vordersteven zieren und jedem Betrachter zeigen sollen, daß ein reicher und mächtiger Häuptling der Herr dieses Schiffes ist.«

Die Jungmannen üben sich, nicht weit vom Schiffsbauplatz entfernt, in der Waffenführung. An diesem milden Wintertag geht es um die Fertigkeiten beim Bogenschießen. Gangolf reitet zu einem abseits stehenden Weidenbaum und hängt an den Stamm, dort wo das Astwerk beginnt, einen alten Schild. »Das Ziel ist zu treffen«, ruft er dann den jungen Kriegern zu.
Die Entfernung mag hundert oder hundertzwanzig Schritte betragen.
Gangolf hat seinen Speer als Marke in den Schnee gestoßen. Die Schützen treten einzeln heran und lassen ihre Pfeile fliegen. Die meisten schwirren vorbei, zwei bleiben im Stamm der Weide stecken, nur drei aber treffen den Schild. Henrik,

Vilgards Brudersohn, hat den Schild am Rand erwischt, Ingolfs und Thorleifs Pfeile stecken mehr in der Mitte.
»Laßt uns die Entfernung vergrößern«, ruft Thorleif. »Ich will wissen, wer mit dem Bogen der Beste ist!«
Gangolf nickt zustimmend und rammt die Lanze zwanzig Schritte vor der früheren Marke in den Boden.
Wieder fliegen drei Pfeile, wieder wird das Ziel dreimal getroffen. Diesmal ist es unverkennbar Henrik, dessen Pfeil der Mitte des Schildes am nächsten steckt. Ingolfs Pfeil hat das Ziel zwischen Rand und Mitte getroffen, Thorleifs Pfeil steckt nahe dem Rand.
»Noch einen Durchgang«, ruft Thorleif mit rotem Kopf. Das Fieber des Wettkampfes hat ihn gepackt. »Zwanzig Schritte mehr!«
»Du hast den ersten Schuß«, ruft ihm Ingolf zu. »Dann kommt Henrik. Ich schieße diesmal als Letzter.«
Thorleif tritt an die neue Marke heran, spannt den Bogen, zielt lange, läßt endlich den Pfeil fliegen. Er trifft den Schild fast in der Mitte.
»Ein Meisterschuß«, sagt Gangolf anerkennend, und die umstehenden Jungmannen murmeln Beifall. »Den muß dir erst einer nachmachen!«
Henrik, der als Nächster schießt, schafft es nicht. Zwar trifft der Pfeil den Rand des Schildes, aber es steckt, der großen Entfernung wegen, nicht mehr Kraft genug hinter dem Schuß, so daß der Pfeil nicht steckenbleibt.
Da macht sich Ingolf zum letzten Schuß fertig. Mit seiner ganzen Kraft spannt er den Bogen, zieht die Sehne bis an die Nasenspitze, zielt einen Augenblick und läßt dann den Pfeil schwirren. Ein Aufschrei der Bewunderung begleitet ihn, als er sich unmittelbar neben Thorleifs Pfeil in das Holz des Schildes bohrt und zitternd steckenbleibt.
»Das ist der bessere Schuß«, sagt Gangolf und klopft Ingolf

auf die Schulter. »Dein Pfeil sitzt zwischen Thorleifs Pfeil und dem Zentrum. Du hast gewonnen.«
»Das erkenne ich nicht an«, sagt Thorleif. »Wenn zwei Pfeile so dicht nebeneinander stecken, wie es hier der Fall ist, muß ein Entscheidungsschuß gewährt werden.«
Beifälliges Gemurmel der anderen Jungmannen begleitet seine Worte. »An mir soll es nicht liegen«, stimmt Ingolf auf Gangolfs fragenden Blick zu, obwohl er genau weiß, daß Thorleif dank seiner überlegenen Kräfte bei der größeren Entfernung die besseren Aussichten haben muß.
»Dann schieß du zuerst«, sagt Gangolf zu Ingolf, nachdem er mit dem Speer die Entfernung nochmals, diesmal um zehn Schritte, vergrößert hat.
Wieder spannt Ingolf den Bogen mit aller Kraft. Seine Muskeln am rechten Oberarm zittern, als er die Sehne zur Nasenspitze zieht. Dann fliegt der Pfeil genau auf das Zentrum des Zieles zu, trifft es dort, wo der Schild seinen Eisenbeschlag hat, fällt zu Boden.
Die Umstehenden bejubeln Ingolfs Schuß. Der Schütze läßt stolz den Bogen sinken, will sich Thorleif zuwenden. Der aber steht schon an der Marke, spannt seinen Bogen, zielt lange und schießt dann.
Der Pfeil trifft den Schild direkt neben der Metallplatte, bleibt zitternd im Holz stecken.
»Das war wohl der bessere Schuß«, sagt Thorleif dann zur Überraschung der Jungmänner.
»Wie kommst du darauf?«, herrscht ihn Gangolf an. »Ingolfs Pfeil hat das Ziel im Zentrum getroffen. Alle haben es gesehen.«
Thorleif wendet sich langsam dem Manne zu, blickt ihn an und fragt dann, jedes Wort betonend:
»So? Wo ist denn der Pfeil? Ich habe ihn nicht fliegen sehen. Im Ziel aber steckt nur meiner.«

»Ich kann bezeugen, daß Ingolfs Pfeil den Schild in der Mitte getroffen hat«, sagte Henrik. »Ich auch, ich auch«, rufen mehrere der Jungmannen.
Thorleifs Blick wandert von einem zum anderen. Manche sehen den Sohn des Seekönigs herausfordernd an, andere schlagen die Augen nieder, ohne ein Wort zu sagen. Man könnte es jetzt auf eine Entscheidung ankommen lassen, denkt Thorleif. Dann müßte sich zeigen, wer von den anderen Jungen zu Ingolf hält und wer zu mir. Ehe er aber etwas sagen kann, dreht Ingolf sich zur Seite, geht hinüber zu den Pferden, die ungeduldig mit den Vorderhufen im Schnee scharren, hängt den Bogen an den Sattelknauf seines Hengstes, steigt auf und galoppiert davon.
»Der Hengst braucht Bewegung und mir tut sie auch gut«, ruft er den anderen zu.
»Warte doch, ich komme mit«, ruft Thorleif ihm nach. Aber Ingolf hört diese Worte nicht mehr, oder er will sie nicht hören. In gestrecktem Galopp jagt er auf die große Eiche zu, unter der die Schmiede seines Mutterbruders Ragnar steht. Der Rauch, der aus der Esse emporsteigt, zeigt ihm, daß Ragnar bei der Arbeit ist.
Der Schmied steht am Amboß und schmiedet Eisenstifte für den Schiffsbau, während Kai, der Sklave, das Feuer schürt. Als die Glut auflodert, sieht Ingolf, daß Ragnar Besuch hat. Björnhild steht in der Ecke und sieht ihm über die Schulter.
Ragnar läßt sich durch den Eintretenden nicht in seiner Arbeit stören. Erst als er nach geraumer Zeit eine Pause einlegen muß, weil die im Feuer liegenden Rohlinge noch nicht genügend durchgeglüht sind, wendet er sich an den Schwestersohn und erwiderte dessen Gruß.
»Welch seltener Besuch«, sagt er. »Was führt dich denn hierher? Ich dachte schon, du habest deine alte Sippe vergessen!«
Ingolf bekommt einen roten Kopf und blickt verlegen zu Bo-

den. Ragnars Worte schmerzen ihn.
Er stottert etwas von Waffenübungen, Jagd und der Notwendigkeit, täglich seinen Hengst zu bewegen, doch sehr überzeugend klingen seine Worte nicht.
»Alles Ausflüchte«, unterbricht ihn Ragnar hart. »Gib zu, daß dir das ungebundene Leben am Hofe des Seekönigs mehr zusagt als Arbeit und Pflicht, die dich bei mir hier oder im Hause deiner Mutter erwarten.«
»Aber du hast doch meiner Erziehung in Eriks Haus zugestimmt«, wundert sich Ingolf über die Vorwürfe seines Mutterbruders.
»Mußte ich denn damit rechnen, daß du deine alte Sippe völlig vergessen würdest?«
»Aber glaubst du denn das wirklich, Ragnar?« mischt sich in diesem Augenblick Björnhild ein. »Denkst du in der Tat, daß Ingolf von seinen Leuten nichts mehr wissen will? Der Umstand, daß er hier vor dir steht, spricht doch dagegen.«
Ingolf wirft Björnhild einen dankbaren Blick zu. Ragnar aber murmelt sich nur unwillig etwas in seinen rotblonden Bart und nimmt wieder Hammer und Zange zur Hand.
»Wenn du schon hier bist, kannst du mir auch bei der Arbeit helfen«, knurrt er und drückt Ingolf das Schmiedewerkzeug in die Hand. »Stell dich da drüben an den anderen Amboß und schmiede Eisenstifte. Gisli kann nicht genug davon bekommen. Ich aber verspüre wenig Lust, immer dieselben Hammerschläge zu tun. Ich muß endlich mal wieder etwas Ordentliches schmieden.«
Einige Augenblicke später arbeiten die beiden, daß die Funken sprühen. Kai, der Sklave, kann gar nicht schnell genug in der Feuersglut die Rohlinge glühend machen, mit solchem Eifer ist Ingolf bei der Sache. Es zischt jedesmal, wenn er einen fertigen Eisenstift, nachdem er ihn sachverständig betrachtet hat, zum Abkühlen ins Wasser wirft.

»Du kannst ja in der Tat mit dem Schmiedehammer umgehen«, bewundert ihn Björnhild, die ihre Blicke von einem zum anderen wandern läßt; hier der alte Schmied mit seinem im Schein der Feuersglut rot schimmernden Bart, dort der blonde Junge, der die Pelzjacke längst ausgezogen hat und unter den aufgekrempelten Ärmeln seines Leinenhemdes die Muskeln spielen läßt. Als Beinkleid trägt er von den Hüften bis zum Knie eine *Bruch* aus grünem Loden und darunter eine Hose aus weichem Ziegenleder, deren Beine in durch Riemen zusammengebundenen Lederschuhen stecken. Das Haar hat er mit einem golddurchwirkten blauen Stirnband verziert, und es wallt in blonden Locken bis auf seine Schultern.

»Er hätte als Schmied mein Nachfolger werden können«, knurrt Ragnar. »Das Zeug dazu hat er. Aber Ingolf ist zum Krieger geboren und nicht dazu, sein Leben vor dem Schmiedefeuer und hinter dem Amboß zu verbringen. Doch jetzt kann er mir helfen, den eisernen Stachel für den Vordersteven des neuen Drachenbootes zu schmieden, der den ›Adler‹ befähigen soll, feindliche Schiffe beim Seegefecht zu rammen. Seit Erik Hakonsson in Drontheim ein solches Eisenbart-Schiff hat bauen lassen, glauben die Schiffsbaumeister wohl, eiserne Rammstachel wären das beste Mittel gegen die immer größer werdenden Königsschiffe. Dabei fehlt noch immer die Kunde von der ersten Bewährung eines solchen Schiffes im Kampf. Aber ich bin Schmied und führe meinen Auftrag aus. Der Seekönig hat offenbar Silber genug, um seinen ›Adler‹ mit allem auszurüsten, was gut und teuer ist.«

Ein Holmgang und der Königssprung

Die Wochen, in denen der Frühling mit dem Winter kämpft, sind ausgefüllt mit den Wettspielen der Jungmänner. Vor dem *Odinsmonat* ist es nicht ratsam, die Felder zu bestellen, weil der Winter zurückkehren und die Saat vernichten könnte. So vertreiben sich die jungen Männer, die nach den Aprilstürmen auf einen Platz im Drachenboot hoffen, die Zeit mit kriegerischen Spielen, und alles, was Beine hat in der Wikinger-Siedlung am Fjord, nimmt daran Anteil.
Thorleif und Ingolf sind die Ausgelassensten bei diesen wilden Spielen. Sie treiben ihre Hengste zu furiosem Galopp an, wenn die übermütige Schar über die Wiesen jagt. ›Sturmwind‹ und ›Wolke‹ erweisen sich dabei immer mehr als gleichwertige Pferde, so wie Sven, der Züchter, es beim Kauf vorhergesagt hatte.
Mal ist Ingolf, wenn er sich tief über den Hals seines Rotschimmels beugt, vorn, mal lacht ihm überheblich Thorleif zu, wenn er seinen ›Sturmwind‹ plötzlich zu schnellerer Gangart antreibt und an Ingolf vorbeiprescht.
Diese reiterlichen Zweikämpfe spielen sich meistens weit vor den anderen Jungmännern ab, von denen keiner einen

Hengst reitet, der es an Schnelligkeit mit Thorleifs oder Ingolfs Pferd aufnehmen könnte.
Seit dem Bogenschießen hatte sich die Rivalität zwischen Ingolf und Thorleif noch gesteigert. Bei allen Wettkämpfen versuchten sie, sich gegenseitig zu übertreffen, als gäbe es jeweils nur diesen einen Rivalen. Als beim Steinwerfen Ingolf ein guter Stoß geglückt war, schleuderte Thorleif den Stein voller Wut weit über die Marke hinaus und ließ sich schon stolz als Sieger feiern, ohne zu bedenken, daß noch andere Wettkämpfer mit im Spiel waren. Ulf der Starke aber hatte sich, vielleicht um Thorleif einen Denkzettel zu verpassen, alle Kraft für seinen letzten Wurf aufgespart und den schweren Stein so weit geschleudert, daß er von allen als überlegener Sieger umjubelt wurde, während Thorleif wutentbrannt nach Hause geritten war.
Beim Ringkampf hatte jeder gegen jeden kämpfen müssen. Thorleif hatte sich auf seine überlegenen Kräfte verlassen, doch Ingolf ersetzte mangelnde Kraft durch Gewandtheit. So war es ihm gelungen, mit geschickten Griffen und Schwüngen den starken Ulf von den Beinen zu reißen und zu besiegen, der ganz darauf aus gewesen war, ihn in die Luft zu heben und zu Boden zu werfen. Als beim vorletzten Gang Ingolf gegen Thorleif antreten mußte, hatten sie so verbissen gerungen, daß beide schließlich ermattet auf der Erde lagen, Thorleif mit ganz kleinem Punktvorteil und Ingolf mit blutender Nase. Dieser erbitterte Zweikampf war schließlich ausschlaggebend gewesen, denn als unmittelbar darauf Thorleif im letzten Kampf auf Ulf traf, hatte er nicht mehr genügend Kraft, um sich ihm erfolgreich zu widersetzen. Die beiden bärenstarken Jungen hatten immer wieder keuchend versucht, sich gegenseitig zu Boden zu werfen, bis schließlich Ulf der entscheidende Griff gelungen war, mit dem er Thorleif von den Beinen heben konnte.

Als Gangolf die einzelnen Ergebnisse zusammengezählt hatte, stellte sich heraus, daß Ingolf neben Ulf und Thorleif Sieger war, weil jeder von ihnen nur einen Kampf verloren hatte; ja, daß eigentlich er zum alleinigen Sieger hätte gekürt werden müssen, da seine Niederlage gegen Thorleif die knappste gewesen war. Sein Name wurde von den Zuschauern mit besonderer Achtung gerufen, und vor allem dort, wo die jungen Mädchen standen, war Beifall für den blonden Ringkämpfer laut geworden. Thorleif war über diese Bevorzugung Ingolfs so wütend geworden, daß er den Blutsbruder zum *Holmgang* gefordert hatte, der Auseinandersetzung mit den Schwertern, die nach wikingischem Brauch so lange dauern mußte, bis Blut floß.

Der Seekönig hatte wutschnaubend seinen Sohn zur Rede gestellt, als ihm die Nachricht von dieser Forderung überbracht worden war. Gudruns und Hiltruds Bitten, den Zweikampf mit scharfen Waffen zu untersagen, hatte er jedoch nicht erfüllen können.

»Ihr wißt genau, daß ein Holmgang eine ernste Sache ist«, hatte er die beiden Frauen beschieden. »Wollte ich ihn unter Hinweis auf die Jugend der beiden Gegner untersagen, so würden die Männer mir und meinen Söhnen mit Recht Feigheit vorwerfen. Wer eine Forderung nicht annimmt oder sich als Forderer nicht zum Kampfe stellt, fällt in größte Schande. Wollt ihr, daß so etwas unseren Söhnen widerfährt?«

»Aber wenn einer den anderen verletzt oder gar tötet«, hatte Gudrun befürchtet.

»Hiltrud und du, ihr solltet dem Können beider vertrauen«, hatte Erik erwidert. »Ich habe ein paarmal ihren Fechtstunden beigewohnt. Sie können mit dem Schwert, doch auch mit dem Schild, umgehen wie die besten Krieger. Das wird beide vor schweren Verletzungen bewahren, und ein kleiner Kratzer hat noch keinem geschadet, der ein Mann sein will.«

Der Holmgang findet auf der großen Wiese hinter Eriks Anwesen statt, auf der unter Aufsicht des Seekönigs der Kampfplatz abgesteckt worden ist. Erik hat einen Teppich, fünf Ellen lang, auslegen und dessen Enden durch Schlingen an Pflöcke heften lassen. Um den Teppich herum ist mit vier Haselstangen ein drei Fuß breiter Raum umgrenzt worden.
In das Kampffeld treten an diesem sonnigen Morgen Thorleif und Ingolf. Als Kinder und Buben haben sie in den vergangenen Jahren oftmals miteinander gebalgt und gekämpft; jetzt treten sie zum erstenmal in ihrem Leben als Gegner auf. Beide werden dabei von ihren nächsten Freunden als *Schildträger* begleitet. Thorleif hat sich den starken Ulf ausgewählt, Ingolf hat Henrik zur Seite, Vilgards Brudersohn. Die Rivalen prüfen gegenseitig die Waffen, dann nennt Thorleif nach dem Holmganggesetz die Bedingungen, unter denen sie den Zweikampf austragen wollen:
»Jeder darf drei Schilde nehmen«, sagt er mit dunkler Stimme. »Sind diese zerhauen, soll der Zweikampf ohne Dekkung weitergeführt werden, bis Blut fließt. Wer den Teppich verläßt, gilt als flüchtiger Feigling und hat verloren.«
Ingolf nickt zum Zeichen seiner Zustimmung, wendet sich dann Henrik zu und nimmt ihm den ersten der drei Schilde ab.
»Willst du dich selbst beschirmen?« wundert sich Thorleif. »Du weißt doch, daß nach dem Holmganggesetz dein Mann mit dem Schild die Schläge deines Gegners auffangen darf.«
»Ich halte meinen Schild selber«, gibt Ingolf gelassen zur Antwort.
Als Geforderter schlägt Ingolf zuerst. Er führt sein Schwert dabei schräg von oben, doch Ulf hat aufgepaßt und deckt mit dem Schild geschickt Thorleifs gefährdete linke Seite ab. Dumpf trifft das Schwert auf den Schild. Der Schlag ist abgewehrt.

Jetzt ist die Reihe an Thorleif, den ersten Streich zu führen. Er nimmt das Schwert in beide Hände, holt mächtig aus und läßt es auf Ingolf niedersausen. Der reißt seinen Schild hoch und dreht ihn dabei so geschickt, daß Thorleifs Schwert abgleitet. Die vielen Zuschauer murmeln Beifall. Björnhild, die bei den jungen Mädchen steht, hat glänzende Augen.
»Dein nächster Streich«, fordert Thorleif den Rivalen auf.
Ingolf nickt nur stumm, hebt die Waffe und dringt hinter vorgehaltenem Schild auf Thorleif ein. Er tut so, als wolle er wie beim erstenmal den Schlag von schräg oben führen, verleitet mit dieser Finte Ulf dazu, den Schild zur Seitendekkung zu heben, und haut ihm dann mit mächtigem Schlag von unten den Schild aus der Hand. Holz splittert.
Thorleif wartet erst gar nicht, bis Ingolf sich wieder bereitgestellt hat, sondern schlägt überraschend zu. Ingolf kann gerade noch den Schild hochreißen. Der Schlag ist so kräftig, daß der Schild in zwei Teile gehauen wird und sich beide Kämpfer ohne Schutz und Schirm mit den blanken Schwertern in der Hand Auge in Auge gegenüberstehen.
»Laß uns ohne Schild weiterkämpfen«, blitzt Thorleif seinen Bruder an.
Da greift der Seekönig ein.
»Halt«, gebietet er und tritt mit ausgestreckter Hand an das Kampffeld heran, ohne es jedoch zu betreten. »Das Holmganggesetz fordert noch zwei Schilde, ehe nur mit den Schwertern gekämpft werden darf. Bewaffnet euch also!«
Thorleif reißt Ulf ungeduldig den zweiten Schild aus der Hand, fiebert dem nächsten Schlag Ingolfs entgegen, denn es ist Gesetz, daß abwechselnd geschlagen werden muß, er selber also erst nach Ingolf den nächsten Streich führen darf.
Ingolf sieht, daß Thorleif den Schild angewinkelt hält, und erkennt sofort seinen Vorteil. Ein blitzschneller Schlag von der Seite, und der Schild fliegt davon. Wieder antwortet

Thorleif sofort mit gewaltigem Schlag und zerhaut Ingolfs zweiten Schild.

Als Henrik ihm den dritten Schild reicht, geht ein Raunen der Bewunderung durch die Reihen der Zuschauer. Ingolf hält in der linken Hand jetzt den weißen Schild mit der goldenen Schlange, den er in Haithabu von dem Händler Torkil erhalten hat, den Fürstenschild, der für den alten Dänenkönig Harald Blauzahn gefertigt worden war.

Björnhilds Augen werden angesichts des blonden jungen Recken noch glänzender.

»Ein herrlicher Schild«, ruft ihr Vater. »Schade darum, Thorleif wird auch ihn zerhauen.«

Doch bevor Thorleif wieder zuschlagen darf, hat ihm Ingolf mit geschicktem Streich auch seinen dritten Schild aus der Hand geschlagen. Dann dreht er sich blitzschnell zu Henrik um, wirft ihm den eigenen Schild zu und fordert Thorleif auf, anzugreifen:

»Jetzt geht es ohne Schilde weiter, jetzt muß sich zeigen, wer von uns der bessere Schwertfechter ist«, reizt er den Gegner.

Thorleif greift sofort an, schlägt wieder kraftvoll zu, doch Ingolf tritt einen halben Schritt zur Seite, so daß der Hieb ihn verfehlt. Wieder steht er dem Freund, Bruder und Rivalen Auge in Auge gegenüber.

»Schlag zu«, ruft Thorleif. »Schlag doch zu!«

Aber Ingolf läßt das Schwert nur spielerisch tanzen. Er tut so, als wollte er es dem Gegner in die Brust stoßen, schwingt es dann wieder hart an Thorleifs linkem Ohr vorbei, fordert mit diesen Finten von ihm Verteidigung. Thorleif kommt nicht dazu, selber einen Schlag zu führen, so sehr bringt ihn Ingolf mit seiner Gewandtheit in Bedrängnis.

Dann aber paßt Ingolf einen Augenblick lang nicht auf und hat alle Mühe, mit dem Schwert den urplötzlich geführten Streich des Gegners abzuwehren. Es klingt hell wie in der

Schmiede, als Schwert auf Schwert prallt und Funken stieben.

»Zwei Prachtschwerter«, murmelt Ragnar stolz. »Und die Jungen verstehen, damit umzugehen.«

Thorleif wähnt sich nach dem Schlag im Vorteil und setzt nach.

Ingolf tritt so behende zur Seite, daß der Gegner ins Stolpern kommt und beinahe vom Teppich getreten wäre. Er kann sich gerade noch halten. Als er sich umdreht, blickt er wieder Ingolf ins Auge, der nun auf der anderen Seite steht und den Vorteil der Sonne im Rücken hat. Thorleif fühlt sich einen Augenblick lang geblendet, sieht in der Sonne etwas aufblitzen, spürt einen Schlag auf die Wange, fühlt gleich darauf, wie es warm herunterläuft. Ehe er auf Ingolf eindringen kann, bricht der Seekönig den Kampf ab:

»Halt«, gebietet Erik. »Der Holmgang ist beendet. Thorleif blutet, und damit ist die Herausforderung erledigt.«

»Ich will aber weiterkämpfen«, schreit Thorleif, und seine Stimme bekommt einen schrillen Klang. »Eine solch lächerliche Schramme kann doch einen Holmgang nicht beenden. Ich bin noch lange nicht kampfunfähig.«

»Ihr habt nicht bis zur Kampfunfähigkeit, sondern bis zum ersten Blutstropfen gekämpft«, herrscht ihn Erik an. »Du als Forderer hast vor dem Kampf die Regeln selber verkündet.«

Die Meinung unter den Zuschauern ist geteilt. Die Frauen und Mädchen sind für die Beendigung des brüderlichen Zweikampfes, von den Männern und Jungmännern würde mancher gerne noch länger dieser Auseinandersetzung beiwohnen.

»Einen Waffengang sollte man ihnen noch gestatten«, ruft einer aus der Menge. Der Stimme nach ist es Gumbjörn, der Alte. Der Seekönig blickt sich herausfordernd in der Runde um. Dann zieht er sein Schwert aus der Scheide und sagt:

»Der Holmgang ist, wie die Regel es bestimmt, mit dem ersten Blutstropfen zu Ende. Wer jetzt noch kämpfen will, muß gegen mich antreten.«
Murrend gehen die Männer auseinander. Erik aber legt seine rechte Hand Ingolf, seine linke Thorleif auf die Schulter und folgt mit beiden Jungen den Frauen ins Haus.
Am nächsten Tag sollen die letzten Wettkämpfe der Mannbarkeitsprüfungen ausgetragen werden, das Laufen und das Springen. Hinter Eriks Anwesen versammeln sich wieder die Bewohner der Siedlung, und selbst die Ältesten unter ihnen können sich nicht erinnern, in ihrem langen Leben Kampfspiele gesehen zu haben, bei denen es so spannend zugegangen ist wie dieses Mal, wo alles auf einen Zweikampf zwischen Ingolf und Thorleif hinausläuft.
Bei den bisherigen Kämpfen hat Ingolf überall dort Vorteile gehabt, wo es auf Geschicklichkeit ankam. Bei den Kraftübungen aber war er Thorleif unterlegen, der nicht nur den Stein weiter zu schleudern vermochte als er, sondern dessen Pfeil und Speer auch weiter geflogen waren als sein Speer und sein Pfeil. Die Frage nach dem besten Jungkrieger dieses Jahres muß deshalb an diesem letzten Wettkampftag beantwortet werden. Die Zuschauer haben sich in zwei Gruppen geteilt. Die eine hält zu Thorleif, dessen Stärke vor allem den Männern gefällt. Die andere Gruppe glaubt, daß Ingolf zum Schluß sich als der beste Jungmann erweisen wird.
Björnhild weiß nicht so recht, zu wem sie halten soll. Sie ist seit ihrer Kindheit mit beiden vertraut, hat bisher jedoch geglaubt, ihr Herz schlage für Thorleif. Seit den Ereignissen der letzten Wochen aber, seit Thorleifs merkwürdigem Verhalten, ist sie unsicher geworden. Und seit sie gestern beim Holmgang der beiden Jungkrieger gesehen hat, wie blindwütig der muskelstarke Thorleif auf den Gegner einschlug und wie geschickt Ingolf den gewaltigen Streichen auswich, will

ihr das Bild des blonden Jungkriegers mit seinem vergoldeten Königsschild nicht mehr aus dem Kopf gehen. Björnhild errötet, als sich die beiden Jungen für den Wettlauf bereitmachen.

Gangolf hat die Laufstrecke auf der großen Weide abgesteckt, und zwar so, daß ein Viereck entstanden ist, dessen Seitenlängen jeweils 150 Ellen umfassen, so daß insgesamt 600 Ellen zurückzulegen sind. Die vier Ecken der Laufstrekke hat er mit Eschenspeeren markiert, an denen bunte Bänder flattern.

»Ich setze ein scharfes Schwert auf Ingolfs Sieg«, ruft Ragnar gutgelaunt, »falls sich einer findet, der drei gutgemästete Ochsen dagegenhält. Denn ein Schwert aus Ragnars Schmiede ist allemal drei Ochsen wert!«

»Ich würde die Wette annehmen, denn ich glaube an Thorleifs Sieg«, sagt Björn. »Woher soll ich nach den langen Wintermonaten aber drei gutgemästete Ochsen nehmen? Heufutter läßt die Tiere abmagern.« Endlich gibt Gangolf das Signal zum Wettlauf, und die vier Läufer rennen los. Thorleif stampft sofort an die Spitze vor Egbert und Bjarni, während Ingolf sich zurückhält.

»Das Schwert hättest du verloren«, raunt Björn dem Schmied zu. »Sieh nur, wie Thorleif rennt!«

Augenblicke später bereut er schon seine Worte, denn Egbert und Bjarni schieben sich auf dem zweiten Teilstück an Thorleif vorbei, der alle Mühe hat, ihr Tempo zu halten. Ingolf scheint schon abgeschlagen, er liegt fünf, sechs Schritte zurück.

Nachdem der zweite Eckspeer passiert und somit die Hälfte der Strecke zurückgelegt ist, wird Bjarni plötzlich müde, fällt hinter Thorleif zurück. Dem sieht man an, welche Anstrengung ihn das Rennen kostet, doch er stampft weiter kraftvoll hinter Egbert her. Als die dritte Eckfahne passiert ist und nur

noch die Schlußstrecke vor ihm liegt, schiebt sich Thorleif an Egbert heran und kämpft ihn in verbissenem Brust-an-Brust-Kampf nieder. Jetzt sieht Thorleif schon das Ziel, hat vielleicht noch sechzig oder siebzig Ellen zurückzulegen, pumpt die letzten Kraftreserven in die müden Beine.
Da geht ein Aufschrei durch die Zuschauer, der sich zu einem Tumult entwickelt. Von hinten schießt leichtfüßig wie ein junger Hirsch Ingolf heran. Er läuft an Bjarni vorbei, passiert Egbert, wird immer schneller, fliegt förmlich über die Weide und entreißt auf den letzten zehn, zwölf Ellen Thorleif den schon sicher geglaubten Sieg. Der Jubel ist kaum zu beschreiben, die Männer schlagen sich gegenseitig auf die Schultern, einige Mädchen kreischen vor Begeisterung. Björnhild hat rote Wangen und glänzende Augen. »Ingolf«, flüstert sie. Und immer wieder »Ingolf, Ingolf!«
Hinter dem Ziel will Ingolf den Arm um Thorleifs Schulter legen, aber der wirft sich, bevor es dazu kommt, der Länge nach auf den noch immer hartgefrorenen Boden. Er hat alles gegeben, ist restlos ausgepumpt und dennoch von einem Besseren besiegt worden. Darüber muß er erst hinwegkommen.
Der Seekönig läßt die jungen Wettkämpfer bewirten. In der Halle tischen die Mägde ihnen Räucherfleisch, Speck, Brot und Milch auf.
»Stärkt euch«, sagt Erik und breitet einladend die Arme aus. »Bevor ich gleich die Pferde herausführen lasse, damit wir sehen können, ob ihr gelernt habt, mit Schild und Schwert in der Hand in den Sattel zu springen.«
Thorleif und Ingolf bereitet es, wie übrigens den meisten anderen Jungmannen auch, keine Mühe, mit einem Satz auf den Rücken der frommen alten Stute zu gelangen, die Thorleif früher geritten hat und die von Erik für diese Übung ausgewählt worden ist. Nur ein paar von ihnen müssen sich aufstützen.

Schwieriger wird es schon, als Erik Anweisung gibt, neben die struppige Stute ein zweites Pferd zu stellen, und die jungen Männer auffordert, sich im freien Sprung über das doppelte Hindernis zu versuchen. Einer nach dem anderen nimmt Anlauf und springt, aber die meisten scheitern. Frauen und Mädchen stoßen Rufe des Schreckens aus, als einige Jungkrieger zu Fall kommen und kopfüber auf den harten Boden stürzen. Die Pferde werden unruhig. Der alte Knut und ein junger Knecht haben alle Mühe, sie zu halten.

Als Thorleif an der Reihe ist, nimmt er kraftvoll Anlauf und schnellt sich empor. Er überwindet das Hindernis, streift aber den Rücken des zweiten Pferdes. Auch Henrik schafft den Sprung nicht, ohne den zweiten Pferderücken zu berühren. Ingolf ist der einzige, der fehlerfrei das Hindernis überwindet. Wie eine Feder fliegt er über die beiden Pferderükken hinweg.

Durch die Reihen der Zuschauer geht ein Raunen, als Erik das dritte Pferd herbeiholen läßt. Es tänzelt unruhig und schlägt mit dem Kopf, so daß es der umsichtige Knut zwischen die Stute und den gemütlichen Braunen stellen läßt, weil er wohl befürchtet, daß es nervös werden und während des Sprungs eines der Jungen ausbrechen könnte.

Zuerst versucht es Henrik. Er nimmt einen langen Anlauf, schwingt sich in die Luft und landet auf dem Rücken des Braunen. Er schüttelt den Kopf und läßt sich zu Boden gleiten. Thorleif wirft einen Seitenblick zu Ingolf, bevor er sich zu seinem Sprung bereitmacht.

»Du mußt nur die Beine mehr anziehen, dann schaffst du es schon«, rät ihm Björn und nickt ermunternd.

Thorleif nimmt seine ganze Kraft zusammen, rennt los, drückt sich ab und überwindet beinahe das mächtige Hindernis. Nur eine Handbreit fehlt ihm zum Triumph, doch diese Handbreit ist entscheidend. Er bleibt mit den Füßen am Rük-

ken des dritten Pferdes hängen und wäre schwer gestürzt, wenn die Knechte ihn nicht aufgefangen hätten.
Ingolf bereitet auch das dreifache Hindernis keine Schwierigkeiten. Nach ein paar Schritten Anlauf schnellt er sich empor und berührt bei seinem Sprung kaum den dritten Pferderücken.
Die Zuschauer jubeln, Erik gibt dem Jungen einen Schlag der Anerkennung auf den Rücken, und Björnhild hat wieder glänzende Augen, als sie auf Ingolf zugeht, um ihn zum Erfolg zu beglückwünschen. Thorleif wendet sich verbittert ab. Björnhild und Ingolf, der Anblick schmerzt ihn irgendwie.
Der Seekönig legt Ingolf die Hand um die Schultern und ruft ihn als Sieger der Mannbarkeitsspiele aus. »Er ist der beste Jungkrieger«, ruft er unter Beifall nach allen Seiten.
»Ich bitte dich, noch ein Pferd herbeiführen zu lassen«, fordert Ingolf ihn auf.
Einen Augenblick lang herrscht in der Runde überraschtes Schweigen, dann macht sich die Spannung in lauten Rufen der Bewunderung Luft. »Er will den Sprung über vier Pferde wagen«, sagt Björn zu Ragnar, »den sie den Königssprung nennen!«
Das Raunen und erwartungsvolle Gemurmel unter den Zuschauern verstummt, als Ingolf sich für den Sprung vorbereitet. Er geht gemessenen Schrittes hinüber zu den vier Pferden, bespricht mit den Knechten ihre Aufstellung, tätschelt der alten Grauschimmelstute den Hals und schreitet dann den Anlauf ab. Nach einem Dutzend Schritten bleibt er stehen.
»Nimm einen längeren Anlauf«, ruft ihm einer aus den Reihen der Jungkrieger zu. »Mit den paar Schritten schaffst du es nicht.«
Ingolf läßt sich nicht beirren. Den Kopf leicht gesenkt, die vier mit den Köpfen nickenden und den langen Schwänzen

wedelnden Pferde scharf ins Auge fassend, steht er ein paar Herzschläge lang unbeweglich an der Ablaufmarke, läuft dann urplötzlich mit langen Schritten an, stemmt sich vor der alten Stute kraftvoll vom Boden ab und überwindet mit gewaltigem Sprung auch dieses Hindernis.

Da bricht der Jubel los. Die Zuschauer umarmen sich gegenseitig vor Begeisterung, die Mädchen kreischen, die Jungkrieger aber umringen Ingolf, heben ihn auf den Schild und stemmen ihn in die Höhe.

»Der Königssprung, der Königssprung«, rufen sie im Takt.

»Der Königssprung«, ruft auch Björn. »Wie lange habe ich den Königssprung nicht mehr gesehen.«

»Hier am Fjord ist er erst einem einzigen Jungkrieger geglückt«, belehrt ihn Ragnar, und in seinen Worten klingt Stolz mit. »Das war Harald, Ingolfs Vater.«

Die Botschaft und Thorleifs Kampf mit dem Bären

Je wärmer die Märzsonne vom blauen Himmel lacht, desto lebhafter geht es in der Siedlung am Fjord zu. Die Männer fahren mit den leichten Schuten und *Pramen* wieder hinaus zum Fischfang, werfen die großen Netze aus, kehren mit vollbeladenen Booten heim. Auf dem Schiffsbauplatz gibt es für sie nicht mehr viel zu tun. Der ›Adler‹ ist beinahe fertig. Zum Stapellauf aufgebockt bietet das schnittige Boot mit seinen zwanzig Ruderbänken ein prachtvolles Bild. Stolz reckt sich der Vordersteven in die Höhe, der Drachenkopf leuchtet in bunten Farben. Erik hat auch den Schiffsrumpf oberhalb der Wasserlinie mit roten und weißen Streifen bemalen lassen, und auf seinen Wunsch soll der ›Adler‹ ein purpurrotes Segel bekommen. Seit Tagen sind die Mägde unter Gudruns Aufsicht dabei, dieses Segel zu nähen.
Gisli, der Schiffsbaumeister aus Drontheim, rüstet sich zur Heimreise. Gleich nach dem Stapellauf will er die Siedlung am Fjord verlassen, begleitet vom Dank und allen guten Wünschen Eriks sowie von einer großen Kiste Silber, mit der der Seekönig seiner Zufriedenheit über das vollbrachte Werk Ausdruck gibt.
»Ich müßte ja eigentlich mit der Übergabe des Lohnes war-

ten, bis mein ›Adler‹ auf dem Wasser des Fjordes schwimmt«, hatte Erik gestern abend beim Bier gesagt. »Aber mein Vertrauen in dich, Gisli, ist so groß, daß ich dir das versprochene Silber gleich morgen früh abwiegen lassen will. Und du sollst auch die zehn Pfund bekommen, die ich für den Fall versprochen habe, daß es dir gelingt, mich ganz besonders zufriedenzustellen.«

Gisli hat sich dazu entschlossen, beim Stapellauf das Boot mit dem *Heck* zuerst ins Wasser gleiten zu lassen, wie es bei Flachufern üblich ist. Aus geraden Fichtenstämmen hat er eine Gleitbahn bauen lassen und das Holz mit Tran getränkt.

Der Seekönig vollzieht den Stapellauf selber. Am Morgen hat er den Göttern sein bestes Jungtier geopfert, um sie für sein Vorhaben günstig zu stimmen, und sie gebeten, ihre Hand schirmend über dem neuen Schiff zu halten. Jetzt steht er mit der Axt in der Hand am Ecksteven und zerschlägt die beiden Balken, die das Schiff noch stützen. Wie Gisli es berechnet hat, setzt sich der ›Adler‹ durch seine Schwerkraft langsam in Bewegung und gleitet, immer schneller werdend, unter den Freudenrufen der Zuschauer in das dunkelgrüne Wasser des Fjords. Wellen klatschen ans Ufer, das Schiff wippt ein paarmal und liegt dann, prächtig anzusehen, im Wasser. Ein paar Männer unter Vilgards Leitung ergreifen von einer Schute aus das Tau, das vom Bug des neuen Schiffes herabhängt, schleppen es zum Landesteg und vertäuen es dort. In wenigen Tagen wird der ›Adler‹ nicht mehr allein liegen, denn Vilgard und Björn sind mit ihren Männern seit Tagen dabei, die beiden anderen Schiffe, die über Winter an Land gezogen waren, zu teeren und für die Ausfahrt seetüchtig zu machen.

»Jetzt haben wir wieder drei Drachenboote«, sagt Erik stolz und legt Gisli beide Hände auf die Schultern. »Damit habe ich das Versprechen eingelöst, das ich meinen Männern am

Abend nach unserer traurigen Rückkehr im Herbst gegeben habe. Ich danke dir und wünsche dir eine glückliche Heimkehr.«

Anderntags meldet der Mann auf dem Wächterfelsen das Nahen eines Handelsschiffes, das schwer beladen tief im Wasser liegt.

»Gunnar, der Wanderhändler, kommt in diesem Jahr früher als sonst«, freut sich Erik, als er die Nachricht erhält. »Das ist gut so, denn unsere Wintervorräte gehen zu Ende. Es wird Zeit, daß sie aufgefrischt werden.«

Die Nachricht von der Ankunft des Händlers spricht sich schnell in der Siedlung herum. Kinder und Knechte, Frauen und Mägde laufen hinunter zum Fjord, und auch die Männer zögern nicht, dem Händler entgegenzugehen. Selbst Ragnar legt Hammer und Zange beiseite und macht sich humpelnd auf den Weg zum Bootssteg.

Gunnars Knorr wird jubelnd begrüßt, als er endlich festmacht. Der Seekönig geht als erster an Bord, um mit dem Händler für die angebotenen Waren die Preise auszuhandeln. Er legt ihm zum Gruß die Hände auf die Schultern und sagt: »Du bist uns nach langer Winterzeit willkommen. Deine Ankunft sagt uns, daß der Frühling vor der Tür steht. Doch du kommst früh dieses Jahr. Sag mir, woran das liegt?«

Der weißbärtige Händler erwidert den Gruß und blickt dabei Erik mit ernsten Augen an.

»Ich komme nicht nur mit Handelswaren, die euch erfreuen werden«, sagt er nach einigen Augenblicken bedächtigen Zögerns. »Ich bringe euch noch etwas, was Freude und Kummer zugleich auslösen wird.«

»Freude und Kummer zugleich?«, wundert sich der Seekönig. »Du sprichst in Rätseln. Drücke dich deutlicher aus!«

»Ich bringe dir eine Botschaft!«

»Eine Botschaft? Von wem? Rede schon, ich brenne vor Be-

gierde, sie zu hören!«
»Harald lebt!«
Erik fährt zusammen, als habe er einen Schlag bekommen. Die Farbe weicht aus seinem Gesicht, dann laufen Wangen und Stirne rot an. »Was sagst du da?«, dringt er auf Gunnar ein und rüttelt ihn mit beiden Händen an den Schultern. »Harald lebt? Wer hat dir das gesagt?«
»Ich habe ihn gesehen«, sagt der alte Händler mit fast tonloser Stimme.
»Gesehen? Wo?« Eriks Fragen werden immer barscher, immer knapper. Es ist, als brenne die Ungeduld auf seinen Lippen.
»Er ist in der Gewalt eines räuberischen Stammes«, berichtet Gunnar. »Im Bömlofjord hat Lorolf, den sie den Habgierigen nennen, eine Schar Gleichgesinnter um sich versammelt. Sie lauern in ihren Schlupfwinkeln vorübersegelnden harmlosen Kauffahrern auf und fallen über sie her, aber sie bergen auch Schiffbrüchige und versuchen dann, von den Angehörigen Lösegeld zu erpressen.«
»Und sie haben Harald in ihrer Gewalt?« sagt, noch immer zweifelnd, der Seekönig.
»Ihn und drei seiner Schwertgenossen«, nickt der Händler. »Im letzten Herbst, nach einem Sturm, haben sie die Männer, völlig entkräftet auf einer Planke treibend, aus dem Nordmeer gefischt. Harald wähnte sich, als er nach langer Bewußtlosigkeit die Augen aufschlug, bei ihnen in Sicherheit und glaubte, Lorolf würde ihn und seine Krieger, wenn sie sich von den Strapazen des Schiffbruches erholt hätten, ziehen lassen. Doch der Habgierige hielt ihn hin, nannte ihn seinen Gastfreund und stellte erst, als Haralds Forderung immer dringender wurde, seine Bedingungen.«
»Und was sind das für Bedingungen?« erkundigt sich Erik.
»Er will für Harald hundert Pfund Silber haben, und für je-

den seiner Mannen fünfzig Pfund!«
»Das ist Wahnsinn«, stöhnt Erik auf. Er ist ganz blaß geworden.
»Woher sollen wir das viele Silber nehmen? Jetzt, wo wir gerade das neue Schiff gebaut haben.«
Der Händler sieht ihn mit ratlosem Blick an. »Ich weiß es auch nicht«, sagt er dann. »Ich habe es bloß übernommen, dir Lorolfs Forderung zu überbringen!«
Die letzten Worte Gunnars lassen Erik mißtrauisch werden. Er mustert den alten Mann mit langem, argwöhnischem Blick:
»Wie kommt es eigentlich, daß du als Mittelsmann auftrittst und nicht von dem habgierigen Lorolf ausgeraubt wirst? Steckst du mit ihm vielleicht unter einer Decke?«
Gunnar hebt abwehrend die Hände.
»Ich komme als Händler zu ihm«, sagt er dann mit fester Stimme. »Mir gewährt er Kauffrieden, wie es Brauch ist. Ich will nicht verschweigen, daß ich ihm wie andere Fernhändler auch für freie Fahrt in den von ihm bedrohten Gewässern Zoll zahle. Aber du kannst nicht sagen, daß ich mit ihm unter einer Decke stecke. Ich verabscheue wie du sein schmutziges Gewerbe!«
»Aber dein Gewissen stört sich nicht daran, daß die Geschäfte mit ihm und seinen Leuten für dich einträglich sind«, sagt Erik und macht eine verächtliche Handbewegung. »Doch ich danke dir für deine Botschaft. Die Nachricht von Haralds Überleben macht mich froh! Jetzt müssen wir überlegen, wie wir mit dem habgierigen Lorolf und seinem Räuberstamm fertig werden.«
Eriks langes Gespräch mit Gunnar hat die Männer und Frauen unruhig gemacht. Sie haben die beiden am Heck des Schiffes miteinander reden sehen, ohne zu verstehen, worum es bei der lebhaften Unterhaltung ging. Jetzt gibt Erik das

Schiff frei.
»Ihr könnt kaufen, was ihr wollt«, ruft er den Wartenden zu. »Und zahlt dem Händler, was er verlangt. Für die Botschaft, die er uns gebracht hat, soll er guten Gewinn machen.« Die Männer und Frauen drängen sich auf dem Steg zusammen, einige von ihnen springen sogar an Bord des Knorr, dessen Laderaum bis an die Bordwand vollgepackt ist.
Hiltrud kümmert sich um das Gedränge und den Trubel nicht. Sie tritt Erik in den Weg.
»Was ist das für eine Botschaft, die du durch Gunnar erhalten hast?« fragt sie und blickt dem Seekönig ins Gesicht. »Betrifft sie auch mich?«
»Sie betrifft dich vor allem«, sagt Erik und packt sie mit beiden Händen bei den Schultern. »Stell dir vor, Harald lebt!«
Hiltrud steht einen Augenblick lang wie erstarrt. Ihre Augen suchen die des Seekönigs, ihr ganzer Körper zittert, sie streckt Erik beide Hände entgegen.
»Was sagst du da? Er lebt? Harald lebt? So haben mich meine Ahnungen doch nicht getrogen? Er lebt! Wann kommt er zurück? Sag doch, wann?«
Die Worte sprudeln nur so aus ihrem Mund. Um beide hat sich ein Kreis von Neugierigen gebildet, und plötzlich steht Ragnar neben ihr.
»Das zu entscheiden ist Sache des Things«, sagt Erik und wendet sich Ragnar zu. »Und dich als unseren Lagmann, der auf die Befolgung der Gesetze zu achten hat, bitte ich, die Thingversammlung einzuberufen, noch bevor der Mond wechselt. Wir haben nicht nur darüber zu entscheiden, wer von unseren Jungmannen Krieger wird; wir müssen auch über eine Lösegeldforderung beraten. Lorolf der Habgierige hat Harald und drei seiner Männer in der Gewalt. Er hat sich ihrer bemächtigt, als sie entkräftet und bewußtlos als Schiffbrüchige an seinen Strand getrieben wurden. Jetzt fordert er

zweihundertfünfzig Pfund Silber für ihre Freilassung!«
»Wir antworten ihm mit dem Schwert«, ruft Björn.
Ragnar macht mit der Hand eine abwehrende Bewegung.
»Über eine solche Forderung muß die Thingversammlung beraten«, sagt er dann mit Bedacht. »Hier, auf dem Bootssteg, ist der Ort, Tuche aus Friesland zu kaufen oder Honig aus England, nicht aber, um solche Entscheidungen zu treffen. Das sollten eigentlich alle wissen, denn wozu muß ich sonst als Lagmann in jedem Jahr die Gerichtsordnung für jedermann hörbar auf dem Gesetzesfelsen vortragen.«
Björn schweigt beschämt. Natürlich weiß er, daß nur die Thingversammlung solche schwerwiegenden Entscheidungen treffen darf. Er legt dem Schmied begütigend die Hand auf den Arm. In diesem Augenblick trifft Ingolf am Steg ein, springt von seinem Hengst und tritt auf die Gruppe zu. Eine Gasse öffnet sich, und einer der Umstehenden wirft ihm die Nachricht zu: »Dein Vater lebt!«
Ingolf glaubt im ersten Augenblick, nicht richtig gehört zu haben. Dann verhält er plötzlich den Schritt, bleibt wie erstarrt stehen, blickt mit fragenden Augen zuerst Hiltrud, seine Mutter an, läßt den Blick dann von einem zum anderen gleiten.
»Du hast richtig gehört, Ingolf«, sagt der Seekönig »Harald, dein Vater, lebt. Er wird von Lorolf dem Habgierigen festgehalten, und wir sollen für seine Freilassung Lösegeld zahlen.«
Ingolf ist plötzlich zu Mute, als gerieten die Planken des Bootsstegs, auf denen er steht, ins Wanken. Alles um ihn herum scheint sich zu drehen, scheint aus den Fugen zu geraten. Mit der Hand macht er eine Bewegung, als wolle er sich festhalten, greift aber ins Leere. Dann hat sich der junge Krieger wieder in der Gewalt. »Vater lebt«, kommt es flüsternd über seine Lippen, um gleich darauf schreiend aus ihm herauszubrechen: »Vater lebt?«

»Ja«, nickt Hiltrud, geht mit ausgestreckten Armen auf ihn zu, bleibt aber vor Ingolf stehen, ohne ihn zu umarmen. »Harald, dein Vater, lebt! Du wirst ihn, wenn die Götter es wollen, wiedersehen.«
Die Auffälligkeit, mit der Hiltrud die Worte »dein Vater« betont hat, veranlaßt Ingolf, die Augen von der Mutter zu lösen und den Seekönig anzusehen. Erik weicht seinem Blick aus. In diesem Augenblick begreift Ingolf die schwerwiegende Bedeutung, die für ihn die Nachricht von Haralds Überleben hat. Ohne zu wissen, was er tut, dreht er sich auf dem Absatz herum, stürmt mit langen Schritten zu seinem Hengst, an dessen Sattelknauf sein Bogen und sein Speer, die Jagdwaffen hängen, springt in den Sattel und sprengt in wildem Galopp davon, dem Walde zu.

Als die Sonne an diesem Tage den Gipfelpunkt längst überschritten hat, reitet Thorleif vom Fjord kommend langsam auf die Siedlung zu und springt vor Björns Haus aus dem Sattel. Er hofft Björnhild dort zu finden. Auf Gunnars Schiff hat er ein Silberkettchen für die Felle eines schwarzen Zobels und eines roten Fuchses erstanden, die er im Winter in den Wäldern erlegt hat. Die Kette will er dem Mädchen schenken.
Doch Björnhild ist nicht im Haus. Die Magd berichtet ihm, sie sei gleich, nachdem sie von Gunnar Mehl, Malz und Honig erhandelt hat, hinausgegangen in den Wald. »Die Sonne hat sie gelockt«, sagt die Magd. »Lange vor der Dämmerung wollte sie zurück sein.«
Thorleif sieht mit Besorgnis, daß die Märzsonne tief über dem Fjord steht. Die Häuser und Bäume werfen schon lange Schatten. Er springt auf seinen Falben und treibt ihn an. In gestrecktem Galopp reitet er dem Wald entgegen.
Tief im Wald, weit von der Siedlung entfernt, läuft Björnhild

leichtfüßig durch eine felsige Schlucht, in der ein Bach fließt. Die Sonne bricht glitzernd und wärmend durch das noch kahle Geäst der Bäume, die feuchte Erde dampft, und das Mädchen genießt den erdigen Duft keimenden Lebens unter welkem Laub. Björnhild hat den Arm voll frischgeschnittener Birkenreiser, und sie bückt sich immer wieder an sumpfigen Stellen nach den weißen Glocken der Märzenbecher, die hier zu finden sind. Mit ihren Gedanken ist sie bei Ingolf, achtet nicht auf Weg und Steg, springt von Stein zu Stein.

Da läßt ein zorniges Brummen Björnhild zusammenfahren. Als sie den Kopf wendet, sieht sie im beginnenden Dämmerlicht, wie sich aus einer Felsspalte eine dunkle Masse löst und direkt auf sie zukommt.

Björnhild weiß sofort, daß sie einem Bären ausgeliefert ist. Nach dem Winterschlaf sind die Bestien hungrig und nehmen jede Beute an. Sie wirft das Reisigbündel weg, läßt die Blumen fallen und greift nach dem kleinen Messer in ihrem Gürtel, mit dem sie die Zweige geschnitten hat. Dabei sucht sie mit den Augen verzweifelt nach einem Fluchtweg. Die Schlucht ist zwar nicht tief, doch ihre Wände sind vom gerade erst geschmolzenen Schnee feucht, glatt und kaum zu erklimmen. Todesangst kriecht dem Mädchen den Rücken herauf, scheint ihre Arme und Beine zu lähmen. Björnhild wirft dem zornig brummenden Raubtier einen gellenden Schrei entgegen und klettert dann in ihrer Verzweiflung auf den armdicken Ast eines Baumes, der über ihr ragt, klammert sich an den Stamm. Da ist auch schon der Bär unter ihr, stellt sich auf die Hinterbeine, reißt den roten Rachen auf und schlägt mit den Vordertatzen nach seiner Beute. Wieder schreit Björnhild gellend, ohne damit den Bären verjagen zu können.

Der Hilferuf des Mädchens bricht sich an den Wänden der engen Schlucht, wird als Echo zurückgeworfen. Aber da ist

noch ein Ruf, kraftvoll, herausfordernd. Als Björnhild die Augen öffnet, sieht sie wie durch einen Schleier hinter dem Bären die breitschultrige Gestalt Thorleifs auftauchen und dem Tier von hinten ein Messer in den Rücken stoßen.
Mit schmerzhaft-wütendem Brummen wendet sich der Bär dem Angreifer zu. Ein Felsblock hindert Thorleif, ihm auszuweichen. So trifft ihn der Schlag der schweren Tatze am Kopf, reißt eine blutige Wunde in die linke Wange.
Wieder greift Thorleif das Raubtier, das mit erhobenen Tatzen und aufgerissenem Rachen furchterregend vor ihm steht, mit dem Messer an, das er als einzige Waffe bei sich trug, als er auf der Suche nach Björnhild durch den Wald galoppiert und plötzlich durch den gellenden Hilferuf des Mädchens alarmiert worden war. Durch die erhobenen Vordertatzen des noch immer aufgerichteten braungrauen Riesen ist die Brust ungeschützt. Mit aller Kraft stößt Thorleif zu, doch das Messer gleitet an einer Rippe ab. Dadurch verliert der junge Angreifer für einen Augenblick das Gleichgewicht und gerät in den Bereich der krallenbewehrten Vordertatzen. Mit einer schnellen Bewegung packt der verwundete Bär zu, zerfleischt dem Jungen den Rücken und zieht seinen Körper in tödlicher Umklammerung an seine Brust.
Wieder schreit Björnhild, diesmal aus Angst um Thorleif. Der stößt mit letzter Kraft nochmals mit dem Messer zu, trifft besser. Der Bär stöhnt vor Schmerz auf, läßt einen Augenblick lang von Thorleif ab. Trotz seiner schweren Verletzung läßt sich der Junge blitzschnell zur Seite fallen, unfähig, noch einmal anzugreifen. Da kommt schräg von oben ein Speer geflogen, bohrt sich tief in des Raubtiers Brust, trifft das Herz. Mit einem Röcheln bricht das mächtige Tier zusammen.
Björnhild blickt in die Richtung, aus der der rettende Speer gekommen war. Da sieht sie am Rande der Schlucht auf ei-

nem Felsen Ingolf, der sich gerade anschickt, zu ihr herabzusteigen. Björnhilds Hände, die noch immer den Baumstamm umklammern, lösen sich wie aus einem Krampf. Mehr fallend als gleitend erreicht sie den Boden neben der blutenden pelzigen Masse, die noch ein paarmal zuckt, um sich dann endgültig zu strecken. Der Bär ist tot.
Björnhild richtet ihre Aufmerksamkeit auf Thorleif. Der Junge liegt mit dem Oberkörper hinter dem Felsblock, wo er geistesgegenwärtig Schutz vor dem Raubtier gesucht hatte, und stöhnt vor Schmerzen. Sein Gesicht ist blutverschmiert, aus dem Rücken haben die Krallen der Bärentatzen große Fleischstücke gerissen, die in Fetzen herunterhängen. Bei jedem Atemzug verspürt Thorleif einen stechenden Schmerz in der Seite. Unter der Umarmung des Bären sind wohl ein paar Rippen gebrochen.
Das Mädchen weiß im ersten Augenblick nicht, was es tun soll. Dann reißt sie von ihrem leinenen Untergewand einige Streifen, reinigt mit dem klaren Wasser des Bergbaches notdürftig die Rückenwunde, wäscht Thorleif das Blut aus dem Gesicht, sucht unter dem welken Laub nach den frischen Blättern einer heilenden Pflanze, legt sie Thorleif auf die Wunden und verbindet diese dann mit kundiger Hand, so wie ihr das die alte Freydis, die heilkundigste unter den Kräuterweibern am Fjord, beigebracht hat.
Da steht plötzlich Ingolf hinter ihr, zieht dem toten Bären seinen Speer aus der Brust, kniet zu Thorleif nieder. Der öffnet die Augen und lächelt dankbar.
»Du hast uns gerettet, Ingolf«, stammelt er. »Der Bär hätte uns zerfleischt. Zuerst mich, dann Björnhild!«
Ingolf legt dem Verletzten die Hand auf die Schulter und schüttelt den Kopf.
»Mein Speer hat sein Ende nur beschleunigt«, sagt er dann. »Der Bär gehört dir. Du hast ihm mit deinem Messer den

Garaus gemacht. Sieh her!« Ingolf beugt sich zu dem Bären hinunter und wälzt das schwere Tier unter großer Kraftanstrengung zur Seite. »Dein erster Messerstich hat ihn genau neben der Wirbelsäule getroffen, ihn also schwer verletzt.« Dann dreht er den Körper auf den Rücken und deutet auf zwei Einstiche in der Brust. »Einmal ist dein Messer an einer Rippe abgeglitten, der andere Stich aber sitzt genau am Herzen. Den hätte er nicht überlebt!«
»Aber du hast ihn von da oben herab direkt ins Herz getroffen. Das war ein meisterhafter Wurf«, sagt Thorleif.
»Ich habe Glück gehabt«, entgegnet lächelnd Ingolf. »Außerdem weißt du ja, daß ich besser zielen kann als du. Aber einen Bären nur mit dem Messer in der Hand würde ich nicht angreifen, glaube mir.«
Thorleif will noch etwas sagen, doch Björnhild treibt zur Eile. »Wir müssen uns sputen, daß wir heimkommen«, mahnt sie. »Es ist schon dunkel!«
Ingolf pfeift die Pferde herbei. Zuerst kommt ›Wolke‹, dann ›Sturmwind‹, und beide schnauben angstvoll mit den Nüstern, als sie in die Nähe des toten Bären kommen.
Ingolf und Björnhild wollen Thorleif quer über den Sattel seines Hengstes legen und ›Wolke‹ zu zweit reiten. Da kommt Ingolf plötzlich ein besserer Gedanke. Er fällt mit der Axt ein paar kräftige Eschenstämme, macht daraus und mit Hilfe von Zweigen eine Schleppbahre, die er am Sattel des Falben befestigt.
»Darauf liegt Thorleif besser«, sagt er zu dem Madchen. »Du setzt dich in den Sattel und sorgst dafür, daß ›Sturmwind‹ im Schritt bleibt und jedes Hindernis umgeht.«
»Und du? Was machst du?«, will Björnhild wissen.
»Ich schlage noch ein paar solcher Stämme und mache daraus eine zweite, allerdings etwas kräftigere Schleppbahre. Darauf binde ich den Bären fest. Ein mit dem Messer erleg-

ter Bär hat schließlich Anspruch darauf, bestaunt zu werden. Ich wette, daß unter unseren ältesten Jägern am Fjord keiner ist, der einen ausgewachsenen Bären wie diesen nur mit dem Messer angegriffen hat.«

Thorleif lächelt bei Ingolfs letzten Worten und läßt sich widerstandslos auf die Schleppbahre betten.

»Du liegst da ein bißchen hart«, scherzt Ingolf. »Wenn wir deinem Bären erst das Fell über die Ohren gezogen haben, hast du ein weicheres Lager!«

»Das Fell gehört dem, der den Bären getötet hat. Und das bist du.«

»Darüber wollen wir später reden«, beendet Ingolf die Unterhaltung, während der er die zweite Schleppbahre herrichtet. »Jetzt muß Björnhild mir helfen, das schwere Biest da hinaufzuziehen, und dann reiten wir heim, bevor der Seekönig seine Krieger aussendet, um uns im Wald zu suchen.«

Später, als der Wald lichter wird und der Weg es erlaubt, nebeneinander zu reiten, stellt Björnhild die Frage, die ihr auf der Seele brennt.

»Wie konnte es geschehen, daß du genau in dem Augenblick zur Stelle warst, als wir in Todesangst schwebten?«

Da berichtet ihr Ingolf von den Gefühlen, die ihn befallen hatten, als er am Morgen erfahren hatte, daß Harald lebe, sein Vater. Daß er, nur um neugierigen Fragen auszuweichen, Hals über Kopf in den Wald galoppiert sei.

»Eigentlich wollte ich dem Wild nachstellen, aber dann habe ich lange auf einem sonnigen Fleck gelegen und nachgedacht. Doch zu einem Entschluß gekommen bin ich dabei nicht. Als im Herbst die beiden Drachenboote ohne Harald heimkamen, hat es mich geschmerzt, keinen Vater mehr zu haben. Jetzt habe ich plötzlich zwei Väter, doch der Schmerz, der mich befallen hat, als ich die Nachricht erhielt, ist derselbe. Ich hing meinen Gedanken nach, als ich auf dem

Heimritt in die Nähe der Schlucht kam und in der Waldeinsamkeit plötzlich deine Schreie hörte. Da habe ich ›Wolke‹ angetrieben und bin in wildem Galopp durch den Wald gejagt, so daß mir die Zweige der Bäume ins Gesicht schlugen. Als ich vom Pferd sprang und einen Blick in die Schlucht warf, sah ich dich auf dem Baum und den Bären sich wütend und gierig auf Thorleif stürzen. Ich hob den Speer und schleuderte ihn der Bestie in dem Augenblick ins Herz, als sie nach dem dritten Messerstich Thorleif stöhnend aus ihren Pranken ließ.«

»Dann meinst du also in der Tat, daß der Bär todwund war, als dein Speer ihn traf?« will Björnhild wissen.

»Ich habe ihm nur den Todesstoß gegeben, erledigt hat ihn Thorleif mit seinem Messer«, sagt Ingolf und blickt aus den Augenwinkeln auf den Schwerverletzten, der in tiefer Bewußtlosigkeit auf der Schleppbahre liegt.

Blitzende Schwerter unter der Thinglinde

In der Halle des Seekönigs herrscht an diesem Abend nicht die Ausgelassenheit, die in früheren Jahren die Ankunft des ersten Händlers nach langen Wintermonaten zu begleiten pflegte. Die Stimmung in der Männerrunde ist gedrückt, nur zögernd wird dem Bier zugesprochen. Die Gespräche drehen sich um die Nachrichten von Haralds Überleben mit Lorolfs hoher Lösegeldforderung und um Thorleifs todesmutigen Kampf mit dem Bären.

Während die Männer Thorleifs Tapferkeit rühmen und dabei Heldentaten von Kämpfen mutiger Krieger mit schrecklichen Ungeheuern aus den *Sagas* erzählen, liegt Thorleif im Schlafhaus nebenan auf einem Lager aus weichen Fellen und fiebert. Heilkundige Frauen sind von Gudrun an das Krankenlager gerufen worden. Sie haben aus Kräutern einen heilenden Sud bereitet und damit die Wunden bestrichen, die des Bären Tatzen mit ihren scharfen Krallen dem Jungen gerissen haben. Besonders die Rückenwunden machen den

Frauen Sorgen.
Am Kopfende des Lagers sitzen Gudrun und Björnhild und kühlen abwechselnd die Stirn des Fiebernden mit frischem Quellwasser, das die Mägde immer wieder neu herantragen. Ingolf sitzt in der Ecke des Raumes auf einem Schemel und blickt unverwandt den Schwerverletzten an. Ihm ist an diesem Abend von allen Seiten Dank für die Rettung Thorleifs gesagt worden, und Björnhild hatte mehrmals schildern müssen, wie Ingolf, auf einem Felsblock am Rande der Schlucht stehend, dem Bären seinen Speer direkt ins Herz geschleudert hat.
Der Seekönig tritt mehrmals in dieser Frühlingsnacht an das Lager seines verletzten Sohnes, und jedesmal erkundigt er sich, ob Thorleif noch immer nicht die Augen aufgeschlagen hat. Doch der Verletzte liegt in unruhigem Schlaf, sicherlich eine Folge des schmerzlindernden Trankes, den die Kräuterfrauen ihm eingeflößt haben.
In der Halle muß Gunnar berichten, wie er Harald vorgefunden hat, als er mit seinem Knorr bei dem habgierigen Lorolf angelegt hat. »Dem Häuptling und seinen Männern geht es gut«, versichert der Händler zum wiederholten Male. »Sie können sich frei in der Siedlung am Bömlofjord bewegen, dürfen sie nur nicht verlassen. Lorolf hat ihnen streng untersagt, sich in der Nähe des Steges aufzuhalten, an dem die Boote liegen, und bei der Koppel, auf der die Pferde weiden. So hat er jede Fluchtabsicht unterbunden. Außerdem haben die zahlreichen Wächter, von denen das Raubnest umgeben ist, Befehl, Harald und die drei anderen Männer sofort mit dem Pfeil zu töten, falls sie einen Fluchtversuch wagen sollten.«
Die Männer in der Runde umklammern ihre Becher, ballen die Fäuste und stoßen Flüche aus. Jeder einzelne von ihnen wäre bereit, für Haralds und seiner Männer Befreiung sein

Leben zu wagen.

Aber Gunnar, der von Schonen über Fünen und Jütland heraufgekommen ist, erzählt den aufmerksam Lauschenden auch von dem neuen Geist, der in Dänemark herrscht. Sven Gabelbart übe uneingeschränkt die Macht aus, seit der von ihm vertriebene Vater Harald Blauzahn letzten Herbst in *Jumne* gestorben sei, wohin er sich geflüchtet hatte, um bei den *Jomswikingern* Schutz zu suchen. »Seit mehr als zwanzig Sommern hatte der alte Harald Zins an den großen Kaiser Otto gezahlt und als Christ Frieden gehalten«, berichtet Gunnar. »Nach seinem Tode haben die Dänen alle Bischöfe und Mönche aus dem Lande gejagt und sind zu den alten Göttern zurückgekehrt. Mit Sven Gabelbarts Billigung unternehmen sie wieder Raubzüge nach England, und der furchtsame König *Ethelred*, den sie den Unberatenen nennen, soll von seinen Untertanen das *Danegeld* fordern, um bei Überfällen seine Städte freikaufen zu können.«

»Und Jarl Hakon in Drontheim, der mächtige Jarl? Wie verhielt er sich bei dem Umsturz in Dänemark?« will Erik von Gunnar wissen.

»Nach Harald Blauzahns Tod hat er dessen Sohn Sven wissen lassen, daß er die dänische Hoheit über Norwegen nicht mehr anerkenne. Er habe sich als Lehnsmann Haralds gefühlt und betrachte sich nun, da dieser tot sei, als selbständiger Herrscher über ein freies Land.«

»Und das hat sich Sven Gabelbart bieten lassen?« wundert sich der Seekönig.

»Was hätte er tun sollen?« sagt Gunnar bedächtig. »Er ist voll damit beschäftigt, die jungen Edlen im Zaum zu halten, mit deren Hilfe er sich gegen Harald, der in ihren Augen als alter Mann mehr Mönch als König war, aufgelehnt hatte. Die jungen Dänenfürsten drängt es nach Beute, und die hoffen sie am leichtesten in England zu finden, das von einem schwachen König regiert wird. Der mächtige Jarl in Drontheim hat die lange Zeit seiner Regentschaft genutzt, um sich bis an die Zähne zu bewaffnen und viele Drachenschiffe zu bauen. An ihn wagen sie sich nicht heran. In England kann man mehr und leichter Beute machen.«

Am anderen Morgen fiebert Thorleif noch immer. Gudrun tritt dem Seekönig mit sorgenvoller Miene entgegen, als er in das Schlafhaus kommt, um nach seinem Sohn zu sehen. Die ganze Nacht hat sie zusammen mit Björnhild am Krankenbett gewacht, und auch Ingolf hat den Raum, in dem der Schwerverletzte sein Krankenlager hat, kaum verlassen.

»Während der Nacht ist Thorleif ein paarmal aufgeschreckt und hat im Halbschlaf nach seinem Jagdspeer verlangt, um den Bären zu töten«, berichtet er. »Ich glaube, er kämpft im Fiebertraum noch immer mit ihm.«

»Das kann gut sein«, sagt Erik und nickt zustimmend. »Als ich bei einem Kampf mit den Briten vor langen Jahren die Schwertwunde erhalten habe, deren Narbe man hier am Hals noch immer sehen kann, habe ich im Fieberwahn viele Tage und Nächte lang von Kampfgetümmel, Schwerterklirren und Blut geträumt. Thorleif wird noch lange brauchen, ehe die Wunden verheilt sein werden, die ihm der Bär geschlagen hat. Es war übrigens ein ungewöhnlich starkes Tier, wie ich festgestellt habe. Die Männer sind gerade dabei, ihn aus der Decke zu schlagen. Auf den Bärenschinken freue ich mich jetzt schon. Das wird ein Festmahl werden, wenn wir Thorleifs Gesundung feiern.«

»Ich wollte, er wäre schon über den Berg«, sagt Gudrun. »Wäre doch Gisli, der Schiffsbaumeister, noch hier. Ich hätte dann weniger Grund zur Sorge.«

»Unsere heilkundigen Frauen wissen gerade solche Wunden zu behandeln«, beruhigt Erik sie. »Denke nur an Knuts Unfall vor drei Wintern bei der Saujagd, als ihm der alte Keiler mit seinen Hauern das Bein vom Knie bis an die Hüfte aufschlitzte. Keiner von uns hat geglaubt, daß er die Verletzung überstehen würde, doch nach ein paar Wochen konnte er schon wieder das Vieh auf die Bergweiden treiben!«

Als Erik aus der Tür tritt, kommt ihm Gunnar entgegen. Der Händler möchte sich von dem Seekönig verabschieden.

»Warte einen Augenblick«, sagt Erik. »Ich begleite dich auf dem Weg zum Schiff, denn ich habe noch mit dir zu reden.«

Gunnar muß ihm berichten, was er von Lorolf dem Habgierigen weiß. Der Seekönig interessiert sich vor allem für die Lage der Siedlung am Bömlofjord und für die Zahl der Krieger, die der räuberische Wikingerhäuptling im Kampf aufbieten kann. »Ich habe gehört, daß er zwei Schniggen bemannen kann, doch es heißt, daß im *Skanevikfjord* ein Stamm lebt, mit dessen Häuptling Lorolf zu gegenseitiger Waffenhilfe verbündet ist und der vierzig Schwerter zu stellen vermag.«

»Also mehr als hundert Krieger«, sagt Erik nachdenklich.

»Aber nur, wenn es dir nicht gelingt, Lorolf zu überraschen. Vom Skanevikfjord zum Bömlofjord braucht ein schnelles Boot bei gutem Wind einen halben Tag. Die beste Waffenhilfe ist nutzlos, wenn sie zu spät kommt.«

»Wer redet davon, daß ich ihn überfallen will«, begehrt Erik auf. »Du hast gehört, daß in drei Tagen das Thing sich versammelt. Dort, nicht von mir wird entschieden, was geschehen soll.«

»Aber du, der Seekönig, mußt die Drachenboote führen, wenn das Thing sich für den Kampf gegen Lorolf entscheidet. Damit du aber im Vorteil bist, will ich dir einen Weg zeigen, der Erfolg verspricht.«

Die beiden Männer sind während dieses Gesprächs am Bootssteg angekommen. Dort greift Gunnar nach einem Stecken und beginnt damit, Zeichen in den feuchten Ufer-

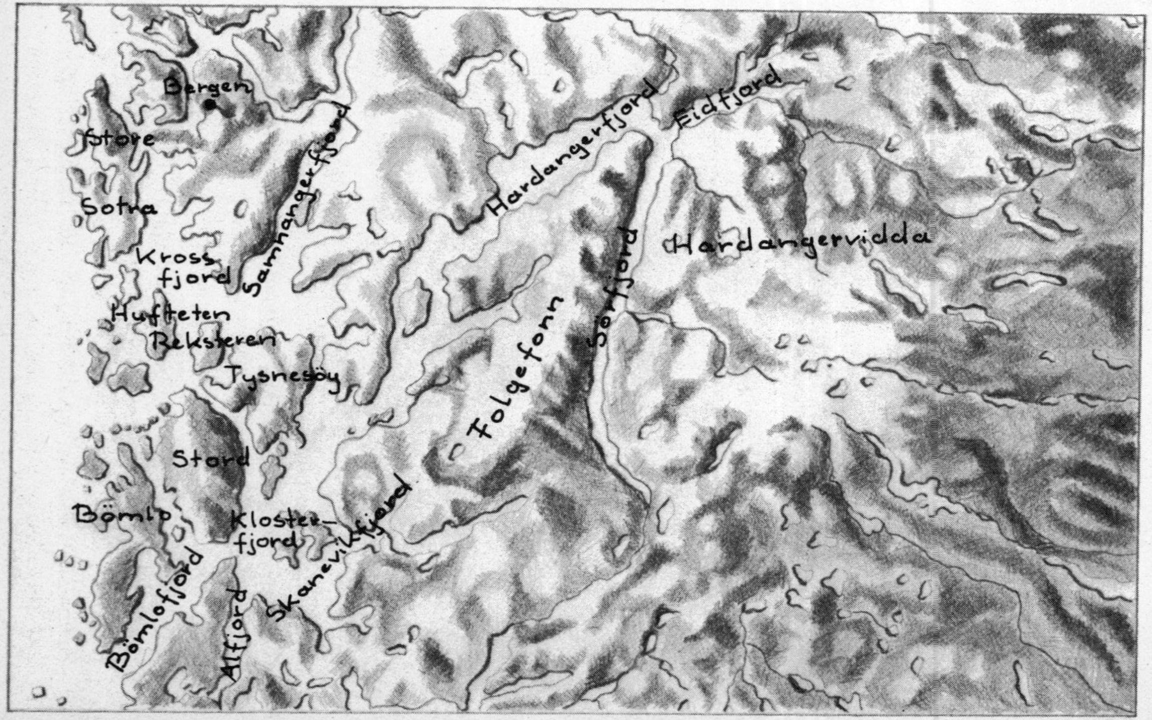

Bergen
Store
Sotra
Kross
fjord
Samhangerfjord
Hardangerfjord
Eidfjord
Hardangervidda
Hufteten
Reksteren
Tysnesöy
Folgefonn
Sörfjord
Stord
Bömlo
Kloster-
fjord
Skanevikfjord
Bömlofjord
Alfjord

sand zu malen.
»Das ist die Insel Bömlo«, sagt er und deutet auf ein langgestrecktes Gebilde, »und hier, inmitten der Schären, liegt ganz versteckt Lorolfs Siedlung. Sie ist kaum zugänglich und deshalb schwer angreifbar, wenn man es vom offenen Meer her durch den Bömlofjord versucht.«
»Und welchen Weg muß der segeln, der Lorolf überraschend angreifen will?« dringt Erik in den Händler.
Gunnar nimmt wieder den Stecken und zeichnet mehrere Kreise in den Sand.
»Dies sind die Inseln *Stord*, *Tysnesöy*, *Reksteren* und *Hufteren*«, sagt er dann und deutet bei der Nennung jedes Namens auf einen der Kreise. »Wer aus Norden kommt, zwischen Hufteren und Reksteren hindurchsegelt und sich an der Ostseite der Insel Stord vorbeipirscht, erreicht den Bömlofjord von der Landseite. Niemand wird ihn erwarten, und er kann überraschend angreifen.«
»Falls er ungesehen durch die Fjorde kommt«, sagt Erik, und in seine Worte mischt sich Zweifel.
»Du mußt die Nacht zu deinem Verbündeten machen«, zerstreut Gunnar die aufkommenden Bedenken. »Den Weg kennst du ja nun.«
»Und woher soll ich wissen, daß du kein verräterisches Spiel mit mir treibst, daß du nicht von hier aus zu Lorolf segelst und ihm rätst, mir eine Falle zu stellen?«
Gunnar blickt dem Seekönig fest in die Augen und legt ihm dabei beide Hände auf die Schultern.
»Ich bin Händler«, sagt er dann, »und ich hoffe, daß meine Waren dir und deinen Leuten noch lange willkommen sein werden. Außerdem verabscheue ich es, wenn Schiffbrüchige ausgeraubt werden. Wenn es Thor gefällt, kann er morgen einen Sturm schicken und mich stranden lassen. Ich möchte dann Freunden in die Hände fallen und nicht Räubern, die

sich als Freunde ausgeben und für meine Freilassung Lösegeld verlangen. Je weniger es von ihnen an Norwegens Fjorden gibt, desto sicherer kann der friedliche Mann auf dem Nordmeer segeln!«
»Ich vertraue dir und wünsche dir gute Fahrt«, sagt Erik, bevor Gunnar an Bord seines Schiffes geht. »Du bist uns am Aurlandsfjord immer willkommen!«

Drei Tage später versammeln sich alle waffenführenden Männer unter der großen Linde zum Thing. Zum erstenmal sind die Jungmannen dabei, die in den letzten Wochen ihre Prüfungen abgelegt und dabei gezeigt haben, daß sie zu Männern herangewachsen sind. Nur Thorleif fehlt, doch Erik hat gerade an diesem Morgen zu seiner Freude vernehmen dürfen, daß sein Sohn erstmals seit seiner Verletzung wieder einen kühlen Kopf hat und das Fieber aus seinen Adern gewichen ist.
Ragnar ruft zu Beginn der Beratungen den Kriegsgott Tyr an und bittet ihn, die Hand schirmend über dem Thing zu halten.
Als Wortführer in der Versammlung der Götter in Asgard stehen die Thing-Versammlungen unter Tyrs Schutz. Dann verkündet der Lagmann nach altem Brauch die Gesetzesformeln und eröffnet damit die Beratungen.
Gangolf erhebt sich und nennt die Namen der Jungmannen, die unter seiner Leitung zu Kriegern herangebildet worden sind, rühmt ihr Können, und schlägt vor, sie in den Kreis der Männer aufzunehmen. Thorleif ist dabei, obwohl er in der Runde fehlt.
»Wer etwas gegen einen von ihnen vorzubringen hat, möge dies jetzt hier unter der Thinglinde tun«, fordert Ragnar die Männer auf. »Wenn kein Einspruch erfolgt, sind sie auf Beschluß der Thingversammlung in den Kreis der Krieger auf-

genommen und dürfen einen Platz im Boot erhalten.«
Die Männer spenden Beifall. Ragnar aber fordert den Seekönig auf, das Wort zu nehmen.
Erik unterbreitet, wie es Brauch ist, den Männern die Botschaft, die ihm Gunnar von Lorolf überbracht hat und die alle schon kennen. »Er hat Harald und drei seiner Männer als Schiffbrüchige an Land gezogen, und er fordert uns auf, Harald gegen hundert und jeden seiner Männer gegen fünfzig Pfund Silber freizukaufen.«
»Du bist der Seekönig, wozu rätst du uns?« meldet sich Björn zu Wort. »Meine Meinung kennst du ja; ich bin dafür, daß wir dem habgierigen Räuber mit dem Schwert antworten!«
Björn erntet von allen Seiten Zustimmung. Die Männer schlagen zum Beweis, daß auch sie für die kriegerische Lösung sind, mit ihren Schwertern gegen die Schilde.
Erik hebt die Hand. »Halt!« ruft er den Kriegern in der Runde zu. »Wir dürfen keinen vorschnellen Entschluß fassen. Es ist eine andere Sache, einen Bären in seiner Höhle anzugreifen, als ein Rudel Wölfe in freier Wildnis zu jagen!«
»So willst du ihm das Silber geben?« sagt Björn zweifelnd. »Woher willst du es nehmen?«
»Wir müssen zusammenlegen, was wir haben«, antwortet Erik. »In meiner Schatztruhe sind wohl noch fünfzig Pfund. Wenn jeder von euch gibt, was er hat, müßte die Summe aufzubringen sein.«
»Sie wäre leicht aufzubringen, wenn du den ›Adler‹ nicht hättest bauen lassen«, wirft Ragnar ein. »Aber das Silber, das für den neuen Drachen aufgewandt wurde, fehlt jetzt, um Harald auszulösen.«
»So bist auch du dagegen, daß wir zum Bömlofjord segeln und Harald mit unseren Schwertern heraushauen?« wundert sich Vilgard. Seine Worte werden vom Gerassel der Schwer-

ter begleitet.
Mit einer Handbewegung dämpft Ragnar den aufkommenden Lärm.
»Harald ist der Mann meiner Schwester und war mein bester Schwertgenosse, als ich selber noch hinaus aufs Nordmeer fuhr«, sagt er bedächtig. »Ihn unversehrt freizubekommen, darf kein Preis zu hoch sein. Ich würde also zustimmen, wenn es darum ginge, ihn freizukaufen. Aber . . .«
»Aber . . «, unterbricht ihn Erik gegen allen Brauch. »Du machst Einschränkungen? Laß sie hören.«
»Aber ich bin nicht nur Haralds Schwager, sondern vor allem Lagmann und als solcher den Gesetzen verpflichtet. Würde ich zustimmen, Harald und seine drei Genossen gegen Silber auszulösen, so würde ich damit das Treiben Lorolfs billigen. Der Habgierige handelt gegen das Gesetz, wenn er sich an Schiffbrüchigen bereichert, die seinem eigenen Volk angehören. Gegen Gesetzesbrecher müssen Schwerter sprechen. Silber, allzu mühelos gewonnen, ermuntert sie nur zu neuen Untaten.«
Unter der alten Thinglinde bricht ein Tumult aus. Schreiend und grölend reißen die Männer wie im Rausch die Schwerter aus den Scheiden, schlagen sie lärmend aneinander, schwenken über ihren Köpfen die Schilde. Sie umringen Ragnar und Erik und fordern den Kampf.
Der Seekönig hebt den Schildarm und gebietet Ruhe. Langsam klingt der Lärm ab.
»So ist keiner von euch bereit, seine Silberstücke herbeizutragen, damit wir das Lösegeld zusammenbringen?«
Wieder bricht der Tumult aus, werden die Schwerter aneinandergeschlagen. Die Jungmannen, zum erstenmal in der Thingversammlung, gebärden sich am ausgelassensten. Ingolfs goldene Schildschlange glänzt in der Sonne.
Als der Lärm endlich abebbt und die Männer sich beruhigt

haben, stellt Ragnar als Lagmann die entscheidende Frage. Alle blitzenden Schwerter werden in die Höhe gereckt. Es gibt keinen unter den Männern, der gegen den Kampf stimmt.

»So wollen wir gleich morgen früh beginnen, die Drachenboote zur Ausfahrt zu rüsten«, bestimmt der Seekönig. »Vilgard sorgt dafür, daß seine ›Möwe‹ segelfertig gemacht wird, und Björn bereitet auf dem ›Falken‹ alles vor. Die Jungmannen werden so auf die Ruderbänke verteilt, daß neben jedem von ihnen ein erfahrener Krieger sitzt. Ingolf wird einstweilen in meinem neuen ›Adler‹ das Steuerruder führen. Björn mag auf diesen Platz zurückkehren, wenn Harald wieder in unserer Mitte weilt und mein Sohn Thorleif, der Bärentöter, wieder gesund ist. Der Wind steht günstig und das Wetter ist beständig. In zwei Tagen wollen wir die Segel setzen und auf Kriegsfahrt gehen. Tyr möge schützend seine Hand über uns halten, damit es uns vergönnt ist, Harald und seine Männer zu befreien!«

Der Kampf im Bömlofjord

Zwei Tage später segeln die drei Drachenboote westwärts durch den Fjord. Der ›Adler‹ führt sie an. Das neue Schiff gleitet leicht dahin, über Ingolf, der das Steuerruder führt, bläht sich das Segel. Die Föhrenholzriemen sind eingezogen, die Männer auf den Ruderbänken haben ihre Schilde über die Bordwand gehängt und stützen sich mit den Händen auf ihre Schwerter.

Die Schiffe machen bei steifem Ostwind gute Fahrt. Das Steuerruder läßt sich mühelos führen, so daß Ingolf seinen Gedanken nachhängen kann. Sie eilen zurück zur Siedlung. Das Bild der Mutter geht ihm nicht aus dem Kopf, wie sie mit wehendem Haar an der Landungsbrücke stand, ihre jüngeren Kinder um sich geschart und stumm den ablegenden Booten nachblickend.

Bevor er an Bord gegangen war, hatte er sich von ihr verabschiedet, doch es war ein kühler Abschied gewesen. Sie hatte ihn nur stumm angeblickt und ihm dann mit wenigen Worten Glück auf der Fahrt gewünscht. Ihm war bewußt geworden, wie sehr Hiltrud mit ihren Gedanken im Bömlofjord, bei ihrem Manne, war.

Während er an Harald denkt, fällt Ingolfs Blick auf Erik, der neben ihm auf der *Schanze* steht und unentwegt Ausschau

hält. Im Geiste vergleicht er die beiden Männer miteinander, den blonden Harald, dem er so ähnlich ist, und den rotbärtigen Erik, dem er viel zu verdanken hat. Dabei spürt er, welche Bedeutung die bevorstehende Befreiung Haralds für ihn haben wird. Daß Erik stumm neben ihm steht und nur von Zeit zu Zeit knappe Anweisungen gibt, zeigt Ingolf, wie sehr auch der Seekönig mit seinen Gedanken beschäftigt ist.
Als es dämmert, haben die Schiffe beinahe das offene Meer erreicht. Erik gibt Befehl, am Ufer anzulegen und einen Platz für die Nacht herzurichten. Er hat zwar genügend Ortskenntnis, um auch in der Dunkelheit den Weg zum Meer zu finden, doch er hält es für ratsam, seine Krieger an Land ausruhen zu lassen, die Fahrt am nächsten Morgen fortzusetzen, um dann in der abendlichen Dunkelheit in das Gebiet zu gelangen, das von Lorolf und seinen Verbündeten beherrscht wird. So besteht Aussicht, in der Morgendämmerung über die Räuber herfallen zu können.
Als die Krieger am nächsten Morgen auf ihre Schiffe zurückkehren, hat das Wetter umgeschlagen. Die Sonne ist hinter Wolkenbänken verschwunden, der Wind ist abgeflaut, und es regnet aus tiefhängenden Wolken unter diesig-trübem Himmel. Die Schiffsführer lassen die roten Segel einholen und die Männer auf den Ruderbänken zu den langen Föhrenholzriemen greifen.
»Schade, daß der Wind uns im Stich läßt«, klagt Ingolf.
»Ich bin nicht böse über den Wetterumschwung«, sagt der Seekönig. »Bei schlechter Sicht läßt sich ein plötzlicher Angriff besser fahren als bei hellem Sonnenschein. Je überraschender wir aber im Bömlofjord auftauchen, desto größer sind unsere Aussichten, ohne schwere Verluste unsere Männer freizukämpfen. Sieh nur, es wird zu unserem Glück immer trüber. Paß gut auf, daß wir nicht gegen ein Hindernis stoßen.«

Am späten Nachmittag taucht an Steuerbord eine Landmasse auf. »Das muß nach meinen Berechnungen Hufteren sein«, sagt Erik zu seinem jungen Steuermann. »Halte ein wenig nach Backbord, dann kommen wir gut zwischen Hufteren und Reksteren durch.«
»Bist du hier schon mal gefahren?« wundert sich Ingolf über die Sicherheit, mit der Erik seine Anweisungen gibt.
»Nein, das nicht!« sagt der Seekönig. »Aber ich kenne dennoch den Weg. Ich habe ihn mir genau beschreiben lassen.«
Die Männer auf den Bänken rudern gleichmäßig. Auf Eriks Anweisung sind die Dollenlöcher mit Tran beschmiert worden, so daß die Riemen weder quietschen noch knarren. Lautlos gleitet die kleine Wikingerflotte dahin.
Gegen Morgen liegt eine Nebelschicht auf dem Wasser. Die Sicht ist so schlecht, daß der ›Falke‹ und die ›Möwe‹, die anderen beiden Boote, dicht aufschließen müssen, damit die Drachen sich nicht in den fremden Gewässern verlieren. Dennoch zweifelt Erik keinen Augenblick daran, daß die Flotte auf dem richtigen Weg ist. Schemenhaft erkennt er die markanten Wegezeichen, die Gunnar ihm genannt hat; die Felsspitze hier, das unförmige Steingebirge dort. Als er die kleine Insel mit dem Buschwerk auf der Steuerbordseite entdeckt, weiß der Seekönig, daß er sein Ziel nicht verfehlt hat.
»Jetzt dringen wir in den Bömlofjord ein«, sagt er halblaut zu seinem Steuermann. Und triumphierend fügt er hinzu: »Harald, wir kommen!«

In der zwischen Schären versteckten Siedlung, eine kleine Wegstrecke weiter südlich, tritt um die gleiche Zeit ein schwarzbärtiger Krieger vor die Tür seines Hauses. Ein kräftiger Fluch entfährt seinen Lippen, als er den Nebel sieht.
»Bei *Loki*«, schimpft er. »Heute ist der Nebel noch dicher als gestern. Dabei hätte ich gewettet, daß mich nach durchzech-

ter Nacht und kurzem Schlaf die Frühlingssonne wecken würde. Das Schlimme an dem Nebel ist, daß er einen Krieger zur Untätigkeit verdammt, denn ich möchte den Händler sehen, der sich bei solchem Wetter mit seinem Schiff auf das Meer hinauswagt.«

»Übe dich in Geduld, Lorolf«, besänftigt eine Frauenstimme den Schwarzbärtigen. »Der Nebel wird schon lichter. Als ich vorhin Wasser schöpfen wollte, wäre ich beinahe in den Brunnen gestürzt. Jetzt kann man schon die Giebel der Nachbarhäuser sehen.«

»Du hast recht, Gudrid«, pflichtet ihr Lorolf bei. »Ich will auch keine Klage führen, denn der dichte Nebel hindert uns nicht nur daran, aufs Meer hinauszufahren, er gibt uns auch Sicherheit vor etwaigen Feinden. Kein Steuermann, und sei er noch so tüchtig, wird es bei dieser schlechten Sicht wagen, ein ihm unbekanntes Gewässer zu befahren!«

Während in der Siedlung zwischen den Schären an diesem Morgen das Leben erwacht, nähern sich unhörbar die drei Drachenboote dem Ufer. Keine Mastspitze ist zu sehen, und das leise Plätschern der langen Riemen dringt nicht bis zur Siedlung.

Erik hat den Männern befohlen, Schwerter und Speere griffbereit zu halten, weil auch er nicht sagen kann, in welchem Augenblick die drei Boote auf den Feind treffen werden. Doch jeder Krieger in den drei Drachen weiß genau, daß er für diesen Augenblick gerüstet sein muß.

Ein sechster Sinn sagt dem Seekönig, daß die Siedlung Lorolfs nicht mehr weit sein kann. Er gibt den Ruderern den Befehl, die Riemen mit halber Kraft zu bewegen, damit die beiden anderen Boote aufschließen können. Während die Drachen bisher in Kiellinie fuhren, bilden sie jetzt eine breite Front.

Ein wohlbekanntes Geräusch läßt Erik zusammenfahren. Vor ihm, nicht sehr weit entfernt, muhen Kühe, die darauf warten, daß die Mägde mit den Melkeimern kommen.
In diesem Augenblick bricht die Sonne durch. Zuerst erscheint sie als milchige Scheibe in der Nebelwand, dann teilt sich urplötzlich der weiße Schleier, und die Männer in den Booten fühlen sich geblendet von den goldenen Strahlen. Die Bucht liegt im Sonnenglanz vor ihnen.
»Rudert mit aller Kraft und macht euch zum Kampf bereit!« fordert Erik mit donnernder Stimme seine Krieger auf. Dann zieht er sein Schwert aus der Scheide und reckt es empor. Das blanke Eisen glänzt in der Sonne.
Das Leuchten trifft Lorolf, der noch immer vor der Tür seines Hauses steht, wie ein flammender Blitz. Auch er hatte die milchige Scheibe der Sonne sich vom Nebel abheben sehen, hatte erlebt, wie sich die weiße Wand plötzlich teilte und Sonnenglanz den Fjord überflutete. Aber dann war sein Auge auf die drei Drachenboote gefallen, die lautlos und unheimlich wie Fabelwesen aus einer anderen Welt auf die Siedlung zukommen.
Blanke Schwerter blinken in der Sonne, hohe Bugsteven schieben sich auf den Strand, Krieger stürmen schreiend auf die ersten Häuser der Siedlung zu.
Die Überraschung ist vollkommen. Die meisten Krieger Lorolfs liegen noch in tiefem Schlaf, nur wenige sind gewandt genug, so schnell nach Schwert und Schild zu greifen, daß sie erfolgreich Widerstand leisten können.
Erik stürmt seinen Kriegern voran, in der Rechten das Schwert, in der Linken den Schild, die Streitaxt im Gürtel. Lorolf glaubt im ersten Augenblick, der Kriegsgott Tyr habe sich mit den Feinden verbündet. Daß er mit seinen schlaftrunkenen Männern der anstürmenden Kriegerschar ausgeliefert ist, sieht der erfahrene Anführer sofort. Er läßt sich

deshalb nicht auf die Verteidigung der Häuser ein, sondern versammelt die Krieger um sich, die schon bewaffnet sind. An ihrer Spitze stürmt er hinunter zum Wasser, will sich der Drachenboote bemächtigen, die Eriks Krieger dort nur schwach bewacht zurückgelassen haben.
Der Seekönig erkennt sofort die Gefahr, die von diesem Manöver Lorolfs ausgeht. Die Räuber könnten mit den erbeuteten Booten zum Aurlandsfjord segeln und dort die ungeschützt zurücklassene Siedlung verwüsten, deren Bewohner sie in dem Wahn, ihre Männer und Söhne kehrten nach erfolgreichem Kampf mit ihren Drachenschiffen heim, freundlich empfangen würden.
Noch ein anderer hat die drohende Gefahr erkannt. Der Waffenlärm hat Harald und seine drei Gefährten aufgeschreckt, die ihre Unterkunft in einem Blockhaus nahe dem Fjord haben. Dem Wächter vor der Tür reißt Harald das gezückte Schwert aus der Hand, seine Gefährten bemächtigen sich des Speeres und der Axt. In langen Sätzen stürmt Harald mit den drei Gefährten zum Stand, wo Lorolf mit seinen Männern die ›Möwe‹ flottzumachen versucht. Gedeckt von den Leibern der anderen Drachen kommen sie ungesehen an das schlanke Boot heran, das im gleichen Augenblick ablegt. Doch mit gewaltigem Sprung schwingt sich Harald über die Bordwand, zieht die Gefährten nach, besetzt mit ihnen das kurze Halbdeck im Bug des Schiffes und beantwortet das wütende Aufheulen der Krieger Lorolfs mit höhnischem Gelächter.
Da packt Lorolf die nackte Wut, und er schleudert mit einem Aufschrei seinen Speer nach Harald, doch der fängt ihn mit der linken Hand auf und wirft ihn dem dritten seiner Schwertgenossen zu, der noch keine Waffe hat:
»Komm her, Lorolf!« fordert er dann den Häuptling auf. »Mein Schwert wartet auf dich!«

Ingolf ist hinter Erik an Land gestürmt, das Schwert in der einen, den weißen Schild mit der goldenen Schlange in der anderen Hand. Er hat gesehen, wie Lorolf seine Krieger hinunter zum Fjord geführt hat, und er hat erlebt, wie Harald das von ihnen erbeutete Drachenboot enterte. Und jetzt sieht er seinen Vater mit dem blanken Schwert in der Hand auf dem kurzen Halbdeck im Bug des Schiffes stehen und Lorolf trotz der Übermacht zum Zweikampf herausfordern. Ein Gefühl des Stolzes, gleichzeitig aber auch der Angst, befällt ihn bei diesem Anblick, und er ist traurig darüber, hilflos dem weiteren Geschehen zusehen zu müssen, ohne selber eingreifen und dem Vater als Schwertgenosse zur Seite treten zu können.
Erik hat längst befohlen, die beiden anderen Drachenboote zu bemannen und mit ihnen der ›Möwe‹ zu folgen, nachdem seine Krieger die Männer des habgierigen Lorolf, die sich nicht an Bord des Schiffes retten konnten, niedergemacht haben. Der ›Adler‹ und der ›Falke‹ machen sich an die Verfolgung des Schiffes, auf dem es zu einem verzweifelten Kampf kommt.
Auf Lorolfs Geheiß sind alle Ruderbänke besetzt worden, und die Männer legen sich mit aller Kraft in die Riemen. Auf der Schanze am Heck schart sich ein halbes Dutzend Schwertträger um den Häuptling und dringt mit diesem bugwärts vor, wo Harald entschlossen ist, mit seinen mangelhaft bewaffneten Männern das kurze Halbdeck zu verteidigen.
Als die Gegner nur noch ein paar Schritte vom Scherenraum entfernt sind, der gleich hinter der *Back* liegt und in dem sich während eines Mann-gegen-Mann-Kampfes an Bord die Kernmannschaft der Schiffsbesatzung aufzustellen pflegt, reißt Harald dem neben ihm stehenden Gefährten den Speer aus der Hand und schleudert ihn Lorolf entgegen. Der springt geschickt zur Seite, aber der Speer durchbohrt die

Brust des nächsten Gegners. Mit einem Aufschrei sinkt er zu Boden.

Lorolf versucht auf der schmalen Bordwand entlangzustürmen, um nicht vom tiefer liegenden Scherenraum aus angreifen zu müssen und den Männern auf der Back dadurch den Vorteil der erhöhten Bastion zu lassen, der das Fehlen schützender Schilde ausgleichen würde. Harald erkennt schnell die Absicht des Häuptlings, springt ihm, ebenfalls auf der schmalen Bordwand, entgegen und bringt Lorolf mit einem gewaltigen Schwerthieb von der Seite, den er nur mit Mühe abwehren kann, ins Straucheln, so daß er in den Scherenraum springen muß.

Im Eifer des Kampfes an Bord der schnell dahingleitenden ›Möwe‹ achten weder Lorolf noch Harald auf die anderen beiden Drachenboote, die mit schnellem Ruderschlag das flüchtende Boot verfolgen. Der Seekönig steht neben Ingolf auf der Schanze und treibt die rudernden Männer zu größerer Kraftanstrengung an. Ingolf sieht am Kielwasser des verfolgten Schiffes, daß die ›Möwe‹ durch eine Nachlässigkeit des Steuermanns vom Kurs abkommt und direkt auf eine Schäre zufährt. Er sieht nicht, daß der Drachen einen Augenblick lang steuerlos gewesen ist, weil Harald von der Back aus mit gewaltigem Wurf dem Mann am Steuerruder den zweiten Speer in die Brust geschleudert hat und erst ein Ersatzmann die Schanze erklimmen und das Boot wieder in seine Gewalt bringen mußte.

Der ›Adler‹, dem verfolgten Drachen durch seine Wendigkeit ohnehin schon nahegekommen, erlangt entscheidende Vorteile. Ingolf drückt ihn leicht nach Steuerbord, fährt einen Augenblick lang auf den Vordersteven der ›Möwe‹ zu, läßt dann durch ein hartes zweites Steuermanöver das Heckschiff herumschwenken. Holz splittert krachend, als der eisenbewehrte Bug des ›Adlers‹ an der Bordwand der ›Möwe‹

entlangschrammt und die Föhrenholzriemen brechen läßt. Einen Augenblick lang sind Bugsteven und Heck der beiden Schiffe auf gleicher Höhe.
»Nimm das Steuerruder!« ruft Ingolf dem Seekönig zu, reißt sein Schwert aus der Scheide, ergreift seinen goldschimmernden Schild und springt dann mit gewaltigem Satz hinüber auf das kurze Halbdeck zu seinem Vater.
Ingolf kommt im richtigen Augenblick, denn Harald und seine Männer sind trotz ihrer erhöhten Position auf der Back in arge Bedrängnis geraten. Die Feinde im Scherenraum haben eine *Schildburg* gebildet und sind darunter für die Verteidiger des Halbdecks, denen jetzt die Speere fehlen, unangreifbar geworden. Von den Männern auf den Ruderbänken, deren Riemen zerbrochen sind, erhalten sie Verstärkung. Pfeile werden geschossen, Speere fliegen, Harald und seinen Genossen gelingt es kaum noch, den Geschossen auszuweichen. Einen der Männer hat ein Pfeil an der Hüfte getroffen, Harald hat ein Speer, den er auffangen wollte, den unbewaffneten Schildarm aufgeschlitzt. Ein weiterer Speer gleitet an dem Königsschild ab, mit dem Ingolf in diesem Augenblick den deckungslosen Vater beschirmt.
»Ich bin dein Schwertgenosse«, ruft er Harald zu. »Mein Schild soll dich beschützen.«
»Du, Ingolf?« ruft der Vater, und ein Lächeln des Stolzes huscht über sein verschwitztes Gesicht.
Trotz harter Gegenwehr und großer Verluste gelingt es der Masse der Gegner, auf der Back Fuß zu fassen, ehe Erik auf dem anderen Boot den ›Adler‹ wenden und zum Entern Bord an Bord neben die ›Möwe‹ legen kann. Lorolf dringt mit seinen Schwertgenossen auf die Verteidiger ein.
Harald und Ingolf kämpfen Rücken an Rücken einen verzweifelten Kampf. Die drei Gefährten sind, von Axthieben oder Schwertstreichen getroffen, verwundet zu Boden ge-

sunken. Ingolfs goldweißer Schild ist von Blutspritzern gerötet, sein und seines Vaters Schwerter wüten unter den Gegnern. Da schleudert einer der Männer, während Harald Fuß an Fuß mit Lorolf kämpft und Ingolf Mühe hat, nachdrängende Gegner abzuwehren, von der Seite her unbemerkt seinen Speer, trifft Harald in den Rücken. Einen Augenblick lang steht der blonde Recke wie erstarrt, stürzt dann zu Boden.

Lorolf schleudert wutentbrannt seine Axt nach dem feigen Speerwerfer, der ihm den Gegner genommen hat, wendet sich dann Ingolf zu. Klirrend prallen ihre Schwerter aufeinander. Ingolf hat seinen Vater nicht dahinsinken sehen, sondern nur gespürt, daß er plötzlich nicht mehr hinter ihm, der eigene Rücken ungedeckt war. Als er Harald sterbend am Boden liegen sieht, packt ihn eine grenzenlose Wut. Mit gewaltigem Schwertstreich schlägt er Lorolf den Schild aus der Hand, bohrt ihm dann sein Schwert in die ungeschützte Brust, streckt ihn so neben Harald nieder. Dann wütet sein Schwert so furchtbar unter den Angreifern, daß die Gegner vor ihm zurückweichen. Das ist der Augenblick, in dem Erik mit seinen Männern das Schiff entert. Ihr Kampfgebrüll und ihre blitzenden Schwerter veranlassen das Häuflein der verbliebenen Männer Lorolfs, sich auf der Schanze im Heck der ›Möwe‹ zusammenzurotten. Einige mögen daran denken, über Bord zu springen und schwimmend zu fliehen, doch auch sie stellen sich zum letzten, verzweifelten Kampf. Sie schleudern Erik und seinen Männern von der Schanze herab ihre Speere entgegen, hauen mit ihren Schwertern und Äxten auf jeden ein, der die Bastion zu erklimmen versucht.

Erik wird von einem Speer in die rechte Schulter getroffen, kann den Schwertarm nicht mehr heben. Er wirft den Schild weg, nimmt das Schwert in die andere Hand. Björn erhält im Zweikampf mit einem gegnerischen Krieger, der das Schwert geschickt zu führen weiß, eine blutende Wunde im Gesicht, die seinen vielen Narben eine weitere hinzufügen wird. Von den Jungkriegern, die erstmals ihr Schwert im Kampf gebraucht haben, erleiden einige Verletzungen. Doch sie brechen den Widerstand auf der Schanze, strecken die letzten Gegner nieder, schicken so manchen, der in diesem Kampf den *Schwerttod* erleidet, nach Walhall.

Auf dem Halbdeck vorn kniet Ingolf neben Harald, seinem Vater. Er hat den Kopf des Toten auf einen Schild gebettet und das Schwert, mit dem Harald gekämpft hat, quer über seine Brust gelegt. Zwei seiner Schwertgenossen, die schwere Wunden erlitten haben, liegen neben dem Häuptling, dem dritten hat Ingolf die blutende Oberschenkelwunde verbunden.

So findet ihn Erik, als das Kampfgetümmel verebbt, der Schwertlärm verklungen ist. Er zieht Ingolf zu sich empor und legt den gesunden Arm um seine Schulter.

»Harald soll wie ein Seekönig bestattet werden«, sagt er dann zu dem jungen Krieger. »Wir wollen ihn heute abend, wenn die Sonne ins Meer taucht, mit einem Boot auf die Reise nach Walhall schicken.«

Unter Eriks und Ingolfs Führung rudern die unverwundet gebliebenen Männer die beiden Drachenboote zurück ans Ufer. Sie finden die Siedlung Lorolfs fast ausgestorben vor. Nur ein paar Frauen und Kinder sind zurückgeblieben, ebenso die Sklaven. Die anderen Bewohner, vor allem die nicht mehr kampffähigen Männer, haben eines von Lorolfs Booten bemannt und sind damit geflüchtet, während auf dem Fjord der Kampf wogte.

»Sie werden sich zum Skanevikfjord geflüchtet haben, wo ihre Verbündeten sind«, mutmaßt Erik. »Hoffentlich haben sie nicht alles Vieh mitgenommen.«

»Auf einigen Weiden haben wir Kühe und Pferde zusammengetrieben«, berichtet ihm Vilgard. »Ich habe schon veranlaßt, daß sie an Bord gebracht werden. Ebenso sind alle Häuser nach Beute durchsucht worden. Viel haben die Flüchtigen nicht zurückgelassen.«

»Sind Lorolfs Krieger alle tot?« erkundigt sich der Seekönig bei Björn, der mit seiner blutenden Wunde im vernarbten Gesicht einen furchterregenden Anblick bietet.

»Ein paar sind mit Kratzern davongekommen. Wir haben sie absichtlich verschont, damit wir Gefangene haben, die wir Tyr opfern können, zum Dank dafür, daß er uns den Sieg geschenkt hat.«

»So wollen wir die Häuser niederbrennen!« ordnet Erik an. »Die Flammen mögen weithin leuchten als Zeichen dafür, daß es nicht ratsam ist, sich Erik und seinen Stamm zu Feinden zu machen! Und dann sollen die Vorbereitungen getroffen werden für Haralds letzte Fahrt.«

Wenig später steht die Siedlung in Flammen. Der aufkommende Wind treibt den Qualm über den Fjord, hüllt die Schiffe ein, läßt an Bord angstvoll Kühe brüllen und Pferde wiehern, während sich die Frauen und Kinder die brennenden Augen reiben und sich zusammendrängen, wohl wissend, daß sie ihre Freiheit verloren haben und nun auf einer Stufe mit ihren früheren Sklaven stehen.

Unter Ingolfs und Vilgards Leitung wird das erbeutete Langschiff für Haralds Fahrt nach Walhall hergerichtet. Im Scherenraum stapeln die Männer Reisigbündel, im Krappar, dem Raum vor und hinter dem Mast, werden die Opfertiere niedergelegt. Erik hat von den erbeuteten Pferden einen Rapphengst töten lassen, damit Harald in Walhall beritten ist.

Im Feuerraum, wo die Waffenkiste steht, sind die Schwerter, Speere, Äxte und Schilde niedergelegt worden, damit der tote Held nicht waffenlos in Walhall einreitet. Da seine eigenen Waffen seit dem Schiffbruch im letzten Herbst auf dem

Grunde des Nordmeeres ruhen, sind Beutewaffen ausgewählt worden. Einen Augenblick lang hatte Ingolf überlegt, ob er dem toten Harald sein selbstgeschmiedetes Schwert und seinen von Torkil erhaltenen Königsschild auf die Reise nach Walhall mitgeben sollte, war aber auf Eriks Widerspruch gestoßen.

»Schild und Schwert haben dir in deinem ersten Kampf Glück gebracht«, hatte der Seekönig ihm geraten. »Es wäre nicht klug von dir, sie aus der Hand zu geben. Du wirst beide noch in manchem Kampf brauchen.«

Die Sonne steht schon tief am Himmel, als Erik, den verletzten Arm in der Schlinge, den Befehl zum Auslaufen der Boote gibt. Alle drei haben Segel gesetzt, der ›Adler‹ hat das Totenschiff im Schlepptau. So segeln sie durch den Bömlofjord und lassen zwischen den Schären die glimmenden und rauchenden Reste der Siedlung zurück.

Als sie das offene Meer erreicht haben, bedeutet der Seekönig seinem jungen Steuermann, daß es Zeit ist, Abschied von seinem Vater zu nehmen. Auf sein Geheiß ziehen einige Männer am Schlepptau das Langschiff so weit heran, daß sie an Bord springen können. Auch Ingolf springt hinüber auf das Schiff seines toten Vaters, steigt hinauf zur Schanze, wo sie Harald in Rüstung und Waffen gebettet haben, das Gesicht mit den geschlossenen Augen der untergehenden Sonne zugewandt. Ein letztes Mal kniet der junge Krieger abschiednehmend neben seinem Vater, während die Männer das weiße Segel setzen. Dann bindet Ingolf das Steuerruder fest, entzündet die Fackel und wirft den Brand zwischen die Reisigbündel in den Scherenraum. Im Schein des roten Sonnenballes über dem Horizont und des knisternd auflodernden Feuers springt Ingolf zurück an Bord des Drachenschiffes.

Der am Nachmittag aufgekommene Wind bläht prall die Se-

gel. Ingolf lenkt den ›Adler‹ leicht nach Steuerbord, bringt ihn auf Nordkurs. Seine Kiellinie entfernt sich mehr und mehr von der des Totenschiffes, das streng auf Westkurs bleibt und als lodernde Fackel dorthin segelt, wo in diesem Augenblick die Sonne rot ins Meer taucht.
»Harald segelt nach Walhall«, sagt der Seekönig und zieht Ingolf mit dem gesunden Arm an sich. »Wir aber wollen eilen, damit wir Hiltrud, Ragnar und allen anderen berichten können, wie er als Held gefallen ist.«
Ingolf blickt unverwandt nach Westen, wo auf dem im Abendlicht schimmernden Meer das Feuer immer kleiner wird und schließlich verlischt. In diesem Augenblick, da der tote Vater aus seinem Gesichtskreis entschwindet, geht dem jungen Wikinger vieles durch den Kopf. Er denkt an die Heimkehr der Drachenboote im letzten Herbst, an die Trauer um den verschollen geglaubten Vater, an seine Aufnahme in das Haus des Seekönigs, an Thorleif, an Björnhild, an Ragnar, an Hiltrud. Vor dem rotschimmernden Hintergrund bizarrer Wolkengebilde über dem Horizont gewinnt plötzlich ein Gesicht Konturen, und er erinnert sich an die erste Begegnung mit Torkil droben am Myrdal-Paß. Das Kreuz fällt ihm ein, das unter dem Hemd des Mannes zum Vorschein kam, als er dem Bewußtlosen Luft machen wollte, und er fragt sich, ob Torkil jetzt wohl auch glauben würde, daß Harald nach Walhall segelt. Torkil, der ihm so manches Mal von einem Weiterleben nach dem Tode erzählt hat, in dem kein Platz für wilde Jagden mit Walküren, für üppige Gelage ist. Mit dem Handrücken wischt sich Ingolf über die feuchten Augen, als wollte er die Gedanken verscheuchen. Dann richtet er den Blick nach Norden, packt den Ruderbaum fester und steuert, Seite an Seite mit dem Seekönig, das Schiff heimwärts.

Die Wikinger in der Zeit von 793 bis 985

Sie kamen mit ihren schnellen Booten urplötzlich aus dem Morgendunst über der Nordsee, und sie brachen mit Feuer und Schwert in eine friedliche Welt ein. Mit dem Überfall auf das Inselkloster Lindisfarne an der englischen Ostküste begann am 8. Juni 793 die Wikingerzeit. Anfangs waren es nur einzelne Horden, die in der Morgendämmerung vor den Küsten Englands, Schottlands und Irlands erschienen, ihre Drachenboote an Land zogen, mit Kriegsgebrüll und ihren kurzen Schwertern über die Menschen herfielen, alles niedermachten und fortschleppten, was sich mitzunehmen lohnte, und nach kurzer Zeit mit beuteschweren Schiffen wieder davonsegelten. Abenteuerlust, Beutegier, aber auch Bevölkerungswachstum, Landenge und das nordische Recht, das Besitztum unteilbar machte und dem ältesten Sohn den Erbhof zufallen ließ, während sich die nachfolgenden Söhne auf dem Hof des Bruders verdingen oder aber ihr Glück in der Ferne suchen mußten, haben ursprünglich die Wikingerzüge ausgelöst.

Schnell wurden die Wikingerhaufen zu einer Plage, zunächst vor allem für die wehrlosen und leicht zu bewältigenden Niederlasungen der Mönche. 794, ein Jahr nach Lindisfarne, wurden die Klöster Jarrow und Wearmouth an der englischen Ostküste überfallen, 795 das Kloster des Heiligen Columba auf Jona und die Ansiedlungen auf der nordirischen Insel Lambey. Kintyre in Schottland und die Insel Man in der Irischen See waren ihre nächsten Ziele, 799 tauchten sie vor den friesischen Inseln auf, eroberten 800 die Faröer. Brennende Hütten, blutige Spuren niedergemachter Menschen und geschlachteten Viehs, Schreie geschändeter und in die Unfreiheit fortgeschleppter Frauen und Mädchen kennzeichneten ihren Weg. Die Küstenbewohner waren wehrlos gegen diese Art der Piraterie.

Im 9. Jahrhundert breitete sich die Plage so aus, daß die Wikinger, wie die von den dänischen Inseln und aus den norwegischen Tälern stammenden Nordmänner genannt wurden, zu denen sich – vornehmlich an der Ostsee – schnell auch die Schweden gesellten, bald beide Meere beherrschten. Aus den Beutezügen kleiner Häuptlinge wurden, als Könige diese einträgliche Art, schnell zu Geld zu kommen, entdeckten, immer umfassendere Unternehmungen. Während friedliche Nordmänner in Südnorwegen und Ostschweden die Handelsplätze Skiringssal und Birka anlegten und vor den Toren des heutigen Schleswig die Siedlung Sliestorp, Vorgängerin von Haithabu, entstand, fuhren vor allem die Dänen unter ihrem König Göttrik in immer größeren Haufen und mit immer mehr Drachenbooten über das Meer und verbreiteten an den Küsten der Nordsee Angst und Schrecken. 807 häuften sich die Angriffe der Wikinger auf die Siedlungen in Irland, 808 ließ Göttrik die slawische Handelsniederlassung Rerik zerstören und die dort ansässigen Händler nach Haithabu verlegen. Gleichzeitig wurden die Angriffsziele auf Friesland ausgedehnt, und bevor Göttrik 810 ermordet wurde, fühlte er sich so stark, daß er damit prahlen konnte, er werde nach Aachen vorstoßen und die Pfalz Kaiser Karls des Großen in Schutt und Asche legen.

Während der Regierungszeit Kaiser Ludwigs des Frommen (814-840) kam es zu den ersten Christianisierungen im Norden. Der Dänenkönig Harald, der bei den Machtkämpfen nach dem Tod Göttriks den Göttrik-Söhnen unterlegen war, ließ sich 826 in Mainz taufen und von Kaiser Ludwig mit der Grafschaft Rüstringen zwischen Jade und Wesermündung belehnen. Ansgar von Corvey trat unter seinem Schutz die erste Missionsreise in den Norden an, Hamburg wurde erster Bischofssitz.

Im Jahre 820 stießen schwedische Wikinger nach Rußland vor, wo sie *Waräger* genannt wurden. Dänen überfielen Niederlassungen in Flandern und an der Seinemündung, heerten an der bretonischen Küste. Ebenfalls 820 begann sich auf Irland eine Wikinger-Niederlassung in Staatsform zu bilden. Während Machtkämpfe zuerst Dänemark, wo Harald von Horik (827-854) vertrieben wurde, und dann das Frankenreich erschütterten, erreichten die Raubzüge der Wikinger ihren ersten Höhepunkt. 834 wurde der friesische Handelsplatz Dorestad niedergebrannt, 836 Antwerpen zerstört, 837 die Insel Walchern ausgeraubt.

Nach der Dreiteilung des Frankenreiches im Jahre 843 hatten die wikingischen Freibeuter noch leichteres Spiel und starteten immer dreistere Unternehmungen. Im Juni 843 überfielen die Besatzungen von 67 norwegischen Drachenschiffen Nantes und richteten unter der Bevölkerung, die gerade Johannisfest feierte, ein Blutbad an. Im übernächsten Jahr brannten Wikinger Hamburg nieder, und der dänische Seekönig Ragnar Lodbrok fuhr mit vielen Schiffen (die Überlieferung spricht von 120) die Seine hinauf und eroberte Paris. Karl der Kahle erkaufte mit einer Tributzahlung von siebentausend Pfund Silber die Räumung seiner Hauptstadt. Einen Teil dieser Beute zahlte der Dänenkönig Horik später an Ludwig den Deutschen als Sühne für die Zerstörung Hamburgs.

In der zweiten Hälfte des 9. Jahrhunderts stießen die ebenso kühnen wie beutegierigen Abenteurer und Eroberer immer weiter vor. Der Norweger Olaf der Weiße ließ sich in Dublin zum König ausrufen und herrschte dort zwanzig Jahre. 857 wurde der Waräger Rurik Großfürst von Kiew. 859 umsegelten Wikinger Spanien und stießen ins Mittelmeer vor, wo sie bis 862 Beutezüge unternahmen. 862 waren Waräger in Nowgorod, das sie Holmgard nannten, 865 unternahmen sie einen Feldzug gegen Byzanz. Daneben liefen die erfolgreichen Beutezüge der Dänen und Norweger an den Nordseeküsten: Paris wurde zum wiederholten Male erobert, Xanten zerstört, Dorestad endgültig dem Erdboden gleich gemacht. Die Söhne Ragnars verlegten ihre Tätigkeit auf die britischen Inseln, eroberten York (866) und zwangen die Engländer zu ersten Dänengeldzahlungen. Gleichzeitig setzten sich mächtigere Könige durch. In Irland trat Ivar die Nachfolge seines Bruders Olav an, in England herrschte von 871 bis 901 Alfred der Große, der während eines siebenjährigen Scheinfriedens rüstete und dann seine Macht erfolgreich gegen die Wikinger verteidigte, in Norwegen besiegte Harald Schönhaar (Harfagr) im Jahre 872 die Kleinkönige und einigte die Stämme. Vor ihm geflüchtete Gegner segelten 874 über die Nordsee und begannen mit der Besiedlung Islands, Alfred der Große besiegte bei Edington 878 die dänischen Wikinger und eroberte später London zurück.

Der Sieg Alfreds wirkte sich nachteilig auf das Reich Karls des Kahlen auf dem Festland aus. Dorthin verlegten die Wikinger ihre Tätigkeit nach ihrer Niederlage bei Edington. Am 12. April landeten sie in der Scheldemündung, eroberten und verheerten Gent und zogen unter der Bezeichnung »das Große Heer« dreizehn Jahre lang durch das Land. Einzelne Haufen kamen über Lothringen bis in die Provence. Als in Frankfurt 882 Ludwig der Deutsche starb, hatten die Krieger des »Großen Heeres« soeben Maastricht, Lüttich, Jülich, Neuß, Köln und Bonn niedergebrannt und Göttriks Vorhaben, die Kaiserpfalz in Aachen zu zerstören, verwirklicht. Kirchen und Klöster wurden eingeebnet, und die Pfalzkapelle in Aachen benutzten die Eroberer als Pferdestall.

Ludwigs Tod wurde zum Signal für das weitere Vordringen der Wikinger. Am Ostermontag (9. April) brannten in Trier die Römerbauten, nachdem zuvor Koblenz erobert worden war. Kaiser Karl der Dicke bot ein mächtiges Heer gegen die Wikinger auf, schloß sie an der Maas ein, zögerte jedoch, sie anzugreifen und zu vernichten. Er zahlte ihnen vielmehr für den freiwilligen Rückzug mehr als zweitausend Pfund Gold und Silber. Dem Seekönig Gottfried gab er für den Übertritt zum Christentum Friesland als Lehen. Der auf diese Weise reich und mächtig gewordene Wikingerfürst nahm das Angebot an und setzte von Friesland aus seine Kämpfe gegen das wiedervereinigte Frankenreich fort. 885 belagerten Wikinger Paris. Karl der Dicke kaufte die Stadt frei und verpfändete Burgund. Mit der Politik der Nachgiebigkeit Karls machte nach dessen Tod König Arnulf von Kärnten Schluß. Bei Löwen an der Dyle schloß er 891 ein starkes Wikingerheer ein, griff es entschlossen an und jagte die bis dahin sieggewohnten Normannen in den Fluß, der wegen der vielen Leichen trocken erschien, wie die Fuldaer Chronik zu berichten weiß. Fortan war ihr Nimbus der Unbesiegbarkeit dahin, und die Reste des »Großen Heeres« kehrten, nicht nur durch fränkische Schwerter, sondern noch mehr durch Epidemien geschwächt, nach England zurück, wo sie von König Alfred gleich entschlossen bekriegt wurden. 896 wurden die gefürchteten Drachenboote erstmals auf See bekämpft, als die »Royal Navy« sie vor der Insel Wight angriff. Mit Beginn des 10. Jahrhunderts kam es in den Küstenstaaten von Nordsee und Ostsee zu bedeutsamen Veränderungen. Die Schweden dehnten ihren Herrschaftsbereich auf Süddänemark aus und brachten den Handelsplatz Haithabu in ihre Gewalt. In Irland eroberten die Iren Dublin zurück und vertrieben die Norweger. Im Frankenreich hatten sich Wikingerhaufen an der Kanalküste festgesetzt, als die Reste des »Großen Heeres« nach England übersetzten. Sie preßten dort anfangs noch die fränkische Bevölkerung aus, begannen aber allmählich selbst mit Ackerbau und Viehzucht, wobei sie die Arbeit ihren Sklaven übertrugen, und wurden schließlich seßhaft. Der norwegische Stammesfürst Rollo bekämpfte von Rouen aus die Franken, und da ein gewisses Gleichgewicht der Kräfte herrschte, kam es 911 zwischen ihm und dem König Karl dem Einfältigen zu einer folgenschweren Vereinbarung. Der Wikingerhäuptling Rollo wurde als Robert I. Herzog der Normandie, erhielt das Land zwischen Eure und Epte, sowie Bessin und Cotentin, als königliches Lehen, dazu die Hand der westfränkischen Königstochter Gisela, erkannte Karl als Lehnsherrn an und ließ sich im Jahr darauf taufen. Herzog Robert regierte sein Herzogtum nach nordischer Art, hielt seinem König die Treue und machte die Normandie zu einem so starken Bollwerk, daß die beutegierigen Angriffe der Wikinger auf Westeuropa bald aufhörten. Gleichzeitig kamen weitere Zuwanderer aus dem Norden ins Land, die hier genügend Raum fanden, um als freie Bauern zu leben. Sie nahmen einheimische Frauen zum Weibe, verschwägerten sich auf diese Weise mit der ortsansässigen Bevölkerung, und aus ihren Anführern und Häuptlingen wurden fränkische Barone und Grafen, die im weiteren Verlauf der europäischen Geschichte eine bedeutende Rolle spielen sollten.

Während die Wikinger unter Seekönig Hasting das Mittelmeer vom Atlantik aus schon 859 erreicht hatten, fanden die Schweden von der Ostsee her, über den Ladogasee und die russischen Flüsse, den Weg zum Schwarzen Meer und zum Mittelmeer. Archäologen datieren erste Spuren dieser Wikingerzüge auf das 7. Jahrhundert, also lange vor dem Fanal von Lindisfarne. Das Vorgehen der Nordmänner im Osten unterschied sich grundlegend von dem im Westen. Während

dort Kriegsgebrüll, Schwert und Blut ihren Weg kennzeichneten, wurde er im Osten von dem umsichtigen und weitblickenden Vorgehen der nordischen Handelsmänner markiert. Sie schufen eine Kette von festen Handelsplätzen an den Ostseeküsten, verlängerten diese zunächst bis zum Ladogasee, schoben sich mit kleineren Booten, auf die sie ihre Waren von den Knorren und Drachenbooten verluden, bis zum Zusammenfluß von Wolga und Kama vor; sie fanden über den Wolchow den Weg zum Dnjepr, kamen 864 nach Kiew, das Mittelpunkt und Hauptstadt eines immer größer werdenden Reiches wurde, und 987 ließ sich der Herrscher der Rus, wie die Nordmänner von den Slawen genannt wurden, Wladimir der Heilige, taufen und öffnete sein Land den griechisch-byzantinischen Missionsmönchen. Der Name Rus ging auf die Unterworfenen über, das Ostreich der Wikinger wurde zur Wiege des christlichen Rußland. Die sowjetischen Forscher halten dem entgegen, keineswegs sei Rußland von den Wikingern mit Schwert und Handel erobert worden. Die zerstrittenen slawischen Stämme hätten vielmehr von sich aus den Waräger Rurik zum Großfürsten von Kiew (859) erwählt.
Zwischen Kiew und Byzanz kam es zu lebhaften Handelsbeziehungen. Schon 911 wurde ein Handelsvertrag abgeschlossen, der in der Regierungszeit Kaiser Konstantins VIII. (912-950) gefestigt wurde. Die byzantinischen Kaiser machten sich aber nicht nur den Händlergeist der Nordmänner zunutze, sondern bedienten sich auch deren kriegerischer Fähigkeiten. Sie holten die tapfersten Krieger an ihren Hof, und die Waräger-Garde war fast hundert Jahre lang der feste Kern ihres Heeres, ihr Führer gleichzeitig militärischer Bevollmächtigter des Kaisers mit Schlüsselgewalt über die Stadttore von Byzanz.
Im Norden kam es im 10. Jahrhundert ebenfalls zu bedeutsa-

men Veränderungen. Der deutsche König Heinrich I. eroberte im Bestreben, die Nordgrenze zu sichern, 934 Haithabu und zwang den schwedischen Kleinkönig Knuba, sich taufen zu lassen. Zwei Jahre später entrissen die Dänen den Schweden Haithabu und damit die Macht auf Jütland. Jelling wurde der neue Königssitz, von wo aus König Gorm der Alte von 940 bis 950 das Land beherrschte. Sein Sohn und Nachfolger Harald Blauzahn (950-986) ließ sich 960 taufen und christianisierte das Land (»er machte die Dänen zu Christen«). 986 vertrieb ihn sein Sohn Sven Gabelbart.
Die Norweger beendeten 930 die Besiedlung Islands mit der Begründung des dortigen Allthings. Erik Blutaxt herrschte von 940-945 als machtbessener König, dem Haakon der Gute folgte, unter dem die Kleinkönige wieder zu Einfluß und Ansehen kamen. Harald Graumantel (ca. 960-970) führte einen erbitterten Kampf gegen die machtbewußten Könige und Häuptlinge, in deren Verlauf der Gaukönig Tryggve, Olaf Tryggvasons Vater, Land und Leben verlor. Um 970 begann Einfluß und Macht des Jarls Hakon in Drontheim, Statthalter Harald Blauzahns in Norwegen, so zu wachsen, daß er sich nach Haralds Vertreibung durch seinen Sohn Sven Gabelbart und seinen Sieg im Hjörundfjord (986) als unabhängiger Herrscher fühlen konnte. 974 griff der deutsche König Otto II. Dänemark und Haithabu an, 980 setzten die Wikingerzüge der dänischen und norwegischen Häuptlinge und Seekönige gegen England wieder ein. 985/86 siedelte Erik der Rote auf Grönland. In dieser Zeit beginnt die nachfolgende Erzählung:

Band
II
Drachen
nach
Drontheim

Begegnung im Fjord

Über dem Nordmeer weht ein steifer Nordwest. Er bläht das rot-weiß gestreifte Segel des schwerfälligen Kauffahrerschiffes, und er wühlt das grünschwarze Wasser auf. Das vollbeladene Schiff fährt an der norwegischen Küste hart unter Land auf Südkurs, liegt tief im Wasser, und die Brecher spritzen über die Bordwand. Der hochgewachsene, breitschultrige Mann, der mit der linken Hand das Ruder führt, während die rechte kraftlos herabhängt, wischt sich mit dem Handrücken die salzige Nässe aus dem noch jugendlichen Gesicht und dem blonden Bart, stemmt sich dabei mit der Schulter gegen den Ruderbaum. Es ist Thorleif anzusehen, daß er zufrieden ist. Sein Schiff macht gute Fahrt, und bei anhaltendem Nordwestwind kann er hoffen, noch bei Tageslicht die ruhigeren und wohlvertrauten Gewässer des heimischen Fjords zu erreichen.

Die Wintermonate da oben im Norden waren hart gewesen für den Wikinger und seine Knechte. Doch Entbehrungen sind auch die unfreien Männer gewohnt. Sie haben jetzt alle

Hitra
Smöla
Drontheim
Todalskjolen
Jostedalsbreen
Aurlandsfjord
Myrdal
Eidfjord
Oslo
Tönsberg
Uppsala
Birka
Visby
Jütland
Öland
Seeland
Fünen
Käseberga
Trelleborg
Bornholm
Haithabu
Falster
Fehmarn
Rügen
Hamburg
Oder-Mündung
Jumne
Truso

Turku
Helsinki
Finnischer Meerbusen
Leningrad
Ladoga See
Ladoga
Onega See
Swir
Dagö
Ösel
Wolchow
Nowgorod
Ilmen-See
Lowat
Waldai-Höhe
Riga
Welikje Luki
Wolga
Rschew
Düna
Witebsk
Smolensk
Dnjepr

Hände voll zu tun, das im Laderaum verstaute Gut gegen das über die Bordwand schwappende Spritzwasser zu schützen. Ein Lächeln huscht über das Gesicht des jungen Schiffsführers. So prall gefüllt sind die Laderäume seines Knorr noch nie gewesen. Dabei hat er einen Teil der im kalten *Halogaland* erstandenen Waren, vor allem die begehrten Taue aus der zähen Haut der Wale, für einen guten Preis an die Schiffsbauer in Drontheim verkauft. Den stattlichen Rest, vornehmlich die Felle und Pelze von Marder, Zobel, Fuchs, Bär und Rentier, die er den finnischen Jägern abgehandelt hat und die besonders dicht und deshalb kostbar sind, weil sie im bitterkalten Polarwinter erbeutet wurden, will er seinem alten Handelsfreund Torkil in Haithabu bringen. Der zahlt an den Küsten des Ostmeeres die besten Preise, wenn ihm erstklassige Ware angeboten wird.
Thorleif muß seine ganze Kraft einsetzen, um das seitwärts am Heck des Knorr angebrachte Ruder zu bewegen, denn das Schiff droht unter dem Druck des Windes abzudriften. Er vermißt dabei seinen rechten Arm, der seit jenem Frühlingstag vor fünf Jahren lahm ist, als er der tödlichen Umklammerung eines Bären nur durch einen verzweifelten Messerstich ins Herz der Bestie entgangen war. Viele Wochen hatte Thorleif damals auf dem Krankenlager gelegen. Gudrun, die Mutter, und Erik, sein Vater, hatten um sein Leben bangen müssen, bis es den weisen Frauen endlich gelungen war, das Wundfieber zu vertreiben und die zerfetzte Schulter des Jungen zu heilen. Aber sein rechter Arm ist seitdem ohne Kraft.
Nach seiner Gesundung war der Dreizehnjährige deshalb zu seinem Vater gegangen und hatte dem Seekönig vorgeschlagen, Handelsfahrer zu werden. »Ein Krieger, der nur den Schildarm bewegen, nicht aber das Schwert führen kann, ist nur ein halber Mann«, hatte er seinen Vorschlag begründet,

und Erik hatte ihm beigepflichtet. Als Torkil, der Handelsmann, ein paar Wochen später von Haithabu heraufgekommen war, hatte Erik den vertrauten Freund bei der Hand genommen, seine Schatztruhe geöffnet und ihn aufgefordert, daraus so viel Gold und Silber zu nehmen, wie er brauche, um Thorleif in die Geschäfte eines Händlers einzuführen und ihn dann mit einem eigenen Handelsschiff auszurüsten. Tags darauf war Torkil mit Thorleif fortgesegelt, und als der Junge von seinem Vater, seiner Mutter und von Ingolf, seinem Ziehbruder, Abschied nahm, hatte Erik den alten Knut herbeigewunken und den Knecht aufgefordert, seinen Sohn zu begleiten. »Knut war schon deinem Großvater ein treuer Knecht«, hatte Erik zu Thorleif gesagt, »und mir hat er viele Jahre lang Haus und Hof gehütet, wenn ich mit den Männern auf Wiking war. Jetzt soll er deine rechte Hand sein, die du selber seit deinem Kampf mit dem Bären nicht mehr zu führen vermagst. Du brauchst den Alten nötiger als ich.«
Der junge Schiffsführer blickt hinüber zum Ufer, wo die schwarzen Berge noch die weißen Kappen des Winters tragen, während auf den Wiesen drunten am Wasser schon die ersten Kühe und Schafe weiden.
»Noch vor Einbruch der Dämmerung werden wir am Fjord sein«, ruft Thorleif den Knechten zu, die mit ihrer Arbeit im Laderaum fertig sind und schwitzend zu ihm an Deck treten. »Seit dem Verlassen des Drontheim-Fjordes haben wir gute Fahrt gemacht. Wir wollen deshalb zuerst heimwärts fahren, bevor wir weiter nach Haithabu segeln. Ein paar Tage Ruhe werden uns guttun. Und es kann auch nichts schaden, wenn unsere Angehörigen uns wieder einmal zu Gesicht bekommen. Lange waren wir unterwegs, zu lange, so daß mancher uns für verschollen halten wird.«
Die Knechte murmeln Zustimmung. »Zwölfmal hat der Mond gewechselt, seit wir die Halteleinen gekappt haben«,

nickt der alte Knut.
Die Sonne steht schon tief im Westen, und der Horizont über dem dunklen Wasser beginnt sich rot zu färben, als an Backbord die vertraute Bergkuppe in Sicht kommt. Sie markiert die Einfahrt zum Fjord. Thorleif weist einen der jüngeren Knechte an, den Platz im Bug einzunehmen und seine Augen offenzuhalten, denn es ist dämmerig geworden, und an manchen Stellen ist die Fahrrinne sehr schmal.
»Wenn du den günstigen Wind ausnutzen und in der Dunkelheit weitersegeln willst, dann laß mich am Bug stehen«, bittet ihn der alte Knut. »Ich kenne den Fjord besser, und meine Augen sind noch scharf genug.«
»Ich hätte es eigentlich lieber gesehen, wenn du dich ausruhen würdest«, sagt Thorleif. »Doch wenn es dein Wunsch ist, dann sollst du das Schiff führen. Ich will mich nach deinen Zurufen richten.«
Es dunkelt schnell. Vom Ufersaum ist kaum mehr als ein schwarzer Strich zu sehen. Nur die Bugwelle des Schiffes schimmert hell. Knut starrt angestrengt hinaus in die Finsternis, sucht Markierungspunkte. Die Fahrrinne zwischen den Schären wird wieder breiter, und da er Thorleif zuruft, das Schiff backbord hart unter Land zu halten, wo das Ufer steil ansteigt, liegt viel Wasser zwischen dem Knorr und dem Steuerbordufer. Irgendwo da drüben, denkt der alte Knecht, muß die bewaldete Ebene mit dem Bach liegen, an dem der Seekönig zum letzten Mal seine Schiffe an Land zu ziehen und mit seinen Männer zu übernachten pflegt, bevor er hinaus auf das Nordmeer segelt. Knut reibt sich seine Augen. Täuscht er sich oder flackern da Lagerfeuer? Knut starrt hinüber. Kein Zweifel, er hat sich nicht geirrt.
»Steuerbord voraus lodern Feuer«, ruft er Thorleif zu. »Wenn das nicht Erik, dein Vater, ist! Es ist sein Lagerplatz, und es ist auch die Zeit, wo er nach langen Wintermonden

am Fjord zur Beutefahrt aufzubrechen pflegt.«
»Meinst du wirklich?« Thorleifs Frage klingt zweifelnd. Über die Bergkuppe an Backbord schiebt sich in diesem Augenblick die Spitze der Mondsichel, wirft einen fahlen Streif auf das schwarze Wasser. Je höher der Mond in den Nachthimmel steigt, desto schärfer zeichnen sich drüben die Konturen des Ufers ab. Thorleif erkennt die ragenden Steven dreier Drachenboote und viele Männer, die sich um die Feuer geschart haben.
»Kein Zweifel«, ruft er Knut zu. »Es ist Erik, der Seekönig, mit unseren Männern.« Er stemmt sich gegen den Ruderbaum und lenkt so das schwere Handelsschiff nach Steuerbord. »Wir wollen bei ihnen die Nacht verbringen.«
Auch die Männer an den Feuern sind aufmerksam geworden. Die vorsorglich aufgestellten Posten haben das Nahen des Schiffes bemerkt, aber auch gemeldet, daß es sich um einen Knorr, also ein Handelsschiff, handelt, von dem Kriegern keine Gefahr droht. Dennoch greifen die Männer, ohne daß es einer Weisung des Anführers bedurft hätte, zu ihren Schwertern, die griffbereit neben ihnen liegen, springen auf und laufen hinunter zum Ufer, bereit, im Notfall schnell in die Schiffe zu springen.
Als das Schiff in Rufweite kommt, ist an Bord wie am Ufer die Freude groß. Die Männer neben den Drachenbooten haben erkannt, daß es Thorleif ist, der da näher kommt, und der junge Schiffsführer läßt den Knorr im weichen Ufersand auflaufen, geht behenden Fußes nach vorn und springt mit gewaltigem Satz an Land.
»Ingolf, mein Bruder«, ruft er mit einem Freudenlachen und umarmt mit der gesunden Hand den blondbärtigen Mann, der ihn willkommen heißt. »Doch weshalb ist dein Blick so düster? Freust du dich nicht, mich nach so langer Zeit wiederzusehen? Wo ist Erik, mein Vater?«

Thorleifs Fragen sprudeln heraus, und er blickt sich forschend unter den Männern um. Die hünenhafte Gestalt des Vaters entdeckt er nirgendwo. »Sag, wo ist der Seekönig?«
Mit fragenden Augen blickt Thorleif den Mann an, der als Kind sein Freund war, dann sein Blutsbruder wurde, dabei aber auch stets sein Rivale gewesen ist, vor allem, nachdem sich der Seekönig Erik des ältesten Sohnes seines toten Freundes angenommen und ihn als Ziehsohn zu sich in sein Haus geholt hatte:
»Der Seekönig steht vor dir, Thorleif!« gibt Ingolf zur Antwort. »Ich führe unsere Männer hinaus auf das Nordmeer. Erik, dein Vater, ist tot!«
Thorleif starrt Ingolf ins Gesicht. Er ist bei dessen Worten bleich geworden, und die Spitzen seines Bartes zittern.
»Tot?« murmelt er, und seine Lippen haben Mühe, das schwerwiegende Wort zu formen. Erik tot, dieser kraftstrotzende, vor Gesundheit schier berstende Mann? Auch die abseits stehenden Knechte sind betroffen. Knut, der Alte, wischt sich über die Augen.
Thorleif gewinnt schnell die Fassung zurück, obwohl ihn die Nachricht, die er kaum begreifen kann, erschüttert hat.
»Tot, sagst du? Wie ist das geschehen?«
Ingolf legt ihm den Arm um die Schulter, führt ihn vom Ufer weg zu den Feuern, die ein paar Schritte entfernt lodern.
»Setz dich nieder und iß und trink mit mir, mein Bruder«, fordert er Thorleif auf. »Dabei will ich dir erzählen, wie Erik nach Walhall gefahren ist.«
Die anderen Männer verharren schweigend und machen den Söhnen des verstorbenen Seekönigs auf ihrem Weg zum Feuer Platz. Im Vorbeigehen nickt Thorleif dem einen oder anderen Vertrauten einen Gruß zu. Als er dem alten Björn auf die Schulter klopft, will es ihm scheinen, als entdecke er in dessen vernarbtem Gesicht Spuren neuer Schwerthiebe.

Nach Björnhild, seiner Tochter, will er den Alten später fragen. Jetzt ist er begierig zu erfahren, wie Erik, der Seekönig, gefallen ist. Denn daß ein Held wie er auf der Lagerstatt verschieden, wie eine Kuh im Stall den Strohtod gestorben sein könnte, kann sich Thorleif nicht vorstellen.

»Im letzten Sommer sind wir unter Eriks Führung an Englands und Irlands Küsten besonders erfolgreich gewesen«, beginnt Ingolf zu erzählen, nachdem sich alle Männer an den Feuern niedergelassen haben und er Thorleif den Becher zum Willkommenstrunk gereicht hat. »Gleich, nachdem du zu deiner Handelsfahrt nach Norden aufgebrochen warst, auf der dich viele verschollen wähnten, als bis zum Beginn des Winters kein Lebenszeichen von dir eingetroffen war, sind wir mit unseren Drachenbooten losgesegelt. Um nicht den Dänen ins Gehege zu kommen, die unter König Sven und seinen beutegierigen Häuptlingen die Ostküste der großen Insel heimsuchten und bis hinunter nach Norfolk, Suffolk und *Essex* vorgestoßen waren, sind wir zwischen den Hjaltland-Inseln und den *Orkaden* hindurchgefahren, haben die Nordküste Schottlands umrundet und sind dann bis in die Irische See gelangt.«

»Aber Irland ist doch in der Hand der Nordmänner, was habt ihr da gesucht?« wirft Thorleif ein.

»Es war ein Schachzug Eriks, unseres Vaters«, berichtet Ingolf weiter. »Der alte Fuchs hat darauf gebaut, daß sich die Städte an der schottischen und englischen Westküste, die mit den seßhaft gewordenen Nordmännern auf Irland Handel treiben, sicher vor Überfällen wähnen, und er hat recht damit gehabt. Wir haben Beute gemacht wie kaum jemals zuvor, und unsere Schatztruhen waren voll des Silbers, so viel Lösegeld haben wir herausgepreßt. Aber uns ist ein Fehler unterlaufen! Auf der Rückfahrt haben wir an der irischen Küste angelegt, um uns für die bevorstehenden Strapazen auszuruhen, ohne zu ahnen, daß König Brian von Munster längst die Normannen aus seinem Land vertrieben hat und der erbitterte Feind aller Wikinger ist. Er fiel mit seinen Männern über uns her, als wir im tiefen Schlaf in den Zelten lagen. Wären nicht unsere Wachen so aufmerksam gewesen, hätten uns die Iren alle niedergemacht. So gelang es nach blutigem Kampf mit unseren beuteschweren Booten zu entkommen, aber wir mußten zahlreiche Männer tot an Land zurücklassen.«

»Auch den Seekönig Erik, unseren Vater?« wirft Thorleif ein.

»Den Seekönig nicht«, sagt Ingolf und schüttelt den Kopf. »Doch Erik, der im Kampf der Turm gewesen war, gegen den immer wieder die Feinde anrannten, blutete aus vielen Wunden. Als er im Scherenraum des ›Adler‹ lag, winkte er mich an seine Seite und warf mir vor, daß ich ihn an Bord geschleppt hatte, anstatt ihn auf dem Kampfplatz zurückzulassen. Dort wäre er mit dem Schwert in der Hand gestorben. Meinen Einwand, daß kein Wikinger den Kampfplatz ohne seinen Häuptling verlasse, ließ er nicht gelten, und ich vermochte ihn nur schwerlich davon zu überzeugen, daß seine Wunden zwar schlimm, doch nicht todbringend seien«, sagte Ingolf.

»Aber er ist doch daran gestorben?«

»Nein«, sagte Ingolf ohne Zögern auf Thorleifs Frage. »Daran ist er nicht gestorben! Erik erholte sich langsam, aber stetig. Ein paar Wochen nach unserer Heimkehr konnte er schon wieder gehen, und nach dem Julfest erwachte in ihm sogar das Jagdfieber. Keiner von uns konnte wissen, daß es seine letzte Jagd werden würde.«

»Es war ein Jagdunfall?« Thorleifs Frage klingt zweifelnd.

»Ja«, nickt Ingolf. »Es war ein Jagdunfall! Wir hatten einen mächtigen Keiler vor uns, wie damals nach dem Julfest vor mehr als fünf Wintern, als wir beide, du und ich, ihn mit dem

Seekönig zusammen zur Strecke brachten. Der verwundete Keiler verkroch sich auch diesmal in ein Gebüsch. Als wir ihn umzingelt hatten, brach er plötzlich hervor. Erik hatte im hüfttiefen Schnee nicht die Kraft, zur Seite zu springen, kam zu Fall, und der waidwunde Keiler stieß ihm die Hauer in die Seite. Das Blut des Seekönigs vermischte sich im Schnee mit dem des Wildes, und als wir den Keiler erlegt hatten, lag Erik tot neben ihm.«

Es ist nach dieser Schilderung Ingolfs totenstill an den Feuern. Die Flammen züngeln und werfen gespenstisches Licht auf die Gesichter der Männer. Schweigend hebt Ingolf den Becher, Thorleif und die anderen tun es ihm nach. Sie trinken auf Erik, ihren toten Seekönig.

Ingolf, der neue Anführer, ist es, der das Schweigen bricht, indem er weiter erzählt.

»Wir haben ihn nach Hause getragen und sind tags darauf in den tiefverschneiten Wald gezogen, um die Bäume für sein Totenschiff zu fällen. Und während Erik in seinem vorläufigen Grab lag, haben wir ihm sein endgültiges gebaut. Wenn du morgen abend heimkehrst, wirst du hinter dem Haus deines Vaters einen Hügel finden. Wir haben ihn über seinem Schiff aufgehäuft, mit dem Erik nach Walhall gefahren ist. Sein Blick ist nach Westen gerichtet, zum Nordmeer hin, das er so viele Jahre lang befahren hat. Sein Schimmelhengst ›Blitz‹ und sein Lieblingshund begleiten ihn auf seiner letzten Reise. Erik, unser Vater, ist bestattet worden, wie es einem großen Fürsten und einem Seekönig geziemt.«

»Und du bist sein Nachfolger geworden!« Thorleifs Worte klingen bitter.

»Ja«, sagt Ingolf. »Ich bin zum neuen Anführer gewählt worden. Auf dem Thing trat Vilgard gegen mich mit der Begründung an, ich sei noch nicht zwanzig und damit zu jung, um die Krieger zu führen, aber ich habe die meisten Stimmen

bekommen.«
»Weil viele der älteren Männer an der Küste von Munster geblieben waren«, ruft vom nächsten Feuer eine Stimme herüber. Es ist Vilgard. Der Anführer der ›Möwe‹ ist aufgestanden: »Die Jungmänner, die erstmals im Kreis der Krieger reden durften, haben dich gewählt. Das hat den Ausschlag gegeben!«
Thorleif spürt, daß über die Nachfolge Eriks noch nicht die letzte Entscheidung gefallen ist. Ingolf trägt zwar den Titel, doch das Ansehen des Seekönigs wird er sich erst noch erwerben müssen.
»Du warst ja nicht dabei, um die Wahl beeinflussen zu können«, sagt Ingolf vieldeutig zu seinem Bruder.
Thorleif macht eine abweisende Bewegung mit der linken Hand, deutet auf seine kraftlose Rechte: »Du weißt doch genau, weshalb ich kein Krieger mehr bin! Im Thing aber reden nach altem Brauch nur Männer, die ein Schwert führen können. Krüppel wie ich haben zu schweigen! Ihr Platz ist bestenfalls am Steuerruder eines Handelsschiffes. Im Drachenboot haben sie nichts zu suchen.«
Thorleif senkt nach diesen bitteren Worten den Kopf, blickt schweigend in das prasselnde Feuer. Daß Ingolf ihn in der Stunde des Wiedersehens an die noch immer schmerzende Wunde erinnert hat, enttäuscht ihn. Ingolf aber beschließt, gleich reinen Tisch zu machen.
»Als er sich nach unserer Heimkehr aus der Irischen See auf dem Sterbelager wähnte, hat Erik vor Zeugen verfügt, daß ich den Hof übernehmen soll. Für dich steht aus seinem Nachlaß eine große Truhe voll Silber bereit!«
»So habt ihr das Erbmahl schon gehalten?« herrscht Thorleif ihn an und springt auf. Noch bitterer als vorher klingen seine Worte, als er sagt: »Der Pelz des Bären ist verteilt worden, ohne die Rückkehr des blutsmäßigen Sohnes oder wenig-

stens eine Nachricht von ihm abzuwarten. Das hast du fein eingefädelt!«

»Was willst du damit sagen?« schreit Ingolf empört. Auch er ist aufgesprungen. Die beiden jungen Männer stehen sich im Schein der flackernden Feuer wie zwei Feinde gegenüber, und ihre blonden Bärte scheinen zu glühen. Die Männer an den anderen Feuern erheben sich gleichfalls und bilden einen Kreis um die beiden Widersacher. Thorleif macht wieder eine abweisende Bewegung mit der linken Hand.

»Noch habe ich dich keinen Erbschleicher genannt«, sagt er dann, und seine Augen blicken haßerfüllt. Doch er rührt sich nicht vom Fleck, als Ingolf sein Schwert aus der Scheide reißt und Anstalten macht, es dem Bruder in die Brust zu stoßen.

»Stoß zu!« ruft er ihm entgegen. »Du weißt ja, daß ich mich nicht wehren kann!«

Da steht plötzlich der alte Björn zwischen ihnen, mit Zornesfalten auf der vernarbten Stirn und dem blanken Schwert in der Hand.

»In Eriks, eures Vaters Namen!« ruft er und hebt drohend sein Schwert. Ohne Respekt vor dem jungen Anführer herrscht er Ingolf an: »Der tote Seekönig hat dich nicht zu seinem Sohn und Erben gemacht, damit du seinen leiblichen Sohn umbringst.«

Einen Augenblick lang sieht es so aus, als würde Ingolf mit dem Schwert auf Björn eindringen, dann stößt er die Waffe in die Scheide zurück und streckt Thorleif die Hand entgegen. Der zögert nur einen kurzen Augenblick, ehe er sie mit der gesunden Linken ergreift und sich dann wieder bei den anderen am Feuer niederläßt. Doch über die herzliche Verbundenheit der beiden Brüder ist ein Schatten gefallen. Schweigend kauen sie am Brot, löffeln stumm den dicken Abendbrei.

»Jetzt ist die Reihe zu berichten an dir, Thorleif«, bricht Ingolf nach einer Weile die lähmende Stille. »Eigentlich sollten wir uns zur Ruhe begeben, denn morgen erwartet uns ein anstrengender Tag, doch nach alledem, was geschehen ist, werden wir kaum schlafen können. So laß uns also trinken und reden, und wir wollen unser Wiedersehen feiern, wie es sich für Brüder geziemt.«

Dann erzählt Thorleif. Er berichtet von seiner ersten großen Fahrt im letzten Frühjahr als verantwortlicher Schiffsführer, als sein Knorr von stürmischen Südwestwinden immer weiter nach Norden getrieben wurde.

»Wir hatten in Drontheim angelegt und uns bei meinen Handelsfreunden dort mit salzigem Fisch und Frischwasser versorgt«, sagt Thorleif. Er wischt sich mit der Hand über die Augen, als wollte er die trüben Gedanken verscheuchen und Erinnerungen hervorholen. »Dann fuhren wir fünf Tagesreisen an der wilden und felsigen Küste entlang nordwärts. Der Küstenstreifen wurde immer schmaler, schließlich türmte sich schon wenige Schritte vom Ufer entfernt kahles Felsgestein zu Bergen auf, deren Spitzen mit Schnee und Eis bedeckt sind und fast ständig in den Wolken liegen. Es wurde täglich schwieriger, sichere Plätze zu finden, an denen wir unser Schiff an Land ziehen und wärmende Feuer für die Nacht entfachen konnten, denn auch an Holz herrschte in der Felswüste Mangel.«

»Warum bist du nicht umgekehrt?« wundert sich Ingolf. »Ich verstehe nicht, was ein Kauffahrer in einer Felswüste sucht, die noch dazu menschenleer ist?«

»Warte ab«, setzt Thorleif seinen Bericht fort. »Als an Backbord Inseln auftauchten, wurde das Land wirtlicher, und es gab Menschen, die dort leben und in den Bergen und den Mooren jagen. Sie nennen sich Finnen, und sie sind kühne Jäger. Sie pirschen dem Bären nach und dem Wolf, sie machen sich aus den Rippen und den Fellen erlegter Tiere kleine Boote, mit denen sie im eisigen Wasser gewaltigen Tieren nachstellen, die sie Wale nennen und aus deren Fleisch und Speck sie ihre Nahrung bereiten, während sie aus der ledernen Haut Taue flechten.«

Ingolf und die anderen Männer an den Feuern hören aufmerksam zu. Thorleifs Erzählung wird nur unterbrochen, wenn Ingolf Bier nachschenken läßt oder Funken gen Himmel stieben, weil einer der Krieger ein frisches Holzscheit ins Feuer geworfen hat.

»Weil ich ihnen Messer, Äxte und Speerspitzen brachte, die härter geschmiedet und schärfer als ihre eigenen waren, bin ich ihnen willkommen gewesen. Und als der Winter hereinbrach mit einer Dunkelheit, die auch tagsüber nicht wich, erschien es mir nicht ratsam, mit dem schwerbeladenen Knorr über das tobende Nordmeer zu fahren. So habe ich ihre Einladung angenommen und bin bei ihnen in der *Finnmark* geblieben. Ich habe mit ihnen zusammen Eisbären gejagt und Seehunden nachgestellt, und sie brachten mir die schönsten und kostbarsten Felle. Wenn du morgen früh zu mir an Bord kommst, will ich dir meinen Reichtum zeigen. Die Laderäume waren zum Bersten voll, als ich mich von meinen finnischen Gastgebern verabschiedete.«

Ingolf macht eine abwehrende Handbewegung mit der Linken und schüttelt den Kopf.

»Wenn die Sonne hinter den Bergen hervorkommt, wird keine Zeit sein, deine Waren zu bestaunen«, sagt er dann. »Wir wollen in aller Frühe die Drachenboote besteigen und die Segel aufziehen. Bei Sonnenaufgang werden wir schon auf dem hohen Meer sein.«

»Willst du dich wieder mit unseren Männern zur Irischen See wenden, wo ihr im letzten Sommer unter Eriks Führung die Küsten verheert habt?«

Ingolf schüttelt den Kopf. »Nein, diesmal ist Südengland das Ziel. Wir haben es auf dem Thing beschlossen, auch wenn wir Gefahr laufen, dort den Dänen in die Quere zu kommen.«
Thorleif sieht Ingolf fest in die Augen. Ein Lächeln umspielt seine Mundwinkel.
»Sieh zu«, sagt er dann, »daß du mit den Drachenbooten nicht einem anderen ins Gehege kommst.«
»Einem anderen? Was willst du damit sagen? Wen meinst du? Drücke dich deutlich aus!«
Ingolf ist gespannte Erwartung, und auch die anderen Männer hängen mit ihren Augen an Thorleifs bärtigen Lippen.
»An Englands Küsten heert nicht nur Sven Gabelbart mit seinen dänischen Häuptlingen«, sagt Thorleif. Seine Stimme hat einen seltsamen Klang, als er fortfährt: »In Drontheim erzählt man sich, daß Ethelreds Untertanen einen anderen mehr zu fürchten hätten.«
»Und wer ist dieser andere?« Ingolf spricht die Frage langsam aus, sorgsam jedes Wort betonend.
»Olaf Tryggvason!« Die Antwort aus Thorleifs Mund kommt wie ein Peitschenhieb.
»Olaf Tryggvason? Wer ist das?« Ingolf lehnt sich gelassen zurück, schwenkt mit der Rechten den Becher und hält in der linken Hand einen Stock, mit dem er in der Glut des Feuers stochert.
»Du kennst den großen Seekönig nicht? Den Nachkommen Harald Schönhaars?« Thorleifs Stimme klingt zweifelnd.
»Was geht er mich an?« sagt Ingolf. »Hier bin ich Seekönig und nicht jener Olaf!«
Jetzt stochert auch Thorleif mit einem Stock in der Glut des Lagerfeuers, daß die Funken stieben. Es klingt geringschätzig, als er sagt: »Ja, hier bist du Seekönig! Aber was bist du gegen Olaf? Deinem Wort folgen die Männer in drei Dra-

chenbooten, er gebietet über ein Heer von Kriegern. Man sagt in Drontheim, die Häuptlinge aus den Fjorden liefen ihm nur so zu, und er habe schon beinahe tausend Krieger hinter sich. Auf jedes deiner drei Drachenboote kommen bei ihm zehn.«

Nach den letzten Worten Thorleifs wird es still auf dem Lagerplatz. Nur die Feuer knistern.

»Das alles erzählt man sich in Drontheim!« bricht Ingolf, von Thorleifs Worten offensichtlich bestürzt, das Schweigen. Es soll selbstbewußt klingen.

»Ja«, entgegnet ihm der Bruder, »das erzählt man sich in Drontheim! Dort, in der Hauptstadt, gibt es viele Leute, die in Olaf Tryggvason den kommenden König sehen, den König aller Norweger, wie Harald Harfagr, sein großer Vorfahr, der vor mehr als hundert Wintern die norwegischen Stämme geeint und die übermütigen Häuptlinge gezähmt hat.«

Thorleif blickt Ingolf vielsagend in die Augen. Der junge Seekönig hält dem Blick stand.

»Und was sagt Hakon dazu, der mächtige Jarl? Meinst du in der Tat, Jarl Hakon wartet auf seiner Burg bei Drontheim, bis Olaf Tryggvason kommt und ihm seine Jarltümer abnimmt? Glaubst du wirklich, daß der Jarl, der die Jomswikinger besiegt und seitdem in ganz Norwegen keinen Rivalen zu fürchten hat, sich Olaf Tryggvason unterwirft?«

Ingolf lächelt wie einer, der seiner Sache sehr sicher ist. Doch auch Thorleif lächelt. »Du solltest nicht zu fest auf den Jarl bauen«, sagt er schließlich. »Hakon ist ein alter Mann geworden. Sein Kopf ist weiß wie der Gipfel des Jostedalsbreen, doch die Weisheit des Alters ist nicht hinter seiner Stirn eingezogen. Er zieht sich mehr und mehr den Unmut der Bauern zu, weil er ihren Frauen und Töchtern nachstellt wie ein Hahn den Hennen. Kein Rock in Drontheim ist vor

ihm sicher, und viele nennen ihn nicht mehr den mächtigen, sondern den bösen Jarl.«
Die Feuer auf dem Lagerplatz sind niedergebrannt. Vom Fjord weht eine kühle Brise herauf, läßt die Männer trotz der Decken, die sie um ihre Schultern gelegt haben, frösteln. Im Osten kündigt ein heller Streifen am Himmel das Nahen des Tages an. Ingolf erhebt sich, wirft die wärmende Decke ab, reckt die Glieder.
»Auf, ihr Männer«, ruft er seinen Kriegern zu. »Bringt die Drachenboote zu Wasser! Dort kommt der junge Tag. Laßt uns zu den Rudern greifen und die Segel setzen! An Englands Küsten warten Ruhm auf uns und Beute! Wir wollen uns beides holen!«
Er legt Thorleif zum Abschied beide Hände auf die Schultern, blickt ihm fest in die Augen. Thorleif schaut den Seekönig fragend an.
»Und Björnhild, was ist mit Björnhild?« will er wissen.
Ingolf macht eine abwehrende Bewegung mit der Hand. »Ein Krieger, der auf Wiking fährt, sollte keine Gedanken an die Zurückbleibenden verschwenden. Ich bin der Seekönig, Thorleif! Meine Zukunft liegt auf dem Meer, Drachenboot und Schwert sind meine Begleiter!«
Nach den letzten Worten ist Ingolf über die Bordwand des ›Adler‹ gesprungen, der als erstes der drei Langschiffe ins Wasser gleitet. Das Ruder in der Hand, winkt er Thorleif mit der freien Linken den Abschiedsgruß zu.
»Ich glaube, Björnhild wartet auf dich! Beeile dich, daß du zu ihr kommst, und wünsche mir und den Männern Glück auf unserer Fahrt!«
Die letzten Worte Ingolfs sind im Rauschen der Wellen und beim Knattern der Segel kaum zu verstehen, denn auch Vilgard hat seine ›Möwe‹ zu Wasser gebracht. Während sich Björns Krieger abmühen, das dritte Drachenboot flottzuma-

chen, findet Thorleif endlich Gelegenheit, ein paar Worte mit dem Alten zu wechseln.

»Er ist noch immer ein Feuerkopf, dein Bruder«, sagt Björn und wiegt dabei den Kopf. »Hinzu kommt, daß er von der Aufgabe, vor der er steht, erfüllt ist. Viele Sommer lang hat Erik uns erfolgreich geführt, und wir sind mit beuteschweren Booten heimgekehrt, wenn Thor die Herbststürme schickte. Jetzt muß Ingolf beweisen, daß er ein guter Anführer ist. Leicht wird es für ihn nicht werden, denn es gibt manchen unter den Kriegern, der lieber unter Vilgards oder meiner Führung auf Wiking gefahren wäre. Die Entscheidung im Thing war knapp.«

»Ich denke nicht an Ingolf, ich denke an Björnhild«, entgegnet ihm Thorleif und blickt versonnen auf das Meer hinaus, wo die Segel der beiden Drachenboote immer kleiner werden und Björn mahnen, ihnen zu folgen. Der Alte springt zu seinen Kriegern an Bord.

»So freie doch um sie«, ruft er Thorleif zu. »Ich denke, du wirst ihr willkommen sein. Meine Zustimmung hast du, und über den Brautpreis werden wir reden, wenn ich im Herbst heimkomme und das Erbmahl für Erik gehalten ist. Dann bist du wohlhabender, und ich kann mehr fordern.« Die letzten Worte gehen im Gelächter unter, in das einige von Björns Männer einstimmen.

»So steht das Erbmahl noch aus?« ruft Thorleif zurück.

»Ja«, schreit Björn. »Ingolf hat darauf bestanden, erst deine Rückkehr oder eine Nachricht von dir abzuwarten, obwohl seine Sippe sehr darauf gedrängt hat, die Erbangelegenheiten Eriks vor der Ausfahrt der Drachenboote zu regeln. Ingolf ist . . .«

Was Björn weiter sagt, kann Thorleif nicht mehr verstehen. Der junge Handelsmann blickt den immer kleiner werdenden Segeln noch eine Zeitlang nach. Werden sie auch unter

Ingolfs Führung ruhmbedeckt und beutebeladen heimkehren? Dann gebietet er den Knechten, das schwere Schiff zu Wasser zu bringen. Als er an Bord klettert, blitzen unter den weißen Bergkuppen die ersten Strahlen der Morgensonne auf, und in dem schwarzen Wasser des Fjordes entdeckt er einen hellen Schimmer. Der alte Knut springt ihm bei, weil er Mühe hat, mit der linken Hand den schweren Ruderbaum zu bewegen. Endlich liegt das Schiff auf Kurs.
»Das war eine ereignisreiche Nacht, mein Alter«, sagt Thorleif zu dem Knecht. »Wir haben Erik zu treffen gehofft, und jetzt fahren wir seinem Grabhügel entgegen.«
»Unter dem er in seinem Totenschiff einsam liegt«, sagt der alte Knecht, und seine Augen sind feucht.
»Aber du hast doch gehört, daß sein Hengst und sein Hund bei ihm sind«, entgegnet Thorleif.
»Was sind Roß und Hund gegen das Herz eines treuen Knechtes? Wäre ich am Fjord gewesen, als Erik, der Seekönig, starb, dann hätte ich darauf bestanden, ihn auf seiner letzten Fahrt zu begleiten. Und niemand hätte mich daran hindern können.«

Thorleifs Hochzeit

In der Siedlung am Fjord spricht sich die Ankunft des jungen Handelsmannes schnell herum. Der Posten auf dem Wächterfelsen hat Thorleifs rot-weißes Segel schon frühzeitig gesichtet, und Kinder rennen mit der Freudennachricht von Haus zu Haus. Als der Knorr sich dem Landungssteg nähert, schallen ihm Freudenrufe entgegen. Die Kinder toben ausgelassen, die Frauen winken mit ihren Tüchern. Das Eintreffen eines Händlerschiffes ist immer ein Ereignis; Thorleifs Boot ist besonders willkommen.

Abseits der jubelnden Menge steht eine junge Frau, deren anmutige Erscheinung Thorleifs Blick fesselt. Björnhild hat ein rotes Wolltuch um ihre Schultern geschlungen, das sie mit der Linken festhält, und mit der rechten Hand bändigt sie das vom Wind zerzauste blonde Haar. Ihre Augen begegnen dem Blick des jungen Handelsfahrers, und ein Lächeln umspielt ihre Züge, als sie merkt, daß Thorleif sie nicht sofort erkannt hat. Erst nach einem Augenblick des Zögerns winkt er ihr zu.

Als das Schiff am Landungssteg liegt und Knut mit den anderen Knechten die Taue festgezurrt hat, drängt sich die erwartungsvolle Menge, Frauen, alte Männer und Kinder, so dicht an der Bordwand zusammen, daß die Eichenpfähle, auf denen die Bohlen des Steges ruhen, unter der Last zu schwanken beginnen. Jeder möchte dem weitgereisten jungen Wikinger auf die Schultern klopfen, einen Blick in den wohlgefüllten Laderaum seines Schiffes werfen.

Gudrun schließt ihren Sohn in die Arme. Bisher hat sie sich stolz erhobenen Hauptes weder Freude noch Trauer anmerken lassen, doch jetzt kann sie die Tränen nicht zurückhalten, die ihr über die Wangen laufen.

»Gut, daß ich dich wiederhabe«, stammelt sie. »Der Vater, Erik . . .«

Thorleif streicht ihr tröstend mit der Hand über das Haar.

»Ich weiß«, sagt er. »Ich weiß, was geschehen ist!«

»Du weißt, daß er tot ist? Woher?«

Thorleif umfaßt die Schultern der Mutter und erzählt ihr von der nächtlichen Begegnung im Fjord. Und während er von seiner Auseinandersetzung mit Ingolf berichtet, wandern seine Augen wieder hinüber zu Björnhild. Gudrun folgt dem Blick und nimmt ihren Sohn bei seinem gesunden Arm, so als wollte sie ihn zurückhalten. »Willst du nicht erst den Grabhügel deines Vaters aufsuchen, bevor du zu ihr gehst?«

Thorleif schüttelt den Kopf. »Den Willkommensgruß will ich ihr entbieten, ehe ich dir folge.«

Dann steht er vor Björnhild. Das Mädchen schlägt die Augen nieder und errötet unter Thorleifs forschendem Blick. »Daß du gesund heimgekehrt bist, macht diesen Tag schön«, sagt sie dann mit leiser Stimme.

»So hast du auf mich gewartet?« entgegnet ihr Thorleif. Statt einer Antwort blickt Björnhild ihm fest in die Augen. Sie ist noch schöner geworden in diesem einen Jahr, denkt Thorleif.

»Ich habe nie an deiner Rückkehr gezweifelt«, sagt sie dann. »Ich wußte immer, daß du eines Tages heimkommen würdest, irgendwann.«
»Ja, aber nur, um bald wieder wegzufahren. Für immer!«
»So bist du bloß gekommen, um das Grab deines Vaters zu sehen und dir dein Erbteil abzuholen?« Björnhilds Worte klingen enttäuscht und traurig zugleich. Sie wendet sich ab und spielt mit der Blume, die sie in der Hand hält.
»Ja, und um mir eine Frau zu holen, die mich nach Haithabu begleitet, wo ich mir ein Haus bauen will.«
»Aber du hast doch hier ein Haus, und dein Knorr kann hier am Steg ebensogut anlegen wie in einem Hafen.«
Thorleif schüttelt den Kopf und blickt das Mädchen mit ernsten Augen an.
»Das Haus, von dem du sprichst, wird nach dem Willen Eriks, meines Vaters, Ingolf gehören. Aber ich trauere deswegen nicht. Für einen Handelsmann ist dies kein guter Ort! Handel kann man dort besser treiben, wo sich die Schiffswege kreuzen und Händler aus vielen Ländern festmachen. In Haithabu werden Waren aus dem Wesen und Osten, Süden und Norden umgeschlagen. Dort ist mein Platz als Handelsmann, und die Frau, die ich freien will, muß mir dorthin folgen.«
»Und wer soll das sein?« fragt Björnhild und blickt wieder zur Seite.
Thorleif faßt ihr mit dem Zeigefinger der linken Hand unter das Kinn, dreht ihren Kopf so, daß er dem Mädchen in die Augen blickt, und sagt dann: »Weißt du das wirklich nicht, Björnhild? Ich bin zu dir gekommen, dich zu fragen, ob du mit mir gehen willst? Ob ich um dich freien darf?«
Björnhilds Wangen und die Stirn unter dem blonden Haar erröten noch mehr als vorhin, bei der ersten Begegnung. Dann nickt sie zustimmend und sagt gleichzeitig abwehrend:

»Ja, aber Björn, mein Vater, kann nicht einwilligen. Du bist zwei Tage zu spät gekommen, um dir seine Zustimmung holen zu können, Thorleif. Gestern früh sind die Drachenboote ausgelaufen, und heute segeln sie schon auf dem Nordmeer.«

»Ich weiß«, lächelt Thorleif. »Mit Björn bin ich heute morgen schon einig geworden, bevor ich draußen im Fjord von ihm, Ingolf und den anderen Männern in den Drachenbooten Abschied nahm. Wenn du erlaubst, will ich gleich morgen meinen Brautwerber zu dir schicken. Du kannst deine Sippe darauf vorbereiten. Ich aber will jetzt an der Seite meiner Mutter vor den Hügel treten, der sich über Eriks Totenschiff wölbt.«

Während sie hinauf zum Grabhügel gehen, der sich neben dem stattlichen Anwesen erhebt, das nach Eriks Willen Ingolf zufallen soll, berichtet Gudrun ihrem Sohn von der Entscheidung seines Vaters.

»Er hat sich für Ingolf als Erben seines Hofes entschieden, weil er wollte, daß Macht und Einfluß seiner Sippe hier am Fjord ungeschmälert bleiben«, sagt die Mutter. »Als Herr des größten Hofes war Ingolf bei der Wahl des neuen Seekönigs nur schwer auszuschalten, das wußte Erik, als er sich im Wundfieber ruhelos auf seinem Lager wälzte. Seine Sippe aber war ihm wichtiger als sein blutsmäßiger Sohn und eigentlicher Erbe.« Gudruns letzte Worte klingen bitter.

»Die Sippe ist ihm immer wichtiger gewesen«, pflichtet Thorleif ihr bei. »Und ich will eingestehen, daß ich im Grunde nicht traurig bin über diese Lösung, wenngleich ich zugeben muß, daß es noch schwer ist, sich Ingolf als Herrn des Hofes vorzustellen.« Seine Augen wandern hinüber zu dem stattlichen Anwesen und bleiben an dem mächtigen Eichbaum hängen, der vor dem Herrenhaus steht und unter dessen ausladendem Geäst er als Kind so oft mit Ingolf gespielt hat. »Doch es ist am besten so, wie Erik es verfügt hat.«

»Er tat es vor Zeugen, wie das Recht es verlangt! Eines Morgens bat er mich, Björn und Ragnar, Ingolfs Mutterbruder, holen zu lassen. Sie haben Eriks letzten Willen bekräftigt, und beide waren, glaube ich, sehr damit einverstanden. Ragnar, weil ein Sproß, der eigentlich ja aus seiner Sippe kommt, zu so stattlichem Besitz gelangt, und Björn, weil er Hoffnungen hegen durfte, eines Tages Björnhild an meiner Stelle auf dem Platz der Hausfrau sitzen zu sehen.«

»Die Hoffnungen des Alten werden sich nicht erfüllen, Mutter«, entgegnet ihr Thorleif. »Daß Ingolf an meiner Stelle hier der Herr wird, nehme ich hin; aber Björnhild lasse ich ihm nicht! Ich gedenke morgen um sie zu freien!«

»So seid ihr euch schon einig?« fragt Gudrun erstaunt. »Ich glaubte bisher, Björnhild bevorzuge Ingolf, und auch Erik hätte es wohl gerne gesehen, wenn Ingolf sie heimgeführt hätte.«

Thorleif nimmt seine Mutter bei den Schultern, blickt ihr fest in die Augen, und es klingt wie ein Schwur, als er vor dem Grabhügel seines Vaters zu ihr sagt: »Ich habe oft im Schatten meines Bruders gestanden, und mir ist auch nicht unbekannt geblieben, mit welchem Wohlwollen die Augen Eriks auf dem Sohn seines toten Freundes Harald lagen. Aber Björnhild lasse ich ihm nicht, und es ist gut für ihn, daß er hinaus auf das Nordmeer gefahren ist und mit den Männern anderen Zielen entgegensteuert.«

Thorleif hat sich so in Eifer geredet, daß er erst jetzt die Gestalt bemerkt, die neben einem Stein am Fuß des Grabhügels kauert. Das weiße Haar verrät, daß es Knut ist, der alte Knecht, der um seinen toten Herrn trauert.

Thorleif winkt ihn zu sich und klopft dem treuen Alten mit der Hand auf die Schulter.

»Du hast gehört, was zwischen Gudrun und mir gesprochen worden ist«, sagt er zu ihm. »So weißt du, daß ich morgen um Björnhild freien werde. Da ich ihrer Zustimmung sicher bin, kann ich dir sagen, daß am Tag darauf hier Hochzeit gehalten werden wird. Zur Feier des Tages habe ich vor, dich freizulassen. Du hast Thorolf gedient, dem Vater meines Vaters, und Erik, meinem Vater. Mir bist du, seit ich das Haus verlassen habe, eine treue Stütze gewesen. An meinem Hochzeitstage sollst du ein freier Mann sein, und ich rate dir, das *Freiheitsbier* bereitzustellen, damit du die Gäste angemessen bewirten kannst. Da ich dir auf meinem väterlichen Hof nicht Wohnrecht auf Lebenszeit anbieten kann, ohne Ingolfs Zustimmung einzuholen, will ich dir aus meinem mütterlichen Erbe den kleinen Hof am anderen Ende der Siedlung zusichern, und ich bin sicher, daß Gudrun mir zustimmen wird. Solltest du jedoch an meiner Seite bleiben wollen, so bist du mir als freier Mann und Freund auf meinen Fahrten willkommen.«

Der alte Knecht ist während Thorleifs Rede niedergesunken und hat mit den Händen zum Zeichen seiner Dankbarkeit das rechte Knie seines jungen Herrn umschlungen. Der bedeutet ihm, sich zu erheben und setzt dann seine Rede fort.

»Alles, was ich dir hier gesagt habe, will ich am Tage meiner Hochzeit vor zwei Zeugen wiederholen. Und auf der nächsten Thingversammlung soll Ragnar, der Lagmann, deine Lösung aus dem Stand der Unfreien allen Männern kund und zu wissen geben!«

Nach Thorleifs Rede bittet Gudrun ihren Sohn und auch Knut zu sich in das Haus, aber der junge Handelsmann winkt ab. »Ich will, bevor ich das Haus meines Vaters betrete, Ragnar einen Besuch machen und ihn bitten, für mich bei Björnhild als Brautwerber aufzutreten. Wären die Männer nicht auf Wiking, würde ich Ingolf um diesen Dienst ersuchen. Mit Björn ist abgesprochen, daß der Ehevertrag nachträglich, wenn die Drachenboote heimgekehrt sind, ausgehandelt wird. Dann wird auch das Erbmahl gehalten. Meiner Absicht, Björnhild zu heiraten und sie mitzunehmen nach Haithabu, soll das nicht im Wege stehen.«

Es ist schon dunkel geworden, als Thorleif das Haus neben der Schmiede betritt, in der Ingolf und er als Kinder oft geweilt und in in der sie vor fünf Jahren unter Ragnars Anleitung ihre Schwerter geschmiedet haben. Unter dem linken Arm trägt er einen Ballen. Thorleif ist auf dem Weg zu Ragnar noch drunten am Fjord gewesen und hat sich im Laderaum seines Schiffes zu schaffen gemacht. Jetzt entbietet er dem alten Schmied und Lagmann den Gruß.

Ragnar klopft ihm erfreut auf die Schulter.

»Es ist schön, dich zu sehen, Thorleif! Aber sage mir, was führt dich hierher? Hast du am Abend deines Ankunftstages nichts Besseres zu tun, als einen einsamen alten Wolf in seiner Höhle aufzusuchen?« Er lacht dröhnend und streicht sich seinen Bart. Thorleif fällt auf, daß der früher rot schimmernde Bart grau geworden ist. Ragnar ist alt geworden, denkt er, als er den Ballen, den er unter dem Arm trägt, auf die Bank wirft und aus der Tasche einen schweren Silberbecher zieht, ihn dem Schmied reicht.

»Für mich?« sagt Ragnar und blickt seinen jungen Gast ungläubig an.

Thorleif nickt. »Ich möchte dich bitten, morgen nach Sonnenaufgang zu Björnhild zu gehen und für mich um sie zu werben«, sagt er. »Sie wird dich erwarten!«

»So hast du schon mit ihr gesprochen, und nichts steht zwischen euch, auch Ingolf nicht, mein Schwestersohn?«

»Alles ist besprochen«, sagt Thorleif. Dann greift er nach dem Ballen auf der Bank und legt ihn auf den Tisch. Als er ihn öffnet, kommen drei Polarfuchsfelle zum Vorschein, so schön, wie Ragnar sie noch nie gesehen hat. Das dichte dunkle Fell schimmert silbrig.

»Drei Blaufüchse!« staunt Ragnar. »Eine wahrhaft stattliche Brautgabe, die ich gerne überbringen will! Jede Frau würde sie mit Stolz annehmen.«
Thorleif sitzt an diesem Abend noch lange bei dem alten Schmied. Er muß ihm von seinen Fahrten berichten, und er erfährt, was sich während seiner Abwesenheit am Fjord zugetragen hat. Thorleif ist erfreut, als er erleichtert feststellen kann, daß Ragnars Schilderung von den Erzählungen Ingolfs in der Nacht vorher kaum abweicht.
Am nächsten Morgen sind in Björns Haus alle Angehörigen der Sippe Björnhilds versammelt. Weland, Björns *Schwestermann*, führt die Verhandlungen im Namen seines abwesenden Schwagers. An ihn, und nicht an Thorgard, Björnhilds Mutter, wendet sich Ragnar mit seinem Antrag. Weland macht dem Schein nach Ausflüchte, die bei solchen Verhandlungen zwischen zwei Sippen üblich sind, um den Preis hochzutreiben. Er weiß natürlich, daß Björn sein Einverständnis längst gegeben hat und der Brautpreis erst nach der Rückkehr des Vaters im Herbst ausgehandelt werden soll. Er, Weland, wird diese Verhandlungen nur zu führen haben, falls Björn von dieser Wikingfahrt nicht zurückkehren sollte.
Dann legt Ragnar die Verlobungsgabe auf den Tisch, und alle bewundern die herrlichen Felle. Als Björnhild mit der Hand sanft darüberstreicht, tritt Thorleif von hinten an sie heran und legt ihr eine Kette aus Bernstein um den Hals.
Anderntags wird Hochzeit gefeiert. Die Angehörigen der beiden Sippen bilden einen Kreis um die Brautleute, und Weland, Björnhilds Vormund, richtet zuerst an Thorleif dreimal die Frage, ob er Björnhild, Björns Tochter, zum Weibe nehmen wolle. Als Thorleif dreimal mit »Ja« geantwortet hat, fragt er Björnhild, ob sie Thorleif Erikson zum Mann nehmen wolle. Auch die Braut antwortet dreimal: »Ja«. Dann legt Weland die Hände der Brautleute ineinan-

der, und damit gilt die Ehe als geschlossen, und das Hochzeitsmahl kann beginnen. Damit die Ehe nicht kinderlos bleibt, wird Freyr, dem Gott des Beilagers und der Fruchtbarkeit, ein Eber geopfert. Der Gode benetzt mit dem Blut aus der Opferschale, während er unverständliche Beschwörungsformeln murmelt, Tisch und Bank, Mann und Frau. Noch am Abend des Hochzeitstages läßt Thorleif, während die Gäste tüchtig dem Festmahl und dem Met zusprechen, der aus diesem besonderen Anlaß ausgeschenkt wird, Björnhilds Habe an Bord seines Knorr bringen. Das besorgt der alte Knut mit den Knechten. Thorleif hat sein Versprechen gehalten. Vor Zeugen hat er den Knecht freigesprochen, und Knut hat, wie es Brauch ist, allen, die diesem Akt beigewohnt haben, Freiheitsbier eingeschenkt. Jetzt ist er ein freier Mann, darf über seine Wege selber entscheiden und sich das weiße Haar lang wachsen lassen.

Am nächsten Morgen geht Thorleif mit Björnhild an Bord seines Schiffes. Gudrun steht am Steg und winkt ihrem Sohn und ihrer Schwiegertochter nach, und auch Thorgard und Ragnar nehmen auf diese Weise Abschied. Am Fjord herrscht Flaute, so daß die Knechte zu den Rudern greifen müssen, um das schwere Schiff zu bewegen. Erst als sie weit draußen sind, können sie das Segel setzen.

Björnhild steht am Heckruder neben Thorleif und blickt zurück. Die Siedlung am Ende des Fjordes, die mächtigen Bäume und der Bootssteg mit den drei Gestalten werden kleiner und kleiner, entschwinden endlich ganz den Blicken, als der Knorr um die Felsnase biegt.

Ein Schwarm Möwen folgt schreiend dem dahingleitenden Schiff. Björnhild lehnt ihren Kopf an Thorleifs gesunde Schulter, sieht den mit ausgebreiteten Schwingen segelnden Vögeln zu. Über ihr knattert leise das Segel, am wolkenlosen Himmel klettert die Sonne langsam höher. Irgendwo da hinten im Süden, denkt Björnhild, muß Haithabu liegen, der große Handelsplatz, von dem schon Ingolf damals so geschwärmt hat, als er den Händler Torkil auf dessen Heimreise begleiten durfte. Dort werde ich fortan an der Seite meines Mannes leben. Sie umschmeichelt mit ihren Augen den jungen Schiffsführer, und es reut sie nicht, daß sie sich für ihn entschieden und nicht auf Ingolf gewartet hat.

Zwei Seekönige

Auf dem Markt zu Maldon, nur knapp vierzig Meilen von London entfernt, halten die Bauern von Essex die ersten Sommerfrüchte feil. Das Frühjahr hat diesmal spät eingesetzt an der englischen Südküste, und so ist das Angebot spärlich. Um so zahlreicher sind die Gerüchte, die von Mund zu Mund eilen und von einer Marktfrau der anderen ins Ohr geraunt werden.

Die Leute auf dem Markt in Maldon reden nicht gut von ihrem König Ethelred, der in London Hof hält und den sie den Ratlosen nennen, weil er sich gegen die Wikinger, die Englands Küsten verheeren, nicht anders als mit Tributzahlungen zu helfen weiß. Er hat das Danegeld eingeführt, eine Sonderabgabe, die seine Steuereintreiber aus den Bauern, Handwerkern und Händlern herauspressen müssen. Damit kauft er sich frei, und der Unmut im Land über solch schmähliche Feigheit ist noch größer als die Angst vor den Wikingern, die mit ihren Drachenbooten urplötzlich vor den Küsten auftauchen und mit ihren Kurzschwertern alles niederzumachen pflegen, was sich ihnen in den Weg stellt.

An dem Stand eines Fleischers scharen sich viele Neugierige

um einen fahrenden Sänger, der vorgibt, einen solchen Wikingerüberfall miterlebt zu haben.
»Sie kamen mit ihren Langschiffen aus dem Morgendunst über dem Wasser, ein Dutzend oder noch mehr Boote«, berichtet er, und die Frauen stellen ihre Körbe ab und hören ihm mit offenen Mündern zu. »Dann stürmten sie mit ihren Schwertern in der Hand in die Stadt, stürzten sich in die Häuser, machten die aufgeschreckten Männer nieder und warfen sich auf die schreienden Weiber, die noch in ihren Betten lagen. Ehe die Sonne richtig schien, hatten die *Berserker* ihre Schiffe mit Beute beladen, die Häuser der Stadt angezündet und segelten grölend und berauscht von Bier, Wein und Blut davon . . .«
»Dann ist es doch gut, wenn der König ihnen Silber gibt, damit sie das Land verschonen«, wirft ein grauhaariger Alter ein, der dem Sänger ebenfalls zugehört hat.
Ein jüngerer Mann wehrt ab, und viele der Umstehenden stimmen ihm zu, als er sagt: »Ja, aber mit der Nachgiebigkeit ermuntert er immer neue wikingische Räuberhorden, unsere Küsten zu verheeren. Es heißt bereits, in England könne man schon mit Kriegsgebrüll zu Gold und Silber kommen. Da müssen sich die Wikinger ja eingeladen fühlen! Neuerdings kommen nicht nur die beutegierigen Dänen, sondern auch die Seekönige aus Norwegen, und man weiß nicht mehr, wer es schlimmer treibt.«
Eine dicke Matrone, die gerade Schinken und Fleisch eingekauft hat, mischt sich in das Gespräch ein: »Man sagt, einer ihrer Anführer kommt von fern aus dem Osten her und ist so blutgierig, weil er von Wölfen abstammt«, sagt sie unter dem Gelächter der anderen.
»Da gibt es nichts zu lachen«, sagt eine andere Frau. »Ich habe auch schon von einem Seekönig gehört, groß, blond und von schöner Gestalt, aber hart und unerbittlich Feinden ge-

genüber. Niemand weiß, woher er kommt, aber er soll von einem norwegischen König abstammen, den sie Harald Schönhaar nennen.«

»Die Legende von dem schönen Wikingerkönig spukt in den Köpfen vieler Frauen«, spottet der Alte, der vorhin König Ethelreds Friedfertigkeit gerühmt hat. »Ich wette, daß er nur ein Hirngespinst ist.«

Er hat die Worte kaum ausgesprochen, als ein langgezogenes Hornsignal die Menschen aufschreckt. Jeder von ihnen weiß sofort, was es bedeutet, wenn dieses Signal geblasen wird: Wikinger sind im Anzug.

Das Signal wird auch bei den Truppen vernommen, die der Graf von Essex versammelt hat, um seine Stadt Maldon und seine Grafschaft zu schützen. Die Bogenschützen haben sich auf einem Hügel hoch über dem Ufer des Schwarzwasserflusses postiert, die Ritter halten sich mit ihren Pferden im Hinterhalt, und ein Erlenwald bietet ihnen Sichtschutz vom Fluß her. Sie sollen sich bereithalten und die Wikinger über den Haufen reiten, wenn der Augenblick zum Angriff gekommen ist.

Die Langschiffe kommen in breiter Front den Schwarzwasserfluß heraufgesegelt, der sich an der Mündung mit seinen Nebenarmen buchtartig verbreitert. Von den Bastionen der Stadt aus bieten die hart unter dem Wind segelnden Drachenschiffe ein ebenso prachtvolles wie furchterregendes Bild.

Eine Abteilung Bogenschützen – der Graf von Essex hat für diese Aufgabe seine treffsichersten Männer ausgewählt – erwartet die Wikinger gleich unten am Ufer, um sie zu überraschen, wenn sie ihre Schiffe an Land ziehen. Der Pfeilregen, den diese Schützen abfeuern, fügt den aus der sumpfigen Tiefe bergan stürmenden Angreifern schwere Verluste zu.

Immer wieder wirft Olaf, der Seekönig, neue Angriffswellen

gegen die Verteidiger, immer aufs neue scheitern seine Krieger am Pfeilregen der Bogenschützen. Die Pfeile fallen so dicht, daß die zur Abwehr erhobenen Schilde nicht genug schützen. Reihenweise sinken getroffene Wikinger nieder.
Der Anführer hebt sein Schwert und stürmt seinen Kriegern voran, doch schon nach wenigen Schritten verspürt er einen stechenden Schmerz im Oberarm: Ein Pfeil hat ihn getroffen.
Das ist der Augenblick, wo der Graf von Essex seiner Reiterei das Zeichen gibt, zum Sturmritt auf die Angreifer anzusetzen. Das ist aber auch der Augenblick, in dem Olaf, der Seekönig, mit seinen Göttern hadert. Inmitten seiner Kriegerhaufen, die sich nur zögernd für einen neuen Ansturm sammeln, plagen ihn Zweifel. »So helft mir doch, Odin, Thor!« ruft er. »Oder habt ihr keine Kraft mehr, wie die Mönche sagen? Stimmt es, daß eure Zeit vorbei ist? Daß die Zeit eines anderen Gottes gekommen ist, der stärker ist als ihr? So soll er mir doch helfen, der Gott der Christen! Wenn er mir beisteht, mir zum Sieg verhilft, so will ich den alten Göttern abschwören und das Kreuz nehmen! Ja, ich, Olaf Tryggvason, gelobe es!«
Die Häuptlinge und die Krieger, die in der Nähe sind und des Seekönigs Worte hören, glauben ihren Ohren nicht zu trauen. Aber da steht, mitten auf dem Kampffeld, umgeben von tot oder verwundet niedergesunkenen Kriegern, Olaf Tryggvason, ihr Anführer, ihr König, ein Tuch um die Pfeilwunde am linken Arm geschlungen, streckt mit der Rechten sein kurzes Schwert in die Höhe und fleht den fremden Gott an, ihm den Sieg zu geben.
Der Wikingerfürst fleht nicht vergebens, denn in diesem Augenblick kommt unerwartet Hilfe. Durch den Lärm der Schlacht von den Kämpfenden unbemerkt, hat sich, gedeckt durch die sich aus dem Flußbett erhebende Nordinsel, Ingolf

mit seinen Booten dem Kampfplatz nähern und an Land gehen können. Lange ehe die Reiterei heran ist, greifen er und seine Mannen mit lautem Kriegsgebrüll den linken Flügel der Verteidiger an. Die Schützen von Essex haben keine Zeit, die Bogen wegzuwerfen und zu den Schwertern zu greifen, so blitzschnell sind die Gegner unter ihnen. Ingolfs Königsschild, der eigentlich für den Dänen Harald Blauzahn bestimmt war, glänzt in der Sonne, sein Schwert wütet unerbittlich unter den Feinden. Die Schlacht wendet sich zugunsten der Angreifer.
Olaf erkennt sofort die günstige Lage. Er greift die Kriegerhaufen auf dem Hügel an, stiftet bei ihnen Verwirrung. Die Reiterei schwenkt, um dem bedrängten Grafen Hilfe zu bringen, und macht damit ihren Rücken für Ingolf und seine Männer frei. Die stoßen nach, und in dieser Wikingerzange werden die Verteidiger zermalmt. Als die Sonne ihren Gipfelpunkt erreicht hat, ist die Schlacht entschieden und Maldon schutzlos den Angreifern ausgeliefert. Der Graf von Essex, der sich eben noch als Sieger wähnen durfte, liegt erschlagen auf dem Schlachtfeld, und viele seiner Krieger sind ebenfalls tot oder verwundet. Olafs Sieg ist vollkommen. Er weiß, daß sich gleich die Stadttore öffnen und die Bürger von Maldon Tribut anbieten werden. Und seine beutegierigen Männer wissen das auch. Während sich die siegreichen Kämpfer Schweiß und Blut aus dem Gesicht wischen, blicken ihre Augen lüstern und begehrlich hinüber zu den Türmen und Mauern, die sich ihnen jetzt nicht mehr widersetzen können.
Aber Olaf Tryggvason, ihr Anführer, weiß auch, daß er mit seinen Männern allein diesen stolzen Sieg niemals erfochten hätte. Nachdem er die Pfeilwunde hat neu verbinden lassen, geht er auf Ingolf zu, legt ihm die Rechte um die Schultern und blickt ihm in die Augen.

»Dir verdanke ich meinen Sieg. Sage mir, wer du bist, und woher du kommst!«
Ingolf nimmt den ledernen Helm vom Kopf und sieht den anderen verwundert an. Erstaunt stellt er fest, daß sein Gegenüber nur wenig älter als er selber ist. Da stellt er stolz und selbstbewußt die Gegenfrage: »Sage du mir zuerst, wer du bist und woher du kommst!«
Ein Raunen der Umstehenden begleitet diese kühnen Worte. Keiner von Olafs Gefolgsleuten hätte je gewagt, so mit dem Seekönig zu reden. Daß der fremde Häuptling es tut, läßt darauf schließen, daß er entweder ein großer Anführer ist oder ein Ahnungsloser, der nicht weiß, mit wem er es zu tun hat.
Ingolfs Worte treiben Zornesröte auf Olafs Stirn. Er reißt sein vom Kampf noch blutbeflecktes Schwert aus der Scheide und streckt es drohend dem fremden Anführer entgegen: »Wer als unbekannter Krieger vor den König tritt, hat sich auszuweisen«, herrscht er ihn an.
»Du sagst es«, antwortet Ingolf ihm seelenruhig. »Bin ich nicht Seekönig, und bist du nicht soeben vor mich getreten? Also nenne mir deinen Namen! Ich habe Anspruch darauf zu erfahren, wem ich mit meinen tapferen Kriegern die Schlacht und das Leben gerettet habe!«
Von hinten tritt der alte Björn an Ingolf heran und raunt ihm zu: »Treibe das Spiel nicht zu weit, Ingolf! Der da vor dir steht, ist kein anderer als Olaf Tryggvason, der Nachfahr von König Harald Harfagr. Er ist der größere!«
Doch Ingolf schiebt den Alten mit einer Handbewegung zur Seite. »Wenn er behauptet, der größere zu sein, so soll er es mir beweisen. Dazu muß er mit mir kämpfen! Hier stehen sich zwei Seekönige gegenüber, die soeben gemeinsam eine Schlacht geschlagen und sie gewonnen haben. Das Schwert mag entscheiden, wer von beiden der bessere ist. Der Kratzer

an seinem Arm wird ihn wohl nicht hindern, sich mit mir zu messen!«
Ingolfs Worte werden von seinen Kriegern beifällig aufgenommen. Die Männer schlagen mit ihren Schwertern zum Zeichen der Zustimmung an ihre Schilde, obwohl sie gegenüber den Scharen Olafs in der Minderheit sind.
Olaf Tryggvason hat noch immer sein Schwert in der Hand, mißt den Herausforderer mit einem geringschätzigen Blick, wendet sich seinen Männern zu und wählt mit Bedacht die beiden Gefolgsleute aus, die ihm bei diesem Zweikampf zur Seite stehen sollen.
Ingolf folgt seinem Beispiel. Zum Beweis seines Ranges ruft er den alten Björn und Vilgard, die beiden Unterführer, zu sich. Dann dringt er mit dem Schwert auf den Gegner ein, und dieser hebt Schild und Schwert zur Abwehr des ersten Angriffs.
Olaf und Ingolf kämpfen verbissen. Funken stieben, wenn ihre Schwerter aufeinanderprallen, dumpf klingen die Hiebe, wenn sie mit den Schilden abgefangen werden. Zuerst ist Ingolf im Vorteil, bringt Olaf, der ihn fast um Haupteslänge überragt, mit seinen blitzschnellen Attacken mehrmals in Verlegenheit. Doch es gelingt Ingolf nicht, den Gegner zu verwunden und so nach dem Zweikampfgesetz die Auseinandersetzung für sich zu entscheiden. Immer wieder fängt der Gegner die Hiebe mit dem Schild ab.
Dann wendet sich das Blatt. Jetzt ist es Ingolf, der in die Verteidigung gedrängt wird, sich gegen kraftvolle Streiche schützen muß. Und dann steht er plötzlich ohne seinen Schild da, den ihm Olaf mit einem gewaltigen Hieb aus der Hand geschlagen hat. Anstatt jedoch weiter auf den nun schutzlosen Gegner einzudringen, läßt der das Schwert sinken und sagt einlenkend: »Laß uns diesen Kampf beenden! Ich weiß, daß du Ingolf Haraldson bist, der Ziehsohn des

tapferen Seekönigs Erik, und du erkennst in mir Olaf Tryggvason. Du hast mir die Schlacht gerettet, und ich schulde dir Dank.«
Olaf stößt sein Schwert in die Scheide zurück und legt Ingolf die Hand auf die Schulter. Seine Stimme klingt drohend und verlockend zugleich, als er fortfährt: »Ich bin der Nachfahr Harald Harfagrs und erhebe Anspruch auf den norwegischen Thron! Hilfst du mir ihn aufzurichten, so will ich dich zu meinem ersten Gefolgsmann machen. Stellst du dich aber gegen mich, Ingolf Haraldson, so muß ich dich töten! Denn ich kann auf meinem Wege keinen Rivalen neben mir dulden!«
Auch Ingolf hat das Schwert sinken lassen. Die letzten Worte Olafs treiben ihm das Blut in die Stirn. Im ersten Augenblick hat er Lust, sich abermals mit dem Schwert auf den anderen zu stürzen. Doch dann denkt er noch einmal über das nach, was Olaf eben gesagt hat. Und er findet plötzlich, daß es eigentlich verlockend wäre, unter einem solchen Fürsten, der nur ein paar Jahre älter als er selber ist, eine führende Rolle am Königshof zu spielen.
»Na, was ist?« ruft Olaf Tryggvason ungeduldig. »Was sagst du zu meinem Angebot? Entscheide dich, ich wiederhole es nicht!« Ingolf stößt sein Schwert zurück in die Scheide: »Es soll so sein, wie du gesagt hast! Ich will dir helfen, den Thron zu gewinnen, mit aller Macht, über die ich gebiete. Und ich vertraue darauf, an deiner Seite Ruhm zu erlangen und Ansehen!«
Da geht Olaf Tryggvason auf Ingolf zu und zieht ihn an seine Brust.
»Die heutige Schlacht hat gezeigt, was zwei Helden zusammen vermögen«, sagt er. »Ich denke, es wird noch viele erfolgreiche Schlachten geben, die wir gemeinsam schlagen.«
Auf einen Wink Olafs kommt ein Sklave mit einem Krug Wein und zwei goldenen Bechern. Er füllt den einen und

reicht ihn seinem Herrn, gibt dann den anderen Becher Ingolf in die Hand.

»Auf unseren Bund!« sagt Olaf. Ingolf ahnt in diesem Augenblick, daß sein Schicksal von nun an unlösbar mit dem Olafs verknüpft ist und daß er künftig im Schatten eines größeren stehen wird. Aber das kümmert ihn jetzt nicht.

Am Abend bedrängen die Häuptlinge den Seekönig, die Stadt Maldon den Kriegern zur Plünderung zu überlassen.

»Hinter den Mauern sind Schätze, Bier und Weiber, nach denen es die Männer gelüstet«, sagt auch Grimolf, ein vertrauter Ratgeber Olafs. »Laß die Tore öffnen!«

Ingolf wundert sich, daß Olaf Tryggvason den Kopf schüttelt und anordnet, die Tore der Stadt geschlossen zu halten.

»Ich will nach Drontheim und den Jarl Hakon verjagen«, sagt er. »Mir geht es um den Königsthron und nicht um eine englische Stadt. Was soll ich in Maldon? Wenn wir die Stadt plündern, werde ich mir den Ruf einhandeln, Anführer einer Räuberbande zu sein.«

»So willst du die Engländer ungeschoren lassen«, begehrt Grimolf auf.

»Ich denke nicht daran«, sagt Olaf in einem Ton, der keinen Widerspruch duldet. »Morgen werde ich einen Boten zu Ethelred nach London schicken und für Maldon Lösegeld fordern. Das Geld, das wir durch Plündern erbeuten würden, soll mir der König zahlen. Und bei den Göttern, ich werde es bekommen, ohne daß mein Ruf als tapferer Krieger und edler Fürst darunter leidet!«

Olaf merkt zu spät, daß er wieder seine alten Götter angerufen hat, denen er eigentlich abschwören wollte. Und während er darüber nachdenkt, kommt ihm ein tollkühner Gedanke. Wie wäre es, wenn er nicht nur den König, sondern auch die Kirche schröpfen würde? Als er mit Ingolf und seinen anderen Häuptlingen in das Zelt geht, das Sklaven für

ihn vor den Toren der Stadt errichtet haben, und dort zum Becher greift, beschließt Olaf Tryggvason, darüber noch ein wenig nachzudenken.
Lärm vor dem Zelt weckt anderntags König und Gefolgsleute. Olaf erhebt sich mit weinschwerem Kopf von seinem Lager, das er mit einer braunhäutigen Sklavin geteilt hat, tritt vor das Zelt und kommt gerade rechtzeitig, um zu verhindern, daß die Wachen einem Kirchenmann die Hände binden.
»Er sagt, er kommt als Abgesandter des Königs und bringe eine Nachricht für dich«, sagt der Anführer der Krieger, denen Olaf seinen Schlaf und sein Leben anvertraut hat.
»So führt ihn doch zu mir«, ordnet der Seekönig an. »Ich will hören, was Ethelred der Ratlose mir zu sagen hat.«
Als er vor dem Wikingerfürsten steht, holt der Bischof einen Handschuh hervor und reicht ihn Olaf. »König Ethelred schickt ihn dir als Beweis meiner Vollmacht, und hier ist der Siegelring des Herrschers über Insel- und Seekönige.«
Olaf erkennt mit einem Blick, daß es das Königssiegel ist. »Er führt einen stolzen Titel, dein König«, verhöhnt er den Abgesandten. »König über Insel- und Seekönige! Er sollte sich besser König über Hasen und Kaninchen nennen! Doch rede, was läßt Ethelred mir ausrichten?«
»Er bietet dir Frieden an und bittet dich, die Stadt Maldon zu verschonen«, sagt der Bischof.
»Und was will er mir dafür geben?« erkundigt sich Olaf gelassen. »Wieviel will er dafür zahlen, daß ich sein Land in Ruhe lasse, dein Ethelred von Wessex, der sich König über Insel- und Seekönige nennt? Sag, wieviel will er zahlen?«
»Er bietet fünfhundert Pfund Silber«, sagt der Unterhändler und blickt dabei seinem Gesprächspartner erwartungsvoll ins Gesicht.
Olaf Tryggvason bricht in lautes Gelächter aus. »Fünfhun-

dert Pfund Silber«, höhnt er und schlägt sich dabei auf die Schenkel. »Fünfhundert Pfund Silber? Und dafür soll ich Maldon und sein Land verschonen? Weißt du was? Du reitest zurück zu deinem König, sagst ihm, er soll sein Silber behalten, und ich gebe Befehl, die Stadttore zu öffnen. Meine Krieger brennen schon darauf, über die fetten Bürger und ihre drallen Weiber herzufallen!«

Grimolf nickt beifällig, und die umstehenden Häuptlinge und Krieger johlen und grölen bei den Worten ihres Anführers. Der Unterhändler blickt furchtsam in die Runde, und die Vorstellung, was diese Männer der Stadt und ihren Bewohnern antun würden, macht ihn nachgiebig.

»Ich könnte den König überreden, dir sechshundert Pfund zu zahlen«, beeilt er sich zu versichern.

Olaf Tryggvason kneift die Augen zusammen, und seine Mundwinkel umspielt höhnisches Lächeln.

»Sieh mal an, ein Kirchenmann, der zum Feilschen gekommen ist! Aber gut, so soll es sein! Wie wäre es, wenn dein König mir tausend Pfund Silber zahlen würde?«

Ein lauernder Blick Olafs und beifälliges Gemurmel der Umstehenden begleiten diese Forderung.

Der Unterhändler erschrickt, hebt abwehrend beide Hände. Es sieht so aus, als wollte er den Wikingerfürst segnen.

»Sechshundert ist Ethelreds äußerstes Angebot«, sagt er nach einer Pause und merkt im gleichen Augenblick, daß er einen Fehler gemacht hat.

»Das letzte Angebot deines Hasenkönigs?« begehrt Olaf auf. »Ich lehne es hiermit ab! Aber ich will Ethelred und dir entgegenkommen. Sag ihm, daß er achthundert Pfund Silber zu zahlen hat und daß die Wagen mit dem Geld heute in drei Tagen bei Sonnenuntergang hier zu sein haben. Kommen sie nicht, lasse ich bei Einbruch der Dämmerung die Tore öffnen, und er kann in der Nacht von den Zinnen seiner Burg

die Flammen Maldons lodern sehen!«
Die Häuptlinge und die anderen Krieger schlagen beifällig mit ihren Schwertern an die Schilde.
»Gott sei mit dir«, stottert der Bischof.
»Ja«, ruft Olaf unter dem Gejohle seiner Männer. »Er ist mit mir, dein Gott! Er hat mich schon die Schlacht gewinnen lassen, und er gefällt mir recht gut! Vielleicht lasse ich mich sogar taufen!«
Bei den letzten Worten Olafs fährt der Kirchenmann zusammen. Was hat der Seekönig da angedeutet? Ein Wikingerfürst im Taufhemd, unvorstellbar, was das in den Augen des gemeinen Volkes bedeuten würde!
»Du willst dich taufen lassen?« erkundigt er sich zaghaft, weil er fürchtet, einem Scherz Olafs aufgesessen zu sein.
»Ja, ich will mich taufen lassen«, nickt Olaf, blickt sich unter seinen Gefolgsleuten um und zwinkert ihnen Aufmunterung zu. »Und viele meiner Häuptlinge wollen auch das Kreuz nehmen.«
Ingolf nickt bei diesen Worten Olafs zustimmend, während Grimolf nicht geneigt zu sein scheint, zur Taufe zu gehen.
»Bei Thor, ich will von diesem Christengott nichts wissen«, flucht er.
»So wollen wir gemeinsam zum Tisch des Herrn treten«, sagt der Bischof erfreut, Grimolfs Fluch überhörend. »Ich selber will dir das Taufhemd überstreifen und deinen Häuptlingen auch.« Olaf nickt zu diesen Worten, und auch die Umstehenden nicken schweigend.
»Nur eine Kleinigkeit ist noch zu erledigen«, sagt der Seekönig dann und hebt die Hand. »Wir haben noch nicht den Umfang des Geschenkes festgelegt!«
»Welchen Geschenkes?« sagt der Bischof erfreut. »Das ihr der Kirche geben wollt?«
Olaf schüttelt den Kopf. »Du hast mich falsch verstanden«,

ruft er so laut, daß auch die im Hintergrund Stehenden ihn gut hören können. »Ist es nicht üblich, daß Täuflinge beschenkt werden, wenn sie zu euch kommen? Wir wollen euch die Sache einfach machen. Ihr zahlt uns als einmalige Abgeltung für unsere Bereitwilligkeit, euer Kreuz zu nehmen, tausend Pfund Silber. Oder sagen wir, achthundert Pfund, damit euer König nicht beleidigt ist, wenn ihr mehr als er zahlen dürft.«

Olafs Worte lösen einen unbeschreiblichen Tumult unter den Wikingern aus. Die Männer grölen und johlen, trommeln auf ihre Schilde, so daß kein Wort mehr zu verstehen ist.

»Das ist unmöglich«, stottert der Bischof. »Woher soll die Kirche achthundert Pfund nehmen?«

»Das ist eure Sache«, entgegnet ihm Olaf, und seine Worte klingen sehr ernst. »Versilbert von mir aus die Altarschätze in euren Kirchen und laßt euch den Rest von eurem König geben. Er ist mit achthundert Pfund billig genug davongekommen.«

König Ethelred und der Bischof halten sich an die Abmachung, die sie mit Olaf getroffen haben. Am Abend des vereinbarten Tages treffen schwerbeladene Ochsenkarren, die von bewaffneten Knechten geleitet werden, am Flußufer ein, wo die Wikinger ihr Lager aufgeschlagen haben. Und mit den Fuhrleuten und den Bewaffneten kommen Männer und Frauen aus der freigekauften Stadt Maldon, die sich die Übergabe des Lösegeldes ansehen wollen. Tausendsechshundert Pfund – einen solchen Haufen Silber hat noch keiner von ihnen gesehen!

Seekönig Olaf steht breitbeinig auf einem kleinen Hügel und läßt die knarrenden Wagen an sich vorüberrumpeln. Einem seiner Gefolgsleute gebietet er mit einem Zuruf, eine Waage herbeischaffen zu lassen. »Willst du nachwiegen?« erkundigt sich Ingolf, der das kleinlich findet. »Glaubst du, daß der König oder der Bischof es wagen werden, dich zu betrügen?«

»Diesmal stimmt das Gewicht«, entgegnet ihm Olaf lachend. »Doch wenn ich das Nachwiegen versäume, muß ich damit rechnen, daß ich beim nächsten Mal übers Ohr gehauen werde, weil jedermann glaubt, ich sei allzu vertrauensselig. Ich aber will auf diese Weise noch mehr Geschäfte machen. In England gibt es viel Silber, und ich brauche es, wenn ich nach Norwegen zurückkehre und um den Thron kämpfe. Durch Tapferkeit und Klugheit allein ist noch niemand König geworden; Gold und Silber spielen dabei allemal eine Rolle.«

Als die Übergabe des Schatzes vollzogen ist, winkt Olaf ein paar der Männer aus Maldon herbei, die staunend das Schauspiel begafft haben. »Lauft zurück in die Stadt und bringt euren Bürgermeister her«, befiehlt er ihnen. »Sagt ihm, Seekönig Olaf wolle heute abend noch das Lösegeld unter seinen Kriegern verteilen. Die Männer hätten großen Durst. Der Bürgermeister möge dafür sorgen, daß die Schankwirte in der Stadt volle Fässer bereithalten, um eure wohlhabenden Gäste bewirten zu können.«

Einer der Männer blickt dem Seekönig kühn ins Gesicht, während die anderen eilfertig die Köpfe ducken und Anstalten machen, sich der Anordnung zu fügen.

»Will der Wikingerkönig sein Wort brechen?« sagt der junge Mann. »Hat er nicht zugesichert, die Stadt zu verschonen, wenn das Lösegeld gezahlt wird?«

Da lacht Olaf laut, und auch die umstehenden Gefolgsleute stimmen in das Lachen ein.

»Rede ich denn von Plünderung?« herrscht er den kühnen Bürger an. »Oder wollt ihr Gästen die Tür verbieten, die ihre Zeche mit gutem Silber bezahlen können? Aber wenn die

Wirte von Maldon die Gäste nicht in der Stadt bewirten wollen, können sie natürlich auch hier bei uns im Lager die Zapfhähne in die Spundlöcher der Fässer schlagen. Nur schnell muß es gehen, denn durstige Männer sind unberechenbar.«

So kommt es, daß bald darauf, als gerade die Dämmerung hereinbricht, abermals die Tore geöffnet werden und drei Ochenskarren, mit Fässern hochbeladen, hinunter zum Fluß rollen, wo alsbald ein fröhliches Zechen anhebt. Die Krieger jubeln und trinken dem Seekönig zu, indem sie den Krug schwenken und mit dem Beutel klimpern. In dieser Nacht wird noch lange gezecht und gesungen, und die Lieder der Wikinger sind in den Häusern der Stadt zu hören, hinter deren Mauern Männer und Frauen darum beten, auch künftig vor dem wüsten Haufen verschont zu bleiben.

Am anderen Morgen läßt sich Seekönig Olaf von dem Bischof taufen, und auch Ingolf und viele andere Häuptlinge, auch der widerborstige Grimolf, streifen das linnene Taufhemd über. Es wird ein großes Ereignis. Schon bei Sonnenaufgang sind fast alle Männer und Frauen, auch viele Kinder, hinunter zum Fluß gelaufen, wo der Bischof die Taufe vollzieht. Seine ursprüngliche Absicht, die Taufe in der Kathedrale in Maldon vorzunehmen, hatte der Kirchenmann schnell wieder aufgegeben. Dazu hätten den Wikingerscharen die Tore geöffnet werden müssen, und das wollten weder der Bischof noch der Bürgermeister riskieren. Auch Olaf ist es lieber, in seinem Lager getauft zu werden, weil ihm wenig daran liegt, diesen Akt als Triumph der neuen Kirche feiern zu lassen. Daß der Bischof ihn überlisten und mit einem Aufruf von der Kanzel fast alle Bürger auf die Beine bringen würde, hat der Seekönig nicht erwartet.

Ingolf, der auf dem Weg zur Taufstelle am Fluß dicht hinter Olaf geht, mustert mit forschendem Blick das Spalier der

Leute. Er blickt in nackte und bärtige Gesichter junger und alter Männer, schaut runzlige und feste Frauenwangen an, sieht verängstigte und freche Kinderaugen. Auch die Zuschauer starren neugierig die Nordmänner an, und mancher Blick ruht wohlgefällig auf den hochragenden Gestalten der vorbeigehenden Wikingerhäuptlinge: auf Olaf, Ingolf, Grimolf.

Dicht bei dem Kreuz, das der Bischof aus zwei Eschenspeeren hat errichten lassen, steht eine zierliche junge Frau neben einem weißbärtigen Alten. Ihre sorgsam ausgewählten Kleider, das Geschmeide um ihren Hals und die weißen Hände verraten Ingolf, daß sie von Adel sein muß. Dafür spricht auch die Ehrerbietung, mit der die anderen Zuschauer Abstand wahren. Ingolfs Augen ruhen lange auf der Schönen, die unter seinem forschenden Blick errötet. Ihre anmutige Erscheinung, ihre traurigen Augen lassen ihn nicht los, als Ingolf nach Olaf die Taufe empfängt.

Beim Gastmahl, das Olaf später für den Bischof und dessen Gefolge ausrichtet, sieht Ingolf sie wieder. Er kann es so einrichten, daß ihm der Platz neben ihr zugewiesen wird, und während des Mahles wechselt er manches Wort mit Berta von *Langford*, deren alter Vater ganz in der Nähe seine Burg besitzt.

Dabei wird er von ihrer Schönheit und ihrem anmutigen Wesen immer mehr gefesselt, und auch Berta und der Graf finden Gefallen an dem jungen Wikingerhäuptling.

Olaf Tryggvason hebt den Becher, trinkt seinem neuen Gefolgsmann zu.

»Auf den Helden, der vor Maldon den Kampf entschieden hat!« ruft er. »Ich glaubte bisher, du liebtest dein Drachenboot, Schwert und Schild, sonst aber nichts auf der Welt«, fügt er scherzend hinzu. »Und jetzt sehe ich, daß du drauf und dran bist, dich an die blauen Augen einer schönen Frau

zu verlieren. Ein Held sollte sich vor nichts so sehr hüten wie vor der Liebe! Sie schwächt den Arm und trübt den Blick!«
Die Wikinger im Zelt trampeln vor Begeisterung. Berta schlägt verlegen die Augen nieder, Ingolf lächelt gequält. Zum ersten Mal spürt er die Abhängigkeit, in die er sich begeben hat. Olaf aber wendet sich dem jungen Priester zu, den der Bischof in das Gefolge des Seekönigs beordert hat, damit diesem die Kirche stets mit Trost und Beistand zur Seite stehe, sobald er ihrer bedürfe. Und während er sich über den Tisch neigt, wird auf seiner Brust das goldene Kreuz sichtbar, das ihm der Bischof vorhin als Zeichen seiner Aufnahme in die Christengemeinschaft um den Hals gehängt hat. Ingolf sieht es und greift unwillkürlich an seine Brust, um sich zu vergewissern, daß auch sein Kreuz noch da ist, das ihn mehr mit Olaf als mit dem Christentum verbindet.

Das Haus in Haithabu

Thorleif Erikson steht am Hafenkai und überwacht das Ausladen seines Schiffes. Am Abend vorher ist er von einer längeren Reise zurückgekommen, die ihn weit über das Ostmeer geführt hat. Zum ersten Mal ist er in Holmgard gewesen, das neuerdings Nowgorod genannt wird, ist dort mit Händlern zusammengetroffen, die Silberschmuck und Perlen aus Byzanz anzubieten hatten und seidene Tücher. Thorleif hat mehrere randgefüllte Truhen gegen Bernstein getauscht, den er in Truso eingehandelt hatte, wo er die Tuchballen und die Fässer voller Wein, mit denen er vor der Abreise den Knorr in Haithabu beladen hatte, mit gutem Gewinn verkaufen konnte.

Bei allen diesen Geschäften waren ihm die Empfehlungen nützlich gewesen, die ihm Torkil, sein alter Lehrmeister und Handelsfreund in Haithabu, mit auf den Weg gegeben hatte. Der Name Torkil hatte ihm bei allen Händlern Tür und Tor geöffnet, und Thorleif ist froh, daß er den Rat des Alten befolgt hat, auf der Rückreise in Birka anzulegen und dann in Visby auf Torkils gotländischen Besitzungen nach dem Rechten zu sehen. So konnte er dem alten Händler berichten, und Torkil hatte ihm dankbar die Hände geschüttelt.

»Ich bin alt, und meine Tage sind gezählt«, hatte er gestern abend vieldeutig gesagt. »Da ist es gut zu wissen, daß das Haus bestellt ist und ein Nachfolger sich um die Hinterlassenschaft kümmert.« Und er hatte mit seinen trüben Augen lange Thorleif und dann Björnhild angeblickt, und Thorleif wußte gleich, daß er mit der Nachfolge nicht nur ihn, sondern auch das Kind meinte, das Björnhild nach dem Julfest gebären würde. Denn als sein Weib ihn gestern am Anlegesteg begrüßt hatte, da war ihm gleich aufgefallen, daß ihr Gang nicht mehr so leicht und anmutig war und ihr blauer Leinenrock sich über dem Bauch spannte.

Es wird Zeit, ein Haus zu bauen, denkt Thorleif, während er Knut und den Knechten Anweisungen gibt, wo sie im Lagerhaus die Waren verstauen sollen. Noch heute will ich Torkil bitten, sich mit mir nach einem geeigneten Grundstück umzusehen. Und wenn die Knechte mit dem Ausladen fertig sind, können sie hinaus in den Wald gehen und Bauholz fällen. Für eine große Seereise sind die Herbststürme schon zu nahe, und Landhandel kann ich hier in Haithabu betreiben, ohne daß mich der Hausbau dabei allzusehr stört.

Thorleif hat sich in Haithabu gut eingelebt, und auch Björnhild scheint sich hier wohl zu fühlen. Für Handelsleute ist die Siedlung an der Schlei ein ebenso günstiger wie sicherer Platz. Ein Wall von dreifacher Mannshöhe umgibt im Halbrund die Häuser an der Bachmündung. Als er vor langer Zeit angelegt wurde, sollte er lediglich den Handelsplatz begrenzen, auf dem Marktfrieden herrschte. Seitdem ist er mehrmals erhöht worden, und die bewaffneten Männer, die dort oben auf dem Posten sind, sorgen dafür, daß sich die Handelsleute aus allen Ländern in Haithabu sicher fühlen können.

»Wir haben aus den Fehlern der Vergangenheit gelernt«, erzählt Torkil, als Thorleif ihm am Abend dieses Tages am knisternden Buchenholzfeuer seine Baupläne unterbreitet. »Heute ist der Handelsplatz sicher, aber in der Vergangenheit ist er mehrmals erobert worden. Vor vielen Jahren kam der Sachsenkönig Heinrich mit einem mächtigen Heer über die Eider und unterwarf Knuba, der hier herrschte. Ich selber habe erleben müssen, wie vor siebzehn Wintern Kaiser Otto II. das *Danewerk*, die alte Befestigungslinie, durchbrach und Haithabu seinem Reich eingliederte. Seit König Harald es zurückerobert hat, herrscht Ruhe, und die bei den Kämpfen zerstörten Häuser beiderseits der Bohlendämme sind größer und schöner wiederaufgebaut worden.«

»Wo soll ich mich niederlassen, was rätst du mir?« will Thorleif wissen. Torkil blickt eine Weile in das Feuer, kratzt sich hinter dem Ohr und schlägt dann vor, das Haus entweder im Westen der Siedlung zu errichten, an der Straße, die über die schmale Landbrücke zur Treene und Eider und damit zum Nordmeer führt, oder aber direkt am Wasser, am sandigen Ufer des *Noor*, das den Zugang zum Ostmeer bildet.

»Ich bin Händler und Schiffer«, sagt Thorleif mit Bedacht. »Ein Schiffer aber sollte so wohnen, daß er seine Knorren im Auge hat, wenn sie im Hafen festmachen.«

»Deine Wahl ist gut«, stimmt ihm Torkil zu. »Wenn du deine Knechte in den Wald schickst, um Bauholz zu holen, so weise sie an, mehr Stämme zu schlagen, als du brauchst. Denn ich rate dir, von deinem Haus aus durch die sumpfige Niederung zur Handelsstraße einen Bohlendamm anzulegen, damit deine hochbeladenen Wagen auf dem Weg zu den Lagerhäusern und den Schiffen nicht durch die Siedlung rollen müssen. Du weißt selber, wie schmal die Gassen sind.«

Thorleif nickt zustimmend. Torkil aber fährt fort: »Du solltest mit dem Bau beginnen, sobald sich das Wetter gebessert hat. Und du solltest dir den Rat eines erfahrenen Mannes holen. Nils, der Zimmermann, wird schon in wenigen Tagen nach *Seeland* aufbrechen. Ich habe gehört, daß König Sven ihn gerufen hat, beim Bau der *Trelleborg* zu helfen. Der Gabelbart plant wohl Beutezüge gegen England und gegen Städte im Reich Ottos, und er läßt auf Seeland, Fünen und in

Jütland große Heereslager anlegen. Dort will er ständig Krieger unter Waffen halten, um sie jederzeit verfügbar zu haben, denn dem Ledingsgebot des Königs kommen viele nur sehr zögernd nach. Es heißt, daß in jedem dieser Lager achthundert Mann gehalten werden sollen, so daß Sven Gabelbart jederzeit fünfzig Drachenboote bemannen kann.«

Als Thorleif am anderen Morgen aus dem Haus tritt, empfängt ihn strahlender Sonnenschein; nach den langen Regenwochen dieses Herbstes ein wohltuender Anblick. Der junge Kaufmann zögert deshalb nicht, unverzüglich Nils, den Zimmermann aufzusuchen, der sein Haus im Süden der Siedlung hat. Mit ihm will er den Hausbau besprechen, während Knut und die Mehrzahl der Knechte im Wald mit dem Holzeinschlag beginnen.

Der Zimmermann begrüßt den Handelsfahrer mit einem freundlichen Schlag auf die Schulter.

»Ich habe mit deinem Besuch gerechnet, denn noch gestern abend war Torkils Sklave Ali hier und hat mich über dein Vorhaben unterrichtet. Du hast Glück, Thorleif Erikson. In zehn Tagen will ich nach Seeland aufbrechen, wo der König meinen fachlichen Rat braucht. Wenn wir uns aber sputen, ist bis dahin dein Haus so weit fertig, daß du die restlichen Arbeiten mit Knut und deinen Knechten ohne mich bewerkstelligen kannst.« Nils greift nach dem schon bereitgelegten Werkzeugsack, steckt noch ein Ellenmaß hinein und begleitet Thorleif zum vorgesehenen Bauplatz. Er nickt zustimmend, als der junge Bauherr ihm berichtet, wie die Gebäude angeordnet werden sollen.

Sein Anwesen soll vorerst aus einem Herrenhaus, einem Frauenhaus, einem Haus für das Gesinde und einem großen Lagerhaus bestehen. An den Bau eines Schlafhauses will Thorleif später denken, ebenso an die Erstellung weiterer Lagerhäuser, wenn seine Geschäfte so an Umfang zuneh-

men, wie er hofft.
Der Zimmermann steckt auf dem mit mannshohem Adlerfarn bewachsenen Baugelände, wo drei seiner Knechte seit Sonnenaufgang dabei sind, wucherndes Gestrüpp zu beseitigen, die Grundflächen der vier Häuser ab.
»Wenn du das Herrenhaus zehn Ellen breit und zwanzig Ellen lang baust, wie du es planst, hast du zwar genügend Raum für eine große Halle, in der du viele Handelsfreunde empfangen kannst, doch dir fehlen Nebenräume«, sagt der erfahrene Zimmermann. »Du solltest deshalb in der Länge fünf Ellen zulegen. Frauenhaus und Gesindehaus können kleiner werden, das Lagerhaus wollen wir so groß bemessen, daß du nicht gleich ein zweites bauen mußt, wenn deine Geschäfte zunehmen.«
Als der Tag sich seinem Ende neigt, zeichnen sich auf dem Bauplatz schon deutlich die Umrisse der Gebäude ab. Auf Geheiß des Zimmermanns haben die Knechte die Erde zwei Fuß tief ausgehoben. Dort hinein will Nils die Häuser stellen, und die stärksten Knechte haben schon begonnen, die roh zugehauenen Eckpfeiler in den Boden zu graben.
Mit Ausnahme des Lagerhauses hat jedes Gebäude in der Mitte Platz für eine Feuerstelle, für die im Oval eine Steinlage geschichtet und mit Lehm verstrichen wird. Darüber befindet sich ein Windauge; ansonsten läßt Nils nur Querbalken über zwei Türöffnungen legen, durch die jedes Haus betreten und verlassen werden kann.
Thorleif sieht mit Vergnügen, mit welch sicherer Hand der Zimmermann die Balken miteinander verbindet. Auch Torkil verbringt in den nächsten Tagen jeden freien Augenblick auf der Baustelle, die von gaffenden Kindern, aber auch geschäftigen Männern und Frauen, die beim Vorbeieilen für kurze Zeit stehen bleiben, umsäumt wird. Am Abend des vierten Tages ist das Herrenhaus so weit, daß Knut mit einem an-

stelligen Jungknecht hinaufsteigen und das Reet befestigen kann. Am siebenten Tag richtet Björnhild im Frauenhaus die fellbedeckten Lagerstätten ein und fordert Thorleif auf, mit ihr die erste Nacht unter dem eigenen Dach zu verbringen. Am nächsten Abend nimmt Nils Abschied, von Thorleif mit Silber reichlich belohnt: »Morgen will ich mich auf die Reise nach Seeland vorbereiten. Ich werde lange abwesend sein, denn es braucht seine Zeit, ehe ein großes Lager für viele hundert Krieger fertig ist, auch wenn zahlreiche Hände tätig sind. Wenn ich zurückkehre, wird es auf Seeland kaum noch einen Baum geben, denn wir brauchen nicht nur viel Holz für die sechzehn Unterkunftshäuser, sondern auch für die Palisaden und den Wall, der das Lager umgeben soll.«

Am Abend des übernächsten Tages pocht eine kräftige Faust an Thorleifs Tür, und Gunnar steht vor ihm, der Wanderhändler, den er schon von Jugend auf kennt, weil der regelmäßig die Siedlung droben am Fjord mit Waren und mit neuesten Nachrichten versorgt hat. Diesmal bringt Gunnar Grüße von Ingolf, dem jungen Seekönig.

»Er ist mir begegnet, als er mit den Drachenbooten von England heimkehrte«, erzählt der Händler. »Als er hörte, daß ich auf dem Weg nach Haithabu sei, forderte er mich auf, dich daran zu erinnern, daß das Erbmahl für Erik noch vor Beginn des Winters gehalten werden soll. Und ich erfuhr, daß Ingolf Gefolgsmann des Seekönigs Olaf Tryggvason geworden ist, von dem man sich erzählt, er wolle den norwegischen Thron seiner Vorfahren zurückerobern.«

»Ingolf ein Vasall?« staunt Thorleif. »Das überrascht mich sehr. Er hat sich doch nie einem anderen unterworfen!«

»Es muß sein Schaden nicht gewesen sein«, berichtet der Händler weiter. »Man erzählt sich, Olaf und Ingolf hätten gemeinsam an der englischen Küste eine Schlacht geschlagen

und so viel Lösegeld herausgepreßt, daß jeder Krieger einen Beutel voll Silber heimgebracht hat.«
»Dann muß Ingolf ein reicher Mann sein«, mutmaßt Thorleif.
»Das kann man sagen«, bestätigt Gunnar. »Und er hat noch etwas, was dich genauso überraschen wird! Auf seiner Brust hängt ein Kreuz!«
»Er ist Christ geworden?« ruft Thorleif und springt von seinem Sitz auf. »Wäre es ein anderer, der diese Nachricht brächte, ich würde ihn einen Lügner nennen! Aber deinen Worten muß ich ja glauben!«
»Er hat mit Olaf Tryggvason zusammen das Taufhemd übergestreift. Und fast alle Männer haben es ihnen nachgemacht!«
Björnhild hat sich bisher am Kuppelofen zu schaffen gemacht und die Männer reden lassen. Bei den letzten Worten Gunnars ist sie aufmerksam geworden und tritt näher.
»Was ist mit Björn, meinem Vater?« mischt sie sich in das Gespräch ein. »Hat er auch das Kreuz genommen?«
»Nein!« Gunnar schüttelt den Kopf. »Björn ist überhaupt nicht mit dem einverstanden, was Ingolf macht. Er hat ihn bei einer Auseinandersetzung an seine Ledingspflicht Jarl Hakon gegenüber erinnert, aber Ingolf hat nur gelacht und ausgerufen: ›Wenn Olaf erst König in Norwegen ist, werde ich mehr Macht haben als der Jarl in Drontheim!‹«
Als Gunnar gegangen ist, um das Ausladen seines Schiffes zu überwachen, wendet sich Björnhild an Thorleif: »Wann wirst du fahren?«
»Morgen früh, falls der Wind so günstig bleibt. Ich muß diese Reise unternehmen, damit das Erbmahl gehalten werden kann, wie der Brauch es verlangt. Der Hof bliebe herrenlos, wenn Ingolf und ich den Seekönig beerbten, ohne das festliche Mahl für die Sippe und alle Freunde auszurichten. Au-

ßerdem will ich nach dem, was ich heute von Gunnar gehört habe, mit Ingolf reden. Daß du wegen deines Zustandes nicht dabeisein kannst, ist schlimm genug; doch du kannst die Beschwerden einer solchen Reise nicht auf dich nehmen, und jeder wird dafür Verständnis haben. Ich lasse Knut bei dir zurück. Er und Torkil werden dich während meiner Abwesenheit in ihre treue Obhut nehmen.«

Ein paar Tage später sitzen sie alle in der großen Halle der Siedlung am Fjord. Vom Wasser her kriecht feuchter Nebel herauf, und schnell fällt die Dämmerung ein. Das Feuer in der Mitte des Raumes strahlt behagliche Wärme aus. Ab und zu stieben Funken, wenn einer der Knechte die dicken Buchenscheite nachschiebt. Durch das Windauge im Dach fällt vom letzten Licht des Tages ein heller Schimmer auf den leeren Hochsitz. Sechsmal hat der Mond gewechselt, seit Erik dort zum letzten Mal gesessen und seinen Gästen zugetrunken hat. Die Männer haben sich versammelt, um das Erbmahl zu halten. Ingolf hatte, wie der Brauch es verlangt, in Begleitung der beiden Zeugen Björn und Ragnar den eschenen Sippenspeer um die Ländereien getragen, die Erik am Fjord besessen hat. Auf einem Hügel hatte er das Feuer der Landnahme entzündet, und an jeder Ecke hatte er zum Zeichen, daß er jetzt Herr des Landes sei, eine Handvoll Erde und ein Büschel Gras in die Hand genommen. Damit war der Sitte in diesem Fall Genüge getan. Nachdem der Umgang beendet war, hatte Ingolf mit Thorleif lange vor dem Hügel hinter dem Haus gestanden und an Erik gedacht, dessen Letzter Wille heute vollzogen werden soll. Und jetzt sitzen sie mit den Männern schweigend in der Halle, und auch Gudrun und Hiltrud, Ingolfs leibliche Mutter, sagen kein Wort.

Endlich steht Ingolf von seinem Platz vor dem Hochsitz auf, hebt den Becher mit Met und ruft: »Ich trinke auf Erik, den Seekönig, der Herr dieses Hauses gewesen ist, bis er ins Totenreich gerufen wurde!« Auch Thorleif und die anderen Männer haben sich erhoben. Ingolf trinkt seinen Becher in einem Zug aus und läßt sich dann auf dem Hochsitz nieder.

»Du bist zum Erbe gekommen!« ruft jetzt Ragnar, der Lagmann, Ingolfs Mutterbruder, und hebt seinen Becher. »Auf Ingolf, den neuen Herrn, unseren Seekönig!«

Thorleif, Eriks leiblicher Sohn, ist mit den anderen aufgestanden und trinkt, wie sie, Ingolf zu. Ihn beseelen in diesem Augenblick seltsame Gefühle, obwohl er Eriks Entscheidung seit langem kennt und billigt. Auf dem Hochsitz sitzt ein Sippenfremder als neuer Herr, und ihm ist sein Erbe verwehrt. Sein Blick fällt auf Gudrun, seine Mutter, die ihn unentwegt anschaut. Täuscht er sich, oder schimmern Tränen in ihren Augen?

Mit einer Handbewegung versucht Thorleif die trüben Gedanken zu verscheuchen. Was soll er noch hier am Fjord, wo doch sein neues Haus in Haithabu steht? Dort wartet Björnhild, dort sind seine Geschäfte, und dort wird bald sein Kind in der Wiege liegen.

Als Gudrun auftischen läßt und die Knechte immer neue Krüge voller Bier und Met hereintragen, bemächtigt sich der Männer in der Runde bald lärmende Fröhlichkeit. Sie erzählen sich gegenseitig Geschichten von Erik, dem toten Seekönig, von Abenteuern, die sie zusammen mit ihm erlebt haben, sie lachen und grölen, je mehr die Getränke ihre Köpfe benebeln.

Die ersten Männer sind schon berauscht zu Boden gesunken, als sich Thorleif erhebt und mit staksigem Gang die Halle verläßt. Die Kühle der Nachtluft lockt ihn, und er atmet tief. Der Nebel hat sich wieder verzogen, schmal steht die Sichel des Mondes über den schwarzen Bergen. In einem der alten Eichbäume sitzt ein Uhu. Der Ruf des Nachtvogels klingt unheimlich.

Plötzlich steht Ingolf neben Thorleif, legt ihm in alter Vertrautheit den Arm um die Schultern. Thorleif blickt ihn von der Seite an, erkennt in der Dunkelheit nur mit Mühe die Umrisse des bärtigen Gesichtes.
»Morgen reise ich zurück nach Haithabu«, sagt Thorleif. »Das Wetter scheint zu halten, und Björnhild braucht mich mehr als sonst.«
»Ist sie guter Hoffnung?« erkundigt sich Ingolf. Es fällt ihm schwer, sich das schmalhüftige Mädchen als Mutter vorzustellen. Und er wundert sich, daß er Mühe hat, sich an ihr Gesicht, an die blauen Augen und die schmale Nase unter dem blonden Haar, an ihren spöttischen Mund zu erinnern. Ein anderes Gesicht schiebt sich dazwischen, und er weiß im Augenblick nicht, wem diese anmutigen Züge, diese stolzen Augen gehören. Thorleifs Antwort reißt ihn aus den Träumen.
»Nach dem Julfest wird unser Kind geboren werden, und ich hoffe, daß es ein Sohn sein wird.«
Wieder bemächtigt sich Ingolfs die Erinnerung an vergangene Tage. Er sieht sich hinter Thorleif auf der alten Stute sitzen, hört Björnhilds spöttische Bemerkungen, findet sich plötzlich am Rande einer Schlucht wieder, erblickt das Mädchen, angstvoll an den Stamm eines Baumes geklammert, und Thorleif mit einem fauchenden Bären ringend, läßt den Speer gegen die Bestie fliegen. Und dann sieht er sich im Taufhemd durch das Spalier einer gaffenden Menge schreiten, und abseits des gemeinen Volkes steht eine Frau von zierlicher Gestalt. Jetzt weiß Ingolf plötzlich, wen er sieht, wenn er an Björnhild denkt, die nun bald Mutter sein wird: Berta von Langford, die Tochter des weißhaarigen sächsischen Grafen da drüben in England.
»Du hast den alten Göttern abgeschworen, hörte ich«, bricht Thorleif das Schweigen. »Und du bist Gefolgsmann Olaf

Tryggvasons? Was hätte wohl Erik zu diesem doppelten Treuebruch gesagt?«

»Erik ist tot, Jarl Hakon in Drontheim ist alt, und auch die alten Götter sind nicht mehr das, was sie einmal waren«, begehrt Ingolf auf. »Eine neue Zeit ist angebrochen! Du solltest ihn einmal sehen, Olaf Tryggvason, den großen Seekönig! Er ist auf dem Wege, der wirklich starke Mann in Norwegen zu werden. Er wird Schluß machen mit den vielen kleinen Gaukönigen, die an jedem der Fjorde sitzen und sich gegenseitig bis aufs Blut bekämpfen. Er wird den Jarl verjagen und den Thron Harald Schönhaars wieder errichten. Und er wird den Norwegern das Christentum bringen. Je eher auch du das Kreuz nimmst, desto besser ist es für dich, für Björnhild und für deine Kinder!«

Bei diesen Worten ist Thorleif nachdenklich geworden. Er muß an Torkil denken, der vor fünf Jahren des kleines Kreuzes auf seiner Brust wegen als gehetzter Flüchtling da hinten über die Berge kam, deren schwarze Umrisse sich im Licht des Mondes abheben, und der damals von Ingolf aufgegriffen worden war. Und ihm fällt ein, daß in der Nacht nach Torkils Ankunft eine der Vorratsscheunen niederbrannte und viele Männer darin den Flucht der Götter sahen. In diesen Jahren hat sich manches geändert, denkt Thorleif. Ingolf hat schon recht, das Christentum breitet sich aus. Auch wenn Sven Gabelbart die Mönche aus Dänemark wieder vertrieben hat und die Schweden in Uppsala als Opfer für Odin noch immer Menschen in die Bäume hängen, die neue Religion läßt sich nicht aufhalten.

»Für Torkil wäre es die größte Freude, wenn du das Kreuz nehmen würdest«, sagt Ingolf nach einer Weile erneuten Schweigens. »Hier am Fjord wirst du schon bald der letzte sein, der dem alten Glauben anhängt.«

Thorleif hebt abwehrend die gesunde Linke. »Ich werde nur

noch hierher zurückkehren, wenn meine Geschäfte es erfordern, und das wird wohl nicht mehr oft der Fall sein«, sagt er. »Mein Haus steht in Haithabu, und Eriks Haus ist jetzt dein Haus.«

»Das auch ich bald verlassen werde«, entgegnet ihm Ingolf, und er blickt hinauf zum Himmel. »Mit Olaf Tryggvason ist ein strahlender Stern aufgegangen, der bald über ganz Norwegen leuchten wird. Wenn er mich ruft, werde ich ihm mit allen meinen Männern folgen, und wenn ich mitten im Winter, bei den schlimmsten Stürmen, über das Nordmeer segeln muß!«

Die beiden jungen Männer stehen sich schweigend gegenüber. So sehr hat sich Ingolf nicht verändert, denkt Thorleif. Er war schon immer leicht zu begeistern, ohne dabei an die Folgen zu denken.

In der großen Halle ist das Poltern und Gegröle der Trunkenen verstummt. »Laß uns hineingehen«, fordert Ingolf den Bruder auf. »Es ist Schlafenszeit.«

In der blätterlosen Krone der alten Eiche ruft wieder der Nachtvogel. »Buuuhhh, uuuuhhhh.« Der dumpfe Schrei geht durch Mark und Bein.

Hundert Drachen vor London

Über die frühlingsgrünen Weiden zwischen *Chelmsford* und Langford in Essex trabt eine fröhliche Jagdgesellschaft. Die warme Sonne läßt die feuchtkalten und nebeligen Wintertage vergessen. Vor den Reitern springt ein Hase auf, sucht sein Heil in rascher Flucht. Mit langen Sätzen jagt er davon. Die junge Frau an der Spitze verhält ihren Schimmel, streift dem Falken auf ihrer Faust die Kappe ab, wirft den Vogel in die Luft. Mit schnellem Flügelschlag streicht er fast lautlos dem Hasen nach. Der versucht, als der Schatten des fliegenden Jägers über ihn fällt, mit einem verzweifelten Haken sich in einen nahen, weißblühenden Schlehdornbusch zu retten, doch diesem krallenbewehrten Verfolger ist er nicht gewachsen. Blitzschnell stößt der Falke zu, bricht dem Hasen das Genick.

Die junge Jägerin zieht eine Flöte aus der Tasche und pfeift den Greifvogel zurück, streicht ihm, als er sich wieder auf ihrer lederbehandschuhten Faust niedergelassen hat, mit der linken Hand über das Gefieder, stülpt ihm die Kappe über die scharfen Augen. »Brav, mein Vogel«, sagt sie. »Gut gemacht!«

Die übrigen Mitglieder der kleinen Jagdgesellschaft spenden ihr Beifall, während ein Hund schwanzwedelnd und kläffend die Beute apportiert. Ein schwarzbärtiger Begleiter drängt seinen hochbeinigen Fuchs dicht an den Schimmel heran.

»Wer hat sie Euch gelehrt, die Kunst mit dem Falken zu jagen, Berta?« sagt er, und seine Augen blicken lauernd. »Oh, ich vergaß, daß Euch im letzten Sommer der Wikingerhäuptling besucht hat, dem ich damals bei Maldon allzugern den Schädel gespalten hätte. Habt ihr mit ihm nur gejagt?«

»Ihr solltet Euch schämen, Gerold«, entrüstet sich Berta von Langford und bringt ihren Schimmel mit einem sanften Peitschenschlag wieder auf Trab.

Doch der schwarzbärtige Reiter läßt sich so leicht nicht abschütteln. Ein paar Galoppsprünge seines Pferdes, und schon ist er wieder neben ihr.

»Ihr, Berta, solltet Euch schämen, nicht ich«, entgegnet er zornig. »Wie konntet Ihr als sächsische Gräfin und gute Christin Euch nur mit einem solchen Heiden einlassen? Habt Ihr denn gar keinen Stolz?«

»Ihr wißt genau, daß Ingolf Haraldson Christ ist wie Ihr und ich, Gerold. Ihr habt seiner Taufe beigewohnt, damals, vor drei Jahren, drunten am Schwarzwasserfluß.«

Ihr Begleiter peitscht mit der Reitgerte die Luft und lacht dabei dröhnend.

»Die Taufe Olafs und Ingolfs, ja, die Taufe!« prustet er heraus. »Das war die gelungenste Täuschung, die ich je erlebt habe! Nicht nur, daß die Banditen sich ihren angeblichen Übertritt zum Christentum mit Silber haben aufwiegen lassen; nein, als Christen mit dem Kreuz auf ihrer haarigen Brust verheeren sie nach wie vor Englands Küsten, plündern unsere Städte, morden Männer, schänden Frauen. Und solchen Unholden öffnet Ihr Euer Haus!«

Bei diesen Worten Gerolds ist Berta von Langford blaß geworden. Mit einem Ruck zügelt sie ihren Schimmel, hebt drohend die Reitpeitsche. »Sagt so etwas nicht noch einmal«, ruft sie zornig. »Ihr wißt genau, daß ein deutlicher Unterschied zwischen den räuberischen Dänen und den Norwegern zu machen ist. Die einen plündern unter ihren beutegierigen Häuptlingen, die anderen lassen sich Lösegeld zahlen, verschonen aber unsere Städte und die Menschen.« Wieder lacht der schwarzbärtige Baron an ihrer Seite höhnisch, ehe er antwortet: »Dänen oder Norweger, das bleibt sich gleich. Wikinger sind sie alle, und damit Gesindel, das man erschlagen sollte wie einen räudigen Hund, anstatt sie zu beherbergen, mit ihnen auf die Jagd zu gehen, am Feuer zu sitzen oder . . .«

Gerold kommt nicht dazu, seinen Satz zu vollenden. Der Reiterin neben ihm ist Zornesröte ins Gesicht gestiegen. Sie hebt die Reitgerte und schlägt dem Spötter damit ins Gesicht. Dann versetzt sie ihrem Schimmel einen Schlag, treibt ihn damit unvermittelt an und galoppiert davon, ohne sich ein einziges Mal nach den anderen umzusehen.

Der Gemaßregelte wischt sich mit dem Handrücken über das Gesicht, wendet sich wortlos von der restlichen Jagdgesellschaft ab und murmelt erst, als sein Fuchs in den Galopp fällt: »Das sollt Ihr mir büßen, Berta! Den Schlag werdet Ihr noch bereuen!«

Ein paar Reitstunden südlich von Burg Langford hat Seekönig Olaf Tryggvason auf einer Flußinsel am Nordufer der Themse die Drachenschiffe an Land ziehen und sein Lager aufschlagen lassen. Inseln sind bevorzugte Lagerplätze des Norwegers, dessen Streitmacht während der letzten drei Winter durch Zulauf aus den norwegischen Tälern, wo das Land knapp ist und die wachsende Bevölkerung mehr schlecht als recht ernährt, noch größer geworden ist. Die

Vordersteven von mehr als drei Dutzend Drachenbooten heben sich gegen den grauen Himmel ab, und die Zahl der Zelte und Schilfhütten, in denen die Krieger hausen, ist groß. Im Königszelt sitzen sich Olaf und Ingolf gegenüber und beraten das weitere Vorgehen.

»Ich kann dir deine Bitte nicht erfüllen, Ingolf«, sagt der König und schüttelt den Kopf. »Das liegt nicht nur daran, daß ich wenig davon halte, wenn einer meiner Anführer den Röcken nachstellt; ein Wikingerführer sollte allezeit kühlen Kopf bewahren. Du bist von mir ausersehen worden, mit Sven Gabelbart zu verhandeln, der drüben am anderen Flußufer mit sechzig Langschiffen und dreitausend Kriegern lagert. Ihm will ich vorschlagen, sich mit mir gegen König Ethelred zu verbünden. Der Gabelbart wäre tödlich beleidigt, wenn er erfahren würde, daß mein erster Gefolgsmann, statt mit ihm zu verhandeln, auf Brautschau gegangen ist. Nein, ich kann dich nicht entbehren!«

»So willst du dem Dänenkönig wirklich anbieten, ihm bei seinem Zug gegen London zu helfen? Fürchtest du nicht, daß dein Ruf leidet, wenn du mit den Dänen gemeinsame Sache machst?«

Olaf stochert mit einem Stock im Feuer, an dem die beiden Seekönige sitzen, und schüttelt dann den Kopf.

»Mein Ziel ist Norwegen, und um es zu erreichen, brauche ich Geld«, sagt er dann. »Viel Geld sogar! Mache ich mit Sven Gabelbart gemeinsame Sache, dann kann ich das nötige Silber auf einmal gewinnen. Der Däne wird zwar ungern mit mir teilen wollen, doch die Aussicht, daß ich ihm England überlasse, wenn ich mich nach Norwegen wende, wird ihn gefügig machen. Er ist beutegierig und wird froh sein, wenn ich ihm nicht mehr in die Quere komme. Was später wird, ist eine andere Sache. Zuerst brauche ich die Dänen, und alles hängt davon ab, wie geschickt du die Sache einfädelst. Jetzt verstehst du hoffentlich, weshalb ich dich nicht nach Langford reiten lassen kann. Grimolf, der alte Polterer, würde schon nach den ersten Wortwechseln mit den Dänen Streit bekommen und in der Wut alles verderben.«

Die Abendsonne spiegelt sich rot im Fluß, als sich Ingolfs Drachenboot dem Lagerplatz der Dänen nähert. König Sven hat ihn ebenso umsichtig ausgewählt wie Olaf Tryggvason den seinen, denkt der junge Anführer, während er die große Zahl der Boote bewundert und lodernde Feuer bemerkt, soweit das Auge reicht. Seine Männer haben Mühe, im Seichtwasser den flachgängigen ›Adler‹ an Land zu ziehen. Ungeduldig springt Ingolf über Bord und watet ans Ufer. König Ethelreds schwere Kriegsschiffe wären hier kaum manövrierfähig.

Ein vornehm gekleideter Däne begrüßt ihn und führt ihn zu seinem König. Sven Gabelbart lädt ihn ein, an seinem Feuer Platz zu nehmen: »Du kommst mit einer Botschaft Olaf Tryggvasons?« sagt er und streicht sich zufrieden seinen Bart, der sich in zwei Spitzen gabelt. Ingolf nickt und wirft fragende Blicke auf die dänischen Unterführer. Wollen wir nicht unter vier Augen reden, soll das heißen. Doch der König macht keine Anstalten, die Gefolgsleute wegzuschicken.

»So sage, was Olaf mir ausrichten läßt. Aber nimm zuvor einen Begrüßungstrunk. Wein löst die Zunge; es redet sich leichter.«

Dann hört Sven Gabelbart aufmerksam zu, was Ingolf ihm zu sagen hat. Seinen Unterführern, die einige Male unwillig murmeln, gebietet er mit einer Handbewegung, den Gesandten reden zu lassen.

Als Ingolf geendet hat, blickt der König lange schweigend ins Feuer. Ingolf und auch die Dänen hängen gebannt an seinen Lippen. Endlich hebt er zu reden an.

»Sage Olaf Tryggvason, dem Seekönig, daß ich mit seinem

Vorschlag einverstanden bin. Nicht billigen kann ich hingegen die Aufteilung der Beute, denn er hat weniger Langschiffe als ich, und die Zahl seiner Krieger ist weit geringer. Wir wollen also die Beute pro Mann berechnen, und wenn du Vollmacht hast, mir zuzustimmen, darf Olaf mich von dieser Stunde an als seinen Bundesgenossen betrachten.«

Ingolf zögert nach des Königs Rede eine Weile, ehe er zustimmend nickt.

»Es soll so sein, wie du sagst! Nur der Anteil, der auf beide Könige entfällt, soll gleich sein. Darauf besteht Olaf.«

Die Unterführer murren, und einige von ihnen erheben lauthals Einwände. Doch König Sven streicht sich seinen Gabelbart und lacht versöhnlich.

»Eine kühne Forderung, das muß ich schon sagen! Dein Seekönig Olaf stellt sich auf die Stufe mit dem König der Dänen, der nicht nur über fünf Dutzend Langschiffe und dreitausend Krieger, sondern über ein großes Reich gebietet. Aber es soll so sein! Besteige dein Boot und fahre zurück zu ihm. Morgen, wenn der Tag anbricht, wollen wir gemeinsam gegen London segeln und Ethelred das Fürchten lehren!«

Als Ingolf das Dänenlager verlassen hat und zufrieden nordwärts segelt, bestürmen die dänischen Häuptlinge den König mit Vorwürfen wegen seiner Nachgiebigkeit. Doch Sven Gabelbart lacht listig: »Er glaubt, mich übervorteilt zu haben, dieser Seekönig Olaf, der gerne König von Norwegen wäre. Soll er es glauben! Je eher er seine Schatztruhen voll mit Silber hat, desto schneller wird es ihn nach Norwegen ziehen. Dort aber wartet Jarl Hakon auf ihn, der sich seit acht Wintern weigert, mir den schuldigen Tribut zu zahlen. Was kann mir Besseres passieren, als wenn sich die beiden Norweger gegenseitig ihre harten Schädel einschlagen. Ich habe Geduld und kann auf meine Stunde warten. Daß sie eines Tages kommt, ist ganz sicher. Einstweilen aber halten wir uns in

England schadlos. Hier ist mehr zu holen als an den felsigen Küsten Norwegens!«

Die Morgendämmerung liegt noch über dem Fluß, als auf den Drachen der Norweger die Segel gesetzt werden. Bei leichtem Ostwind setzt sich die Flotte in Bewegung, fährt den Themsefluß hinauf, der hier so breit ist, daß Ingolf von der Schanze des ›Adler‹ aus das Südufer kaum erkennen kann. Wären die Feuer nicht gewesen, so wüßte Ingolf, der auf Geheiß Olafs an der Spitze fährt, nicht, daß die Drachen schon auf der Höhe des Lagerplatzes der Dänen sind. Aber König Sven hat die Schilfhütten in Brand stecken lassen, und die lodernden Feuer dienen nicht nur den Norwegern als Wegzeichen, sie sollen auch die Menschen in den Siedlungen an den Flußufern in Angst und Schrecken versetzen.
Der Fluß ist so breit, daß die Schiffe gestaffelt nebeneinander fahren können. Als er einen scharfen Knick nach Süden macht und auf beiden Seiten die Ufer näherkommen, sieht Ingolf voraus die Streitmacht der Dänen segeln, die einen Vorsprung vor Olafs Drachenschiffen hat. Er sieht nicht die Großschiffe der Engländer, die hinter der nächsten Flußbiegung, bei Tilbury, den Wikingern auflauern. Ihre Anführer bekommen zuerst die dänische Flotte zu Gesicht. Sie lassen, obwohl in der Minderzahl, im Vertrauen auf die Größe und Kampfstärke ihrer Schiffe Segel setzen, um dem Feind in die Seite zu stoßen. Hörner blasen zum Angriff, Schwerbewaffnete ducken sich hinter den hohen Bordwänden, so rauschen die gewaltigen Schiffe auf die Langboote der Dänen zu. Doch die Engländer haben die Rechnung ohne die Wendigkeit der Drachen gemacht. Lange bevor sie nahe genug heran sind, um die Wikinger mit ihrem Pfeilregen eindecken zu können, läßt König Sven die Segel einholen und die Männer zu den Rudern greifen. Er bindet auf diese Weise zwar einen

Teil seiner Kampfkraft, weil die Männer nicht gleichzeitig die Riemen handhaben und den Bogen bedienen können, aber ihm gelingt eine blitzschnelle Schwenkung der gesamten Streitmacht, die jetzt den Engländern entgegenrudert. Die Bootsführer auf den Schanzen sind umgeben von ausgewählten Bogenschützen. Kaum daß sich die Schiffe einander auf Schußweite genähert haben, stecken die Wikingerschützen Brandpfeile auf die Bogensehnen und schießen diese in die knatternden Segel der Großschiffe, während die Ruderer ihre Schilde auf die Bordwände der Schiffe gesteckt haben und deshalb für die Pfeile der englischen Schützen kaum erreichbar sind.

Als Olaf Tryggvasons Flotte sich dem Kampfort nähert, stehen schon zwei der englischen Großschiffe in hellen Flammen. Dennoch haben die Dänen Mühe, die höherbordigen Gegner zu entern. Sie müssen dazu so nahe an die Großschiffe heranrudern, daß ihnen ihre Schilde und Brustwehre nur unzureichenden Schutz gegen die Pfeile und Speere bieten, die von oben auf sie herabprasseln. Der Kampf wogt hin und her, deutliche Vorteile hat noch keiner der beiden Gegner errungen. Das ändert sich schlagartig, als die Norweger herankommen. Hart unter Land segelnd, nehmen sie die englischen Schiffe in die Zange. Als Olaf Tryggvason die Segel einziehen läßt, brauchen in jedem der an der Spitze fahrenden Boote nur wenige Männer zu den Riemen zu greifen, die Drachen schieben sich, von der Gezeitenflutwelle getrieben, die des Flusses Strömungskraft aufhebt, von hinten an die Großschiffe heran.

Ingolf steht mit dem Enterhaken in der Hand am Bugsteven seines Drachens. Als das Heck eines feindlichen Schiffes in Reichweite ist, haut er den Haken in die Bordwand. Er muß sich dabei mächtig strecken, schafft es aber dennoch, das Schiff zu entern, weil die Aufmerksamkeit der gesamten Be-

satzung auf die Backbordseite gerichtet ist, von der her die Dänen angreifen.
Mit einem Satz springt Ingolf von der Bordwand auf die Schanze des Engländers, reißt dabei das Schwert aus der Scheide und wirft sich mitten zwischen die Feinde, die von dieser Seite keinen Angriff erwartet haben. Zwei, drei seiner Krieger folgen dem Anführer, decken ihm den Rücken mit ihren Schwertern. Die Zahl der Norweger an Bord des Engländers wird schnell größer, und da sich immer mehr Verteidiger dem neuen Gegner zuwenden, können auch die Dänen an Backbord ihre Enterhaken einsetzen. Es dauert nicht lange, und an Bord wird mit blanken Schwertern Mann gegen Mann gekämpft. Dabei wendet sich das Blatt sehr schnell zugunsten der Wikinger, die ganz offensichtlich eine schärfere Klinge als die Engländer schlagen.
Die Sonne hat ihre Gipfelhöhe noch nicht erreicht, da ist der Kampf entschieden. Nur drei der englischen Großschiffe haben sich ohne Feindberührung in Sicherheit bringen können, alle anderen sind entweder verbrannt, gestrandet oder erbeutet worden. Im Wasser der Themse treiben viele tote Engländer stromabwärts, doch auch die Dänen haben herbe Verluste erlitten, während die Norweger nur eine Reihe von Kriegern zu beklagen haben, die beim erbitterten Kampf Mann gegen Mann verwundet worden sind. Sie haben ein einziges Drachenboot verloren. Es ist vom eisenbewehrten Vordersteven eines der englischen Schiffe gerammt worden.

Am Abend findet sich König Sven mit seinen Gefolgsleuten im Lager seines Waffenbruders Olaf Tryggvason ein, um mit ihm den gemeinsamen Sieg zu feiern. Die Dänen haben ihr Lager im Angesicht der Wälle Londons am Südufer der Themse aufgeschlagen, während die Norweger am Nordufer lagern.

Der Seekönig begrüßt seinen Gast, den er um Haupteslänge überragt, und läßt ihm Wein in einem goldenen Becher reichen. Olaf Tryggvason hat sich für diese Begegnung herausgeputzt. Er trägt eine blaue Hose und ein rotes Hemd, und sein Wams ist mit Goldplättchen verziert.
»Ich freue mich, dich zu sehen«, sagt Sven als Antwort auf den Gruß Olaf Tryggvasons. »Einen Schwertgenossen wie dich habe ich mir immer schon gewünscht!«
»Wenn es dunkel wird, wollen wir in beiden Lagern große Feuer anzünden lassen, damit wir den Engländern Angst machen«, schlägt Olaf vor, als sie am Königstisch Platz genommen haben.
»Das wird nicht nötig sein«, entgegnet ihm Sven Gabelbart. »Sieh nur die Steven der vielen Drachenschiffe an beiden Ufern. Ich bin sicher, daß Ethelreds Gewährsleute sie längst gezählt und ihrem Herrn Mitteilung gemacht haben. Und wenn er trotzdem nicht weiß, was ihm und seiner Stadt London droht, dann soll er die Großschiffe zählen, die ihm verblieben sind. Wir beide haben zusammen die größte Streitmacht, die je die Themse hinaufgesegelt ist. Ethelred wird keinen neuen Kampf mit uns wagen, dessen bin ich sicher. Er wird zahlen, damit wir abziehen, ohne seine Stadt London zu plündern. Also lassen wir ihn zahlen!«
Beim Festmahl wird viel getrunken. Die Krieger sprechen dem Gerstenbier zu, am Königstisch läßt Olaf seinem Gast zu Ehren Wein ausschenken. Er selbst trinkt wenig, aber Sven Gabelbart läßt sich seinen Becher immer wieder von neuem füllen.
Berauscht vom Wein redet er auf Olaf ein. »Du hast bei Maldon Ethelred und die schwarzen Langröcke um 1600 Pfund Silber geschröpft, hörte ich«, sagt er halblaut und lacht dabei anerkennend.
»Diesmal muß Ethelred das Doppelte zahlen, damit jeder

von uns auf seine Kosten kommt«, schlägt Olaf vor.
»Das Doppelte? Hör' ich recht?« lallt Sven mit schwerer Zunge. »Wir werden ihm das Zehnfache abknöpfen, denke ich, und er wird es zahlen!«
»Das Zehnfache ist zuviel«, gibt Olaf zu bedenken. »Soviel Silber hat Ethelred nicht!«
Wieder lacht Sven Gabelbart. Ist er wirklich betrunken oder gibt er nur vor, berauscht zu sein, denkt Ingolf, der als erster Gefolgsmann mit am Königstisch sitzt. Olaf scheint von alledem nichts zu merken. Oder spielt er etwa den Ahnungslosen?
»Ethelred der Ratlose ist so ratlos nicht, wenn es um die Geldbeschaffung geht«, lallt Sven. »Oder glaubst du, er nimmt das Silber aus seinen eigenen Truhen? Er schröpft seine Untertanen, und wir schröpfen ihn, das ist der Lauf der Welt. Der Stärkere bleibt Sieger, und stärker als wir beide zusammen ist niemand.«
Er hebt den Becher und trinkt Olaf zu, der ihn nachdenklich ansieht und dann seinen Kopf schüttelt.
»Es wird Monate dauern, ehe er das viele Silber zusammengebracht hat«, sagt er dann. »Soviel Zeit habe ich nicht! Ich muß hinüber nach Norwegen. Noch in diesem Sommer will ich Jarl Hakon verjagen und den Thron Harald Schönhaars wieder aufrichten.«
Sven Gabelbart macht eine abwehrende Bewegung mit der linken Hand, mit der rechten zwirbelt er abwechselnd die beiden Spitzen seines Bartes. Er ist doch nicht so betrunken, wie er tut, denkt Ingolf.
»Übe dich in Geduld«, lallt der König. »Wer Erfolg haben will, sollte sich Zeit lassen! Du hast hier an der Themse ein gutes Lager, und ich habe ein gutes Lager. Ohne unseren Willen kann niemand die Themse hinauf- und niemand den Fluß hinunterfahren. Die Engländer sitzen in der Falle wie

die Maus in ihrem Loch, wenn die Katze davor lauert. Die Bauern von Essex müssen dein Heer versorgen; die Bauern von *Kent* haben das meine zu beliefern. Was meinst du, wie schnell die ihre Geduld verlieren werden, wenn sie alle paar Tage eine Herde Schweine und ein paar Dutzend Ochsen zu uns ins Lager treiben müssen? Wikingerkrieger sind für ihren Hunger bekannt, hahaha!«

König Sven lacht dröhnend, Olaf Tryggvason und die Gefolgsleute der beiden Könige werden davon angesteckt. Bald lacht die ganze Tischrunde, und mancher Krieger blickt verwundert hinüber zum Königstisch, kann nicht begreifen, was die Anführer so lustig macht.

»So glaubst du, daß Ethelred unsere Forderungen schnell erfüllen wird?« sagt Olaf Tryggvason zweifelnd.

»Er hat gar keine Wahl«, lacht Sven. »Er muß, wenn er nicht Gefahr laufen will, daß wir sein Land ausplündern. Auf jeden Ochsen, der in unseren beiden Lagern geschlachtet wird, warten außerdem die hungernden Menschen in London vergebens.«

Das berechnende Vorgehen des Dänenkönigs leuchtet Olaf ein. Die Unzufriedenheit eines Volkes ist ein guter Verbündeter, denkt er bei sich. Was aber macht die Menschen schneller unzufrieden als der Hunger? Laut sagt er, seinen Becher hebend und dem Gabelbart zutrinkend: »Du hast recht, Waffenbruder! Ich bewundere deine List! Auf ein paar Tage mehr oder weniger soll es mir nicht ankommen.«

»Gut gesprochen, Olaf, Schwertgenosse!« lallt der König. »Nach Drontheim kommst du noch früh genug! Der Jarl spielt sich seit mehr als dreißig Wintern als Herr der Norweger auf. Laß ihm noch eine Gnadenfrist, während wir hier Ethelred und die englischen Betbrüder auspressen! Doch für heute ist genug geredet und genug getrunken. Morgen ist ein neuer Tag, an dem ich dich drüben in meinem Lager erwarte.

Und ich denke, daß wir mit Ethelreds Angebot rechnen dürfen. Damit der Ratlose nicht vergißt, es uns zu unterbreiten, wollen wir uns ihm brennend in Erinnerung bringen!«
Sven steht schwankend auf und geht mit staksigen Schritten, auf einen seiner Unterführer gestützt, hinunter zum Ufer, wo sein Kriegsschiff auf ihn wartet. Er hat kaum auf der Schanze Platz genommen und Olaf letztmals zugewinkt, als alle Trunkenheit von ihm abfällt. Nachdenklich zwirbelt er seinen Bart, winkt mit einer Handbewegung Hemming von Fünen, seinen Vertrauten, an seine Seite.
»Mein Plan geht auf«, sagt er zu dem Gefolgsmann. »Der Tryggvason kann nicht schnell genug hier wegkommen. Sorge dafür, daß Nachrichten von seinen Absichten nach Drontheim gelangen. Es wäre mir lieb, wenn er den Jarl nicht unvorbereitet anträfe. Erik Jarl und Sven Jarl, die Söhne des alten Hakon, sind mir treu ergeben. Sie werden Olaf erbitterten Widerstand leisten. Wer im Kampf die Oberhand behält, ist mir gleich! Der geschwächte Sieger wird für mich kein ebenbürtiger Gegner sein, denn ich werde hier in England soviel Silber gewinnen, daß ich die Zahl meiner Drachenboote noch verdoppeln kann! Und ich werde mir Norwegen wieder tributpflichtig machen, das schwöre ich bei meinem Barte!«
Hemming hat seinem König bewundernd zugehört. Als Sven die Faust ballt und hinüber zum Lager der Norweger droht, blickt auch der Gefolgsmann über den Fluß. Abseits der nur noch glimmenden Lagerfeuer züngeln helle Flammen. Das brennende Tilbury leuchtet wie ein Fanal. Nachdem das Königsschiff im Ufersand aufgelaufen und Sven an Land gesprungen ist, gibt er Befehl, die Ingress-Abtei anzuzünden, die ihm schon gleich nach der Schlacht am Morgen ein Dorn im Auge gewesen ist. Als die Dänen mit den lodernden Fakkeln lärmend in das Kloster eindringen, rotten sich die Mön-

che betend in der Sakristei zusammen. Bald schlagen Flammen aus dem Dach, erhellen die Nacht.

»Jetzt weiß Ethelred, was die Stunde geschlagen hat«, murmelt Sven Gabelbart, ehe er sich in sein Schlafzelt zurückzieht.

Berta und Ingolf

Des Dänenkönigs Rechnung geht auf. Seit Wochen stöhnen die Grafschaften Essex und Kent unter dem eisernen Zugriff der Wikinger. Doch König Ethelred zögert noch immer, auf die Lösegeldforderung einzugehen. In England sei nicht so viel Silber aufzutreiben, wie die beiden Könige von ihm forderten, hat er als erste Antwort durch seinen Bevollmächtigten ausrichten lassen. Aber Olaf und Sven hatten nur gelacht, und Sven hatte dem König bestellen lassen, er wüßte besser, zu welchen Tributzahlungen England imstande sei. Mittlerweile ist Ethelred mit seinem Gegenangebot schon bei zehntausend Pfund angelangt.

»Wir kitzeln ihn auf sechzehntausend Pfund hoch, wie ursprünglich zwischen uns vereinbart«, flüstert der Dänenkönig seinem norwegischen Waffenbruder ins Ohr, als beide wieder einmal zusammensitzen. »Es war klug von uns, zunächst mal zwanzigtausend Pfund zu fordern. Wenn wir ihm ein bißchen entgegenkommen, glaubt der Engländer, uns zu übervorteilen, und legt zu. Laß mich das nur machen, ich habe darin mehr Erfahrung als du.«

Die Wikinger vertreiben sich in ihren Lagern die Zeit mit Spielen und Jagden, und auf Geheiß der Könige sind stets kleine Trupps der beiden Heere unterwegs, um die Lieferung des Nachschubs durch die Bauern in den Dörfern zu überwachen. Zuerst haben die Dänen und die Norweger das Vieh selber aus den fremden Ställen geholt und dabei widerborstige Knechte geprügelt und sich mit drallen Mägden im Heu gewälzt, so daß die Leute bei ihrem bloßen Anblick das Zittern bekamen. Mittlerweile werden die Bauern von den königlichen Beamten angehalten, freiwillig das Vieh abzuliefern. Und König Sven hat Ethelreds Bevollmächtigten wissen lassen, daß jeder Tag des Zögerns Ethelred neben dem Tribut Geld in Form von Fleisch, Korn und anderen Feldfrüchten koste. So muß der König in London erleben, daß dieselben Untertanen, die sich bisher so hartnäckig geweigert haben, das Danegeld zu bezahlen, ihn plötzlich über die Steuereintreiber bedrängen, den Tribut zu entrichten, um die Wikinger endlich loszuwerden.

Die Dänen und die Norweger verfallen bei allem Wohlleben nicht der Trägheit, die schon manchem Heer zum Verhängnis geworden ist, wenn es sich im Lager oder im Winterquartier allzu wohl fühlte. Sie stählen Tag für Tag ihren Körper bei kriegerischen Spielen, halten die Muskeln und Gelenke geschmeidig. Olaf Tryggvason ist ein großer Freund solcher Spiele. Er läßt keine Gelegenheit aus, sich mit seinen und den dänischen Kriegern im Schwertkampf, beim Bogenschießen, Speerwerfen und im Schwimmen zu messen, und alle müssen dabei die Überlegenheit dieses großartigen Kämpfers anerkennen. »Er kämpft wie der Kriegsgott Tyr persönlich«, stöhnt Hemming von Fünen, nachdem er Olaf im Schwertkampf unterlegen ist, und wirft den zerhauenen Schild weg. »Keiner ist ihm gewachsen!«

Als Olaf Tryggvason am Abend dieses Tages zurück zu seinem Lager auf der anderen Flußseite fährt, wird ihm mitten auf der Themse ein Kauffahrerschiff gemeldet, das flußaufwärts segelt. Das rotweiß gestreifte Segel kommt schnell näher. Es ist ein Knorr, also das Lastboot eines wikingischen Händlers. Olaf gibt Anweisung, das Segel einzuziehen.

»Wir wollen hier auf den Händler warten«, sagt er. »Seine Ladung wird unseren Kriegern genauso willkommen sein wie den hungernden Bürgern in London.«
Als der Knorr in Rufnähe ist, fordert Olaf Tryggvason den Kaufmann auf, zu ihm an Bord zu kommen. Der blondbärtige Riese, der mit der linken Hand das Steuerruder führt, während der rechte Arm kraftlos herabhängt, macht keine Anstalten dazu, und die Knechte ducken sich im Laderaum.
»Komm an Bord meines Schiffes, wenn du ein Anliegen hast«, ruft er selbstbewußt zurück. »Oder gib mir den Weg frei! Ich will noch vor Einbruch der Dämmerung in London anlegen!«
»Ob du nach London kommst oder nicht, bestimme ich«, begehrt Olaf Tryggvason auf. »Hast du nichts davon gehört, daß die Stadt belagert ist?«
»Kennst du nicht den alten Brauch, daß Kauffrieden herrscht, wenn sich das Schiff eines Händlers nähert?« erkundigt sich der Kauffahrer, ohne die Fragen Olafs zu beantworten. »Geh also aus dem Weg, oder komm an Bord!«
»Du sprichst mit Olaf Tryggvason, dem Seekönig!« ruft Olaf wütend hinüber.
»Und du mit Thorleif Erikson, dem Handelsfahrer!« schallt es prompt zurück. »Der dich zu einem Becher Wein auf sein Schiff einlädt!«
Die beiden Schiffe sind sich während dieses Wortwechsels so nahe gekommen, daß sie Bord an Bord liegen. Da springt Olaf kurzerhand hinüber und geht auf den Händler zu.
»Ich kenne viele Wanderhändler«, lenkt er ein. »Aber dir bin ich noch niemals begegnet. Woran liegt das?«
»Vermutlich daran, daß ich meine Handelsfreunde überwiegend in den Häfen am Ostmeer habe, während du es vorziehst, die englischen Städte zu plündern!« entgegnet Thorleif unerschrocken.

»Und was machst du hier auf der Themse, wenn das Ostmeer dein Handelsgebiet ist?«
»Ich habe in Haithabu gehört, daß zwei Wikingerkönige die englische Flotte besiegt haben und London belagern«, entgegnet ihm Thorleif. »Also habe ich auf dem Markt alles Vieh aufgekauft, was ich bekommen konnte. Denn, so sagte ich mir, wo belagert wird, herrscht Hunger, und wo Hunger herrscht, wird Fleisch gut bezahlt!«
Olaf Tryggvasons Augen ruhen mit Wohlgefallen auf dem breitschultrigen Mann, der ihm so aufrecht und widerborstig entgegenzutreten wagt.
»Du gefällst mir!« sagt er nach einer Weile. »Obwohl ich nicht glaube, daß aus deinem fetten Geschäft etwas wird! Denn ich werde dich auffordern, dein Pökelfleisch drüben bei meinem Lager auszuladen.«
Thorleif schüttelt selbstbewußt den Kopf. »Das wirst du nicht tun!« sagt er dann. »Du wirst mir vielmehr den Weg freigeben, denn du achtest die Gesetze unserer Völker! Wäre ich Sven Gabelbart begegnet, dann wäre ich nicht so sicher, nach London zu kommen, doch Olaf Tryggvason wird einem Wikinger, der noch dazu ein Norweger ist, nicht den Weg versperren!«
»Du bist Norweger? Bist du gar der Sohn Eriks, des Häuptlings vom Aurlandsfjord?«
»Erik, der vor drei Wintern gestorben ist, war mein Vater, und Ingolf, dein Gefolgsmann, ist mein Ziehbruder«, nickt Thorleif.
»So will ich dich weitersegeln lassen und deinen Geschäften nicht hinderlich sein«, gibt der Seekönig nach, und leert seinen Becher.
»Ich könnte dich in mein Lager einladen, doch Ingolf, den du sicherlich gerne wiedersehen würdest, ist unterwegs. Nach hartem Kampf und wilden Spielen gelüstet es ihn wohl

nach der Zärtlichkeit einer Frau, und ich habe ihm erlaubt, zu ihr zu reiten.«

Die letzten Worte des Seekönigs klingen spöttisch, und Thorleif meint, nicht richtig gehört zu haben. Ingolf auf Freiersfüßen? Olaf muß wohl aus Thorleifs ungläubig fragendem Blick schließen, daß diese Nachricht den jungen Handelsfahrer überrascht. Lächelnd fügt er hinzu: »Es ist eine bemerkenswert schöne Frau, die Ingolfs Herz gerührt hat: Berta, die Tochter des Grafen von Langford!«

»Eine Engländerin?« entfährt es Thorleif. »Ingolf fühlt sich zu einer Engländerin hingezogen? Das kann ich nicht glauben!«

»So komm als mein Gast in mein Lager, wenn du deine Geschäfte in London erledigt hast«, sagt Olaf versöhnlich. »Dann kannst du ihn selber fragen. Und wenn du in London den Markt besuchst, gib acht auf das, was die Leute reden. Darüber möchte ich mit dir sprechen, wenn ich dich auf deiner Rückfahrt begrüßen kann!«

Um die gleiche Abendstunde traben zwei Pferde durch den Wald bei Burg Langford, ein gutes Dutzend Meilen nördlich des Wikingerlagers an der Themse. Die junge Frau sitzt anmutig im Sattel und läßt ihren Schimmel ausgreifen, so daß der Braune ihres blondbärtigen Begleiters Mühe hat, Schritt zu halten. Der seidene Schal, den die Reiterin um ihr Haar gebunden hat, flattert im Wind wie eine Fahne.

»Ich wollte dir zeigen, Ingolf, daß wir Engländer mindestens ebenso gut reiten können wie ihr Wikinger«, ruft sie lachend, als sie unter einer breitästigen Eiche ihren Schimmel verhält, der feurig auf den Hinterbeinen tänzelt.

»Der Beweis fällt dem nicht schwer, der auf einem Rassepferd sitzt, während der andere eine Mähre reitet«, gibt Ingolf zurück, keineswegs ärgerlich. »Hätte ich ›Wolke‹ hier,

meinen roten Hengst, so würdest du nur seine Hinterhand sehen.«
Berta von Langford läßt sich aus dem Sattel gleiten und lokkert mit dem sicheren Griff der geübten Reiterin ihrem Pferd die Zügel, damit es grasen kann. Dann geht sie, mit der Reitgerte von Zeit zu Zeit nach einem herabhängenden Ast schlagend, über die Waldwiese. Drüben, hinter einem kleinen Hügel, leuchten die Türme der Burg in der Abendsonne, im Geäst der Bäume zwitschern die Vögel auf der Suche nach einem Schlafplatz für die Nacht.
»So willst du mich wirklich morgen wieder verlassen«, sagt die junge Frau, und ihre Stimme klingt klagend.
Ingolf nickt wortlos. Erst nach einer Weile sagt er: »Die Zeit, die mir Olaf gewährt hat, ist um! Es war eine schöne Zeit, doch ein Heer braucht seine Anführer! Morgen früh bei Sonnenaufgang reite ich.«
Sie gehen schweigend durch das kniehohe Gras, in dem weiß die Margeriten leuchten. Hin und wieder pflückt Berta eine der Blumen und fügt sie dem Strauß zu, den sie in ihrer Rechten hält.
»Es ist schon seltsam mit uns«, bricht sie schließlich das Schweigen. »Ein Heer belagert unsere Hauptstadt und erpreßt unseren König. Die Krieger saugen das Land aus. Die Ställe, aus denen morgens das vertraute Muhen zu hören sein sollte, wenn die Mägde die Kühe melken, sind leer. Ich aber, Berta von Langford, gehe an der Seite eines der feindlichen Anführer, lausche dem Gesang der Vögel, teile den Tisch mit ihm und das Bett, und es gibt niemanden, der mir lieber wäre als er, selbst mein alter Vater nicht!«
Wieder gehen sie schweigend, dann bleibt die junge Frau plötzlich stehen, wendet Ingolf das Gesicht zu, blickt ihm in die Augen.
»Was hindert dich daran, hier zu bleiben auf Burg Lang-

ford?« sagt sie und legt Ingolf beide Hände auf die Schultern. »Des Vaters alter Arm erschlafft allmählich. Es wird Zeit, daß ein jüngerer mit fester Hand zugreift. Nach dem Abzug der Wikinger wird mehr zu tun sein als je zuvor.«
»Ich muß reiten«, entgegnet ihr Ingolf mit halblauter Stimme. »Doch ich werde zurückkommen! Sobald Ethelred das Lösegeld gezahlt hat, werde ich mit Olaf Tryggvason über das Nordmeer segeln. Er hat mein Wort, daß ich ihm helfe, den Königsthron in Norwegen wieder aufzurichten. Wenn er Jarl Hakon verjagt hat und in Drontheim herrscht, werde ich auf meinem ›Adler‹ das Segel setzen lassen und zu dir fliegen, dich zu holen. Denn du wirst an meiner Seite als eine der mächtigsten Frauen in Norwegen herrschen, und Burg Langford wird für dich nicht mehr sein als eine Erinnerung an die Kindheit. Deine Zukunft liegt drüben in Norwegen, im Osten, wo jeden Morgen die Sonne aufgeht.«
Ingolf hat sich bei diesen Worten in Feuer geredet. Sein blondes Haar schimmert rot im letzten Sonnenglanz, seine Augen blitzen. Berta weiß jetzt, daß Ingolfs Entschluß unumstößlich ist. »Komm«, sagt sie und wendet ihren Schritt der großen Eiche zu, unter der die beiden Pferde grasen. »Laß uns zur Burg zurückreiten. Die Nacht ist kurz!«

Zwei Tage danach überschlagen sich die Ereignisse. Am Morgen wird Ingolf in seinem Zelt von Stimmengewirr geweckt. Der Bevollmächtigte König Ethelreds ist eingetroffen und hat sich gleich zu Olaf führen lassen, dessen Zelt neben dem Ingolfs steht. Ingolf beeilt sich mit dem Ankleiden, denn er weiß, daß wichtige Verhandlungen bevorstehen und Olaf in seiner Unbeherrschtheit gelegentlich Fehlentscheidungen trifft.
Als er seinen Platz eingenommen hat, spürt er sofort, daß der Seekönig nicht die Absicht hat, sich auf lange Verhand-

lungen einzulassen, und er weiß, daß dies dem von Olaf mit dem Dänenkönig vereinbarten Vorgehen entspricht.

»Was läßt König Ethelred mir ausrichten, sprich!« fordert er den Gesandten auf.

Dieser will zu einer langen Rede ansetzen, doch Olaf unterbricht ihn barsch: »Erspare dir alle unnötigen Worte! Ich höre!« herrscht er ihn an.

Da bringt der Bevollmächtigte schließlich heraus, daß sein Herr, der König, nach langen Gesprächen mit seinen Ratgebern nunmehr bereit sei, die Forderung der beiden Wikingerfürsten zu erfüllen und die riesige Summe von sechzehntausend Pfund Silber als Lösegeld zu bezahlen.

Olaf Tryggvason kann nicht verhindern, daß bei den Worten des Engländers ein triumphierendes Lächeln über seine Züge huscht. Doch sogleich verhärtet sich wieder sein Gesicht.

»Wann?« sagt er. »Wann zahlt dein König?«

Da wird der Gesandte verlegen. »Die erste Rate von fünftausend Pfund soll in sechs Tagen hier eintreffen«, sagt er. »Die nächsten fünftausend Pfund will der König bis zum Mondwechsel zahlen, und für den Rest bittet er um etwas mehr Zeit.«

Ehe Olaf Tryggvason zustimmen oder ablehnen kann, wird ihm vom Fluß her die Ankunft seines dänischen Schwertgenossen gemeldet. Olaf hat, als der Bevollmächtigte eingetroffen war, sofort einen Boten in einem schnellen Boot hinüber zum anderen Flußufer geschickt, um König Sven zu benachrichtigen. Jetzt kommt der Däne mit kurzen Schritten und zornrotem Kopf auf das Königszelt zu.

»Wird hier schon verhandelt?« herrscht er Freund und Feind an, und Olaf wie der Engländer sind über diesen Ton gleichermaßen betroffen. »Ich denke, wir sind Bundesgenossen!«

Dieser Hieb trifft Olaf Tryggvason.

»Ich hätte natürlich keine Vereinbarung ohne deine Billigung getroffen«, versucht der einzulenken, doch Sven Gabelbart läßt diese Ausflüchte nicht gelten.

»Du hättest den Bevollmächtigten so lange vor deinem Zelt stehen lassen müssen, bis ich eingetroffen war«, herrscht er Olaf an. »Es erleichtert nur die Verhandlungen, wenn der Gesprächspartner warten muß! Aber nun zur Sache! Wie weit seid ihr gekommen?«

»Ethelred akzeptiert die geforderte Summe, behauptet aber, sie nicht auf einmal zahlen zu können«, sagt Olaf.

»So soll der Bote zurückreiten nach London und seinem König ausrichten, er möge sich seine Stadt noch einmal sehr genau ansehen. Drei Tage hat er Zeit, das Silber beizubringen. Treffen die ersten Ochsenkarren mit der Silberladung bis zum Abend des dritten Tages nicht ein, brennt in der Nacht darauf London! Das versichere ich ihm, Sven von Dänemark, den sie den Gabelbart nennen!«

Sven Gabelbart wendet sich brüsk ab und kehrt dem Gesprächspartner den Rücken. Dann geht er mit schnellen Schritten dem Ufer zu, wo sein Schiff liegt, offenbar entschlossen, das Lager der Norweger zu verlassen.

Jetzt müßte ihm Olaf nachgehen, wenn er den Gabelbart nicht als Verbündeten verlieren will, denkt Ingolf. Zwei Bundesgenossen sollten so nicht auseinandergehen. Aber Olaf Tryggvason versucht nicht einzulenken, bleibt ruhig am Tisch sitzen, an dem die Verhandlungen geführt wurden. Mit einer Handbewegung gibt er dem Engländer zu verstehen, daß er den Äußerungen und Forderungen des Dänenkönigs nichts hinzuzufügen habe. Der Gesandte entfernt sich eilends.

Kaum hat der englische Gesandte das Lager verlassen, als am Ufer Thorleifs Knorr anlegt. Ingolf erkennt das Schiff sofort an seinem rotweiß gestreiften Segel und dem Schnitzwerk am Vordersteven. Er springt auf und läuft mit schnellen

Schritten hinunter zum Bootssteg, Thorleif mit offenen Armen zu begrüßen. Er wundert sich, als dieser nach kurzem Wortwechsel bittet, ihn zu Olaf Tryggvason zu führen.

»Du kennst den König?« wundert sich Ingolf.

»Wir sind uns vor ein paar Tagen begegnet, da draußen, mitten auf der Themse«, sagt Thorleif und deutet mit ausgestrecktem Arm auf den Fluß. »Dabei hat er mich eingeladen, ihn in seinem Lager zu besuchen, wenn ich mit meinen Geschäften in London fertig sei. Nun, hier bin ich!«

Ingolf wundert sich über die sichere Art, mit der Thorleif auftritt. Die Jahre als Handelsfahrer haben einen selbstbewußten und erfahrenen Mann aus ihm gemacht, denkt er.

Dann stehen sie beide vor Olaf Tryggvason, der sich zunächst mit einem Grußwort an Thorleif wendet und dann Ingolf anherrscht: »Du hast mir deinen Ziehbruder bisher vorenthalten, Ingolf Haraldson! Wenn es einen Grund dafür gibt, so nenne ihn mir!«

Ingolf verschlägt es für einen Augenblick die Sprache. Es ist das erste Mal, daß Olaf Tryggvason mit ihm in dieser Tonart redet, die ein Herr eigentlich nur gegenüber seinem Knecht anzuwenden pflegt. Er beschließt, mit gleicher Münze zurückzuzahlen.

»Seit wann bin ich dir Rechenschaft schuldig über mein Familienleben«, sagt er ebenso barsch. »Ich bin zu dir als freier Großmann und Seekönig gestoßen und habe eingewilligt, dein Gefolgsmann zu werden. Und ich habe dir mehr als hundert Krieger mitgebracht. Alles andere geht dich nichts an! Und laß deinen Ärger nicht an mir aus!«

Olaf Tryggvason lenkt nach den harten Worten seines Untergebenen ein. »Begreifst du nicht, wie bedeutsam es für einen Heerführer ist, nicht nur Krieger, sondern auch gute Verbindungen zu den Handelsplätzen zu haben?« sagt er beschwichtigend. »Du bist wichtig für mich, weil du mir deinen

Schwertarm leihst und mir Krieger stellst. Dein Bruder aber soll, wenn er will, meinem Heer den Nachschub liefern. Hier in England verpflegen wir uns aus Beutegütern. Doch ich will, wie du weißt, hinüber nach Norwegen. Dort sind wir in Freundesland und können uns nicht einfach nehmen, was wir brauchen. Dir, Thorleif Erikson, schlage ich vor, dafür zu sorgen, daß mein Heer stets genügend Waffen hat und ausreichend verpflegt wird. Du scheinst mir der rechte Mann dafür zu sein. Wer es wagt, an zwei wikingischen Königen vorbei eine belagerte Stadt mit Fleisch zu versorgen, der ist auch in der Lage, ein Heer mit alledem zu beliefern, was es braucht, um erfolgreich einen Krieg zu führen.«

Olaf Tryggvason streckt Thorleif die Rechte entgegen und fordert ihn auf:

»Hier meine Hand! Schlag ein! Es soll dein Schaden nicht sein. In wenigen Tagen werde ich genügend Silber haben, um jede deiner Lieferungen gut zu bezahlen.«

Thorleif blickt dem Seekönig lange in die Augen, macht aber keine Anstalten, die dargebotene Rechte zu ergreifen, schüttelt endlich den Kopf.

»Nein«, sagt er. »Dein Angebot ist zwar verlockend, doch ich kann es nicht annehmen. Ich bin ein freier Kauffahrer und gedenke es zu bleiben. Zum Knecht tauge ich nicht!«

Ingolf fährt bei den Worten des Bruders zusammen wie ein Hund bei einem Peitschenhieb, Olaf Tryggvason aber herrscht seinen Gesprächspartner an: »Wer spricht denn davon, daß du mein Untergebener werden sollst? Ich habe dir lediglich angeboten, mein Zulieferer zu werden. Auf welcher Grundlage dies geschieht, muß noch ausgehandelt werden.«

»Und ich habe dir gesagt, daß ich mein freier Herr bleiben will«, entgegnet Thorleif ruhig dem König. »Wenn du bei mir Waren bestellst, so will ich überlegen, ob ich sie dir liefern kann und zu welchem Preis das geschehen soll. Mit ei-

nem Kriegszug aber will ich nichts zu tun haben, auch nicht als Handelsmann.«
»Aber du kannst doch die Rückeroberung Norwegens keinen Kriegszug nennen«, versucht Olaf ihn umzustimmen.
Doch Thorleif läßt sich nicht beirren. Er bleibt bei seiner ablehnenden Haltung: »Wie willst du es denn bezeichnen, wenn du mit drei Dutzend Drachenschiffen über das Nordmeer nach Drontheim segelst und Hakon Jarl verjagen willst, um dir Norwegen zu unterwerfen?« erkundigt er sich.
»Ich komme mit einem rechtmäßigen Anspruch auf den Thron! Du weißt, daß ich ein Nachkomme Harald Harfagrs bin, des großen Königs! Und du weißt auch, daß Tryggve, mein Vater, auf einem Thron saß, bevor Harald Graumantel ihn erschlagen ließ und dann, zum Dank für diese Schandtat, seine Macht an Hakon verlor. Und sein Leben auch!«
Thorleif steht wie ein Felsblock vor dem Seekönig, dessen Augen blitzen und auf dessen Stirn Zornesadern angeschwollen sind.
»Das alles weiß ich«, sagt Thorleif ruhig. »Aber ich weiß auch, und du weißt es ebenso, daß Throne bei uns in Norwegen nicht erblich sind. Wenn ein Großmann stirbt, erben seine Söhne zwar seinen Besitz, doch Stellung, Einfluß und Ansehen müssen sie sich selber erwerben. Ein Seekönig wird von den freien Kriegern gewählt, und jeder Fürst verfügt in der Runde der Freien nur über soviel Macht und Einfluß, wie er sich auf Grund der Gefolgsleute, die hinter ihm stehen, verschaffen kann. Wenn du also nach Norwegen segelst, dann tust du es mit soviel Kriegern, wie deinem Wort folgen. Was machst du aber, wenn drüben in Drontheim sich die Großmänner und Bauern treu um den Jarl scharen und dir geschlossen entgegentreten? Wirst du dann wieder Segel setzen und davonfahren, oder wirst du die Hörner zum Kampf blasen lassen?

Zum Kampf gegen die Norweger, deine eigenen Brüder?«

Da mischt sich plötzlich Ingolf ein, der dem Wortwechsel seines Bruders mit dem Seekönig ebenso bewundernd wie überrascht zugehört hat, und der jetzt Olaf Tryggvasons Partei ergreift.

»Das alles sagst du, Thorleif, der du vor gar nicht langer Zeit ganz anders gesprochen hast? Erinnerst du dich an unsere Begegnung im Fjord, als ich gerade zum Seekönig gewählt worden war und du von Drontheim kamst. Damals brachtest du die Nachricht mit, daß die freien norwegischen Bauern der Willkürherrschaft des Jarls überdrüssig seien und den Tag herbeisehnten, da einer käme und sie von dem Joch befreie. Warst du es nicht, der berichtete, die Menschen von Drontheim warteten auf Olaf Tryggvason? Nanntest du damals den mächtigen Hakon nicht den bösen Jarl?«

Thorleif nickt und lächelt, als er dem Bruder entgegnet: »Du hast richtig gesprochen, Ingolf, genauso redete ich damals, vor drei Wintern. Aber inzwischen bin ich mehrmals in Drontheim gewesen.«

»Und, hat sich die Lage geändert? Ist die Stimmung wieder umgeschwungen?« fährt Olaf Tryggvason dazwischen. »So rede doch, berichte!«

Thorleif Erikson schüttelt den Kopf. »Nein«, sagt er dann, »die Stimmung ist nicht umgeschlagen! Der Jarl ist eher noch verhaßter geworden, als er es damals war.«

»Na also«, nickt Olaf zufrieden. »Dann ist meine Stunde gekommen, und ich glaube, der Zeitpunkt, die Macht in Norwegen zu übernehmen, war noch nie so günstig wie jetzt.«

»Ich wäre da nicht so sicher«, versucht Thorleif die Zuversicht Olafs zu dämpfen. »Du denkst nur an den alten Hakon. Hast du seine Söhne vergessen, Sven und Erik Jarl? Sie sind herangewachsen und als Anführer geschätzt. Wenn das Ledinggebot des Jarls ergeht, werden sie an der Spitze des

Heeres stehen, und du tust gut daran, Olaf Tryggvason, wenn du sie als Gegner nicht unterschätzt. Das könnte für dich verhängnisvoll sein.«

»Die Jarl-Söhne, diese Milchknaben, meine Gegner?« prustet Olaf heraus und schlägt sich vor Vergnügen auf die Schenkel. »Mit den beiden würde ich es gleichzeitig aufnehmen, selbst wenn ich, wenn ich . . .«

». . .wenn du nur einen Arm hättest wie ich, wolltest du wohl sagen«, setzt Thorleif die Rede fort.

»Du sagst es«, brüstet sich Olaf. »Mit meinem Schwert werde ich sie aus Drontheim verjagen, daß sie für alle Zeiten das Wiederkommen vergessen. Das schwöre ich dir, Thorleif Erikson, und auch dir, Ingolf Haraldson. Ehe an der Felsenküste die Winterstürme toben, werde ich, Harald Schönhaars Nachkomme, Olaf, König in Norwegen sein!«

Die Brüder hören sich schweigend diesen Ausbruch des Seekönigs an, und Thorleif denkt an die *Geysire* in Island, von denen die Nordmeerfahrer in Haithabu erzählen, wenn sie abends am Herdfeuer beim Bier sitzen. Urplötzlich, mit gewaltigem Druck, sollen Dämpfe und heiße Wasser in die Luft geschleudert werden. Ähnlich plötzlich bricht die Leidenschaft aus Olaf heraus.

»Was ist nun?» wendet sich der Seekönig nach einer Weile an Thorleif. »Nimmst du nun mein Angebot an? Sorgst du für den Nachschub?«

»Sage mir, was du brauchst, und ich werde überlegen, ob ich liefern kann«, entgegnet ihm Thorleif. »Ich will es einrichten, daß mein Knorr das Nordmeer befährt, und ich will ein zweites Schiff kaufen, sobald ich wieder in Haithabu bin. Das mag der alte Knut führen. So werden wir dir viele Ladungen liefern können, ohne daß meine Handelsbeziehungen darunter leiden und alte Kunden vernachlässigt werden müssen. Aber sag, was brauchst du zuerst?«

»Waffen«, sagt Olaf Tryggvason spontan. »Scharfe Schwerter, Speere, Schilde!«

»So will ich mich von hier aus südwärts wenden. Ich habe in London meinen Knorr mit Tuchen beladen. Dafür sollte ich in *Malaga* Abnehmer finden. Dort, in Andalusien, bei den Mauren, gibt es, wie man hört, Schwertklingen, die an Geschmeidigkeit und Schärfe den Waffen vom Rhein noch überlegen sind. Ich will versuchen, eine Ladung davon nach Drontheim zu bringen.«

»Aber wie lange brauchst du dazu?« begehrt Olaf ungeduldig auf. »Ich habe die Waffen nötig, sobald ich in Norwegen lande!«

»Beruhige dich«, sagt Thorleif besänftigend. »Du unterschätzt die Geschwindigkeit eines Handelsschiffes. Ehe du hier dein Silber eingestrichen hast und deine Krieger ihren Rausch ausgeschlafen haben, den sie sich antrinken werden, wenn sie Geld in der Hand haben, wird der Bug meines Schiffes schon wieder nordwärts weisen. Wenn du die Männer angeworben hast, werde ich mit den Waffen zur Stelle sein.«

Als Ingolf den Bruder hinunter zum Anlegesteg geleitet, zuckt Thorleif bedauernd mit seiner gesunden Schulter.

»Du siehst«, sagt er mit einem Lächeln, »einem Handelsmann bleibt noch weniger Zeit für seine Neigungen als einem Krieger, aber ich bin doch froh, daß ich nicht an deiner Stelle bin. Übrigens hatte ich gehofft, mit dir nach Langford reiten und dort eine gewisse Berta begrüßen zu können, aber Geschäfte gehen vor, besonders, wenn sie so einträglich sind wie dieses!«

»Was weißt du von ihr?« entfährt es Ingolf. »Wer hat dir gesagt, daß . . .«

Thorleif legt ihm lächelnd den Finger der linken Hand auf den Mund.

»Schweig«, sagt er, »und frage nicht weiter. Ein Handelsmann hat seine Wege, die er für sich behält, seine Einkaufspreise, die niemanden etwas angehen, und seine Gewährsleute, deren Namen er nicht nennt! Aber ich brenne darauf, die Frau kennenzulernen, der du dein Herz geschenkt hast! Sobald mein Weg mich wieder nach England führt, werde ich nicht versäumen, ihr einen Besuch zu machen!«

Olaf Tryggvasons Heimkehr

Der Seekönig Olaf wäre am liebsten sofort über das Nordmeer nach Drontheim gesegelt, um Jarl Hakon in seiner Stadt zu überraschen und zu schlagen. Einige seiner Ratgeber, vor allem Grimolf, bestärken ihn in diesem Vorhaben, und auch König Sven, mit dem er sich, als die ersten Ochsenkarren voller Silber bei den Belagerern eintrafen, schnell wieder versöhnt hatte, rät ihm zu unverzüglichem Aufbruch.
»Je überraschender du kommst, desto größer sind deine Aussichten, den Jarl zu besiegen«, sagt er hintergründig, als er mit Olaf zusieht, wie norwegische und dänische Großmänner das Silber nachwiegen. In der Tat geht es dem Gabelbart darum, Olaf möglichst schnell loszuwerden. Er beschließt deshalb, ihn auszuzahlen. Mit väterlichem Ton in der Stimme fährt er fort: »Ich bin sicher, daß der Jarl da drüben längst deine Pläne kennt. Das Meer steckt oft voller Geheimnisse, die nur schwer zu ergründen sind; doch wer dem Rauschen des Windes vertraut, dem werden Nachrichten ins Ohr geraunt. Je mehr Zeit der Jarl hat, sich vorzubereiten, desto schwerer wirst du es haben. Die Zahl deiner Langboote ist stattlich, aber begrenzt. Hakon kann die doppelte Anzahl zusammenrufen, dir in den ihm besser vertrauten Fjorden auflauern und dich vernichtend schlagen, bevor du auf norwegischem Boden richtig Fuß gefaßt hast!«
Ingolf, der neben Olaf steht, durchschaut die Hintergründe dieser Rede. Gestern abend, als er mit dem Seekönig und Grimolf allein im Königszelt saß, hatte er Olaf geraten, ent-

weder die Fahrt über das Nordmeer bis zum Frühjahr aufzuschieben oder aber vor der Felsenküste eine Insel zu besetzen, dort zu überwintern und unter den Häuptlingen an den Fjorden weitere Gefolgsleute anzuwerben.

»Jeder Großmann, der sich dir anschließt, leistet dem Ledingsgebot des Jarls keine Folge und wird ihm deshalb in seinem Heer fehlen! Du solltest die verläßlichsten deiner Großmänner und Häuptlinge mit ihren Männern für die dunkle Winterzeit entlassen, damit sie heimsegeln können zu ihren Siedlungen, ihren Weibern und ihren Kindern. Gib ihnen den Auftrag, von dem gewonnenen Silber Drachenboote zu bauen. Im Frühjahr, wenn die Sonne das Eis auf den Bergen schmelzen läßt, werden sie mit mehr Schiffen zu dir zurückkehren und deine Flotte noch stärker machen, als sie schon ist.« So hatte Ingolf den Seekönig beschworen und ihm angeboten, als sein Gast den Winter in der Siedlung am Fjord zu verbringen. Doch diesen Vorschlag hatte Olaf abgelehnt.

»Bei dir im Fjord säße ich in der Falle wie der Bär in seiner Höhle, falls Hakon auf den Gedanken kommen sollte, seine Drachenboote zu bemannen und gegen mich zu ziehen. Nein, Ingolf, nein! Dein Vorschlag, von einer Insel aus Gefolgsleute anzuwerben, ist gut, und ich will auch die Männer ziehen lassen, die ich entbehren kann. Doch ich muß meine Bewegungsfreiheit behalten, um jederzeit losschlagen zu können.«

So war Ingolf ohne sein Zutun zum Verbündeten des Königs Sven geworden, der in dieser Stunde das Angebot macht, von den ersten Lösegeldzahlungen der Engländer die Ansprüche der Norweger zu befriedigen, damit Olaf seine weiteren Ziele verfolgen könne.

»Ich warte, bis der Rest des Silbers eingetroffen ist«, sagt er und lacht meckernd. »Denn ich habe Zeit, und meine Krieger haben auch nichts dagegen, wenn sie weiter die Gast-

freundschaft der Bauern von Kent genießen können.«
Die beiden Könige kommen überein, jedem Krieger zwei Pfund Silber zu zahlen, jedem Schiffsführer fünf Pfund und jedem Häuptling fünfzig Pfund. In die königlichen Kassen aber sollen je zweitausend Pfund Silber fließen. »Du hast viermal zehn Langschiffe gehabt und eines davon verloren«, sagt Sven gutgelaunt. »Ich will großzügig sein und es dir nicht anrechnen. Das sind also zweitausend Krieger, vierzig Schiffsführer und acht Häuptlinge, macht viertausendsechshundert Pfund. Hinzu kommen zweitausend Pfund für dich. Ich hoffe, daß Ethelred schon genügend Silber geliefert hat, damit du gleich die Beute an deine Männer verteilen kannst.«
»Aber dann bekommst du ja viel mehr als ich. Neuntausendvierhundert gegen sechstausendsechshundert Pfund.«
»Du vergißt, daß ich mehr Krieger und Drachenschiffe habe als du«, versucht Sven abzulenken.
»Wenn du deine Krieger und Schiffsführer auszahlst wie ich, brauchst du sechstausenddreihundert Pfund. Deine zwölf Häuptlinge bekommen sechshundert Pfund«, rechnet Olaf dem Gabelbart vor und nimmt dabei seine Finger zu Hilfe. »Das sind zusammen sechstausendneunhundert Pfund. Dir stehen zweitausend Pfund zu wie mir. Wo aber bleiben die restlichen fünfhundert Pfund Silber?«
Der dänische König schweigt eine Weile, streicht sich dann nach seiner Gewohnheit die beiden Zipfel seines Bartes und sagt, listig lächelnd: »Die bekomme ich dafür, daß ich bereit bin, hier auf meinen Anteil zu warten, während du bevorzugt ausgezahlt wirst und, wenn du willst, schon morgen Segel setzen lassen kannst, um über das Nordmeer zu fahren und dir Norwegen zu erobern!«
Noch von dritter Seite wird Olaf Tryggvason, wiederum aus anderen Beweggründen, in seiner Absicht bestärkt, das Nordmeer vor dem Winter zu überqueren. Sigurd, der Prie-

ster, der ihm seit seiner Taufe am Schwarzwasserfluß nicht mehr von der Seite weicht, liegt ihm schon seit langem mit der Forderung im Ohr, auf norwegischem Boden eine Kirche zu bauen und damit ein Zeichen zu setzen.

»Die *Griphöla*-Insel bietet sich dafür an«, sagt er. »Sie liegt vor dem *Edöyfjord* wie der Spund in der Öffnung des Fasses. Jedes Schiff, das von Süden kommt und nach Drontheim will, muß an ihr vorbei. Dort, auf felsiger Höhe, sollten wir das Haus Gottes bauen, und jeder, der es sieht, wird wissen, daß Olaf Tryggvason heimgekehrt ist, der große König, um den Norwegern das Christentum zu bringen.«

Die Worte des Schmeichlers gefallen Olaf wohl. Dennoch wehrt er mit einer Handbewegung ab: »Man merkt, daß du ein Priester bist und kein Krieger, auch wenn du mit deinen breiten Schultern und den muskelbepackten Armen ebensogut an das Steuerruder eines Drachenbootes passen würdest und Schwert und Schild führen könntest. Aber wo, sag mir, sollen auf dem kleinen Eiland Griphöla vierzig Drachenschiffe anlegen? Und wo sollen auf diesem Felsen meine Männer lagern, auch wenn ich Ingolfs Rat befolge und einen Teil der Häuptlinge mit den Kriegern über Winter heim zu ihren Frauen und Kindern schicke? Sage es mir.«

Der Priester schüttelt wortlos den Kopf. »Das habe ich nicht bedacht«, sagt er. »Mir ist es nur um einen guten Platz für die Kirche gegangen! Was willst du tun?«

»Ich habe mich schon entschieden«, entgegnet ihm Olaf. »Wir wollen nach *Hitra* segeln. Grimolf, der alte Fuchs, kennt die Insel und hat sie mir vorgeschlagen. Dort, vor Drontheim, soll die Hälfte der Krieger überwintern. Ich will während der kalten Monde die Zeit nutzen, um den Norwegern zu zeigen, daß ich ihnen ein besserer Herr bin als der alte Jarl in Drontheim!«

Viele Segeltage weiter im Süden geht an diesem Tage der Fernhändler Thorleif Erikson durch die schmalen Gassen der maurischen Hafenstadt Malaga. Der leicht ansteigende Weg zwischen den flachdächigen Steinhäusern strengt ihn an, die ungewohnte Hitze treibt den Schweiß aus den Poren. Alle paar Schritte bleibt Thorleif stehen, um sich mit dem Handrücken über die Stirn zu wischen.
Der Kaufmann aus dem Norden läßt seine Blicke wandern, beobachtet mit Staunen die für ihn fremde Welt. Die weißen Steinhäuser sind neu für ihn, er wundert sich über die verhüllten Frauen, die auf den Köpfen große Krüge tragen und nackten Fußes an ihm vorübertrippeln. Fremd sind ihm auch die seltsam kehligen Laute der Sprache, die an sein Ohr klingen, und es bereitet ihm Mühe, sich verständlich zu machen, obwohl er als weitgereister Händler im Umgang mit Anderssprachigen geübt ist. Ein braunhäutiger junger Mann mit roter Kappe führt ihn schließlich zum Haus des Kaufmanns Omar. Diesen Handelsmann, der seit vielen Sommern die Meere befährt, hatte er vor zwei Wintern bei Torkil in Haithabu getroffen. Damals hatte ihn Thorleif nach Malaga am Südmeer ausgefragt, und er hatte von ihm erfahren, daß nordische Händler sich nur sehr selten so weit nach Süden wagen. »Sie kommen über die See von *Aletha* kaum hinaus«, hatte ihm Omar erzählt. »Umschifft aber in der Tat einer die bretonische Halbinsel, dann kehrt er schnell wieder um, denn das Meer von *Vizcaya* ist immerfort stürmisch, und seine gierigen Wellen haben schon viele Seeleute verschlungen.«
Seit dieser Begegnung mit Omar hatte sich Thorleif vorgenommen, einmal mit seinem Knorr weit nach Süden zu segeln. Die fremde Welt, von der ihm der Handelsmann erzählte, hatte ihn gelockt, und es war seitdem sein Wunsch gewesen, das Volk der Mauren kennenzulernen, die vor

mehr als zweihundert Wintern an der Südküste des Südmeeres entlang aus dem Osten gekommen waren, die Meerenge von Gibraltar überquert und auf iberischem Boden das Reich Andalusien gegründet hatten. Aus ihrer alten Hauptstadt Damaskus hatten sie nicht nur kostbare Seidenstoffe mitgebracht und weißes Leder, sondern auch eine besondere Technik, scharfe und geschmeidige Schwerterklingen zu verzieren, die seither überall begehrt sind. Bereitwillig war Thorleif auf Olaf Tryggvasons Forderung eingegangen, ihm Schwerter für seinen Feldzug in Norwegen zu liefern, weil ihm dieser Auftrag einen Anlaß bot, nach Malaga zu segeln und sich damit selber einen Wunsch zu erfüllen. Auf der Fahrt nach Süden hatte er sich, wie Omar ihm geraten hatte, zuerst nach Dorestadt begeben, dem friesischen Handelsplatz, war dann weitergesegelt entlang der normannischen Küste, hatte auf der Insel Adreni einen Handelsfreund Omars aufgesucht und sich bei ihm mit frischem Fleisch und Wasser versorgt, und war schließlich in das Meer von Vizcaya gelangt, das sich während der Überfahrt bemerkenswert ruhig zeigte. Als eines Morgens an der Backbordseite eine felsige Küste aufgetaucht war, hatte er geglaubt, in einer anderen Welt zu sein. Land und Meer lagen unter einem tiefblauen Himmel, von dem die Sonne ihre warmen Strahlen sandte, und den Männern im Boot war so heiß geworden, daß sie ihre Kleider ablegten und sich nur mit ihren Leinenhemden gegen die Sonne schützten. Viele Tage waren sie in der Sonnenglut bei gutem Wind südwärts gesegelt, hatten außer den Möwen fremdartige Vögel bei der Jagd auf Fische beobachtet, die Meerenge durchquert und endlich Malaga liegen sehen.

Omar, der maurische Handelsmann, empfängt den Weitgereisten herzlich. Er sitzt über einem großen Buch und kritzelt mit spitzer Feder Zeichen hinein, die Thorleif nicht kennt.

»Du hier, Thorleif«, begrüßt er den norwegischen Handelsfahrer. »Ich wußte gleich, daß nur du es sein könntest, als mir ein Fremder mit einem hellen Bart und goldschimmernden Haaren gemeldet wurde. Du hast Händlerblut in dir, und es treibt dich immer wieder hinaus auf der Suche nach neuen Plätzen für gute Geschäfte. Sag gleich, was hast du geladen? Aber nein, zuerst will ich dich bewirten!«
Als Thorleif später Omar gegenübersitzt und aus kleinen Gefäßen, die Omar Tassen nennt, einen wohlschmeckenden Trank genießt, der aus getrockneten Blättern bereitet worden ist, reden die beiden Handelsmänner nur von Geschäften.
Thorleif berichtet, daß er englische Tuche geladen hat und in Malaga für Olaf Tryggvason Schwerter kaufen möchte, und Omar nennt ihm gleich Abnehmer für seine Ware und einen Lieferanten für Schwertklingen.
»In letzter Zeit fahren immer mehr Händler von hier aus bis nach Byzanz und weiter durch das Schwarze Meer und den Dnjepr hinauf nach Kiew. Sie zahlen gute Preise für Tuche aus England. Schwertklingen kaufe ich selber in Toledo. Niemand versteht sie so geschmeidig zu schmieden wie die Schwertfeger dort. Dein König wird begeistert sein!«
»Er ist nicht mein König, er ist mein Kunde«, schränkt Thorleif ein. »Ein Kunde allerdings, der sehr gut bezahlt.«
»Wer so leicht sein Geld verdient wie der Anführer einer wikingischen Räuberhorde, der braucht beim Einkauf guter Waren nicht mit Silber geizen«, entgegnet Omar. »Doch ich will dich nicht kränken, denn du bist ja selber ein Wikinger, wenn auch einer, der sein Brot auf redliche Weise verdient.«
»Und das Salz dazu«, lacht Thorleif. »Ich muß schon sagen, daß ich mit meinen Geschäften zufrieden bin. Und es kränkt mich durchaus nicht, wenn du mich an Untaten erinnerst, die von Wikingern begangen werden. Ich schäme mich vielmehr

für manche Häuptlinge, die noch immer fremde Küsten verheeren!«

»Du schämst dich und willst ihnen Waffen liefern?« wundert sich Omar.

»Olaf ist keiner von denen, die nach dem Eigentum anderer greifen. Er will Norwegen erobern, und dabei ist ihm jedes Mittel recht.«

»Was für ein Unterschied ist denn zwischen einem Häuptling, der eine Siedlung ausraubt und niederbrennt, und einem Seekönig, der ein ganzes Land in seinen Besitz bringen will?«

»Olaf Tryggvason begründet seinen Anspruch auf Norwegen mit seiner Abstammung von Harald Schönhaar, dem großen König. Und er bedient sich des Christentums, um seinen Anspruch zu verwirklichen.«

Omar schweigt und schaut sein Gegenüber lange an. »Es ist schon seltsam«, sagt er endlich. »Olaf Tryggvason will mit Gewalt das Christentum und das Kreuz im Norden verbreiten, und wir Mauren haben die grüne Fahne des Propheten und die Lehren Mohammeds nach Südeuropa gebracht. Auch wir haben dabei viel Blut vergossen und uns der gleichen Waffen bedient, die du jetzt Olaf liefern willst und die ihm helfen sollen, die Norweger zu unterwerfen. Doch jetzt wollen wir wieder von Geschäften reden, wie es sich für redliche Handelsleute geziemt.«

Nun ist Thorleif schon vier Tage in Malaga, genießt die Gastfreundschaft Omars, bestaunt das geschäftige Leben am Hafen, in dem Schiffe aus vielen Richtungen festmachen oder die bunten Segel zur Ausfahrt setzen. Seine Tuche aus England haben längst auf einer Dau Malaga Richtung Osten verlassen, und der eigene Knorr ist mit Schwertklingen beladen worden, soviel Omar beschaffen konnte. Die schwergewichtige Ware bewirkt, daß Thorleifs Boot tief im Wasser liegt, obwohl noch viel Stauraum frei ist.

»Du brauchst noch Beiladung«, hat Omar ihm an diesem Morgen geraten, und er hat versprochen, sie ihm zu zeigen. So geht Thorleif nun neben dem alten Araber durch die Gassen Malagas. Sie kommen nicht schnell voran, denn immer wieder wird Omar in der melodisch klingenden Sprache angesprochen, von Händlern, die vor ihren Häusern hocken und ihre Waren feilbieten, aber auch von Entgegenkommenden, die stehenbleiben und neugierig das ungleiche Paar mustern: den gebeugten alten Araber und den ihn beinahe um zwei Köpfe überragenden blondbärtigen Norweger. Aus den Blicken, die fragend auf ihm ruhen, schließt Thorleif, daß die meisten Fragen ihm gelten.

»Du erregst Aufsehen«, sagt Omar. »Und ich glaube, viele der Händler hier würden mit dir gerne Geschäfte machen.«

Als sich die beiden Handelsmänner in der Nähe des Hafens einem Platz nähern, der rings von Gebäuden umstanden ist, fällt Thorleif eine Menschenansammlung auf, und er vernimmt schrille Schreie und dazwischen immer wieder seltsames Klatschen.

Beim Näherkommen merkt Thorleif plötzlich, was er vor sich hat. Das Klatschen stammt von Lederpeitschen, mit denen muskelbepackte Männer auf unduldsame Rücken schlagen, die Schreie stoßen junge Frauen aus, wenn grobe Hände nach ihnen greifen. Thorleif ist auf einem Sklavenmarkt.

Hilflos und unsicher sieht sich der wikingische Kaufmann nach seinem Begleiter um, doch Omar fordert ihn auf weiterzugehen. So bahnt er sich einen Weg durch die Gassen, in denen sich zwischen wie Vieh angebundenen Männern und Frauen Kauflustige und Neugierige drängen, die nur zum Gaffen gekommen sind. Thorleif sieht verhärmte und stolze Gesichter, gebeugte Buckel und aufrechte Rücken. Er blickt

in abweisende Augen und solche, die ihn anzuflehen scheinen. Beim Weitergehen wird er Zeuge des Feilschens um Preise, die von den einen gefordert und von den anderen geboten werden. Und er sieht, wie prüfende Hände Muskeln und Schenkel abtasten, bei Frauen über die Brust fahren. Er wendet sich nach Omar, seinem Begleiter, um. »Wozu hast du mich hierhergeführt?« herrscht er ihn unwillig an. »Du weißt, daß ich keine Sklaven kaufe!«
Der arabische Händler schüttelt lächelnd den Kopf, hebt dann besänftigend die linke Hand: »Ich hoffte, du hättest es dir anders überlegt«, sagt er dann. »Mit keiner Ware sind so einträgliche Geschäfte zu machen wie mit dieser.« Er bleibt auf einem erhöhten Platz neben einem Brunnen stehen und deutet mit der Hand auf einen Mann, der gerade mit einem Kunden feilscht und dabei ab und zu einen Blick auf vier Sklaven wirft, drei Männer und eine Frau, die hinter ihm an einer Mauer stehen.
»Sieh meinen Handelsfreund Selim da drüben«, sagt Omar. »Er hält nur allerbeste Ware feil, starke junge Männer, gut gewachsene Frauen. Von ihm kannst du einen Sklaven für siebzig *Dirhem* kaufen, das ist etwa eine Silbermark! Was meinst du, was im Norden für diese junge Frau da drüben bezahlt wird? Sicherlich drei, wenn nicht gar vier Silbermark! Wenn du klug bist, kaufst du als Beiladung zu deinen Schwertern noch ein Dutzend Sklaven. Leichter kannst du dein Geld nicht verdienen!«
»Ich handle nicht mit Sklaven, es bleibt dabei«, antwortet ihm Thorleif und schüttelt abermals den Kopf.
»Aber du solltest es tun, gerade wenn du vorhast, dein Geschäft zu vergrößern. Du willst doch, wie du mir erzählt hast, ein zweites Schiff kaufen, sobald du wieder in Haithabu bist. Weshalb willst du so lange warten? Ich weiß ein seetüchtiges Boot, das drunten im Hafen feilgeboten wird. Zu-

fällig gehört es mir. Wenn du willst, kann es noch heute für dich die Segel setzen.«

»Aber ich habe weder das Geld, um hier ein Schiff zu kaufen, noch die Männer, um es zu bemannen«, entgegnet Thorleif. »Wie stellst du dir das vor?«

»Über den Preis werden wir uns einig, und Geld brauche ich von dir hier nicht! Wenn ich im nächsten Sommer wieder in Haithabu anlege, kaufe ich dort auf deine Rechnung meine Ladung zusammen. Und Männer für die Riemen und zum Segelsetzen? Weshalb, meinst du, habe ich dich hierhergeführt? Du kaufst Sklaven und hast damit gleich die Schiffsleute für dein zweites Boot. Dann machst du ein doppeltes Geschäft, denn wenn sie dir dein neues Schiff nach Haithabu gebracht haben, kannst du sie dort noch mit hohem Gewinn verkaufen!«

Thorleif denkt eine kleine Weile nach, schüttelt dann abermals den Kopf. »Nein, ich kaufe keine Menschen«, sagt er dann, doch seine Ablehnung klingt nicht mehr so bestimmt wie vorhin. »In deiner Rechnung ist ein Fehler. Woher, frage ich dich, sollen die Männer mit Ruder und Segel umzugehen lernen? Du vergißt, daß die Reise nach Norden keine Spazierfahrt ist. Vor uns liegt das gefährliche Meer von Vizcaya! Da kann ich nur die allerbesten Seeleute brauchen!«

»Wenn das deine Sorge ist«, sagt Omar und lächelt dabei hintergründig, »die kann ich schnell zerstreuen. Wer hier auf dem Markt in Malaga Sklaven kauft, bekommt die besten Seeleute, die er sich wünschen kann! Was meinst du, woher die Männer kommen, die hier mit Stricken um den Hals und um die Beine angeliefert werden? Es sind Seeleute, die von Piraten gefangen und auf den Sklavenmarkt getrieben werden. Wer sie kauft, um sie an Bord seines Schiffes zu nehmen, macht ihnen die größte Freude. Also, überlege nicht lange, sondern greife zu! Lange werden die Sklaven nicht mehr zu haben sein, und wann die nächste Lieferung kommt, ist unbestimmt!«

Omar scheint recht zu haben. Thorleif beobachtet, daß immer mehr gefangene Männer und Frauen den Besitzer wechseln. Die Nachfrage nach dieser besonderen Art von Ware scheint groß zu sein.

Ungeachtet von Thorleifs Zögern hat Omar mit Selim ein Verkaufsgespräch begonnen, das in der Sprache geführt wird, die der wikingische Händer nicht versteht. Er sieht nur, wie Omar den Kopf schüttelt, wenn Selim immer wieder dasselbe Wort, offenbar den Preis, sagt. Dann wiederholt Omar die Zahl und deutet dabei gleichzeitig auf das Mädchen neben den drei Männern, die an der Mauer hinter dem Sklavenhändler stehen. Thorleif sieht, wie dieser nickt, offenbar zum Zeichen seines Einverständnisses. Und er sieht auch, wie Omar seine goldbestickte Börse zückt und ihr eine Anzahl Silbermünzen entnimmt.

»Hast du die Sklaven gekauft?« wundert er sich.

»Ich tat es für dich«, sagt Omar und nickt lächelnd. »Und ich beglückwünsche dich zu dem guten Geschäft. Es ist mir gelungen, den Preis auf zweihundert Dirhems für alle vier herunterzuhandeln. Und ich denke, du wirst mir dankbar sein, wenn du erst das Schiff gesehen hast, das ich dir verkaufen will. Die Dau wird dafür sorgen, daß sich dein Wohlstand schnell mehrt.«

Omar gibt seinem Diener, der den beiden Handelsleuten die ganze Zeit in gebührendem Abstand gefolgt ist, Anweisung, die Sklaven zu seinem Haus zu führen. Thorleif sieht, wie sie erleichtert das Bündel aufnehmen und wie das Mädchen leichtfüßig hinter den Männern hertrippelt.

»Wenn du die Frau nicht willst, so behalte ich sie in meinem Haus«, sagt Omar, der den Blick Thorleifs beobachtet hat. »Die Männer aber sollten dir unbedingt willkommen sein.

Du hast, hörte ich dich sagen, in dem alten Knut einen erfahrenen Schiffsführer und vertrauten Freund. So stelle doch unter seiner Führung eine Besatzung zusammen und laß ihn damit die Handelsstädte hier im Süden besuchen. Du hast die Ladung, die du aus dem Norden mitgebracht hast, an einen Händler verkauft, der mit seinem Schiff nach Byzanz und weiter nach Kiew will. Wenn du die Zahl der Schiffe in deinem Besitz vergrößerst und sie, wie ich selber das seit langem tue, auf verschiedene Meere verteilst, kannst du alle Gewinne selber einstreichen. Ein Schiff ernährt seinen Mann, sagt man bei uns, eine Flotte aber macht ihn reich.«

Der *Odalbauer* Ingwar auf Hitra ist der erste Norweger, der den Seekönig Olaf Tryggvason zu Gesicht bekommt. Den ganzen Tag über hat er den schweren Boden der Insel gepflügt, hat Furche um Furche gezogen, schnurgerade, und das kreischende Volk der Möwen hatte sich flatternd um Würmer und Käfer gebalgt, die von der scharfen Pflugschar aus der Erde gerissen wurden. Jetzt, wo die Sonne rot im Meer versinkt, wischt er sich mit dem Handrücken den Schweiß von der Stirn, wuchtet ächzend den Pflug auf den zweirädrigen Karren, spannt die dampfenden Pferde davor und zockelt heimwärts, seinem Hof entgegen. Der Weg führt bergan, und die beiden Braunen müssen sich tüchtig ins Geschirr legen. Oben auf dem Hügel, beim Odinsstein, wird der Bauer ihnen wie immer eine Verschnaufpause gönnen, bevor der Wagen leicht bergab rumpelt und die Pferde von allein in den Trab fallen werden.
Ingwar liebt diesen Blick von der höchsten Stelle der Insel über das im Abendlicht glitzernde Nordmeer. Von hier aus kann er die leichten Pramen und Schuten beobachten, mit denen die Männer von Hitra hinüber nach Smöla rudern, von hier aus hat er schon oftmals den mit vollem Laderaum

tief im Wasser liegenden Knorr eines der Wanderhändler entdeckt, nach denen die Frauen sehnsüchtig Ausschau halten, wenn im Küchenhaus die Gewürze ausgegangen sind.
Ingwar blinzelt im Licht der Abendsonne und reibt sich ungläubig die Augen. Was er dort hinten auf dem Meer sieht, ist nicht das leichte Boot eines Jungmannes, der von Smöla herüberkommt, um sein Mädchen auf Hitra zu besuchen, und auch nicht der schwerbeladene Knorr eines Händlers; auf dem glitzernden Meer taucht ein rotes Rahsegel auf, kommt schnell näher, und hinter ihm erkennt der Odalbauer drei weitere Segel. Während er den Segeln entgegenstarrt, werden aus ihnen Drachenboote, vier zunächst, die schnell näher kommen, doch ganz hinten, in der Ferne, tauchen weitere Punkte auf. Die vier Boote der Vorhut halten schnurgerade Kurs auf die Insel, ihre Kiele pflügen Furchen in den Meeresspiegel, ähnlich jenen, die Ingwar tagsüber auf seinem Acker gezogen hat.
Der Odalbauer zögert nicht. Er wendet sein Gespann, treibt die beiden Braunen mit der Peitsche zu schnellerer Gangart an und fährt im Trab hinunter zum Strand, wo das erste Schiff aufläuft und ein blonder Krieger mit dem blanken Schwert in der Rechten und einem weißen Schild in der Linken an Land springt. Ingwar hält sich im Schutz einer Baumgruppe und kann alle Einzelheiten gut beobachten, ohne selber gesehen zu werden. Er sieht, wie die Krieger den Befehlen des blonden Anführers folgen, wie sie ihre vier Boote an Land ziehen und dann im Halbkreis ausschwärmen, das Gelände zu sichern. Ingwar kennt keine Angst, doch sehr behaglich ist ihm nicht zumute, als die Reihe der fremden Krieger immer näher kommt. Sein Stangenpferd schnaubt ängstlich, der Laut verrät ihn. Selbst wenn er fliehen wollte, wäre es jetzt zu spät.
So bleibt er neben seinem Wagen stehen und wartet, bis die

Krieger heran sind. Vertraute Laute klingen ihm entgegen. Erleichtert atmet der Odalbauer auf.

Dann berichtet er von dem Hof hinter dem Hügel, den er von seinem Vater geerbt hat, und von den Höfen der anderen Odalbauern, die wie er auf der Insel Ackerbau und Viehzucht betreiben. Von Ingolf Haraldson erfährt Ingwar, daß seine Schiffe die Vorhut der Streitmacht von Olaf Tryggvason bilden, der gekommen ist, Norwegen zu erobern. Und während er Ingolfs Worten lauscht, sieht er Drachenboote in großer Zahl im Ufersand auflaufen, und bald wimmelt es auf Hitra von wikingischen Kriegern.

In der Abenddämmerung steht der Odalbauer Ingwar vor Olaf Tryggvason. Der Seekönig macht ihn mit der Absicht vertraut, auf Hitra sein Winterlager anzulegen, das den Kriegern Unterkunft bieten und gleichzeitig als Bollwerk gegen die trutzige Jarlsburg am Drontheimfjord dienen soll, ein festes Lager also. »Dir und den anderen Bauern auf Hitra fällt eine wichtige Aufgabe zu. Ihr werdet mit dem Korn in euren Scheunen und den Schweinen in den Ställen meine Männer verpflegen, und ich, Olaf Tryggvason, versichere euch, daß jedes Gerstenkorn mit Silber bezahlt wird, so wie es unter Freunden üblich ist.«

»Du wirst Schwierigkeiten haben, Bauholz zu beschaffen«, dämpft Ingwar den Übermut des Seekönigs. »Hier auf der Insel wachsen nur die paar Bäume, die bei den Höfen angepflanzt worden sind. Die wirst du doch wohl nicht umhauen lassen wollen, um Palisaden zu errichten?«

»Wir werden das Bauholz vom Festland herbeiholen, aus den Wäldern an den Fjorden«, sagt Olaf. Er versichert ausdrücklich, daß Ingwar und die anderen Inselbauern für Leib und Gut von den Eindringlingen nichts zu befürchten haben. »Ich setze dabei voraus, daß niemand von euch mir und meinen Kriegern feindselig gegenübertritt. Denn wir sind Norweger wie ihr und kommen als Freunde zu euch. Und als Beweis unserer Freundschaft bringen wir euch eine neue Religion, die viel besser ist als die alte. Odin, Thor und alle die anderen Götter taugen nicht mehr; in Norwegen wird bald der Gott der Christen herrschen. Ich, Olaf Tryggvason aus dem Stamme Harald Harfagrs, des großen Königs, werde ihm dazu verhelfen!«

Der Seekönig hat sich in Eifer geredet. Er ruft Sigurd herbei und bestimmt, daß die Kirche für den neuen Gott oberhalb der Stelle errichtet werden soll, wo Olaf mit seinen Drachenbooten an Land gegangen ist. An der Spitze seiner Häuptlinge steigt er den Hügel hinan. Ingwar, der Odalbauer, wendet wieder sein Gespann und folgt ihm. Oben, auf dem Hügel, neben dem verwitterten Odinsstein, bleibt der Seekönig stehen und breitet seine Arme aus.

»Ich bin zurückgekehrt in das Land meiner Väter, aus dem ich nach dem Tod meines Vaters Tryggve als kleines Kind vertrieben wurde«, ruft er, und seine Stimme übertönt das Rauschen des Seewindes, der hier oben auf dem Hügel die Haare der Männer flattern läßt und die Augen feucht macht. Mit dem Fuß tritt er gegen den Stein. »Stürzt das Odinsbild und errichtet hier das Kreuz Gottes, und jeder, der an der Insel vorbeisegelt, wird es sehen! Du aber, Sigurd, sollst der erste Bischof Norwegens sein, wenn deine Kirche steht und ich König bin!«

Das Ledingsgebot

In der Halle der Jarlsburg am Drontheimfjord feiert eine fröhliche Gesellschaft. Nach erfolgreicher Jagd auf den Elch hat Jarl Hakon seine Gefolgsleute aufgefordert, sich mit ihm an Trank und Tanz zu ergötzen. Die flinken Hände der Diener tischen köstlichen Lachs, zarte Elchlende und schmackhaften Bärenschinken auf; Kark, sein Sklave, schenkt Hakon und seinen Gästen immer wieder würzigen Wein ein, der unverdünnt die Sinne benebelt und den Gang unsicher macht.
»Tänzerinnen sollen kommen«, lallt der Jarl zu vorgerückter Stunde. »Ich will mich an ihrem Hüftschwung erfreuen und an der Nacktheit ihrer Schenkel!« Und er schleudert übermütig den schweren Silberbecher gegen die Wand, läßt sich einen randgefüllten neuen reichen.
Auf Karks Geheiß haben in der Ecke der Halle Musikanten Platz genommen, spielen auf zu fröhlichem Tanz. Drei dunkelhäutige Sklavinnen wiegen sich rhythmisch vor dem Tisch, schnalzen dabei mit den Fingern, klimpern mit dem Tamburin.
Der Jarl lehnt sich auf seinem Sitz zurück, lacht grölend, hebt den Becher. Die Männer in der Runde trommeln mit den Fäusten den Takt.
Immer mehr Tänzerinnen kommen durch die Seitentür in die

Halle, immer lauter wird die Musik, immer grölender das Gejohle der Männer.
Da springt eine der Tänzerinnen auf den Königstisch, rafft den knappen Rock, läßt die Beine fliegen, versetzt den Jarl in Erregung. Mit der Rechten schwenkt er den Becher, mit der linken greift er unsicher nach den hübschen Beinen. »Komm«, lallt er. »Komm zu mir, du Schöne!«
Da wird plötzlich die Tür aufgerissen, und ein Mann stürzt in die Halle, ein abgehetzter Bote, schweißüberströmt vom schnellen Ritt.
»Olaf Tryggvason ist da!« ruft er mit lauter Stimme, die das Dröhnen der Trommel und das Wimmern der Zupfgeigen ebenso übertönt wie das Lärmen der Männer und das Kichern der Mädchen.
»Der Seekönig ist auf Hitra gelandet!«
Atemlose Stille folgt diesen lauten Worten. Die Musikanten packen ihre Instrumente weg und verharren schweigend, die Tänzerinnen entschlüpfen durch die Seitentür. Als die letzte mit dem Tamburin gegen die Wand stößt, bricht der zarte Klang die Stille.
»Was, was hast du gesagt?« ruft der Jarl und rafft sich von seinem Sitz hoch. Seine Trunkenheit ist mit einem Schlage verflogen.
»Er ist mit einer großen Anzahl Drachenboote über das Nordmeer gekommen wie ein Schwarm Möwen, haben die Bauern auf Hitra erzählt«, berichtet der Bote.
Am Königstisch springt Erik auf, einer der beiden Jarl-Söhne. »Was verstehst du unter einer großen Anzahl?« herrscht er den verdutzten Boten an. »Drücke dich genauer aus! Mit wieviel Drachenbooten ist er gelandet?«
Nach kurzem Schweigen der Betroffenheit über den herrischen Ton gibt der Bote Antwort: »Die Bauern von Hitra sagen, vierzig Steuerleute und acht Häuptlinge folgen Olafs

Wort.«
»Dann stehen zweitausend Mann hinter ihm«, wirft Sven ein, der andere Sohn des Jarls. »Mit diesem Kriegerhaufen sollten wir schnell fertig werden!«
Nach diesen Worten erhebt sich der Jarl und macht zum Zeichen, daß er zu reden wünscht, eine Bewegung mit der Hand.
»Du vergißt, daß wir unsere Krieger erst zusammenrufen müssen«, gibt er zu bedenken. »Hier in Lade und drüben in Drontheim sind bestenfalls ein paar hundert Männer unter Waffen. Der Mond wechselt zweimal, ehe die Männer in den Fjorden dem Ledingsgebot Folge leisten können. Du vergißt, daß wir jeden Tag auf dem Meer mit den Winterstürmen rechnen können und, was noch schlimmer ist, Nebel befürchten müssen. Hier, auf der Burg, wird Olaf uns nicht angreifen. Er ist zu schlau, um Krieger sinnlos verbluten zu lassen. Und er ist zu vorsichtig, um einen Winterkrieg zu führen!«
Nach diesen Worten des Jarls meldet sich abermals der Bote zu Wort.
»Die Bauern auf Hitra sagen, Olaf Tryggvason lasse ein festes Winterlager für tausend Mann bauen. Die andere Hälfte seiner Krieger will er noch vor den dunklen Tagen heimschicken, damit sie das Julfest in ihren Siedlungen bei ihren Frauen und Kindern feiern können.«
»Da hört ihr es«, triumphiert der Jarl. »Es gibt keinen Anlaß, unser Fest zu unterbrechen. Die Musikanten sollen wieder aufspielen! Mag sich Olaf auf Hitra verschanzen, mich stört der Fuchs nicht, solange er in seinem Bau bleibt. Im Frühjahr aber, wenn er sich hervorwagt, werde ich ihn in eine Falle locken. Er wird auf ein Heer stoßen, an dem er sich mit seinem Häuflein die Zähne ausbeißt!«
»Du solltest nicht so schnell triumphieren«, warnt Erik den

Alten. »Glaube nicht, daß Olaf untätig den Winter verbringt. Er wird Krieger anwerben und danach trachten, sich bis zum Frühjahr so stark zu machen, daß er uns nicht fürchten muß.«

Der Bote hebt die Hand zum Zeichen, daß er noch etwas sagen möchte. Jarl Hakon bedeutet ihm zu reden.

»Die Bauern von Hitra haben den Eroberer wohlwollend aufgenommen«, berichtet der Mann, der sein Pferd beinahe zuschanden geritten hat, um die Nachricht schnell nach Drontheim zu bringen. »Sie bewirten die Krieger wie willkommene Gäste, und Olaf zahlt dafür mit schwerem Silber. Es heißt, er habe viele Truhen voll aus England mitgebracht. Seine Krieger prahlen mit ihrem Reichtum, und wenn Wein und Bier ihre Zungen gelockert haben, brüsten sie sich damit, daß Olaf Geld genug habe, um eine ganzes Heer auszurüsten. König Ethelred habe mehrere Wagenladungen voll Silber bezahlt, um seine Stadt London von den Norwegern und den Dänen freizukaufen. Man spricht von sechzehntausend Pfund.«

»Sechzehntausend Pfund?« Die Stimme des Jarl klingt ungläubig, und durch die Reihen seiner Gefolgsleute geht ein Raunen.

»Die er mit dem Dänenkönig teilen mußte! Erzählen jedenfalls die Krieger«, berichtet der Bote weiter.

»So ist Olaf ein Gegner, den man ernstnehmen muß«, gibt Sven, der andere Sohn des Jarls, zu bedenken. »Ich will nicht behaupten, daß freie Nordmänner käuflich sind, doch wenn Olaf ihnen reichen Lohn verspricht, wird vielleicht mancher schwanken, ob er dem Ledingsgebot des Jarls folgen oder dem Herrn zulaufen soll, der mit dem Silber um sich werfen kann wie dieser Olaf Tryggvason.«

»Ich habe keinen Grund, an der Treue meiner Gefolgsleute zu zweifeln«, entgegnet der Jarl stolz. »Sie sind immer her-

beigeeilt, wenn ich sie gerufen habe. Und sie werden auch kommen, um mir gegen den Mann beizustehen, der mir den Thron rauben will, den Thron, der mir allein gehört.«
Der Jarl läßt sich von seinem Sklaven Kark einen neuen Becher Wein reichen, hebt ihn und ruft: »Aber jetzt wollen wir uns von einem stinkenden Fuchs die gute Laune nicht verderben lassen. Die Tänzerinnen sollen wieder kommen.«

Als Ingolf Haraldson anderntags auf seinen Drachenbooten die Segel setzen lassen will, um endlich heimwärts zu fahren, rührt sich kein Lüftchen. Der Wind hat sich gelegt. Gestern abend hatte er heftig am Königszelt gerüttelt, als Ingolf mit Olaf beim Abschiedstrunk zusammensaß, und Grimolf hatte einen Wetterumschwung vorhergesagt. »Wir wollen wünschen, daß kein Nebel aufkommt.«
Mit Olaf hat er vereinbart, daß er vor dem Mondwechsel im März wieder auf Hitra eintreffen will. »Ein neues Boot zu bauen wäre sinnlos, weil mir die Krieger fehlen, um es zu bemannen. Wir leiden noch immer unter dem Verlust des Schiffes, mit dem Harald, mein Vater, damals untergegangen ist, als Thorleif und ich noch Knaben waren«, sagt Ingolf. »Doch ich will die Jungkrieger mitbringen, die im letzten Sommer herangewachsen sind.«
»Vergiß nicht, daß ich jeden Mann brauche«, hatte Olaf ihm nachgerufen, als die Männer die Drachenboote ins Wasser geschoben hatten. Und Ingolf hatte sein Schwert gehoben.
Als die Boote Smöla, die Nachbarinsel, passiert haben, kommt der gefürchtete Nebel auf. Eben hat Ingolf die südlichen Klippen noch wahrgenommen, jetzt scheint das Meer sie plötzlich verschluckt zu haben. Der Nebel hüllt die Boote ein, die Rahstange am Mast ist kaum noch zu erkennen; von den beiden anderen Drachenbooten, die von Björn und Vilgard gesteuert werden, sieht Ingolf schon nichts mehr. Ein

Fluch entfährt seinen Lippen.
Die Männer rudern mit zusammengebissenen Zähnen. Nebel um diese Jahreszeit bedeutet stundenlanges, möglicherweise tagelanges vorsichtiges Vorantasten, das weiß jeder von ihnen. Das Nordmeer vor der Felsenküste ist tückisch, Buchten und Fjorde wechseln ab mit Landzungen und Felsnasen, verstreuten Schäreninseln. Ein umsichtiger Schiffsführer versucht in solcher Lage irgendwo an Land zu kommen, denkt Ingolf. Doch er zögert, Befehl zum Kurswechsel nach Backbord zu geben, wo er die Küste weiß. Hier, in der Nähe des Drontheimfjordes, muß er fürchten, auf Gefolgsleute des Jarls zu stoßen, die ihn und seine Männer in der ihnen unvertrauten und noch dazu in diesen undurchsichtigen Schleier gehüllten Gegend niedermachen würden, ohne daß sie in einem solchen Kampf eine Chance hätten.
Ingolf entschließt sich deshalb weiterzurudern. Er beordert einen zusätzlichen Ausguck an den Vordersteven, legt die Hände trichterförmig an den Mund und ruft in den nebligen Brei hinein den beiden Bootsführern zu, mit ihren Drachen vorsichtig näherzukommen und auf Rufweite zu fahren. Seine Rufe und die Antworten von den anderen Schiffen klingen seltsam dumpf.
Da erinnert sich Ingolf an eine Nebelfahrt vor vielen Jahren. Damals hatte er neben Erik Thorolfsson, dem alten Seekönig, am Steuerruder gestanden, als sie ausgefahren waren, Lorolf zu überfallen, der Ingolfs Vater Harald gefangenhielt. Auch damals hatte Erik an die beiden anderen Drachenboote Order gegeben, dicht aufzuschließen, gleichmäßig zu rudern und das Steuerruder festzuhalten, um nicht vom Kurs abzukommen. Und er hatte die Boote durch die unbekannten Gewässer zum Bömlofjord geführt, als sei es lichter Tag.
Die Schreie der Möwen, die nach vielen Stunden schweigenden Dahingleitens aus dem Nebelbrei zu hören sind, verraten

den kundigen Seeleuten, daß Land in der Nähe sein muß. Damals hat Erik Befehl gegeben, die Dollenlöcher mit Tran zu beschmieren, um jedes Quietschen und Knarren der Riemen zu unterbinden, erinnert sich Ingolf. Ein knapper Ruf, der Trantopf geht auf jedem der drei Boote von Hand zu Hand, und das Dahingleiten durch den Nebel wird noch leiser, noch gespenstischer. Lärm machen allein die Möwen.

Der Nebel verschwindet ebenso plötzlich, wie er aufgezogen ist. Zuerst wird es licht und hell am Himmel, dann spürt Ingolf den leichten Hauch des Windes, schließlich bricht die Sonne durch, und ihre Strahlen blenden die vom Starren angestrengten Augen. Da schlägt der Ausguck am Vordersteven auch schon Alarm, und Ingolf sieht, nur ein paar hundert Ellen entfernt, ein Handelsschiff, das von einem Drachenboot angegriffen wird. Der junge Seekönig braucht nur einen Augenblick, um zu wissen, wen er vor sich hat. Der Kauffahrer da vorne, der sich in höchster Not befindet, weil räuberische Wikinger gerade zum Entern ansetzen, ist niemand anders als Thorleif, sein Bruder.

Ingolf läßt auf den Drachenbooten sofort die Segel setzen und die Föhrenholzriemen einziehen. Statt der Ruder nehmen die Männer Schild und Schwert in die Hände, setzen die Lederhelme auf, wappnen sich zum Kampf. Eines Befehls dazu bedarf es nicht. Doch es kommt zu keinem Kampf. Als der Anführer der Räuber, der eben noch einen schutzlosen Knorr vor sich zu haben glaubte, aus der Nebelwand drei Kriegsschiffe auftauchen und auf sich zukommen sieht, ergreift er rasch die Flucht, sucht den schützenden Fjord zu erreichen. Die Krieger an Bord werfen die Waffen und die Enterhaken weg und greifen zu den Riemen, um den Druck des Segels zu unterstützen. So gelingt es den Fliehenden, die eben noch Angreifer gewesen waren, sich dem Zugriff der Stärkeren zu entziehen. Das Boot verschwindet hinter einer

Felsnase, und Ingolf läßt die Verfolgung abbrechen.
Kurze Zeit später liegen der ›Adler‹ und Thorleifs Knorr Bord an Bord. Ingolf springt hinüber, um den Bruder zu begrüßen. Der umschlingt ihn mit seinem gesunden Arm und dankt ihm für die Rettung.
»Das war Hilfe in höchster Not«, sagt er. »Später hättest du nicht kommen dürfen. Die Räuber haben mir aufgelauert und griffen an, als sich der Nebel lichtete. Mit meinen paar Knechten hätte ich ihnen nicht lange standhalten können. Es wird hohe Zeit, daß einer kommt und mit dem Räubergesindel hier an der Felsenküste aufräumt.«
»Du weißt doch, daß er schon da ist, der starke König«, sagt Ingolf. »Oder bist du nicht auf dem Weg zu ihm, um ihn mit Waffen zu versorgen?«
Thorleif nickt zustimmend. »Komm mit in den Laderaum und sieh dir an, was ich für Olaf Tryggvason eingehandelt habe!«
Thorleif übergibt den Ruderbaum einem der Knechte und geht dem Bruder voran durch den Krappar in den Laderaum. Dort nimmt Ingolf einige von den *Damaszenerklingen* aus den Kisten, bewundert ihre Geschmeidigkeit, blickt Thorleif an und fragt ihn nach dem Preis. Der schüttelt den Kopf, legt die Schwerter zurück in die Kiste, nimmt aus einer anderen eine Klinge und reicht sie Ingolf.
»Das ist die Waffe, mit der du in Zukunft kämpfen sollst«, sagt er zu ihm. »Es ist das beste Schwert, das ich in Malaga bei den Mauren auftreiben konnte. Nimm es als Geschenk von mir. Es wird hohe Zeit, daß du die alte Klinge, die wir bei Ragnar vor acht Sommern geschmiedet haben, aus der Hand legst. Sie ist mit den Jahren schartig geworden und taugt längst nicht mehr für einen Anführer wie dich. Diese hier soll sie ersetzen bei den Kämpfen, die dir und Olaf bevorstehen.«

Der Winter vergeht schnell. Gleich am Tag nach seiner Ankunft hat Ingolf hinter dem Hof des Seekönigs ein großes Kreuz aufrichten lassen und so den Platz markiert, an dem einmal, hoch über dem Fjord, eine Kirche stehen soll. Am nächsten Morgen, als er aus dem Haus trat, war das Kreuz verschwunden gewesen. Die alten Götter hätten es gestürzt, hatten sich die Weiber zugeraunt.
Ingolf hatte nur gelacht und war mit einigen Knechten darangegangen, das Kreuz wieder aufzurichten. Doch am nächsten Morgen hatten die Balken wieder am Boden gelegen, und die Weiber hatten angstvoll zum Himmel geblickt und heraufziehende dunkle Wolken als Zeichen des Zornes der Götter gedeutet. Ingolf hatte überlegt, ob er das Kreuz nachts bewachen lassen sollte, davon aber Abstand genommen, weil er befürchtete, damit Auseinandersetzungen herbeizuführen und die Bewohner der Siedlung in zwei Teile zu spalten. So hatte er einstweilen auf das Kreuz verzichtet und stattdessen versucht, die Männer mit Reden zu überzeugen, daß das Christentum die bessere Religion sei. Die Tage und die Wochen waren wie eh und je mit Jagden und Spielen vergangen, und doch verläuft das Leben in der Siedlung am Fjord in diesem Winter anders als sonst. Unzufriedenheit keimt, und eines Tages kommt es, von manchen schon seit langen befürchtet, zum offenen Aufruhr.
Der Hartmond ist vergangen, als der Bote des Jarls den Fjord hinaufgerudert kommt und den Pfeil bringt, mit dem jeder waffenfähige Mann an seine Ledingspflicht erinnert wird. Ingolf nimmt den Pfeil entgegen und bricht ihn vor aller Augen in zwei Stücke.
»Sage dem Jarl, daß er auf die Männer hier nicht zählen kann«, verhöhnt er den Boten. »Sage ihm, daß er damit rechnen muß, uns alle auf der Seite seines Gegners, unter den Gefolgsleuten Olafs, zu finden.«

Ehe der Bote etwas erwidern kann, tritt Vilgard neben Ingolf und ruft unter dem Beifall vieler Krieger: »Du irrst, wenn du glaubst, daß alle sich der Ledingspflicht versagen, Ingolf! Ich stehe treu zum Jarl und die meisten meiner Männer auch. Wir werden die Waffen schärfen und nach Drontheim segeln, so wie das Gesetz es verlangt.«
»Du hast recht, Vilgard, wir werden segeln!« herrscht ihn Ingolf an. »Doch nicht nach Drontheim, sondern nach Hitra, zu Olaf Tryggvason. Ich, der Seekönig, befehle es!«
Ingolf reißt sein neues Schwert aus der Scheide und hebt es drohend. Auch Vilgard greift nach seinem Schwert, besinnt sich dann eines anderen und lacht laut, so daß die Männer zusammenfahren, die Frauen erschreckt miteinander flüstern, und die Kinder sich ängstlich weinend an die Röcke der Mütter klammern.
»Du befiehlst es?« verhöhnt Vilgard seinen Rivalen. »Hast du denn überhaupt noch etwas zu befehlen? Hast du nicht vor vier Sommern, auf dem Schlachtfeld von Maldon, alle Befehlsgewalt freiwillig niedergelegt, als du Olaf Tryggvason Gefolgschaft gelobtest, ohne uns, deine Gefolgsleute bis zu diesem Tage, zu fragen?«
Ganz so unrecht hat er mit seinen Vorwürfen nicht, denkt Ingolf betroffen. Laut aber sagt er: »Die Thingversammlung hatte mich gewählt, unsere Drachenboote über das Nordmeer zu führen.«
»Daran brauchst du mich nicht zu erinnern«, entgegnet Vilgard. »Doch hier sind wir an Land, stehen auf norwegischem Boden, der uns freien Männern gehört. Und als freie Männer tun wir das, was uns beliebt. Wir wählen uns unseren Seekönig, und wir folgen auf unseren Fahrten seinem Wort. Du bist nach Eriks Tod zum Anführer gewählt worden, doch wir haben dir damit nicht die Vollmacht gegeben, uns gegen den Jarl zu führen. Wenn du das tun willst, gehst du zu

weit!«
Viele Männer in der Runde murmeln Beifall, andere verharren in Schweigen. Ingolf wird in diesem Augenblick bewußt, daß seine Stellung nicht nur bei Vilgard, dem Rivalen aus dem Thing, umstritten ist. Er stößt sein Schwert in die Scheide zurück.
»Weshalb sagst du das erst heute? Warum bist du damals vor Maldon nicht aufgestanden und hast aufbegehrt gegen meine Entscheidung, mich Olaf Tryggvason anzuschließen und an seiner Seite zur Taufe zu gehen? Der einzige, der mich an meine Ledingspflicht dem Jarl gegenüber erinnert hat, war der alte Björn, wenn ich mich recht erinnere.«
»Du täuscht dich nicht«, gibt Vilgard zu. »So wirst du auch wissen, daß ich ebenfalls nicht zur Taufe gegangen bin. Solltest du es aber vergessen haben, so fordere ich dich auf, dir meine nackte Brust anzusehen.« Er reißt das Hemd auf. »Siehst du vielleicht ein Kreuz, wie es auf deiner Brust baumelt?«
»Daß du dich damals abseits gestellt hast, weiß ich noch recht gut«, entgegnet ihm Ingolf. »Aber meine Befehlsgewalt hast du niemals angezweifelt.«
»Ich tue es heute, und das genügt! Damals waren wir in Feindesland, und dich hatten wir zum Seekönig gewählt. Jetzt sind wir hier in Norwegen und entscheiden als freie Männer. Ich folge dem Ledingsgebot des Jarls!«
»So willst du dich gegen Olaf Tryggvason stellen, Vilgard? Gegen den König, mit dem du vier Sommer lang Beutezüge unternommen hast? Unter dem du ein reicher Mann geworden bist? Du willst ihn verraten?«
»Von Verrat sollte der nicht reden, der ihn selber begeht! Ich sage dir nochmal, wir sind nicht mehr in England oder in Schottland, wir sind hier auf norwegischem Boden. Zwei Fürsten stehen sich gegenüber, die Anspruch auf den Thron

erheben. Der eine, Jarl Hakon, hat ihn seit fünfundzwanzig Jahren; der andere, Olaf Tryggvason, will ihn sich erobern. Beide stehen sich gegenüber, wie jetzt wir beide. Ich befahre seit vielen Jahren das Nordmeer, und ich führe schon lange ein Schiff. Vergiß nicht, daß ich es war, der dich gelehrt hat, ein Steuerruder zu halten, wie auch ich nicht vergessen werde, daß ich dir mein Leben verdanke, als im Skagerrak die Rahstange brach und meine ›Möwe‹ im Sturm zu versinken drohte. Jetzt aber sage ich dir, daß dem Volk der Norweger die Spaltung droht wie uns hier in unserer kleinen Siedlung. Denn ein Teil unserer Männer steht hinter dir, der andere hinter mir, so wie die einen für Olaf Tryggvason, die anderen für Hakon Jarl sind.«

Die Männer spenden Beifall nach Vilgards Rede. Ingolf läßt ihn schlauerweise verklingen, bevor er zur Antwort anhebt.

»Du hast klug gesprochen, Vilgard, doch du irrst, wenn du eine Spaltung befürchtest. Das Gegenteil ist der Fall. Der Jarl sitzt am Drontheimfjord, und er ist dort und in den angrenzenden Jarltümern mächtig, das gebe ich zu. Aber im übrigen Norwegen, in den Wiken, in Jotunheimen, in Breheimen, in Halogaland, wer herrscht da? Hakon Jarl etwa? Nein! Ich will es dir sagen. Dort sind die großen und die kleinen Häuptlinge an der Macht, und jeder von ihnen macht, was er will. Wenn es ihm einfällt, einen Kauffahrer zu überfallen, der gerade verbeisegelt, dann tut er es, oder er läßt es. Und wenn es ihn gelüstet, sein Mütchen zu kühlen, dann schärft er sein Schwert gegen seinen Nachbarn, ohne Rücksicht darauf, daß dieser gestern noch sein bester Freund gewesen ist. Olaf Tryggvason wird damit Schluß machen! Er wird der Herr des ganzen Landes werden, ein starker Herr, wie sein Vorfahr Harald es war!«

Auch diesmal spenden die Männer Beifall, und es will Ingolf scheinen, als sei er noch lauter als vorhin bei Vilgards Rede.

Der alte Schiffsführer ergreift wieder das Wort: »Dir ist die Macht der Rede gegeben, Ingolf. Das muß ich zugeben. Aber du hast etwas vergessen: Wäre das Reich, das Harald Harfagr vor mehr als hundert Wintern errichtet hat, so großartig gewesen wie du sagst, dann hätte es Bestand gehabt, wäre nicht gleich nach dem Tode des Schönhaars wieder zerfallen!«

»So verbietet es sich nach deiner Meinung, einen neuen Versuch zu unternehmen, wenn ein Vorgänger damit gescheitert ist?« stellt Ingolf die Gegenfrage.

»Ich bin dafür, daß alles beim alten bleibt«, beharrt Vilgard auf seinem Standpunkt. »Ich folge deshalb dem Ledingsgebot des Jarls. Und wer meine Meinung teilt und mit mir zum Jarl nach Drontheim segeln will, der sollte jetzt hinter mich treten.«

Ein großer Teil der Krieger, vornehmlich die älteren Männer, leisten der Aufforderung Folge. Die anderen scharen sich um Ingolf.

»Siehst du!« ruft Vilgard triumphierend. »Knapp die Hälfte der Krieger steht hinter dir, und du hast selbstherrlich den Pfeil zerbrochen. Nimm deine Jungkrieger und fahre nach Hitra! Der Bote aber soll in Drontheim melden, daß Vilgard und Björn mit ihren Kriegern dem Jarl Gefolgschaft leisten, so wie sie es gelobt haben.«

»Halt ein, Vilgard«, mischt sich da Ragnar ein, der alte Schmied und Lagmann. »Und auch du, Ingolf, treibe die Auseinandersetzung nicht auf die Spitze. Es ist schlimm genug, daß durch Olafs Anspruch auf den Thron ein Keil in das norwegische Volk getrieben wird. Wollt ihr, daß auch wir hier auseinandergerissen werden? Daß diese Männer auf der Seite des Jarls stehen und jene hinter Olaf Tryggvason? Schaut euch die Gesichter an, ihr Hitzköpfe! Dort steht Björn bei Vilgard, und hier, hinter Ingolf, erkenne ich seinen

Schwestermann Weland, der für Björns Sippe die Verhandlungen bei der Hochzeit seiner Tochter Björnhild mit Thorleif geführt hat. Und wen sehe ich noch hier bei Ingolf? Henrik, Vilgards Brudersohn! Wollt ihr wirklich, daß Bruder gegen Bruder, Sohn gegen Mutterbruder, Vater gegen Schwestersohn kämpft, daß sie nicht mit stumpfen Waffen wie beim Kampfspiel, sondern mit scharf geschliffenen Schwertern aufeinander eindringen, sich gegenseitig das Leben nehmen. Wollt ihr, daß es zum Bruderkampf kommt?«
Als der Lagmann geendet hat, herrscht Schweigen im weiten Rund. Nur ein paar kleine Kinder beginnen zu weinen. Ihre Mütter trösten sie vergebens.
»Was schlägst du vor, Ragnar?« bricht Björn die Wortstille. »Wie, meinst du, sollen wir uns verhalten?«
»Das Thing muß entscheiden«, sagt Ragnar. »Jeder waffenfähige Krieger, der durch das Ledingsgebot aufgerufen ist, dem Jarl Schild und Schwert zu leihen, überträgt seine freie Entscheidung, ob er dem Gebot folgen will oder nicht, dem Thing. Die Mehrheit der Versammlung der Männer gibt den Ausschlag; für den Jarl oder für den Seekönig.«
Da jubeln die Krieger, und die Frauen atmen erleichtert auf. »Die Entscheidung fällt unter der Thinglinde«, rufen alle im Chor.
»Da du als Lagmann und Vorsitzender des Thinggerichts den Antrag, die Versammlung einzuberufen, nicht stellen kannst, fordere ich dich auf, die Männer unter der Thinglinde zu versammeln, und jeder, der ein Schwert zu führen imstande ist, soll daran teilnehmen«, ruft Vilgard. »Und ich fordere dich auf, den Seekönig neu wählen zu lassen.«
Rufe der Empörung über Vilgards Worte mischen sich mit zögerndem Beifall. Ingolfs Kopf schwillt vor Zorn rot an.
»Ich widerspreche dem Antrag, was den zweiten Teil betrifft«, ruft Björn, ehe Ingolf etwas sagen kann. Die feuerro-

ten Narben auf der Stirn und seinen beiden Wangen zeigen, wie erregt der alte Steuermann ist. »Falls sich die Mehrheit der Krieger gegen den Jarl entscheidet, ist die Wahl eines Seekönigs gegenstandslos geworden. Denn mit dem Bekenntnis für Olaf Tryggvason sprechen wir uns für die Königsmacht aus. Ingolf, der sich selber als Gefolgsmann Olafs bezeichnet, könnte sich dann gar nicht mehr zur Wahl stellen, ohne sein Gesicht zu verlieren. Er wird uns dann nur noch nach Hitra zu führen haben. Dafür braucht er sich nicht vorher als Seekönig bestätigen lassen.«

Wieder folgt den Worten Schweigen. Ingolf wechselt mit Björn einen kurzen Blick. Er merkt plötzlich, wie weittragend die Entscheidung war, die er nach dem Zweikampf mit Olaf auf dem Schlachtfeld bei Maldon vor vier Wintern spontan getroffen hat. Er ist sein eigener Herr nur noch auf seinem Schiff und in seinen vier Wänden. In allen anderen Dingen hat er sich der Entscheidung eines Größeren zu fügen, und das Seltsame daran ist, daß er es selber so gewollt hat.

»Das Thing soll entscheiden«, sagt er, mehr zu sich selbst als zu den anderen, doch diese hören ihm aufmerksam zu. »Was aus Norwegen wird in dieser Zeit des Umbruchs und der Erneuerung, läßt sich in diesem Augenblick noch nicht absehen! Eines jedoch steht fest: Keine Macht der Welt soll uns hier zu spalten vermögen.«

Der Beifall der Umstehenden braust auf und schallt über den Fjord wie Donnergrollen. Die Krieger umjubeln ihren Anführer, und die jüngeren würden den Häuptling am liebsten emporheben und auf ihren Schultern tragen wie damals, als dem Jungkrieger Ingolf der Königssprung geglückt war.

Olaf stürzt die alten Götter

In diesem Frühjahr hält Pater Sigurd, der es gerne hört, wenn man ihn Bischof des Nordens nennt, auf Hitra jeden Tag Gottesdienst in der kleinen Kirche, die jetzt auf dem Odinshügel steht. Nicht nur die Häuptlinge und ihre Krieger hören ihm zu, wenn er von der Macht Gottes predigt und mit lauter Stimme gegen die alten Götter wettert; auch die Inselbauern, ihre Frauen und Kinder kommen immer häufiger in die Kirche. Dort ist auch Olaf Tryggvason oft zu sehen, der jeden Besuch auf dem Kirchenberg zum Anlaß nimmt, seine Augen forschend hinüber zum Festland schweifen zu lassen. Mit Befriedigung stellt er fest, daß sich der Winter mehr und mehr in die Berge zurückzieht. Vor dem letzten Mondwechsel war die Landschaft noch weiß, jetzt hat nur noch der Todalskjolen, der alles überragt, eine Kappe aus Eis und Schnee. Die Fischer fahren wieder hinaus, die ersten Fischschwärme abzupassen, und die Jungmänner nehmen mit den leichten Schuten das Pendeln zwischen Hitra und Smöla wieder auf, denn drüben, auf der anderen Insel, sind die Mädchen hübscher.

Thorleif hat zweimal die Fahrt über das winterliche Nordmeer gewagt und ist dafür von Olaf gelobt worden. Die Toledo-Klingen haben das Entzücken des Seekönigs hervorgerufen, und er hatte Thorleif gebeten, ihm davon gleich noch einmal eine Ladung zu beschaffen. Da Olaf nicht nur mit schönen Worten, sondern auch mit klingendem Silber nicht geizt, hatte Thorleif seine Absicht aufgegeben, noch im Herbst nach Haithabu zurückzukehren und den Winter bei Björnhild und den Kindern zu verbringen. Ein Jahr nach Thorstein, dem Erstgeborenen, hatte sich in dem Haus am Noor ein zweiter Junge eingestellt, der auf Björnhilds Wunsch Thorfin genannt worden war. Als Thorleif im letzten Sommer Haithabu verlassen hatte, um die von den Wikingern eingekesselte Stadt London mit Fleisch zu versorgen, waren bei Björnhild Anzeichen für eine dritte Schwangerschaft unverkennbar gewesen, und er hatte sich vorgenommen, so bald als möglich zu ihr zurückzukehren. Seitdem ist nun fast ein dreiviertel Jahr vergangen. »Das Kind ist längst geboren«, denkt Thorleif. »Ob es wohl wieder ein Junge ist? Oder ein Mädchen? Wenn ich noch länger mit meinen Geschäften ausbleibe, kann es laufen, bevor ich es zu Gesicht kriege.«

Jetzt segelt sein Knorr wieder auf Südkurs. Den Aufenthalt auf Hitra hat er dazu benutzt, seine Geschäftspartner im Norden zu besuchen. Bei steifem Südwestwind war er wieder fünf Tage lang nordwärts gesegelt, an Steuerbord stets die Berge und Buchten der Küste in Sichtweite, und hatte erst bei den finnischen Jägern hoch im Norden seinen Knorr an Land gezogen. Voll beladen mit Walbein, Seehundshäuten, Wolfs- und Marderfellen war er nach einer Reihe von Tagen wieder auf Südkurs gegangen in der Absicht, mit dieser Ladung seine Handelsfreunde in London aufzusuchen und dort wieder Tuche einzukaufen, mit denen er schon einmal in Malaga gute Geschäfte gemacht hat.

Thorleif ertappt sich dabei, daß er mehr an Malaga als an Haithabu denkt. In Malaga hatte er bei seinem zweiten Auf-

enthalt einen seiner Sklaven, der sich als sprachgewandt und anstellig erwiesen hatte, mit dem Auftrag zurückgelassen, seine Geschäfte im Mittelmeer zu überwachen. Denn es hatte sich schnell gezeigt, daß Knut zwar ein sehr guter Schiffsführer ist, sich als Handelsmann aber leicht übervorteilen läßt, und daß Selim, der arabische Händler, bei allen Geschäften mehr an seinen als an Thorleifs Vorteil denkt. Da hatte ihm Knut vorgeschlagen, dem Sklaven Ibrahim, der in seiner Heimat schon erfolgreich Handel getrieben hatte, die Vertretung seiner Interessen in Malaga zu übertragen, und Thorleif hatte schnell feststellen können, daß sich das zum Segen seiner Mittelmeergeschäfte auswirkte.
Während er am Steuerruder steht, kommt ihm plötzlich Berta von Langford in den Sinn, die er noch nie gesehen hat, und Thorleif nimmt sich vor, seinen Aufenthalt in London zu benutzen, um sie zu besuchen, wie er es Ingolf schon im letzten Herbst versprochen hat. Den nächsten Fernhändler, der seinen Kurs mit Richtung Haithabu kreuzt, will er bitten, Björnhild zu verständigen, daß seine Geschäfte ihn nach London geführt haben und er noch nicht wisse, wann er heimkommen könne.

Zu dieser Stunde sitzt Ingolf in seinem Haus am Fjord auf dem Hochsitz und blickt düster ins Feuer. Morgen werden die drei Drachenboote Segel setzen und auf Nordkurs gehen; nach Hitra, denn das Thing hat zu seinen Gunsten entschieden. Dennoch ist er nicht froh darüber. Die heftigen Auseinandersetzungen, die der knappen Entscheidung vorangegangen sind, bewegen den jungen Häuptling stark. Nur eine einzige Stimme – wäre sie für Vilgard gefallen, hätten die Schiffe morgen Drontheim ansteuern müssen, hätte er niemals mehr vor Olaf Tryggvason hintreten können. Im Herdfeuer knistern die Buchenscheite, und Ingolf fragt sich, was er falsch gemacht hat. Hat er allzu selbstherrlich seine Ziele verfolgt, ohne daran zu denken, daß in der Siedlung am Fjord Familien auf die Männer warteten, die er ihnen in Olafs Gefolge allzu lange entzogen hatte? Hatte er über die Köpfe seiner Männer hinweg Entscheidungen getroffen und dabei in erster Linie seinen Vorteil im Auge gehabt? Ingolf nimmt sich vor, in Zukunft mehr an die zu denken, die hinter ihm stehen. Und er ist froh darüber, daß nach dem Thing bei dem Gelage in dieser Halle, das an alte Zeiten unter dem Seekönig Erik erinnerte und bei dem viel Bier getrunken worden war, schon bald wieder Einmütigkeit unter den Männern herrschte.

Viel Bier wird auch am Drontheimfjord getrunken, auf der Burg des alten Jarls. Hakon vergnügt sich mit seinen Mannen, als stünde der Weltuntergang bevor. Abend für Abend ruft er nach den Tänzerinnen, und wenn er trunken auf sein Lager wankt, läßt er sich jede Nacht von einer anderen Frau begleiten. Nicht nur Tänzerinnen sind es, nach denen gierig seine Hand greift. Er begehrt die Frauen und Töchter seiner Gefolgsmänner, und Kark, sein Sklave und Handlanger, muß dem lüsternen Alten immer wieder neue Beischläferinnen zuführen. In vielen Fällen muß er dabei Gewalt anwenden, weil die Auserwählte sich den Wünschen des Jarls widersetzt und sich trotz aller Versprechungen weigert, ihm auf die Burg zu folgen. Wie ein hungriger Wolf dringt er mit einer Handvoll Krieger in die Frauenhäuser ein, reißt brutal die Frauen und Töchter von ihren Lagern, und einige Male ist er bei den blutigen Auseinandersetzungen, zu denen es immer wieder mit Vätern und Ehemännern kommt, beinahe erschlagen worden. Kehrt er aber erfolglos und mit leerer Sänfte zum Jarl zurück, so bekommt er dessen Zorn zu spüren und darf sich tagelang vor den Augen des Alten nicht blicken lassen.

Während auf Hitra Olaf auf seine Beute lauert wie der Polarfuchs vor dem Kaninchenbau, wächst im Lande der Unmut über die Herrschaft des Jarls. Olaf folgt Ingolfs Rat und schürt ihn noch, indem er auf den Kopf des Jarls einen hohen Preis aussetzt. Wer den Alten bringt, tot oder lebendig, soll zweihundert Pfund Silber bekommen, läßt er durch die Fischer und Händler verbreiten. Als der Jarl davon hört, lacht er und setzt seinerseits fünfhundert Pfund auf Olafs Kopf aus, aber die Gefolgsleute und die Bauern fragen sich, woher er bei seinem aufwendigen Leben das Geld wohl nehmen wolle, falls tatsächlich ein Verräter Anspruch darauf erheben sollte.

Das Ledingsgebot des Jarls hat sich als ein Mißerfolg erwiesen. Nur wenige Hundertschaften sind ihm gefolgt und mit ihren Langschiffen weisungsgemäß nach Drontheim gesegelt. Angekommen sind dort noch weniger. Ingolf und die anderen Unterführer machen sich einen Spaß daraus, die Anhänger des Jarls vor dem Erreichen des Fjordes abzufangen und vor die Wahl zu stellen, es auf einen Kampf mit der Übermacht ankommen zu lassen oder lieber die Fronten zu wechseln. Sie brauchen kaum zum Schwert zu greifen. So wächst die Streitmacht Olafs schnell an, während Jarl Hakon kaum Zuwachs erhält, weil Ingolf mit zehn Schiffen nach Norden gesegelt ist und die Zufahrt im Boldfjord blockiert.

So stößt die Streitmacht des Eroberers auf keinen nennenswerten Widerstand, als Olaf eines Tages den Befehl gibt, die Drachenboote zu besteigen und gen Drontheim zu segeln. Er selber kommt mit der Hauptmacht von Süden her, Ingolf nähert sich dem Fjord aus Norden. Vor *Agdenes* vereinigen sie sich und gehen an Land. Es ist der Tag, an dem der Sommer beginnt.

Olaf küßt das schwere Holzkreuz, bevor er es zum Zeichen der Landnahme in den Boden rammen läßt. Dann befiehlt er

seinen Knechten, sein Zelt zu errichten. Die Krieger ziehen die Drachenboote an Land und schlagen in einem großen Halbkreis ihre Lagerstätten auf. Im Nu ist der Platz befestigt. Wachen gehen die Runde und achten darauf, daß sich kein Unbefugter dem Lager nähert.
Menschen strömen in Scharen herbei. Die Männer kommen nicht mit dem Schwert in der Hand, sondern lassen die Waffe in der Scheide stecken; wenn sie das Schwert vor Olaf ziehen, tun sie es nicht, um gegen ihn zu kämpfen, sondern um ihm zu huldigen. Die Frauen tragen in geflochtenen Weidenkörben Salz und Brot herbei, stellen sie als Willkommensgruß vor den Füßen Olafs nieder. Als einige vor ihm auf die Knie sinken, befiehlt ihnen der Seekönig, aufzustehen.
»Da drüben steht das Kreuz Christi«, ruft er ihnen zu. »Kniet vor ihm nieder, vor dem allmächtigen Gott!«
Gegen Abend nähert sich dem Lager ein Mann, der kostbare Kleidung trägt und dennoch an seinem geschorenen Haar unschwer als Sklave zu erkennen ist. Er trägt ein kurzes Schwert in der Scheide und unter dem rechten Arm einen Weidenkorb von der Art, mit denen die Frauen Früchte, Salz und Brot gebracht haben. Im Zuge der allgemeinen Huldigungen hindert ihn niemand, zu Olaf Tryggvason vorzudringen.
»Du bist ein Sklave, doch du trägst Kleider wie ein Herr, und an deiner Linken hängt ein Schwert«, spricht Olaf ihn an. »Wer bist du und was bringst du mir, sprich!«
Der Sklave mustert den Seekönig mit halb forschendem, halb unterwürfigem Blick und hält mit der linken Hand den Deckel auf seinem Weidenkorb fest.
»Ich bin Kark, der Sklave des Jarls«, sagt er langsam.
»So sendet dich Hakon?« ruft Olaf und springt von seinem Sitz auf. »Was schickt mir der Alte, was bringst du mir da, rede!«

Ehe der Sklave etwas sagen kann, hat Olaf sein Schwert aus der Scheide gerissen und will mit der Spitze den Deckel des Korbes lüften. Aber Kark hält ihn fest.
»Was ich dir bringe, hat seinen Preis«, sagt er mit halblauter Stimme. »Seinen hohen Preis!«
»Seinen Preis?« erkundigt sich Olaf und sieht sein Gegenüber fragend an. »Was redest du von einem Preis? Drücke dich deutlicher aus!«
»Ich rede von zweihundert Pfund Silber«, sagt der Sklave unerschrocken. »Du hast doch verkünden lassen, daß du sie dem zahlen willst, der dir den Jarl bringt! Tot oder lebendig. Nun, hier ist er!«
Kark reißt den Deckel vom Korb unter seinem Arm und kippt ihn vor den Füßen Olafs aus. Der blutige Kopf Jarl Hakons rollt in den Sand.
»Du hast ihn erschlagen?« herrscht Olaf den Knecht mit blitzenden Augen an. »Du, ein Sklave, hast deinen Herrn getötet?«
»Hätte ich es nicht getan, dann hätten sich die Drontheimer Bauern ihre Hände mit seinem Blut beschmutzt«, brüstet sich Kark. »Sie sind in die Burg eingedrungen, als die Nachricht von deiner Landung hierher nach Lage gedrungen war und die beiden Jarl-Söhne mit ihren letzten Getreuen durch Stjordalen nach Schweden geflüchtet waren. Sie wollen nach Uppsala zu deinem Namensvetter Olav, der dort seit kurzem herrscht. Der alte Jarl aber flüchtete vor den wütenden Bauern jammernd in den Schweinestall. Er forderte mich auf, ihn vor ihrer Rache zu retten. Ich habe seiner zitternden Angst ein Ende gemacht. Hier, mit diesem Schwert habe ich ihm den Kopf abgeschlagen. Und jetzt fordere ich von dir den Preis, den du für ihn ausgesetzt hast.«
»Du wagst es, etwas von mir zu fordern?« fährt Olaf den Sklaven an. »Doch du sollst deinen Lohn bekommen! Hier

auf der Stelle will ich ihn dir auszahlen! Da, nimm, was du verdient hast mit deiner Schandtat! Ein Kencht, der seinen Herrn erschlägt, hat nichts als den Tod verdient!«
Olaf Tryggvason tritt einen Schritt auf den Sklaven zu, sein Schwert blitzt in der Sonne. Doch ehe er zuschlagen kann, fällt Ingolf ihm in den Arm.
»Halt ein!« ruft er. »Ein König sollte kein Sklavenblut vergießen. Dies zu tun, ist die Aufgabe des Geringsten unter deinen Dienern.«
»Du hast recht«, stimmt ihm Olaf zu und stößt sein Schwert zurück in die Scheide. Dann winkt er ein paar Sklaven herbei, von denen einer eine Axt trägt. Ein paar Augenblicke später liegt der Kopf des Sklaven Kark neben dem seines Herrn im Ufersand. Olaf und Ingolf wenden sich wortlos ab. Die Krieger und die Männer und Frauen von Drontheim verharren schweigend.
Ohne daß es einer Anordnung Olafs bedurft hätte, ruft der Lagmann von Drontheim alle Männer zum Thing zusammen. Zehn Tage nach der Landung Olafs bei Agdenes versammeln sie sich unter der großen Linde an der Mündung des Nidelv in den Fjord, dicht bei der Burg der Jarle, um Olaf Tryggvason zum König auszurufen.
Es ist ein warmer Sommertag. Die Bauern aus Drontheim sind so zahlreich gekommen, daß längst nicht alle Schatten unter dem riesigen Baum finden. In dem Blätterdach summen die Bienen, und es duftet süß aus gelblichen Blüten.
Olaf Tryggvason hat ein prächtiges Gewand angelegt. Er trägt Hosen aus blauer Seide, eine goldbestickte rote Jacke und einen mit Goldplättchen beschlagenen breiten Gürtel. Sein Haar hat er mit einem Goldband hochgebunden, und als er auf seinem Schimmelhengst dahergeritten kommt, da blinken seine Waffen in der Sonne. Dreißig Häuptlinge und Großmänner, ebenfalls prächtig gekleidet und gut beritten,

bilden sein Gefolge. Die Schwerter klirren, als sie am Fuße des Thinghügels von den Pferden steigen.
Die Bauern im Rund schlagen mit ihren Schwertern an die Schilde. Am Stamm der Linde läßt Olaf sich auf dem für ihn vorbereiteten Sitz nieder. Ingolf und Grimolf, seine ersten Gefolgsmänner, stehen hinter dem Stuhl, die eine Hand an der Lehne, die andere am Griff des Schwertes.
Der Lagmann als Vorsitzender des Things führt das Wort. Die Drontheimer Bauern seien entschlossen, wieder einen König zu wählen, sagt er. Seit dem Erstarken des Jarls und seinem Sieg im *Hjörundfjord* seien sie zwischen der Oberherrschaft des Dänenkönigs und dem Machtanspruch des Jarls oft in Zweifel gestürzt worden. »Doch nun ist der Jarl tot, und Dänemark ist zu weit«, sagt der Lagmann. »Wir wollen, daß ein Norweger über uns herrscht. Deshalb rufen wir dich, Olaf Tryggvason, zum König aus!«
Nach den Worten des Lagmanns bricht der Beifall los, daß die Äste der Thinglinde zu zittern scheinen. Hochrufe auf den König schallen über den Drontheimfjord. Dann spricht König Olaf: »Männer von Drontheim, ich bin gekommen, um König von Norwegen zu werden und nicht Gaukönig von Drontheim. Tryggve, mein Vater, hat auf Iringstal nahe Tönsberg gesessen, doch das Gebiet, das er beherrscht hat, war mit einem guten Pferd in einem Tagesritt zu durchqueren. Dort unten am Skagerrak fühlt sich jeder Häuptling als König. Doch ich werde nicht ruhen noch rasten, bis ich sie mir alle unterworfen habe. Herrschen will ich über das ganze Land, wie einst Harald Schönhaar über Norwegen geherrscht hat!«
Wieder brechen die Männer unter der Thinglinde in Beifall aus. Der Lagmann aber nimmt abermals das Wort.
»So bist du jetzt unser König«, sagt er. »Und wir wollen dir gehorsam sein, wie es sich für Gefolgsleute geziemt. Doch

sage uns, König Olaf, was es mit der neuen Religion auf sich hat, die du aus England mitgebracht hast? Was hast du gegen unsere alten Götter? Warum willst du sie uns nehmen?«
Die Männer schlagen mit den Schwertern gegen die Schilde und bekunden damit, daß der Lagmann mit ihrem Einverständnis so gesprochen hat. Der alte Hjalti Finnson, einer der angesehensten Großmänner am Drontheimfjord, deutet mit der Hand auf das Kreuz auf Olafs Brust und ruft: »Warum trägst du nicht den Thorhammer wie wir alle? Warum läßt du überall gekreuzte Balken in die Erde rammen und behauptest, dies sei das Zeichen Gottes?« Seine Stimme zittert, und das weiße Haar des Alten weht im Sommerwind.
Da erhebt sich Olaf, zieht das Schwert aus der Scheide und faßt es so, daß seine rechte Hand den Griff, die linke die Spitze hält. Seine Stimme klingt verhalten, doch seine Augen sprühen Feuer, als er zu reden anhebt: »Es ist noch nicht viele Winter her, da habe ich gedacht wie du«, sagt er. »Ich habe die Götter verehrt, und ich habe ihnen Opfer gebracht, nicht nur beim Julfest, sondern auch bei vielen anderen Gelegenheiten. Und als ich fern der Heimat erfuhr, daß mein Vater Tryggve erschlagen worden sei, noch bevor meine Mutter mich geboren hatte, und als man mir sagte, daß meine Mutter später als Sklavin verkauft worden sei, da dachte ich, es sei der Götter Wille. Ich glaubte an die Kraft der Götter, als ich gegen Feinde kämpfte und mit meinem ›Kranich‹ das Nordmeer befuhr, und wenn meine treuesten Gefolgsleute neben mit tödlich getroffen wurden, so sagte ich mir, die Götter wollten es so. So vertraute ich, Olaf Tryggvason, auf die Götter, und niemals ist es mir eingefallen, an ihnen zu zweifeln. Bis zu dem Tage, an dem sie mich im Stich ließen!«
Die Männer unter der Thinglinde haben schweigend zugehört. Olafs Worte sind immer lauter, immer eindringlicher geworden. Leidenschaftlich fährt er fort: »Wir lagen vor

Maldon, und der Graf von Essex hatte eine starke Streitmacht, die zudem auf dem Schlachtfeld die günstigere Stellung besaß. Als wir angriffen, gerieten wir schnell in arge Bedrängnis. Pfeile prasselten auf uns hernieder wie Hagelkörner bei einem Sommergewitter. Reihenweise sanken meine Krieger zu Boden; ich selber wurde verwundet. Da habe ich die Götter angefleht, uns beizustehen, doch alles Bitten, alles Flehen blieb vergeblich. Wir alle drohten erschlagen zu werden. In dieser Not habe ich auf dem Schlachtfeld gelobt, mich taufen zu lassen, wenn der Gott der Christen mir beistehe. Ich hatte die Worte kaum ausgesprochen, als sich das Schlachtenglück zu unseren Gunsten wendete. Zur Mittagszeit lag der Graf von Essex erschlagen auf dem Schlachtfeld, und ich war der Sieger.«

Es ist totenstill geworden auf dem Thingplatz. In die Stille hinein ruft Hjalti mit brüchiger Stimme: »Und? Wie hat er geholfen, dein Christengott? Hat er auf die Engländer Blitze niederfahren lassen?«

»Er hat mir Ingolf Haraldson zur Verstärkung geschickt! Wie ein Blitz, in der Tat, ist der mit seinen Männern unvermutet über den linken Flügel der Verteidiger hergefallen, hat die Front in Verwirrung gebracht und uns Luft gemacht. Wir konnten zum Gegenstoß ansetzen und mit vereinten Kräften den Feind besiegen. Zwei Tage später ließen wir uns taufen!«

»Glaubst du, daß Ingolf ausgeblieben wäre, wenn du den Christengott nicht um Hilfe angefleht hättest?« ruft der weißhaarige Bauer hartnäckig.

Olaf ist nur einen Augenblick verlegen. »Er ist gerade noch zur rechten Zeit gekommen, und Gott hat ihn mir geschickt. Auf ihn ist Verlaß! Was soll ich mit Göttern, die es zulassen, daß der Vater eines ungeborenen Kindes erschlagen wird? Daß seine Mutter in die Sklaverei geführt wird, als das Kind gerade laufen kann? Was soll ich mit Göttern, die dem Feind das Schlachtenglück schenken? Der Christengott hat mich stark gemacht, so stark, daß ihr mich heute zu eurem König gekürt habt! Jetzt, wo ich König bin, werde ich Schluß machen mit den alten Göttern in diesem, meinem Land! Wer meinem Beispiel folgt, den alten Göttern abschwört und die neue Religion annimmt, wird sehr schnell merken, daß ich ein huldvoller König bin, unter dessen Herrschaft es sich gut leben läßt. Wer sich aber gegen mich stellt und zu den alten Göttern betet, wird gut daran tun, außer Landes zu gehen, bevor er meinen Zorn zu spüren bekommt.«

»Und du hast bei alledem keine Angst vor dem Zorn der Götter?« Hjaltis Stimme zittert bei diesen Worten noch mehr als sonst.

»Angst? Angst vor dem Zorn der alten Götter?« schreit Olaf und reckt das Schwert. »Ich, der König, soll Angst vor dem Zorn der alten Götter haben? Kommt mit mir, ich will euch zeigen, wie ich mit ihnen verfahre, mit diesen Schwächlingen!«

Mit langen Schritten stürmt er den Thinghügel hinunter, durchmißt das Bachtal, steigt an der anderen Seite den Hügel zum heiligen Hain hinauf, auf dem sich der Göttertempel erhebt. Einem der Knechte, die unten bei den Pferden stehen, entreißt er im Vorbeistürmen die Axt. Der alte Gode stellt sich mit ausgebreiteten Armen vor die Tür des Blothauses, will dem König den Einlaß verwehren. Olaf gibt ihm einen Stoß, daß er zu Boden stürzt. Dann schwingt er in rasendem Zorn die Axt, läßt sie auf den heiligen Schrein, auf die Götterbilder niedersausen. Holz kracht und splittert.

Olaf ruft nach einer Fackel, läßt sich Feuer bringen, wirft den Brand in die Trümmer. Die Flammen züngeln, fressen gierig das trockene Holz. Und während das Blothaus hell lodert, wirft Olaf die Axt weg, reckt beide Hände gen Himmel und ruft: »Da seht ihr, was für Schwächlinge die alten Götter sind. Ich zerstöre ihren Tempel, und sie fallen mir nicht in den Arm!«

Da fährt aus heiterem Himmel ein Blitz hernieder, schlägt krachend in die Odinseiche ein, die ein paar Dutzend Schritte entfernt im heiligen Hain steht, spaltet den mächtigen Stamm. Dem grellen Blitz folgt ein Donnerschlag, der die Männer am Fuße des Hügels erzittern läßt.

Olaf aber lacht und weist mit ausgestreckter Hand auf den vom Blitz getroffenen Baum.

»Sie zerstören selber ihre Heiligtümer, eure Götter! Wenn sie so stark wären wie ihr glaubt, hätten sie mich vom Blitz erschlagen lassen und nicht den Odin geweihten Baum. Ich will, daß hier auf dem Berg eine Kirche gebaut wird, und zum Beweis des Sieges über die alten Götter soll beim Bau das Holz der Odinseiche verwendet werden, die soeben vor euer aller Augen der Blitz gefällt hat.«

Ingolfs Blutrache

In der Siedlung am Fjord ist es endlich Frühling geworden. Auf den Wiesen hinter den Höfen blühen gelb die Schlüsselblumen, und die Knechte und Mägde haben die Kühe und Schafe auf die Sommerweiden in den Bergen getrieben, die zwischen den Gletscherzonen des Jostedalsbreen und des Hardangerjökulen grünen. Die Kälber und die Jungschafe springen ausgelassen umher, als seien sie froh darüber, endlich den Winter hinter sich zu lassen. Er hat so viel Schnee gebracht, daß die Knechte jeden Morgen Mühe hatten, die Wege zwischen den Gehöften freizuschaufeln, und die alten Frauen an den Spinnrädern behaupten, einen ähnlich schneereichen Winter habe es lange nicht mehr gegeben.
Die Abwesenheit der Männer ist unter solchen Umständen doppelt schmerzlich empfunden worden. Ingolf hat das Julfest nicht am Fjord verbracht. Als im letzten Herbst die Tage kürzer und die Nächte dunkler wurden und er sich zur Heimfahrt rüsten wollte, hatte König Olaf ihn aufgefordert, den Winter über in seiner Nähe zu bleiben. Noch sei das Bekehrungswerk am Volk der Norweger erst zu einem Teil vollbracht, noch stünden an vielen Fjorden und in unzugänglichen Bergtälern die Männer und Frauen unter dem Einfluß

ihrer Goden, als daß der König allzu leichtfertig seine Krieger entbehren könne, hatte Olaf ihn beschworen. So hatte sich Ingolf bereden lassen, mit seinen Männern die Leibwache zu stellen, während der Großteil der Krieger nach Hause entlassen worden war; vor allem jene Männer, die viele Jahre lang, Sommer wie Winter, auf dem Nordmeer und an fremden Küsten verbracht hatten.

Schwer war Ingolf seine Zusage an den König vor allem gefallen, weil er dadurch seine Absicht, über das Nordmeer zu segeln, in Essex Berta von Langford zu heiraten und sie als seine Frau mit nach Norwegen zu nehmen, nicht verwirklichen konnte. Als er dies dem König vorgetragen und um Bedenkzeit gebeten hatte, war Olaf ihm mit der Bemerkung über den Mund gefahren, es wäre ohnehin besser, wenn sein erster Gefolgsmann die Hände und den Kopf frei habe, um sie ganz in den Dienst des Königs zu stellen. Heiraten könne er immer noch, zunächst sei es wichtig, die halsstarrigen Norweger zu Christen zu machen und des Königs Herrschaft zu festigen. »Erst wenn alle Großmänner meine Lehensleute sind und der letzte Odinsstein gestürzt ist, kann ich dich entbehren«, hatte Olaf Tryggvason entschieden.

Doch jetzt segelt Ingolf südwärts. Nachdem es Olaf gelungen war, bei einem großen Thing auf der Halbinsel Stad am Nordfjord mit der Kraft seiner Rede mehr als ein Dutzend einflußreiche Häuptlinge und Gaukönige für sich zu gewinnen und mit ihren Gefolgsmännern zum Christentum zu bekehren, hatte er ihn ziehen lassen. Ingolf wäre am liebsten auf dem schnellsten Wege zu Berta gesegelt, von der er seit seinem Abschied vor zwei Wintern nichts mehr gehört hat. Doch dann hatte er überlegt, daß er das seinen Männern nicht zumuten könne, die ein volles Jahr Frauen und Kinder entbehrt haben. So segelt er jetzt an der Küste Norwegens entlang heimwärts in der Absicht, einige Zeit in der Siedlung

am Fjord zu verbringen, Haus und Hof für den Empfang der neuen Hausfrau zu richten und erst dann hinüber nach Essex zu segeln, um Berta heimzuholen.
Während die Schiffe bei mäßigem Nordwestwind langsame Fahrt machen, steht Ingolf am Ruder und läßt die Landschaft vorüberziehen. Er sieht weidende Viehherden, und die Fischer haben ihre Netze zum Trocknen aufgestellt. Auf einigen Hügeln entdeckt er Kirchen, auf einzelnen Felsen ragen Kreuze in den Frühlingshimmel. Seit der Landnahme durch Olaf Tryggvason ist noch kein Jahr vergangen, und das Christentum hat dennoch in ganz Südnorwegen, von Tönsberg bis Drontheim, schon starke Bollwerke, denkt Ingolf. An vielen Plätzen haben Kirchen die alten Tempel verdrängt, erheben sich Kreuze statt der Götterbilder. Alten Bräuchen gehen die Leute bestenfalls im geheimen nach, weil es für jeden Norweger verderblich wäre, in der Öffentlichkeit Odin zu huldigen oder den Göttern gar Opfer zu bringen. So beugen sie lieber den Rücken und beten zu dem neuen Gott unter Anleitung englischer und irischer Mönche, die Bischof Sigurd über das ganze Land verteilt hat. »Ich möchte wissen, wie es die meisten halten, wenn sie allein in ihren vier Wänden sind«, denkt Ingolf angesichts der Kreuze.
Als die drei Drachenboote den Wächterfelsen hinter sich haben und sich dem Landungssteg bei der Siedlung nähern, sieht Ingolf zu seiner Überraschung dort ein Schiff liegen. Im ersten Augenblick denkt er an Thorleif, doch bei näherem Hinsehen entdeckt er, daß es des Bruders Schiff nicht ist. Vermutlich ist es Gunnar, der Wanderhändler, der um die Zeit immer nach Norden fährt, denkt Ingolf, und er erinnert sich an jenen Frühling vor neun Wintern, als Gunnar die Nachricht brachte, daß Harald, Ingolfs Vater, im Bömlofjord gefangengehalten werde und der habgierige Lorolf für

ihn ein sehr hohes Lösegeld fordere.
Freudenrufe, mit denen die Kinder, die mit den Frauen und den Alten hinunter zum Fjord geeilt sind, als der Wächter die Ankunft der Drachenboote gemeldet hatte, die Ankommenden begrüßen, reißen den jungen Häuptling aus seinen Träumen. Unter den Wartenden am Ufer erkennt er Gudrun, die seit zehn Wintern seine Ziehmutter ist. Ihr Haar ist grau geworden, doch ihr Rücken ist ungebeugt. Hiltrud, seine leibliche Mutter, entdeckt er nicht, und er hat auch kein Verlangen danach, sie zu sehen. Seit sie im Sommer nach Haralds Tod wieder geheiratet hat, ist das ohnehin nicht sonderlich herzliche Verhältnis zwischen ihr und ihrem erstgeborenen Sohn noch mehr getrübt. Sie hat niemals verwinden können, daß Ingolf das Elternhaus verließ, um als Ziehsohn des Seekönigs Erik heranzuwachsen. Ingolf wiederum hat ihr verübelt, daß sie ihren Mann so schnell vergaß, als auf Weisung des Sippenältesten Ragnar ein Verwandter, der noch dazu jünger war als sie, um sie anhielt, weil man, wie Ragnar sagte, eine solche Frau nicht aus der Sippe gehen lassen sollte.
Ingolf hat kaum seinen Fuß an Land gesetzt, da tritt ihm ein Mann entgegen, den er lange nicht mehr gesehen hat.
»Du, Torkil«, ruft er erfreut und umarmt den vertrauten Handelsmann.
»Daß du dich wieder einmal hier im Fjord sehen läßt, macht mein Herz froh! Was für Nachrichten bringst du? Weißt du etwas von Thorleif? Wie geht es in Haithabu Björnhild und den Kindern? So rede doch!«
»Du bringst einen alten Mann mit deinen stürmischen Fragen durcheinander«, sagt Torkil lachend. »Immer schön der Reihe nach. Also: Björnhild geht es gut und sie läßt dir Grüße sagen. Sie hat jetzt drei Kinder. Thorstein und Thorfin üben schon tüchtig mit Pfeil und Bogen, und Thorhild, die im

letzten Frühjahr geboren wurde, fängt an zu laufen. Du solltest bald mal wieder nach Haithabu kommen, damit du dich an ihnen erfreust, wie ich es tue. Sie sind das Licht meines Alters.«

»Und Thorleif? Was ist mit ihm? Gibt es keine Nachrichten von seinem Knorr?« Ingolf bedrängt ungeduldig den Alten.

Torkil schweigt einen Augenblick und lächelt dann zufrieden. »Von ihm gibt es gute Nachrichten, Ingolf. Thorleif ist ein großer Handelsmann geworden! Er unterhält Niederlassungen in Malaga, auf Gotland, auf Birka und in London. Seine Schiffe segeln auf allen Meeren. Wenn ich richtig unterrichtet bin, fahren derzeit vier Knorren unter seinem Gebot.«

Ingolf hat aufmerksam zugehört, jetzt aber unterbricht er den alten Freund: »Er hat eine Niederlassung in London, sagst du?«

»Ja, an der Themse steht ein großes Lagerhaus, in dem er seine Waren vom Englandhandel umschlägt.«

»Wann werde ich ihn wieder einmal sehen?«

»In wenigen Tagen«, entgegnet ihm Torkil. »Ich bin hier mit ihm verabredet. Wenn Tag und Nacht gleich lang sind, wollen wir uns treffen und unsere Waren austauschen. Ich warte auf eine Sendung guter Tuche, und Thorleif bekommt von mir fünf Kisten Kruzifixe, die der Mönch Sigurd angefordert hat. Sigurd, der sich ja neuerdings mit König Olafs Billigung Bischof nennen darf, hat es sehr eilig mit der Bekehrung der Menschen. Man erzählt sich, daß er in der Wahl seiner Mittel nicht wählerisch ist, genausowenig wie sein König. ›Das Kreuz oder der Tod‹ soll beider Wahlspruch sein!«

Ingolfs Augen halten dem fragenden Blick Torkils stand. »Es ist wahr, Olaf zwingt den Leuten die neue Religion auf. Er tut es vor allem aber mit seiner unglaublichen Beredsamkeit. Du hättest ihn sehen und hören müssen, wie er unter der

Thinglinde zu den Drontheimer Bauern sprach, wie er seine Hinwendung zum neuen Glauben begründet hat. Mitten auf dem Kampffeld im Angesicht einer drohenden Niederlage, habe er plötzlich erkannt, daß der Christengott der wahre Gott sei, der ihm Rettung aus höchster Not gebracht habe. Dabei hat ihm nicht Gott geholfen, sondern ich habe von der Seite her die Engländer angegriffen und ihn herausgehauen.«
Ingolf lacht dröhnend, als er Torkil schildert, wie geschickt Olaf sein unvermutetes Eingreifen in den Kampf bei Maldon als eine Fügung Gottes darzustellen verstanden hat. Auch Torkil lacht, wird aber sehr schnell wieder ernst.
»Das ist es, was ich meine«, sagt er. »Olaf stellt Gott als einen Schwertgenossen dar, den man bloß zu rufen braucht. Und auch sein Bischof tut nichts, um den Menschen das wirkliche Christentum zu erläutern, in dem nicht von Brand und Schwert, sondern von der Nächstenliebe die Rede ist.«
Da lacht Ingolf abermals und schlägt Torkil ausgelassen auf die Schulter.
»Was glaubst du, was die starrköpfigen Bauern sagen würden, wenn Olaf Tryggvason ihnen riete, ihre Feinde zu lieben, wie die Mönche es predigen! Sie würden ihn auslachen und wieder davonjagen, weil sie keinen Schwächling als König brauchen können. Nein, Torkil, Olaf weiß genau, was er tut! Er ersetzt den Menschen die alten Götter durch einen neuen Gott, und natürlich muß der neue Gott kraftvoller und stärker als die alten Götter sein! Was gäbe es sonst für einen vernünftigen Grund in den Köpfen der norwegischen Dickschädel, sich ihm zuzuwenden. Ein starker neuer Gott und ein mächtiger neuer König. Das begreifen die Bauern und damit hat er Erfolg.«
»So benutzt der das Christentum nur als Mittel bei der Verfolgung seiner Ziele?« fragt Torkil erstaunt.
»Das will ich nicht sagen! Vielleicht glaubt er sogar an seinen

neuen Gott, so wie ich es tue, seit ich das Kreuz trage, das ich zum ersten Mal bei dir gesehen habe, und das zu meiner Freude auch Thorleif genommen hat«, führt Ingolf das Gespräch wieder an seinen Ausgangspunkt zurück. »Es ist schön, daß ich ihn bald hier begrüßen kann.«

»Er will gleich weiter nach Drontheim und dann hinauf in den Norden zu den Finnen, dorthin, wo es im Sommer keine Nacht, im Winter aber kaum das Licht des Tages gibt. Die Felle und die Pelze, die sie erbeuten, sind bei den Mauren im Süden als Handelsware so begehrt, daß Thorleif damit Gold scheffeln kann. Er ist ein reicher Mann geworden, dein Bruder! Sein Name hat einen guten Klang auf allen Handelsplätzen. Und bald wird er noch reicher und noch mächtiger sein.«

»Wie meinst du das?«

»Ich werde alt, und meine Zeit ist bemessen«, sagt Torkil und läßt den Blick über den Fjord schweifen. Während ihres Gespräches sind die beiden Männer den Berg hinan zum Hof gestiegen, den Thorolf, Thorleifs Großvater, errichtet hat, und der nun Ingolf gehört. Sie stehen vor dem Grabhügel des Seekönigs Erik, als Torkil fortfährt: »Die langen Reisen strengen mich immer mehr an. Deshalb habe ich den Entschluß gefaßt, beim Mittsommerfest alle meine Habe an Thorleif zu übertragen, meine Häuser in Haithabu, Visby und Ladoga, meine Schiffe und alles sonstige Eigentum, und ich will deinen Bruder und Björnhild bitten, mir einen Altenplatz in ihrem Haus einzuräumen.«

Abende später sitzen sie mit Thorleif in der großen Halle. Am Nachmittag hatte der Wächter das Nahen eines Handelsschiffes gemeldet, und Ingolf war hinunter zum Fjord galoppiert, um Thorleif willkommen zu heißen. Die Begrüßung der beiden Männer war kurz ausgefallen, nicht so

herzlich wie sonst, und Ingolf hatte bei sich im stillen gedacht, Thorleif sehe aus wie einer, der eine schlechte Botschaft ausrichten muß und den schlimmen Augenblick noch ein bißchen hinausschieben möchte.
Beim Gespräch am Herdfeuer in der großen Halle gibt es nichts mehr zu verzögern, zumal Ingolf gleich eine Frage stellt: »Du kommst von England herüber? Wärst du einige Tage später gekommen, dann hätten wir uns wieder im Fjord treffen können. Denn ich werde bald nach England aufbrechen!«
Thorleif blickt schweigend ins Feuer, greift dann nach seinem Becher, trinkt und sagt kopfschüttelnd: »Ich glaube nicht, Ingolf, daß du über das Nordmeer segeln wirst.«
»Daran wirst du mich kaum hindern können, Thorleif! Du kennst den Grund, der mich nach England zieht! Ich brenne darauf, sie wiederzusehen! Ich werde sie holen! Dort drüben«, er deutet mit der Hand auf die Querbank der Frauen, »dort drüben wird ihr Platz sein, bis ich ein Haus gebaut habe, das ihrer würdig ist!«
Thorleif schweigt, und es hat den Anschein, als ob er nach Worten sucht. Er legt seine gesunde linke Hand auf Ingolfs Arm. »Du wirst nicht nach England fahren, Ingolf! Denn es gibt keinen Grund mehr für eine solche Reise!«
»Keinen Grund mehr?« begehrt Ingolf auf. »Ist Berta von Langford kein Grund, das schnellste Drachenschiff zu bemannen und über das Meer zu ihr zu fliegen? Oder willst du sagen, daß sie mich vergessen hat? Willst du das sagen?«
Ingolf ist vom Hochsitz gesprungen und steht erregt vor Thorleif. Auch der erhebt sich von seinem Sitz, geht den noch fehlenden Schritt auf Ingolf zu, legt ihm den gesunden Arm um die Schultern.
»Berta ist tot«, sagt er dann mit leiser Stimme. »Ihr Vater, der alte Graf, ist tot, und ihr kleiner Sohn ist auch tot! Und

Burg Langford ist zerstört!«

»Was redest du da?« fährt ihn Ingolf an. »Was redest du da von einem Sohn? Berta hatte keinen Sohn! Du mußt dich irren! Sicher meinst du eine andere Familie. Ich segle morgen und werde mir Gewißheit verschaffen!«

Ingolf schickt sich an, die Knechte zu rufen und Anweisung zu geben, den ›Adler‹ seeklar zu machen. Aber Thorolf zieht ihn auf seinen Hochsitz zurück.

»Ich irre mich leider nicht«, sagt er. »Vor dem letzten Mondwechsel ist Burg Langford überfallen und niedergebrannt worden. Alle Bewohner wurden niedergemacht, selbst vor dem kleinen Kind schreckten die Täter nicht zurück. In den rauchenden Trümmern lagen viele Leichen. Ich habe sie selbst gesehen. Auch das Kind.«

»Was redest du immer von einem Kind«, begehrt Ingolf auf. »Berta war doch noch nicht Mutter!«

»Sie war es!« entgegnet ihm Thorleif mit einer Entschiedenheit, die keinen Zweifel läßt.

»Und wer«, fragt Ingolf mit flüsternder Stimme, »wer war der Vater? Sag mir den Namen, damit ich den Kerl erschlagen kann!«

»Der Vater warst du!«

Thorleifs Antwort wirkt auf Ingolf wie ein Keulenschlag. Alles Blut ist aus seinem Gesicht gewichen, bleich lehnt er in seinem Hochsitz.

»Ich?« stottert er dann. »Ich soll der Vater gewesen sein? Woher weißt du das? Wer hat es dir gesagt?«

»Die Mutter natürlich, wer sonst?« antwortet Thorleif. »Wer anders kann über den Vater eines ungeborenen Kindes sprechen als die Mutter?«

»Was soll das heißen?« schreit Ingolf ihn an. »Du hast doch soeben gesagt, du habest sie als Leichen gesehen. Und jetzt willst du plötzlich mit der Mutter gesprochen haben?«

»Das eine schließt das andere nicht aus«, räumt Thorleif ein. »Erinnerst du dich an unsere Begegnung an der Themse vor zwei Wintern? Damals habe ich dir versprochen, Berta von Langford aufzusuchen, wenn ich wieder in England sei. Ich habe mein Wort gehalten. Als ich nach dem Winter wieder in London war, habe ich mir ein Pferd besorgt und bin nach Langford geritten. Sie trat mir schwangeren Leibes entgegen, wartete auf ihre Niederkunft. Als ich ihr sagte, wer ich sei, bat sie mich, dich zu grüßen und dir zu sagen, daß dein Kind auf seinen Vater warte. Und als ich jetzt wieder in Langford war, fand ich Leichen und Trümmer.«

Thorleif schweigt und starrt ins Herdfeuer. Torkil wischt sich mit dem Handrücken über die Augen. Ingolf aber springt auf und packt Thorleif mit beiden Händen an den Schultern, schüttelt ihn hin und her.

»Wer? Wer, meinst du, hat es getan? Wer hat sie umgebracht, sie und mein Kind? Kannst du darüber etwas sagen?«

Thorleif zuckt die Achseln.

»Wenn Englands Küsten verheert werden, wenn ein Haus niedergebrannt, eine Stadt zerstört, Menschen erschlagen werden, wer ist daran schuld? Die Wikinger natürlich! Die Wikinger als Urheber alles Bösen! Obwohl ich gehört habe, daß ein Edelmann aus der Nachbarschaft Verwünschungen und wüste Drohungen gegenüber Berta ausgestoßen haben soll. Aber ein englischer Edelmann kann natürlich kein Mordbrenner sein!«

»Kennst du seinen Namen?« herrscht Ingolf ihn an. »Sag ihn mir!«

»Sir Gerold«, sagt Thorleif. »Doch das ist das, was sich die Marktweiber in Maldon und anderswo erzählen. Tatsache hingegen ist, daß in der fraglichen Zeit an der Mündung des Schwarzwassers Langschiffe gesehen worden sind.«

»Dänen?« erkundigt sich Ingolf. Er stößt die Worte zwischen

zusammengepreßten Zähnen hervor.
»Ja«, sagt Thorleif. »Dänen auf Wiking! Niemand hat sie zwar an Land beobachtet, doch wer will ausschließen, daß sie abends im Schwarzwasser ihre Drachen ans Ufer gezogen haben, nach Langford vorgestoßen sind, die Burg zerstört, ihre Bewohner getötet und beraubt haben und mit dem Morgennebel wieder auf dem Meer verschwunden sind?«
»Wer immer das getan hat, er wird es mir mit dem Leben büßen«, zischt Ingolf. Dann starren die drei Männer schweigend ins Feuer, bis Torkil plötzlich zu reden anhebt: »Ich kannte einen erfolgreichen Handelsmann mit einem großen Haus auf Gotland und Niederlassungen in Haithabu, Truso und anderen Plätzen. Und er hatte eine Frau und einen kleinen Sohn, der sein ganzer Stolz war und sein Erbe werden sollte. Die Frau bat ihn eines Tages, sie und den Sohn mitzunehmen über das Ostmeer, damit sie in Truso selber Ketten aus Bernstein kaufen könne und in Holmgard seidene Stoffe aus den Ländern Arabiens. Der Mann liebte seine Frau und willigte ein. Wenige Tage später war er Witwer. Räuberische Wikinger hatten den Kauffrieden gebrochen, das Nachtlager überfallen, Frau, Sohn und die Knechte getötet, während der Kaufmann ins Landesinnere geritten war, um neue Verbindungen anzuknüpfen.«
»Wikinger überfallen Wikinger!«
Thorleifs Stimme klingt bitter. »Das habe ich auch schon erlebt! Wenn ich an die Nebelfahrt vor zwei Wintern südlich von Smöla denke!«
»Oder an Lorolf, der einen ganzen Winter lang Harald, meinen Vater, gefangenhielt, um Lösegeld zu erpressen«, sagt Ingolf düster.
»Du kannst dich auch an jenen Tag vor neun Wintern erinnern, als der Seekönig dir deinen Hengst ›Wolke‹ gekauft hat und du mit ihm über die Berge geritten bist«, wirft Torkil

ein. »Damals hast du einen Händler, der von einem Häuptling ausgeplündert worden war, vor wütenden Wölfen gerettet.«
»Das warst du«, sagt Ingolf, und zum ersten Mal an diesem Tage spielt ein leises Lächeln um seine Mundwinkel. Gleich darauf wird er wieder ernst. »Sag mir, bist du auch der Händler, dem Räuber Frau und Kind erschlagen haben?«
Torkil nickt und sagt dann langsam, jedes seiner Worte sorgsam betonend: »Durch dich, Ingolf, bin ich dem Leben zurückgegeben worden. Und durch euch habe ich wieder Mut gefaßt. Es ist nur recht und billig, daß Eriks Sippe mein Erbe antritt.«
Die drei Männer schweigen und trinken. Ab und zu klingen in ihrer Hand die schweren Silberbecher. Die Glocken der kleinen Kirche, die seit einigen Tagen hinter dem Anwesen steht, läuten zur Abendmesse.
»Die Zeiten haben sich geändert«, sagt Torkil. »Da, wo ich vor neun Jahren herkam, war ich wegen des kleinen Kreuzes auf meiner Brust ausgeplündert worden.«
»Nicht nur deswegen«, belehrt ihn Ingolf. »Habgier war der eigentliche Grund. Im übrigen ist es drüben im Eidfjord heute noch so. Das erinnert mich an das Versprechen, das ich Olaf gegeben habe. Ich muß Thurgeis unterwefen, den alten Häuptling. Es wird Zeit, daß auch am Eidfjord das Kreuz aufgerichtet wird. Doch zuerst fahre ich nach Roskilde!«
»Was willst du denn in Dänemark?« wundert sich Thorleif. »Davon hast du ja bisher kein Wort gesagt.«
»Ich will zu Sven Gabelbart, dem Schwertgenossen König Olafs«, antwortet ihm Ingolf, »um nachzusehen, wie es mittlerweile um die Waffenbrüderschaft bestellt ist. Bei dieser Gelegenheit werde ich herausfinden, welche Dänen in diesem Frühjahr an Englands Küsten geheert haben. Sollte einem von ihnen der Überfall auf Langford anzulasten sein,

dann wehe den Dänen!«
Ingolf ist von seinem Hochsitz aufgesprungen. Erregt durchmißt er mit langen Schritten die Halle, stürmt zur Tür. Thorleif folgt ihm, während Torkil auf seinem Stuhl sitzen bleibt. Nach dem langen Wortwechsel in der rauchigen Halle atmen die Brüder mit vollen Zügen die frische Frühlingsluft, und sie starren mit brennenden Augen hinaus in die Nacht. Im Geäst der alten Eiche schreit der Uhu, und die beiden Männer erinnern sich daran, wie sie vor Jahren, nach dem Erbmahl, hier gestanden und dem Ruf des Nachtvogels gelauscht haben.
»Ob er noch mehr Unglück bringt?« stößt Ingolf ahnungsvoll hervor.
Dann dreht er sich plötzlich um und stürmt wieder zurück in die Halle, greift zum Becher, fest entschlossen, sich mit dem köstlichen spanischen Wein, den Thorleif aus Malaga mitgebracht hat, einen Rausch anzutrinken. Thorleif gibt ihm Bescheid, und selbst Torkil spricht dem Wein an diesem Abend lebhafter zu als sonst seine Art ist.

Eigentlich war es Ingolfs Absicht gewesen, mit seinem ›Adler‹ nach Süden zu segeln. Aber dann hatte er sich rechtzeitig überlegt, daß seinen Männer eine Ruhepause guttun würde, und Ragnar, der alte Schmied und sein Vertrauter von Jugend an, hatte ihn darin bestärkt. »Es ist nicht gut, wenn immer nur Frauen und Knechte die Höfe bewirtschaften«, hatte er vieldeutig gesagt. »Schlimm genug, daß auf deinem Anwesen Gudrun das Regiment führen muß. Sie ist zwar eine tüchtige Frau, wie man sie selten trifft, aber sie wird auch nicht jünger.«
Torkil hatte ihn eingeladen, auf seinem Knorr zu reisen. »Ich habe zwar nicht vor, auf direktem Weg nach Haithabu zu segeln, sondern möchte unterwegs noch ein paarmal anlegen,

doch dir kommt es ja wohl auf einige Tage nicht an. Außerdem lernst du nach all den Kriegsfahrten etwas vom friedlichen Geschäft der Händler kennen.«
So sind sie von Fjord zu Fjord gesegelt, haben Waren ausgeladen und aufgekauft, was die Jäger über Winter an Fellen und Pelzen erbeutet hatten. Sie haben Reisende mitgenommen zur nächsten Ansiedlung, haben Botschaften von einem Großmann zum anderen befördert, und wenn beim Festmachen des Knorr einer der alten, wohlbekannten Handelsmänner nach seinem blonden Steuermann fragte, dann antwortete ihm Torkil, er habe ihn angeheuert, weil seine alten Arme nicht mehr Kraft genug hätten, um das schwere Steuerruder zu führen. Und der erste Gefolgsmann König Olafs hatte seine Freude daran gehabt, als unbekannter Handelsfahrer in Tönsberg und in Skiringssal an Land zu gehen, in Schenken mit Seeleuten, Fischern und Bauern zusammenzusitzen und zu hören, was das Volk über König Olaf und die neue Religion redete. Schnell hatte Ingolf erkannt, daß Olaf noch einige Jahre brauchen würde, um sich das Land Norwegen endgültig zu unterwefen. Und noch länger würde es dauern, um bei den Dickschädeln und Querköpfen die neue Religion durchzusetzen.
Als Torkils Knorr nach zehn Tagen in Haithabu festmacht, stürzen zwei Blondschöpfe lärmend aus einem großen Haus, das in Ufernähe steht. Sie stürmen auf Torkil zu, umhalsen den Alten und wühlen mit flinken Fingern in seinen Taschen, nachzusehen, was er ihnen von seiner Reise mitgebracht habe. Ingolf mustern sie zuerst mit scheuen, dann mit neugierigen Blicken. Endlich stößt der Ältere mutig die Frage hervor: »Wer bist du denn?«
Die Frau, die in diesem Augenblick aus dem Haus tritt, ein kleines Mädchen auf dem Arm, enthebt ihn der Notwendigkeit, die Frage zu beantworten.

»Ingolf«, ruft Björnhild erfreut, umfaßt ihn mit dem freien Arm und legt den Kopf an seine Schulter. »Ich preise den Tag, der dich zu uns bringt! Er macht mich glücklich!«
Dann stellt sie ihm ihre drei Kinder vor, die den Vaterbruder lärmend begrüßen, und bittet ihn ins Haus.
»Der Tag wäre noch schöner gewesen, wenn du mit Thorleif gekommen wärst«, sagt Björnhild, als sie an dem großen Eichentisch Platz genommen haben und die Kinder in einer Ecke damit beschäftigt sind, die Geschenke zu untersuchen. Ingolf will es scheinen, als klinge ihre Stimme bitter.
»Thorleif ist nach Norden gesegelt«, berichtet Ingolf. »Er hat mir aufgetragen, dir und den Kindern seine herzlichen Grüßen zu entbieten!«
»Ja, ich weiß«, sagt Björnhild mit leiser Stimme, damit die Kinder nicht aufmerksam werden. »Er segelt nach Norden und er segelt nach Süden; immerfort ist er in Geschäften unterwegs. An mich und die Kinder denkt er nicht! Sein Kopf ist angefüllt mit Preisen für Bernstein und Perlen. Er weiß, wo er die besten Tuche kaufen kann und besonders kunstvoll geschmiedete Schwerter. Aber frage ihn mal nach dem Alter seines jüngsten Kindes. Er wird dir die Antwort schuldig bleiben!«
»Du mußt Verständnis haben, Björnhild«, versucht Torkil sie zu besänftigen.
»Verständnis?« sagt Björnhild bitter. »Die Männer ziehen hinaus auf das Meer, bleiben viele Wochen weg, oft Monate oder gar Jahre. Wir Frauen aber sollen Verständnis haben und allein die Kinder aufziehen. Als ich mich für Thorleif entschied vor vielen Jahren, dann auch deshalb, weil ich an seiner Seite ein friedvolles Leben zu führen hoffte. Was aber ist der Unterschied zwischen der Frau eines Kriegers und der eines Kaufmanns? Beider Leben besteht aus Warten, aus Hoffen und aus Bangen!«

»Laß ihn dennoch ziehen, Björnhild!« nimmt auch Ingolf für den Abwesenden Partei. »Er ist ein Mann, der das, was er macht, ganz tun muß. Könnte er noch ein Schwert schwingen, würde er sicherlich Drachenboote führen. Sein Schicksal hat es anders gewollt. Daß er in den Geschäften eines Handelsmannes, der über die Meere segelt, Erfüllung findet, sollte dich freuen!«

»Aber die Kinder, Ingolf«, begehrt Björnhild auf. »Thorstein und Thorfin kommen in das Alter, wo sie die straffe Hand des Vaters brauchen.«

»Darüber wollte ich mit dir reden, Björnhild! Torkil hat mir berichtet, daß Thorstein sich heute schon auf den Feldern und den Weiden besonders wohl fühlt. Ich denke, du solltest ihn in solcher Umgebung aufwachsen lassen. Henrik, Vilgards Sohn, ist bei einer Auseinandersetzung am Drontheimfjord verwundet worden und kann das Schwert nicht mehr führen. Ich habe mich entschlossen, ihn zu meinem Pächter zu machen und ihm den Hof am Fjord anzuvertrauen. Gib ihm Thorstein als Ziehsohn, dann wächst der Junge unter den Augen seiner Vatermutter auf dem Land auf, das eines Tages ihm gehören wird.«

Björnhild sieht Ingolf mit großen Augen an.

»Du willst ihn zu deinem Erben machen, Ingolf? Was ist aber, wenn du eines Tages eine Frau findest, die dir einen Sohn gebärt?«

Ingolf legt ihr schwer die Hand auf die Schulter, schüttelt dann den Kopf und sagt: »Eine solche Frau wird es nicht mehr geben, Björnhild! Bis vor wenigen Tagen habe ich geglaubt, daß auch mir das Glück der Ehe beschieden sein werde wie dir und Thorleif. Doch die ich heimführen wollte in mein Haus am Fjord ist tot, und tot ist auch der Sohn, den sie mir geboren hat.«

Björnhilds Augen füllen sich mit Tränen, als Ingolf ihr er-

zählt, was er an jenem Frühlingsabend von Thorleif in der Halle des Hauses am Fjord erfahren hat. Leise sagt sie: »Vielleicht wird es eines Tages eine andere geben, Ingolf. Wenn erst der Schmerz vergangen ist.«
»Dafür wird keine Zeit mehr bleiben«, antwortet Ingolf düster. »Als Thorleif damals vom Bären geschlagen wurde und schwer getroffen im Wundfieber lag, während ich an der Seite des Seekönigs auf der Back des ›Adler‹ stand, da habe ich ihn bedauert, weil er nicht Krieger werden konnte wie ich. Auf Drachenschiffen über die Meere segeln, kampferprobte Gefährten zur Seite, auf die eigene Kraft und Geschicklichkeit, auf die Schärfe des Schwertes und die Härte des Schildes vertrauend, das erschien mir damals als der Inbegriff eines Mannesleben. Ich habe dieses Leben gelebt, neun Sommer lang, und ich weiß heute, daß es die längste Zeit gewesen ist. Ich werde weiter segeln und weiter kämpfen, doch ich habe erkannt, daß es neben Kriegsruhm auf dieser Welt noch andere Dinge gibt, nach denen zu streben es sich lohnt. Torkil, der zehn Tage lang mit mir von Fjord zu Fjord gesegelt ist, Thorleif, du und eure Kinder, ihr alle habt es mich gelehrt! Mein Leben ist Kampf, ist Tod, Thorleifs Leben ist Leben! Vielleicht war ich es damals, der das schwarze Los gezogen hat, nicht er!«

Zwei Tage später läßt sich Ingolf von einem Lohnschiffer mit einem schnellen Boot nach *Lolland* bringen, besorgt sich nach der Landung ein Pferd und reitet quer über die Insel nach Norden. Noch vor dem Abend erreicht er das Fährboot, mit dem er nach Seeland übersetzt. In einer Schenke findet er Quartier für die Nacht, bricht anderntags in aller Frühe auf. Als sich die Sonne den Baumspitzen nähert, reitet er durch die Tore der neuen Königsstadt Roskilde. Er kommt zurecht, um an der Abendmesse in der kleinen Kir-

che teilzunehmen, die noch Harald Blauzahn hat errichten lassen, bevor er von Sven Gabelbart entmachtet wurde. Viele Köpfe drehen sich bei seinem Eintreten nach dem Fremden um, neugierige Augen mustern ihn.
Ingolf will nach der Messe gerade wieder sein Pferd besteigen, als ihm jemand auf die Schulter schlägt und »Sehe ich recht, ist das nicht Ingolf Haraldson?« ruft.
Ingolf erkennt den anderen sofort.
»Hemming von Fünen«, ruft er erfreut. »Was machst du hier auf Seeland?«
»Das sollte ich eher dich fragen, Ingolf«, antwortet der Däne. »Ich bin schließlich Sven Gabelbarts rechte Hand, und der König hat seinen Sitz hier in Roskilde. Du aber kommst von Drontheim herunter? Sag, was führt dich hierher?«
»Die Sehnsucht, alte Waffenbrüder wiederzusehen«, gibt Ingolf dem Dänen zur Antwort, doch dieser ist mit der Ausflucht nicht recht zufrieden.
»Ich freue mich auch über deinen Anblick«, lacht er. »Als wir uns zum letzten Male sahen, schwammen wir beide in Silber, nachdem unsere Könige den ratlosen Ethelred und seine Engländer ausgepreßt hatten. Ich sehe noch die vollbeladenen Ochsenkarren in unser Lager rumpeln, und ich höre das Knarren ihrer Räder und das Klimpern des Silbers. Einen ganzen Tag lang und einen halben hatten wir zu tun, um die Beute auf die Krieger zu verteilen. Aber du mußt mir vor allem erzählen, wie es dir seitdem ergangen ist, und König Sven wird neugierig sein, etwas mehr über Olaf Tryggvason zu erfahren, von dem man ja Wunderdinge hört. Ich will dir einen Vorschlag machen. Der König kommt morgen nach Trelleborg. Gleich in der Frühe will ich zu ihm reiten. Du solltest mich begleiten. Und damit du Schritt hältst mit mir, wollen wir aus dem Marstall des Königs einen schnellen Hengst für dich aussuchen!« Hemming wirft einen gering-

schätzigen Blick auf den Leihgaul, der Ingolf nach Roskilde getragen hat.
»Dein Klepper ist ja dem Zusammenbruch nahe!«

Am anderen Tage traben sie über die Weiden und Felder Seelands, und Ingolf staunt wie schon tags zuvor über den Reichtum der Insel. Edelleute, die über Scharen von Knechten und Sklaven gebieten, rufen den Vorüberreitenden hier und da einen Gruß zu, zweimal kehrt Hemming mit seinem Gefolge und seinem Gast in einem der großen Bauernhäuser ein, um sich zu erfrischen. Die Landschaft ändert sich, je mehr die Reiter sich der Westküste nähern. Die großen Wälderinseln werden immer seltener, dafür fallen Rodungen ins Auge. »Wir haben viel Holz gebraucht beim Bau der Trelleborg«, erklärt Hemming auf den fragenden Blick Ingolfs. »Aber du wirst staunen, wenn du sie siehst.«
Ingolf weiß in der Tat nicht, was er sagen soll, als er gegen Abend in die Trelleborg einreitet. In Norwegen gibt es Vergleichbares nicht. Er steht in einem kreisrunden gewaltigen Kriegerlager, das von einem hohen Wall umgeben ist. Nach allen vier Himmelsrichtungen hat der Ringwall Öffnungen, so schmal, daß nur zwei Reiter nebeneinander passieren können. Auf dem Wall halten Posten Ausschau, an den Toren wachen Krieger darüber, daß kein Unbefugter das Lager betritt. Ingolf bleibt unbehelligt, weil er an der Seite Hemmings, des Vertrauten des Königs, durch das Tor reitet.
Innerhalb des Walles wimmelt es von Kriegern, obwohl ein Teil der Besatzung außerhalb des Ringwalles von erfahrenen Männern in der Handhabung der Waffen unterrichtet wird, und wieder andere auf dem flachen Fjord, der sich im Westen bis an den Wall heranschiebt, mit Drachenschiffen umzugehen lernen.
Ein Ausbildungslager, denkt Ingolf. Sven Gabelbart schult

seine Krieger durch erfahrene Anführer. Davon muß ich Olaf berichten. Als er beiläufig sagt, in Norwegen lerne jeder Mann schon als Kind, mit Schwert, Schild und Speer umzugehen, ein Boot zu führen, lächelt Hemming überlegen.

»Meinst du, daß es bei uns anders ist? Auch unsere jungen Leute müssen ihre Mannbarkeitsprüfung ablegen und zeigen, was sie können, ehe sie sich Krieger nennen dürfen. Aber seit die Zeit der sommerlichen Wikingfahrten mehr und mehr zu Ende geht, seit die großen Könige bestenfalls alle paar Jahre einen Heerzug unternehmen, verlernen die jungen Krieger rasch die Fertigkeiten, die sie sich als Kinder angeeignet haben. Wer die Pflugschar führt und die Sense handhabt, weiß bald nicht mehr mit dem Schwert umzugehen. Hier, in der Trelleborg und in den anderen Lagern, die der König zur Zeit auf Fünen und in Nordjütland errichten läßt, üben sie sich wieder in der Waffenführung. Sie leben eine Zeitlang in den Häusern da unten, und wenn sie wieder heimkehren auf ihren Hof, können sie dort als Bauern arbeiten, sind aber auch als Krieger einzusetzen.«

Hemming ist mit seinem Gast auf den Ringwall gestiegen. Dort bietet sich ihnen ein weiter Blick über Land und Meer. Er hat seinem Gastgeber geduldig zugehört, obwohl er ihn bei dem Stichwort Wikingerfahrten gerne unterbrochen hätte. Erst als Hemming geendet hat, stößt er mit seiner Frage nach.

»So heert ihr Dänen nicht mehr an Englands Küsten?« Lauernd blickt er Hemming an.

Der Däne hält dem Blick stand.

»Nicht mehr so häufig, wollen wir mal sagen. Obwohl es Sven, der König, nicht so gerne sieht, gibt es immer noch Häuptlinge, die auf eigene Faust lossegeln und ihr Handeln damit rechtfertigen, daß sie ihren Kriegern Gelegenheit geben müßten, ihr hier in Trelleborg erlerntes Können im

Kampf zu erproben. Erst vor wenigen Tagen ist Höskuld zurückgekehrt, einer der wildesten unter unseren jungen Häuptlingen. Mit drei Drachen ist er von Jütland nach Essex gesegelt, hat Städte geplündert und Schiffe versenkt, und er brüstet sich damit, die Burg eines Edelmannes niedergebrannt zu haben. Ehe der Mond ein zweites Mal wechselte, war er wieder zurück, und seine Boote waren beuteschwer.«
Ingolf hat plötzlich das Gefühl, der Boden schwanke unter seinen Füßen. Das Blut weicht aus seinem Gesicht, und Hemming, der sich in diesem Augenblick nach ihm umdreht, fragt besorgt: »Ist dir nicht wohl?«
»Doch, es geht schon wieder«, stammelt Ingolf und wischt sich mit dem Handrücken kalten Schweiß von der Stirn. »Von Jütland, sagst du, ist Höskuld aufgebrochen? Dann will ich ihn besuchen, wenn ich wieder in Haithabu bin. Ich möchte nämlich gerne mehr über sein Unternehmen erfahren!«
»Dazu brauchst du nicht erst nach Jütland zu reisen«, lacht Hemming. »Höskuld ist hier, denn er muß wie jeder dänische Anführer Wikingfahrten vor dem König rechtfertigen. Sieh, dort unten wird Svens Königsschiff gerade an Land gezogen. Der Krieger zu seiner Rechten, das ist der aus Drontheim vertriebene Jarl Erik, der schon seit Wochen hier auf Seeland weilt, und links neben dem König steht Höskuld. Du erkennst ihn leicht an seinem feuerroten Haar. Komm, laß uns die Hengste besteigen und hinunterreiten, den König zu begrüßen.«
Der König und seine Begleiter haben gerade ihre Pferde bestiegen, als Hemming und Ingolf vor ihnen die Hengste zügeln. Sven Gabelbart erwidert den Gruß des Norwegers, Jarl Eriks Gesicht verfinstert sich, als er hört, daß König Olafs Vertrauter vor ihm steht. Seine Rechte fährt zum Griff des Schwertes, er macht Anstalten, es aus der Scheide zu ziehen.

Doch der König hebt gebieterisch den Arm: »Halt!« ruft er. »Keine Auseinandersetzungen in meiner Gegenwart! Wenn ich mir auch vorstellen kann, daß der landflüchtige Drontheimer dem Gefolgsmann des Eroberers gerne das Schwert in die Brust stoßen würde!«

Ingolf beachtet den Jarl nicht, und er hört auch nicht auf das, was der König sagt. Haßerfüllten Auges drängt er den Hengst an das Pferd des Dänenhäuptlings heran. »Du bist Höskuld, hörte ich?« redet er ihn an. »Und du bist gerade von Wikingfahrt aus England zurückgekehrt?«

»Ich bin Höskuld von Fanö«, sagt stolz der junge Däne. »Und ich bin in der Tat beim letzten Mondwechsel noch auf dem Nordmeer gewesen. Doch weshalb fragst du danach?«

»Weil ich wissen möchte, ob du in Essex geheert hast und ob du Burg Langford kennst?« Messerscharf stößt Ingolf seine Fragen heraus. König Sven und die anderen hören aufmerksam zu.

»Wir haben in Essex gute Beute gemacht«, brüstet sich Höskuld, »und Burg Langford habe ich zerstört! Wir haben die Engländerbrut nachts überfallen und niedergemacht!«

»So bist du der Mörder meines Weibes und meines Sohnes«, ruft Ingolf, und seine Augen sprühen Feuer. »Das fordert Blutrache! Zieh dein Schwert, Höskuld von Fanö, denn ich will keinen Wehrlosen erschlagen!«

Ingolf reißt sein Schwert aus der Scheide und dringt auf den überraschten Dänenhäuptling ein, der beidhändig die ersten Hiebe pariert. Jarl Erik, Hemming und die anderen Dänen ziehen blitzschnell ebenfalls die Schwerter und machen Anstalten, sich zwischen die Kämpfenden zu werfen, aber ein Handzeichen des Königs bedeutet ihnen, die Widersacher gewähren zu lassen.

Höskuld kämpft geschickt, bringt seinen Hengst immer wieder frontal zu Ingolfs Pferd und entgeht auf diese Weise der

Reichweite seiner Schläge. Auf die Dauer aber ist er dem überlegenen Kämpfer nicht gewachsen. Als er sich eine Blöße gibt, trifft Ingolf ihn mit wuchtigem Hieb am Hals, und Höskuld fällt tödlich verwundet vom Pferd.

Mit Wutschreien der Empörung stürzen sich die Dänen auf Ingolf, doch ein Machtwort des Königs ruft sie alle, auch Jarl Erik, zurück.

Sven Gabelbart mustert den Norweger von Kopf bis Fuß. »Du hast einen meiner besten jungen Häuptlinge erschlagen, Ingolf Haraldson. Ist es die Wahrheit, was du vorhin gesagt hast? Überlege dir die Antwort gut, dein Leben könnte von ihr abhängen!«

Ingolf nimmt die Drohung hin und stößt das Schwert in die Scheide zurück. »Gleich nach Frühlingsbeginn wollte ich über das Nordmeer segeln und Frau und Kind nach Norwegen holen«, berichtet er. »Da brachte Thorleif, mein Ziehbruder, die Nachricht, daß beide tot sind. Statt nach England bin ich nach Dänemark gereist, um den Schuldigen zu finden und zu töten. Du warst Zeuge, wie sich Höskuld der Tat gerühmt hat. Ich habe Blutrache geübt!«

»Ich werde dir dafür den Schädel einschlagen«, ruft Erik Jarl mit zornrotem Gesicht. »Höskuld, den du getötet hast, war mein Freund! Außerdem hast du das Gastrecht verletzt, als du die Waffe zogst!«

»Blutrache bricht in besonderen Fällen Gastrecht«, entscheidet der König. »Und wer es wagt, als einzelner Krieger seinen Widersacher an der Seite des Königs herauszufordern und zu erschlagen, ist schon ein besonderer Mann. Ich bedaure, Ingolf Haraldson, daß du nicht mein Gefolgsmann bist und eines Tages vielleicht gar mein Feind sein wirst, aber du sollst als freier Mann diesen Platz verlassen dürfen. Ich, der König, erkläre dich jedoch für friedlos in meinem Reich! Das soll gelten von der Stunde an, in der morgen früh die

Sonne aufgeht!«
Ingolf legt zum Zeichen seines Dankes die geballte Faust auf sein Herz. Dann wendet er den Rappen aus des Königs Stall so kurz auf der Hinterhand, daß dieser beinahe einbricht. In gestrecktem Galopp braust er davon, von anerkennenden Blicken verfolgt, aber auch von Drohungen und Verwünschungen. Und während er über Felder und Weiden galoppiert, geben ihm die Worte des Dänenkönigs zu denken. Plant der Gabelbart gar einen Zug gegen Olaf Tryggvason?

Die Verschwörung

Vier Sommer sind vergangen seit Ingolfs Blutrache vor dem Ringwall von Trelleborg, und dreimal ist der Winter aus der Gletscherwelt der Berge herabgestiegen in die Täler. König Olaf hat im Herzen Norwegens, am Drontheimfjord, seine mächtige Königsburg Nidaros errichten lassen und seinen vertrautesten Gefolgsmännern darin Räume zugewiesen. So sind Grimolf und Ingolf immer in der Nähe, einerlei, ob König Olaf durch die Lande zieht oder ob er auf der Burg weilt, den Blick über den Fjord schweifen läßt und voller Stolz auf seine wachsende Flotte schaut, die an der Mündung des Nidelvflusses ihren Ankerplatz hat.

Des Königs besondere Aufmerksamkeit gehört einem Schiff, das erst vor wenigen Wochen auf Kiel gelegt worden ist, dessen gewaltige Steven aber jetzt schon die aller anderen Drachenboote überragen und die Bewunderung der Betrachter auslösen. Das Schiff, an dem Zimmerleute unter der Aufsicht der erfahrensten Drontheimer Baumeister arbeiten, soll nach dem Willen des Königs das größte und prächtigste Drachenboot werden, das je an den norwegischen Fjorden gebaut worden ist.

In diesem Frühjahr war Olaf mit seinem ›Kranich‹ nach Norden gesegelt, nachdem er in den letzten Sommern den Süden

und den Kern des Landes trotz Murren und heimlicher Widerstände vieler Bauern und Großmänner von den Bildern und Heiligtümern der alten Götter gesäubert hatte. Ingolf hatte den König begleitet, und im Vergleich mit dem ›Kranich‹, einem kräftigen Dreißig-Spanten-Boot, war der in seinem Kielwasser segelnde ›Adler‹ wie eine Ente hinter einer Graugans erschienen. Als sie vor Salten kreuzten, war ihnen der Großmann Raud entgegengesegelt, um dem König zu huldigen. Olaf war blaß geworden, als er Rauds Schiff sah. Die ›Schlange‹ war größer und schöner als des Königs Schiff. Wieder nach Drontheim zurückgekehrt, hatte Olaf Tryggvason die erfahrensten Schiffsbaumeister auf die Königsburg beordert und ihnen befohlen, sofort mit den Vorarbeiten für den Bau eines noch größeren Schiffes zu beginnen. Den ganzen Sommer über hatten die Schiffsbauer über den Plänen gesessen, hatten über die Seetüchtigkeit und Steuerfähigkeit eines noch größeren Schiffes beratschlagt und waren schließlich übereingekommen, ein Schiff mit 35 Rudersitzen auf jeder Seite zu bauen, wie es kein Häuptling und kein König in den nordischen Ländern besaß. So sehr Olaf drängte, der Sommer verging dennoch, ehe das neue Schiff, das den Namen ›Große Schlange‹ tragen sollte, auf Kiel gelegt werden konnte, denn das Bauholz mußte von weither geholt werden.
In diesem fünften Winter seit der Eroberung Norwegens geht Olaf Tryggvason nicht seinem gewohnten Zeitvertreib nach. Die meisten Jagden werden ohne den König veranstaltet, und als eine dicke Eisdecke das Wasser des Drontheimfjordes bedeckt, bleibt er selbst seiner Lieblingsbeschäftigung, dem Schlittschuhlaufen, fern. Statt dessen verbringt er die dunklen Tage auf der Baustelle, treibt die Männer an, trotz frostklammer Finger Nägel ins knochenharte Eichenholz zu hämmern und nicht im Arbeitstempo nachzulassen.

Im Frühjahr, sobald die ersten milden Winde das Eis brechen lassen, will er mit seiner ›Großen Schlange‹ hinaussegeln auf das Nordmeer.
Ingolf ist um so eifriger bei den Jagden und Spielen. Mit dem Bogen schießt er den flinken Fuchs, stellt mit den anderen Häuptlingen und Kriegern den Wölfen nach, die sich im tiefen Schnee bis in die Nähe der Bauernhöfe wagen, und lockt den Bär aus dem Winterschlaf in seiner Höhle. So vergeht die Zeit schnell. Als der kalte *Hornung* vorbei ist, werden die Tage wieder länger, und wenn die Sonne scheint, wird es den Männern fast zu warm unter ihrem dicken Pelz.
Thorleif kommt in diesem Jahr früher als sonst aus dem Süden. Er hat es sich zur Gewohnheit gemacht, zweimal im Jahr in Drontheim anzulegen, doch meistens wird es Ostern, wenn Ingolf das rotweiß gestreifte Segel seines Knorrs gemeldet wird. Ein Händlerschiff vor Beginn des *Odinsmonats*, der auf Anordnung Olafs längst März heißt, ist so ungewöhnlich, daß Ingolf die Nachricht kaum glauben will, als der Turmwächter ihm die Ankunft des Ziehbruders meldet.
»Bringst du schlechte Nachrichten?« ruft er ihm entgegen, noch ehe Thorleif seinen Gruß entboten hat.
»In der Tat, ich habe wenig Erfreuliches zu berichten«, nickt der Handelsfahrer. »Doch zuvor soll ich dir einen Gruß von Björnhild sagen, die in diesem Sommer auf ihr viertes Kind wartet. Platz im Haus in Haithabu ist genug, denn nach dem Julfest ist Torkil gestorben. Wir hatten am Abend zusammen am Feuer gesessen, und Torkil hatte von seinen Fahrten nach Nowgorod erzählt. Er fühlte sich nicht wohl, als wir schlafen gingen. Am anderen Morgen lag er tot auf seinem Lager.«
»Torkil, der gute Alte«, sagt Ingolf. »Wenn ich noch an meine erste Begegnung mit ihm denke! Er stand an einer Felswand und wehrte sich mit einem Knüppel gegen drei junge Wölfe. Als ich einen erschlagen hatte, rannten die anderen

davon. Er war der erste Christ, den ich gesehen habe, und jetzt gibt es hier in Norwegen kaum einen Menschen, der noch an die alten Götter glaubt. Alles hat sich sehr verändert. Aber du, Thorleif, du bist jetzt ein reicher und ein mächtiger Mann.«

»Meine Schiffe fahren auf allen Meeren«, sagt der Kaufmann zufrieden. »Ich führe das Unternehmen von Haithabu aus. Björnhild ist froh darüber, daß ich selber nicht mehr so viel unterwegs bin. Nur die Fahrten nach Norden überlasse ich keinem anderen.«

»Und was macht dein Mittelmeerhandel? Hast du den gar aufgegeben?« erkundigt sich Ingolf.

»Im Gegenteil, er hat an Bedeutung zugenommen. Aber auch aus Malaga ist Trauriges zu berichten! Der alte Knut ist gestorben. Im Kampf mit Piraten, die sein Schiff überfielen, hat er schwere Verletzungen erlitten, denen er erlegen ist. Er verschied leichten Herzens. Denn obwohl er schon vor vielen Wintern Christ geworden ist, hatte er sich doch seinen Glauben an das Weiterleben bei Odin in Walhall niemals ausreden lassen.«

»Und wer besorgt jetzt deine vielen Geschäfte da unten in Spanien?«

»Drei tüchtige Männer führen die Schiffe und einer meiner Sklaven verwaltet die Niederlassung! Er besorgt das so geschickt und zuverlässig, daß ich keine Klagen führen muß, sondern mich im Gegenteil über reiche Gewinne freuen darf.«

»Auch Henrik hat mein volles Vertrauen«, lobt Ingolf seinen Pächter. »Er entrichtet pünktlich seine Abgaben von den Erträgen der Ländereien am Fjord.«

»Und Gudrun wacht mit vom Alter noch ungetrübten Augen über dem Haus«, pflichtet Thorleif ihm bei. »Es wird Zeit, daß du wieder einmal nach ihr siehst! Du bist lange nicht mehr auf dem Hof gewesen, und sie entbehrt dich schmerzlich, glaube ich.«

»Olaf beabsichtigt, mit seinem neuen Königsschiff nach Polen zu segeln, sobald die ›Große Schlange‹ fertig ist. Morgen früh wollen wir gleich zum Schiffsbauplatz reiten. Ein Schiff wie dieses hast du noch nie gesehen. Dort wirst du auch den König treffen, er hält sich fast immer bei den Schiffsbauleuten auf.«

»Das ist gut, denn ich habe auch für ihn wichtige Nachrichten«, sagt Thorleif.

Ingolf blickt ihm forschend in die Augen. »Ich brauche nicht erst zu fragen, ob es gute oder schlechte Nachrichten sind. Dein ernstes Gesicht verrät es mir.«

»Es braut sich etwas zusammen gegen Olaf, in der Tat«, nickt Thorleif. »Jarl Erik kann nicht vergessen, wie schimpflich er und sein Bruder vor fünf Wintern geflohen sind. Er arbeitet unermüdlich an einem Bündnis gegen Olaf.«

»Ein Bündnis gegen den König? Wer sollte sich gegen ihn verbünden?«

»Die Jarl-Söhne rühren unaufhörlich! Sven ist der *Eidam* des schwedischen Olav in Uppsala, und Erik hat die Tochter des Gabelbart geheiratet. Es heißt, daß vor dem letzten Winter ein Geheimtreffen stattgefunden habe. Die beiden Könige und die Jarle seien sich einig geworden, Olaf Tryggvason niederzuwerfen und das Land Norwegen unter sich aufzuteilen.«

Ingolf hat seinem Ziehbruder aufmerksam zugehört: »Ich habe dem Gabelbart noch nie getraut, auch wenn er mich nach meiner Blutrache vor Erik Jarl und den anderen beschützt hat. Aber schon damals machte er aus seiner Feindschaft kein Hehl, obwohl er unser Waffenbruder war!«

»Die beiden Jarle wollen Drontheim zurückhaben«, sagt Thorleif. »Und Sven war immerhin der Lehnsherr der norwegischen Fürsten, bevor Jarl Hakon sich auflehnte. Alte Waffenbrüderschaft zählt da nicht viel! Der schwedische Olav aber sieht einfach die Möglichkeit, sich zu bereichern. Und schließlich schaffen sie sich alle zusammen mit Olaf Tryggvason einen gefährlichen Widersacher vom Hals. Erik Jarl liegt dem Gabelbart, wie ich zuverlässig erfahren habe, ständig mit der Warnung vor Olaf im Ohr. Er behauptet, Norwegen sei für den König erst der Anfang. Sobald er sich hier seiner Macht und seiner Krone sicher sei, werde er unter dem Vorwand, den Menschen das Christentum bringen zu müssen, seine Hand nach Schweden und Dänemark ausstrecken.«

»Aber Olav Schoßkönig in Schweden will sich doch auch taufen lassen, und Sven Gabelbart verfolgt längst nicht mehr die Christen in seinem Lande wie in der ersten Zeit nach dem Sturz seines Vaters Harald. Er erlaubt sogar, daß wieder Kirchen gebaut werden.«

»Ich gebe nur wieder, was Jarl Erik behauptet. Er kennt die Verhältnisse in Schweden besser; dorthin ist er schließlich mit seinem Bruder geflohen, als Olaf Tryggvason seinen Vater stürzte. Wenn der König auch das Kreuz nehmen will, die Goden in Uppsala schlachten auf den Altären noch unentwegt Rosse und hängen Menschen als Opfer für Odin in die Bäume.«

»Es kann keine Rede davon sein, daß Olaf Tryggvason sich Schweden unterwerfen will«, widerspricht Ingolf beharrlich seinem Bruder. »Ich habe ihn nie ein solches Wort sagen hören, und ich bin schließlich sein engster Vertrauter.«

»Das glaubst du, Ingolf! Erliegt dein König aber nicht längst den Einflüsterungen des Mönches Sigurd, den er zum Bischof gemacht hat? Wenn Olaf auch seine Zunge zähmt, der Pfaffe redet ungeniert über Pläne, nach Norwegen auch Schweden christlich zu machen. Du willst mir morgen die

›Große Schlange‹ zeigen. Ich habe schon von ihr gehört, und der Nordwind hat mir auch zugetragen, daß König Olaf seine Flotte schnell vergrößert. Er verfügt bereits über sechzig Drachenschiffe, darunter einige, die in ihren Ausmaßen nur wenig hinter dem neuen Königsschiff zurückbleiben. Wofür, meinst du, tut er das?«

»Nicht, um die Schweden oder die Dänen zu überfallen, sondern nur, um gewappnet zu sein, falls er angegriffen wird«, beteuert Ingolf.

»Das erzählt er dir! Sind das aber seine wahren Absichten? Kennt überhaupt jemand seine wahren Absichten? Ingolf, der du sein Vertrauter zu sein glaubst, weißt du, was dein König in Wahrheit denkt? Doch ich kann dich verstehen. Ein aufrechter Krieger wie du vertraut den Worten eines Mannes! Als Handelsmann habe ich es jedoch gelernt, die Wahrheit aus den Mienen der Menschen und ihren Handlungen herauszulesen, ihrer Zunge aber zu mißtrauen und stets auf Ränke gefaßt zu sein.«

Ingolf stützt das Kinn auf die flache Hand, blickt versonnen in das Feuer. Die Antwort bleibt er schuldig.

»Komm«, sagt er nach einer Weile, »ich will dir eine Kammer anweisen lassen. Wir wollen uns zur Ruhe begeben. Ich muß das, was du gesagt hast, überschlafen. Morgen früh wollen wir mit Olaf Tryggvason darüber reden.«

Am anderen Morgen reiten Ingolf und Thorleif in aller Frühe hinunter zum Schiffsbauplatz, wo die gewaltige ›Große Schlange‹ liegt, zu Ingolfs Erstaunen schon nahezu fertig. Noch größer aber ist seine Verwunderung, als er bei den Schiffsbauern nicht den König findet. Er muß hingegen erfahren, daß Olaf heute und auch morgen nicht erwartet wird, vielmehr mit dem ›Kranich‹ fjordeinwärts gerudert ist. Am allermeisten aber wundert er sich darüber, daß er Grimolf begegnet, der also den König auch nicht begleitet.

»Wohin ist er gefahren?« wendet er sich an Olafs zweiten Gefolgsmann.
»Er hat es mir nicht gesagt«, knurrt Grimolf. »Ich kann nur vermuten, daß der Schwarzrock Sigurd ihn wieder einmal überredet hat, irgendwo an einem Seitenfjord eine Kirche zu stiften oder mit seinem königlichen Gebet einzuweihen. Er wird einige Tage abwesend sein, denke ich!«
Mit den Augen des erfahrenen Seemannes betrachtet Thorleif dann das gewaltige Drachenboot, schreitet seine Länge von achtzig Ellen ab, schätzt die Höhe der Bordwand, die seinen Scheitel um ein gutes Stück überragt, und steht staunend vor den ragenden Steven.
»Ein großartiges Schiff, meinst du nicht auch?« fordert Ingolf das Urteil Thorleifs heraus.
Der wiegt den Kopf hin und her, betrachtet die Dicke der Planken, nickt dann und sagt: »Es wird schwer sein, ein solches Schiff zu entern! Doch wenn es von Schniggen und leichten Drachen angegriffen wird, dann werden die Steuerleute Mühe haben, das große Schiff zu lenken. Als Königsschiff und Mittelpunkt der Flotte mag es angehen, als Kampfschiff ist mir dein ›Adler‹ lieber.«
»Gut, daß König Olaf dich nicht hört!« lacht Ingolf. »Er ist davon überzeugt, daß er nicht nur das größte und schönste Kriegsschiff des Nordens hat bauen lassen, sondern auch das kampfstärkste.«
»Ich werde keine Gelegenheit haben, dem König mein Urteil über sein Schiff zu sagen«, entgegnet Thorleif. »Sieh dort hinten meinen Knorr! Die Knechte haben ihn schon wieder beladen. Um die Mittagsstunde werde ich ablegen.«
»Du willst schon fort?« versucht Ingolf ihn umzustimmen. »Ich hatte mich schon auf einige Tage mit dir gefreut. Doch ich bin froh, daß du gekommen bist. Wohin wird dich der Weg von hier aus führen?«

»Zurück nach Haithabu und dann das Ostmeer hinauf nach Ladoga und Nowgorod. Ich muß mich um die Niederlassungen kümmern, die ich von Torkil übernommen habe. Vielleicht begegnen wir uns, wenn du mit deinem König nach Polen segelst!«

»Das hängt nicht von meiner Entscheidung ab. Ein Handelsmann kann selbst bestimmen, welchen Weg sein Schiff nehmen soll. Ein Krieger muß dem Wort des Königs folgen.«

»So willst du nicht den Fjord hinauffahren und Gudrun begrüßen? Das bedauere ich!

Du würdest dort nämlich einen tüchtigen jungen Bauern zu sehen bekommen.«

»Du meinst Thorstein, deinen Sohn?«

»Ihn meine ich! Obwohl er noch nicht acht Lenze zählte, hat er mir bei meinem letzten Besuch dort gezeigt, daß er schon allein die Pferde anspannen und mit dem Pflug schnurgerade Furchen pflügen kann.« Und Thorleif erzählt voller Stolz, daß der Junge ihm den Pflug in die Hand gedrückt habe und daß er nicht imstande gewesen sei, die Furchen so gerade zu ziehen wie sein Sohn.

»So wird der Hof bei ihm in guter Hand sein«, sagt Ingolf, und ein Lächeln erhellt seine Züge. »Ich bin immer nur ein Krieger gewesen, nie ein Bauer! Ein Hof aber braucht einen Herrn!«

»Henrik ist ein zuverlässiger Pächter!«

»Das ist er!« nickt Ingolf. »Und er ist der Ziehvater Thorsteins dazu! Er wird den Hof bewahren, bis der Junge alt und stark genug ist, ihn selbst zu bewirtschaften!«

»Du redest düstere Worte, Ingolf. Hast du trübe Ahnungen?«

»Als ich auf meinem Lager lag, letzte Nacht, und den Schlaf entbehrte, habe ich nachgedacht über das, was du von der Verschwörung der Könige und Jarle berichtet hast. Mein

Schicksal ist mit dem Olafs verbunden. Ich sonne mich in seinem Glanze, seit er aufgestiegen ist. Wenn aber sein Stern erlischt, falle auch ich!«

Der letzte Kampf

Ein paar Tage später stehen Olaf und Ingolf im Licht der untergehenden Sonne am Fenster der Königsburg und lassen die Blicke über den Fjord schweifen. Unter ihnen liegt Olaf Tryggvasons Flotte, und der König mustert mit Wohlgefallen und Befriedigung die Steven seiner Großschiffe.
»Meine Macht wächst von Tag zu Tag!« sagt er selbstgefällig. »Und der neue Gott verdrängt die alten Götter mehr und mehr aus dem Land! Bald habe ich Norwegen völlig in meiner Hand!«
Ingolf sieht angesichts der Selbstzufriedenheit des Königs den Augenblick gekommen, ihm von dem Besuch Thorleifs zu berichten und ihm dessen Warnungen zu überbringen.
»Aber du bist in Gefahr!« sagt er. Olaf blickt ihn mit fragenden Augen an, und Ingolf fährt fort: »Thorleif glaubt, deutliche Anzeichen für eine Verschwörung der Könige von Dänemark und Schweden und der Jarl-Söhne Erik und Sven gegen dich entdeckt zu haben. Er sagt, sie rüsten eine gewaltige Streitmacht aus!«
Gellendes Lachen ist Olaf Tryggvasons Antwort auf die besorgten Worte seines Vertrauten. Es klingt so schaurig, daß die Möwen, die im Segelflug die Burg umkreisen, erschreckt mit schnellem Flügelschlag davonflattern.

»Sie rüsten gegen mich«, lacht Olaf und schlägt sich vor Vergnügen auf die Schenkel. »Sollen sie es doch mit mir aufnehmen! Sieh da unten meine Schiffe, sieh den ›Kranich‹, die ›Kleine Schlange‹, und da hinten die ›Große Schlange‹! Was, glaubst du, können sie gegen mich ausrichten? Die Dänen, die Hasenfüße, die vor London damals Reißaus genommen hätten, wenn wir nicht gewesen wären? Kein Pfund Silber hätten sie bekommen! Und die Schweden können Rosse schlachten und Menschen in die Bäume hängen, aber einem richtigen Kampf Mann gegen Mann weichen sie aus. Die beiden Jarl-Söhne mit ihrem Häuflein Norweger aber wirst du wohl nicht ernst nehmen wollen. Mit denen nehmen es zwei Helden wie du und ich allein auf. Wenn es zum Kampf kommt, wird sich sehr bald zeigen, daß wir die tapfersten Krieger sind und daß nicht Eriks Bartschiff, sondern die ›Große Schlange‹ da unten das beste Kriegsschiff auf den Meeren ist!«
Olaf Tryggvason deutet mit ausgestrecktem Arm auf sein Königsschiff, legt dann den anderen Ingolf um die Schulter und steigt mit ihm hinab in den Burghof, zieht ihn in die Schenke. Als sie sich mit gefüllten Bechern in der Hand gegenübersitzen, macht der König plötzlich ein Zugeständnis: »Ich danke dir trotzdem für deine Warnung, Ingolf«, sagt er. »Wenn es dich beruhigt, will ich gleich morgen früh Kundschafter nach Süden schicken, die herausfinden sollen, was mein alter Waffenbruder Sven Gabelbart und die anderen gegen mich im Schilde führen. Jetzt aber wollen wir uns nicht mit trüben Gedanken die Köpfe schwer machen, sondern dem Wein zusprechen, den uns dein Bruder aus dem Süden gebracht hat. Er ist auf jeden Fall besser als seine Nachrichten!«

Dreimal wechselt der Mond, ehe einer der Kundschafter mit

der Nachricht von der Ansammlung vieler Schiffe nach Burg Nidaros zurückkommt. Er berichtet, überall auf den Märkten und in den Schenken rede man davon, daß die Könige von Dänemark und Schweden und die beiden Jarle entschlossen seien, gegen Olaf Tryggvason in den Krieg zu ziehen.

König Olaf sitzt mit seinen Ratgebern in der großen Halle, als ihm der Kundschafter gemeldet wird. Er läßt den Mann kaum ausreden, springt von seinem Königssitz auf, reißt das Schwert aus der Scheide und zerbricht die Klinge über seinem Knie, um anzudeuten, wie er mit den Herausforderern verfahren werde. »Ich werde ihnen zeigen, was es heißt, sich mit mir anzulegen«, ruft er mit donnernder Stimme. »Der Bär wird mit seinen scharfen Zähnen und starken Tatzen die Meute der kläffenden Hunde zerfleischen!«

In der gleichen Stunde noch gibt der König Anweisung, alle waffenfähigen Männer Norwegens aufzubieten und damit die Kriegsschiffe zu bemannen, und bald galoppieren die Boten aus dem Burgtor von Nidaros, um den Pfeil des Ledingsgebotes hinauszutragen in das Land.

»Ich werde nicht warten, bis sie kommen, sondern ich werde ihnen entgegensegeln und sie überraschen«, entscheidet Olaf, als er mit seinen engsten Vertrauten beim Kriegsrat zusammensitzt.

Einige pflichten ihm lärmend bei, andere, auch Ingolf, raten ihm, die Auseinandersetzung in den vertrauten Gewässern des Drontheimfjordes zu führen.

»Laß sie kommen mit ihrer Streitmacht«, rät ihm Ingolf. »Sie können ja nicht mit allen Schiffen gleichzeitig in den Fjord einfahren! Wir werden von der Seite her mit unseren Großschiffen ihre Kiellinie durchbrechen und die Schiffe in mehrere Gruppen aufspalten. Die einzelnen Drachen rammen wir dann in Grund und Boden!«

Der König denkt eine Zeitlang über Ingolfs Vorschlag nach, schüttelt dann aber den Kopf.
»Nein, Ingolf, für eine Seeschlacht ist die ›Große Schlange‹ nicht wendig genug. Wir müssen den Kampf in einer großen Bucht austragen, wo wir alle Schiffe miteinander vertäuen und auf diese Weise den Kriegern für den Kampf Mann gegen Mann und Streitmacht gegen Streitmacht eine Plattform geben können.«
»Und du fürchtest dabei nicht der Feinde Überzahl?«
»Je mehr Feinde der Mann hat, desto größer ist sein Ruf als Krieger und die Furcht vor ihm«, lacht Olaf hochmütig. Dann gibt er Befehl, die Schiffe für das Auslaufen zu rüsten, ohne das Eintreffen der aufgebotenen Krieger abzuwarten.
»Wir lassen die Drachen mit halber Bemannung auslaufen und nehmen die Hundertschaften aus dem Süden erst in Tönsberg an Bord«, verscheucht er alle Bedenken. »So sparen wir Zeit. Während unsere Feinde uns noch im Drontheimfjord wähnen, segeln wir mit unseren sechzig Schiffen schon durch das Skagerrak. Wir werden sie in ihren Schlupfwinkeln aufspüren und vernichten!« Olaf Tryggvasons Worte klingen wie ein Schwur. Die Häuptlinge klopfen beifällig mit den Schwertern an ihre Schilde.

Die Sonne steht hoch über dem Ostmeer, und Thorleif Erikson segelt bei gutem Wind westwärts. Er hat Glück gehabt auf dieser Reise. Die Niederlassungen in Nowgorod und Ladoga hat er unversehrt vorgefunden, und die beiden Verwalter haben ihm berichtet, daß der innerrussische Handel mit Kiew guten Gewinn abwirft. In Truso hat er auf der Rückfahrt bei den Bernsteinhändlern günstig einkaufen und die letzten noch freien Winkel des Schiffes mit Weizen beladen können, der im Tal der Weichsel von den Kaschuben angebaut wird. Gestern hat Thorleif in Vineta festgemacht, an der

Mündung eines anderen breiten Stromes, den die Leute, die dort leben, die Oder nennen. Die kleinen Punkte weit voraus auf dem glitzernden Meer müßten eigentlich die Kreidefelsen der Insel Rügen sein, denkt Thorleif. Dort will er, wenn der Wind ihm weiter günstig ist, die Nacht verbringen.

Vor ein paar Jahren noch hätte es kein Händler wagen können, sein Schiff in Rügen an Land zu ziehen, erinnert sich der Handelsfahrer, und er denkt zurück an seine erste Fahrt auf dem Ostmeer. Dreizehn Jahre ist das her, als er an Torkils Seite von Handelsplatz zu Handelsplatz fuhr, um das Geschäft des Händlers kennenzulernen. In Vineta hatte Torkil damals einen Handelsfreund an Bord genommen, der von Piraten überfallen und ausgeraubt worden war. »Die Räuber, die Kauffahrern auflauerten, sie niedermachten und mit ihrer Beute in ihren Schlupfwinkeln verschwanden, gibt es nicht mehr«, murmelt Thorleif in seinen blonden Bart. »Es hat sich doch manches geändert in den Fjorden und an den Küsten; die Welt ist friedlicher geworden.«

Die weißen Felsen mit ihren grünen Kappen wachsen vor dem Bug schnell aus dem Meer. Thorleif überläßt das Steuerruder einem der Knechte und klettert selber über aufgetürmte Kästen und Säcke nach vorn, um vom Bug aus Ausschau nach einer geeigneten Bucht zu halten, in der er die Nacht verbringen könnte. Er findet sie schnell und gibt dem Knecht am Steuerruder Anweisung, sie anzusteuern. Geraume Zeit später lassen sie das schwerbeladene Schiff im weichen Sand der Bucht auflaufen. Thorleif befiehlt den Knechten, das Lager für die Nacht herzurichten. Er selber erklimmt die steile Klippe, von der aus er sich einen Ausblick auf die andere Seite der Insel erhofft.

Was Thorleif Erikson, oben angelangt, in der Abendsonne sieht, läßt ihn beinahe den Atem anhalten. Da unten, in der weiten Bucht, liegt die größte Schiffsstreitmacht, die er je gesehen hat. Thorleif erinnert sich noch an das beklemmende Gefühl, das ihn beschlichen hatte, als er damals auf der Themse zwischen den Schiffen Sven Gabelbarts und Olaf Tryggvasons hindurchgesegelt war, um Fleisch in die belagerte Stadt London zu bringen. Damals wurde von hundert Langschiffen gesprochen, die die Stadt belagerten. Die Zahl der Schiffe dort unten in der Bucht schätzt Thorleif auf mindestens hundertfünfzig, wenn nicht mehr. Die tiefstehende Sonne blendet ihn so, daß er Einzelheiten nicht erkennen kann, doch das Königsschiff Sven Gabelbarts und das Bartschiff Jarl Eriks macht er in der Mitte aus. Und da weiß er schlagartig, was diese gewaltige Ansammlung von Drachenschiffen zu bedeuten hat: er hat den Aufmarsch gegen Olaf Tryggvason vor sich. Und ihm kommt in diesem Augenblick der Gedanke, daß er, Thorleif Erikson, aufgerufen sein könnte, Zeuge der Schlacht zu werden, mit der die verbündeten Könige und Jarle den Vernichtungsschlag gegen Olaf Tryggvason führen wollen. Sie liegen hier auf der Lauer, denkt Thorleif.

Ein paar Stunden nördlich von Rügen segeln in breiter *Dwarslinie* Drachenboote südwärts, passieren die Insel *Moen*, die Lolland und Seeland vorgelagert ist. Die Boote sind ausgeschwärmt wie eine Meute Jagdhunde, scharen sich mit prallen Segeln um das prächtige Königsschiff in ihrer Mitte, dessen Steven so hoch ragen, daß sie fast die Mastspitzen der kleineren Langschiffe erreichen. Die Back des Schiffes wirkt wie ein Turm. Darauf steht in blinkender Rüstung mit funkelndem Goldhelm Olaf Tryggvason. Der König genießt es, mit seiner ›Großen Schlange‹ vor dem Wind dahinzurauschen, und er läßt seinen Blick stolz über seine Streitmacht schweifen, mit der er aufgebrochen ist, um seine Feinde zu überraschen und zu schlagen.

Ingolf segelt mit seinem ›Adler‹ voraus. Er hat den König gebeten, die Lage der gegnerischen Schiffe erkunden zu dürfen. So ist er der erste, der die Insel *Svolder* zu Gesicht bekommt, und Thorleif, der in der Bucht geblieben ist, weil er es für ein selbstmörderisches Unterfangen hält, mit einem Handelsschiff den Weg zweier Kriegsflotten zu kreuzen, sieht von seinem Beobachtungsfelsen aus den ›Adler‹ seines Bruders hart vor dem Wind segeln. Er würde Ingolf am liebsten warnen, aber er sieht bei der großen Entfernung dafür keine Möglichkeit. Einen Augenblick lang überlegt er, ob er Rauchzeichen geben sollte, doch er verzichtet darauf, weil er nicht sicher ist, daß Ingolf sie verstehen würde.
Als Thorleif sich gerade mit diesen Gedanken beschäftigt, sieht er, wie drei Drachenboote die Bucht verlassen, offenkundig in der Absicht, dem Vorhutschiff des Gegners den Weg abzuschneiden. Alle anderen Schiffe haben die Masten umgelegt.
Doch Ingolf ist auf der Hut. Kaum bekommt er die dänischen Drachen zu Gesicht, als er zu Thorleifs Freude auch schon das Steuerruder herumwirft und seinen ›Adler‹ auf Gegenkurs bringt. Das Schiff zittert zwar, als es auf den Wellen rollt, bleibt aber im Ruder. Da sieht man erst, welch vorzügliche Arbeit Gisli beim Bau dieses Schiffes geleistet hat, denkt Thorleif, und er freut sich, daß Ingolf das Kreuzen gegen den Wind so gut gelingt. Als dieser dabei weit hinausgetragen wird auf die offene See, kann er einen Blick in die Bucht werfen. Ihm fährt der Schrecken in die Glieder, denn was er da sieht, ist geeignet, auch dem tapfersten Mann den Mut zu nehmen. Schiffssteven ragt neben Schiffssteven, Waffen blinken in der Sonne, eine gewaltige Streitmacht wartet auf ihren Gegner.
Der wendige ›Adler‹ entkommt seinen Verfolgern. Thorleif auf dem Felsen sieht mit Freude, wie die drei Drachenboote

die Verfolgung aufgeben. Und er sieht auch die vielen Segel, die sich von Norden her nähern, fünf Dutzend Schiffe in Dwarslinie, ein furchterregender Anblick.
Mit einem abermaligen Wendemanöver bringt Ingolf seinen ›Adler‹ neben die ragende Bordwand des Königsschiffes. Einen Augenblick lang muß er daran denken, wie Thorleif und er als Kinder versucht haben, einen Palisadenzaun zu überklettern, der vor ihnen aufragte. Ein Schiffsknecht der ›Großen Schlange‹ wirft ihm ein Tau zu. Augenblicke später steht Ingolf neben Olaf Tryggvason, berichtet dem König.
Olaf hört sich die Schilderung seines Vertrauten an, legt Ingolf die Hand auf die Schulter und fragt ihn: »Was würdest du tun, Ingolf Erikson, wenn du jetzt an meiner Stelle wärst?«
Ingolf zögert keinen Augenblick mit der Antwort: »Ich würde den Schiffsführern Befehl geben, in Dwarslinie an der Bucht mit dem lauernden Feind vorbeizusegeln! Ehe die gegnerischen Schiffe ihre Segel aufgezogen haben, sind wir auf hoher See!«
Olaf Tryggvason sagt kein Wort der Erwiderung, dreht sich zu Grimolf um und fragt diesen Gefolgsmann: »Und du, Grimolf, wie würdest du entscheiden, wenn du Befehlshaber wärst?«
»Ich würde handeln, wie Ingolf es vorgeschlagen hat«, sagt der erfahrene Häuptling.
»So würdet ihr beide der Schlacht ausweichen, die schmähliche Flucht vorziehen?« wundert sich Olaf. »Ich habe euch bisher für mutige Männer gehalten.«
»Mut ist eine, Selbstmord eine andere Sache!« entgegnet Ingolf dem König unter dem beifälligen Nicken Grimolfs.
»Oder wie soll ich es nennen, wenn wir uns mit einer derart überlegenen Streitmacht anlegen würden, bei der auf jedes Schiff von uns drei gegnerische Drachen kommen, auf jedes

Schwert drei Schwerter!«
Statt einer Antwort, winkt Olaf Tryggvason dem Lurenbläser: »Gib das Schlachtensignal«, fordert er ihn auf. »Die Schiffe sollen eng auffahren und ihre Vordersteven miteinander vertäuen. Dann legen wir die Segel um und rudern mit voller Kraft auf den Feind zu.«
Ingolf und Grimolf sind betroffen über die Entscheidung des Königs, doch sie äußern kein Wort des Widerspruchs, als Olaf Tryggvason ihnen Anweisung gibt, mit ihren Schiffen die beiden Flügel zu sichern.
»Ich bilde mit der ›Großen Schlange‹ das Zentrum, der ›Kranich‹ und Rauds ›Kleine Schlange‹ bleiben neben mir. Mit diesen Großschiffen in der Mitte wollen wir die gegnerischen Linien aufbrechen! Die Männer sollen die Brustwehren aufrichten und sich bereithalten!«
Hörnerrufe, Lurensignale und Kampfgesänge klingen den Besatzungen der Schiffe der vereinigten Könige und Jarle entgegen, und auch Thorleif auf seinem Beobachtungsposten vernimmt den aufkommenden Schlachtenlärm. Er sieht Olaf Tryggvason unter der Königsfahne auf dem Achterdeck seines mächtigen Schiffes, die vergoldete Rüstung blinkt in der Sonne, und als er das Schwert aus der Scheide zieht und über seinem Kopf reckt, ist es, als fahre aus heiterem Himmel ein Blitz nieder. Holz splittert krachend, als das hochgebaute Königsschiff in das gegnerische Zentrum vorstößt und das Boot des Dänenkönigs in arge Bedrängnis bringt. Ein Hagelsturm der Pfeile prasselt von oben auf die dänische Besatzung nieder, und den Pfeilen folgt ein donnerndes Steingewitter. Zu Dutzenden sinken dänische Krieger getroffen zu Boden, und selbst Thorleif kann von seinem entfernten Ausguck erkennen, daß die Verluste der Dänen bei diesem ersten Ansturm der Norweger beträchtlich sind. Doch Thorleif sieht auch, daß Sven Gabelbarts Berserker auf der Back des

Schiffes eine Schildburg um den König bilden und dieser unverletzt den Ansturm überlebt.
Schließlich bemerkt der Beobachter aber auch, wie sich der Schwerpunkt der Schlacht auf die Flügel verlagert. Dort, wo Ingolf und Grimolf das Kommando haben, greifen die Jarle an. Eriks gewaltiges Bartschiff legt sich Bord an Bord mit dem leichten ›Adler‹ Ingolfs. Der spürt in diesem Augenblick den großen Nachteil, von unten gegen einen Berg kämpfen zu müssen. Das eisenbeschlagene Schiff des Jarls ist kaum verwundbar, und die aus Norwegen ihres Glaubens wegen vertriebenen oder geflüchteten Männer kämpfen wie die Löwen. Sie überschütten die Besatzung des ›Adler‹ mit Pfeilen und Steinen, töten ihre Gegner reihenweise, dringen auf das gegnerische Schiff vor. Als auf dem Halbdeck achtern nur noch ein halbes Dutzend Krieger, um den Häuptling geschart, Widerstand leistet, gibt Ingolf den Befehl, sich auf das Nachbarschiff zurückzuziehen.
Hinter den Brustwehren des ›Falken‹ hat der alte Björn, der diesen Drachen führt, die Bogenschützen postiert. Zielsicher lassen die Männer die Pfeile fliegen, auf dem von ihnen geenterten ›Adler‹ sinken viele Feinde getroffen zu Boden. Doch so treffsicher Björns Krieger auch schießen, sie können nicht verhindern, daß immer mehr Krieger über die Bordwand des ›Adler‹ auf ihr Schiff vordringen. Als Ingolfs Drachenboot ausgeräumt ist, schlagen es die Jarl-Leute aus den Tauen, die es mit dem ›Falken‹ verbinden, so daß der ›Adler‹ steuerlos in der Bucht treibt. Der Jarl aber legt sich mit seinem Bartschiff neben den ›Falken‹, und Ingolf muß, bleich vor Wut, mitansehen, wie machtlos er gegen diese Form des Flügelangriffs ist, weil Jarl Erik dank der großen zahlenmäßigen Überlegenheit auf diese Weise immer neue, ausgeruhte Krieger in den Kampf führen kann, während er und seine eigenen Leute mit schartig gehauenen Schwertern kämpfen

müssen und ihr Häuflein immer kleiner wird.
Ingolf zur Seite kämpft Björn. Die Anstrengung und die Hitze des Kampfes haben die vielen Narben in seinem Gesicht blutigrot anschwellen lassen; der Alte bietet einen furchterregenden Anblick, während er kraftvoll wie ein Junger das Schwert schwingt.
»Zieh dich mit den Männern auf das Königsschiff zurück, wir können die kleinen Drachen nicht länger gegen die Übermacht halten«, ruft er Ingolf zu. »Ich decke euren Rückzug!« Und er stürzt sich, schrecklich brüllend und das Schwert schwingend, einem Haufen Feinde entgegen.
Thorleifs lahme Rechte zuckt unwillkürlich, will nach dem Schwert greifen, als er sieht, wie sein Schwiegervater sich den Feinden entgegenwirft, um seine Männer zu retten. Als sein Eidam müßte ich jetzt an seiner Seite sein, denkt Thorleif, der dazu verurteilt ist, tatenlos mitanzusehen, was sich da unten in der Bucht, zu seinen Füßen, abspielt. Er sieht Björn, von einem Speer in die Brust getroffen, niedersinken, und er sieht, wie Ingolf, der schon zum Sprung auf das Nachbarschiff bereit auf der Bordwand steht, sich umdreht und mit dem blutigen Schwert mitten zwischen die Feinde springt, gewaltige Hiebe austeilend. Drei, vier Gegner fallen unter seinen Streichen, dann springt er mit mächtigem Satz auf die Bordwand und von dort auf das nächste Schiff.
Auch auf den großen Schiffen sind die Besatzungen längst in Bedrängnis geraten; die Übermacht des Gegners ist einfach zu gewaltig. So gelingt es den Kriegern der Jarle, auch diese auszuräumen, bis nur noch des Königs Schiff, die ›Große Schlange‹, Widerstand leistet.
Der Wind hat das mächtige Schiff gegen das Ufer getrieben, es schwimmt jetzt genau unter dem Felsen, von dem aus Thorleif Zeuge der Schlacht ist. Das Kampfgetümmel da unten ist so nahe, daß er die Schreie der Krieger verstehen, das

Schwerterklingen hören kann. Thorleif sieht, wie Ingolf sich mit Vilgard und wenigen Männern zum Halbdeck durchschlägt, wo der König mit der Kraft eines Bären kämpft. Er sieht auch die Speere fliegen, so dicht, daß sich des Königs Männer kaum dagegen schützen können. Immer mehr Krieger fallen, immer mehr Angreifer entern die ›Große Schlange‹.

Jetzt steht Ingolf neben Olaf Tryggvason, und Thorleif sieht, wie er seinen goldbeschlagenen Schild hebt, um dem König Schutz zu bieten. In diesem Augenblick trifft ein Speer Olafs Schildarm, und der Königsschild fliegt über Bord. Ingolf zögert keinen Augenblick, dem König den eigenen Schild zuzuwerfen. Er selber ist auf diese Weise ohne Schutz, als Jarl Erik mit dem Schwert auf ihn eindringt.

»Jetzt räche ich Höskuld, der mein Freund war, bevor du ihn erschlugst«, ruft Erik und greift Ingolf hart an, trifft ihn an der Hüfte. Doch der junge Häuptling weiß sich zu wehren. Mit dem Schwert, das ihm Thorleif aus Toledo mitgebracht hat, pariert er die Hiebe des Drontheimers, mit seinen schnellen Ausfällen bringt er den Gegner ein paarmal arg in Bedrängnis. Der Zweikampf wogt hin und her. Da gelingt es Ingolf plötzlich, mit einem schnellen Hieb den Jarl am Hals zu verwunden. Blut spritzt ihm ins Gesicht. Das sieht Hemming von Fünen, der in Ingolfs Rücken kämpft. Als der Häuptling zum todbringenden Schlag gegen Erik ausholt, stößt Hemming zu, trifft den einstigen Freund und Waffenbruder neben dem Schulterblatt ins Herz.

Thorleifs Herz schlägt schneller, als er den Bruder da unten in tödlicher Bedrängnis sieht. Ein paar Schläge lang steht Ingolf wie erstarrt, versucht noch einmal den Schwertarm in die Höhe zu recken, bricht dann tot zusammen.

Der Jarl wendet sich jetzt gegen den König, bedrängt ihn mit seiner Übermacht. Da Ingolf an seiner Seite gefallen ist, auch

Vilgard von einem Speer tödlich getroffen wurde, Grimolf und die wenigen übrigen Getreuen von den Feinden ergriffen worden sind, ist Olaf Tryggvason plötzlich allein. Ingolfs Schild bietet gegen die Masse der Gegner nur wenig Schutz, sein Schwert wütet unter den Angreifern, die jetzt von allen Seiten kommen, auf ihn einhauen, nach ihm greifen. Die einst goldschimmernde Rüstung des Königs trieft von Blut, Schritt um Schritt muß er zurückweichen, steht plötzlich mit dem Rücken an der Bordwand, kämpft mit dem Mut und der Kraft der Verzweiflung seinen letzten, einsamen Kampf. Da ruft Jarl Erik seinen Männern zu, die Schwerter ruhen zu lassen, damit der Todfeind lebend in seine Hand falle. Gellendes, höhnisches Lachen ist Olafs Antwort. Und ehe sie seiner habhaft werden können, schwingt er sich auf die Bordwand, wirft den Schild über sich und springt in die Tiefe.

Thorleif sieht im Glanz der Nachmittagssonne Olafs Goldhelm blitzen, ehe er im Wasser versinkt, und auf den Wellen neben der ›Großen Schlange‹ schwimmt noch einige Augenblicke Ingolfs weißer Köngisschild, der eigentlich den Dänenkönig Harald Blauzahn schützen sollte und nun mit Olaf Tryggvason untergeht. Oben, an der Bordwand, tauchen ratlose Gesichter vieler Krieger auf, starren in grenzenloser Verwirrung in die Fluten. Die Schlacht ist zu Ende.

Thorleif Erikson steht einen Augenblick lang wie betäubt auf dem weißen Kreidefelsen, läßt seine Augen über die Bucht schweifen, in der aller Schlachtenlärm verhallt ist. Brennende Drachenboote treiben auf dem Wasser, Besatzungen siegreicher Schiffe suchen die Boote und das Wasser nach Beutestücken und nach Toten und Verwundeten ab, die auf den Wellen treiben. Mit Enterhaken bergen sie, was zu bergen ist.

Thorleif weiß jetzt plötzlich, was er zu tun hat. Er verläßt seinen Ausguck, läuft eilenden Schrittes hinunter zur Bucht, ruft schon von weitem den Knechten zu, den Knorr seeklar zu machen. Es dauert nicht lange, dann biegt das Handelsschiff um die Felsnase, auf der Thorleif vor kurzer Zeit noch gestanden hat, in die Bucht ein, den Schauplatz der großen Schlacht. Er hält direkt auf Olaf Tryggvasons Königsschiff zu.

Auf der ›Großen Schlange‹ haben sich die Sieger versammelt, und der Jarl gibt Anweisung, die Leichen der Feinde über Bord zu werfen und die feierliche Bestattung der eigenen Gefallenen vorzubreiten. Während sich die Schiffsleute ans Werk machen, empfängt Erik, der sich mit seinem Bruder Sven künftig die Krone Mittelnorwegens teilen wird, als Gewinner der Schlacht auf dem Halbdeck Sven Gabelbart, der sich rühmt, den ersten Stoß Olaf Tryggvasons aufgefangen zu haben. Auch Olav Schoßkönig, der Schwede, ist erschienen, obwohl sein Beitrag am Ausgang des Kampfes bescheiden ist. Die Könige beglückwünschen sich gegenseitig und geloben einander feierlich, ihre Beute, das Land Norwegen, so aufzuteilen, wie sie es vor langer Zeit besprochen haben.

Da tritt einer der Männer vor die Könige und meldet ihnen, ein Handelsmann habe mit seinem Knorr an Backbord festgemacht und wünsche sie zu sprechen.

»Ein Kaufmann?« wundert sich der Gabelbart. »Will er vielleicht Beutestücke aufkaufen? Er soll kommen, der Mann, wir wollen ihn anhören!«

Dann steht Thorleif vor den Königen, nennt seinen Namen, sagt, daß er auf der Fahrt nach Haithabu sei, wo sein Haus steht, und trägt sein Anliegen vor: »Ich möchte euch um die Gunst bitten, einen toten Krieger an Bord nehmen zu dürfen!«

»Nenne uns seinen Namen«, fordert ihn der Dänenkönig auf. »Wie willst du ihn finden unter den vielen Toten, die an

Bord der Schiffe liegen oder im Ostmeer schwimmen?«
»Es ist Ingolf Haraldson, und er liegt hier auf dem Halbdeck!«
»Du nennst den Namen des ersten Gefolgsmannes Olaf Tryggvasons?« wundert sich Erik Jarl. »Aus welchem Grunde willst du seine Leiche haben? Ich bin dafür, daß sie ins Wasser geworfen wird wie alle toten Krieger des Tryggvason!«
»Er ist mein Ziehbruder, und nach norwegischem Recht habe ich einen Anspruch darauf, ihn bestatten zu dürfen.«
»Das Recht mache ich dir streitig«, widersetzt sich Erik. »Er ist im Kampf gegen mich gefallen. Ich entscheide, wo der Tote bleibt.«
»Vielleicht ist der Kaufmann bereit, den Toten mit Silber aufzuwiegen«, schlägt Olav Schoßkönig vor, geldgierig wie immer.
»Darüber ließe sich reden«, nickt Thorleif stolz. »Nennt die Summe!«
Ehe einer der Könige etwas sagen kann, drängt sich Hemming von Fünen vor, Sven Gabelbarts Gefolgsmann. Er wendet sich an Thorleif.
»Nimm deinen Bruder und bestatte ihn am Platz deiner Wahl«, sagt er. »Ich, Hemming von Fünen, gestatte es dir, denn ich bin es, durch dessen Hand Ingolf, mein Freund und früherer Waffenbruder, gefallen ist!«
»Wieso rühmst du dich dieser Tat?« begehrt Erik Jarl auf. »Ich habe mit ihm gekämpft, ihn gleich zu Beginn verwundet und ihn schließlich nach hartem Kampf besiegt. Obwohl ich zugeben muß, daß er, der mir ohne Schild gegenüberstand, sich tapfer geschlagen hat!«
Da wendet sich Hemming abermals an Thorleif. »Gehe hin und nimm die Leiche deines Bruders. Wenn du sie aufhebst, dann tue es so, daß die Schwertwunde in seinem Rücken zu

sehen ist, die ich ihm zugefügt habe und derer ich mich schämen muß. Erik Jarl war durch Ingolfs Schwert in tödlicher Bedrängnis. Um ihn zu retten, habe ich Ingolf von hinten angegriffen und ihm die Wunde zugefügt, die ihr alle sehen könnt. An ihr ist er gestorben und nicht an den Wunden von der Hand Erik Jarls. Wäre sein Herz nicht von meinem Schwert durchbohrt worden, dann hätte Norwegen an diesem Tag zwei Könige verloren, Olaf Tryggvason und Erik Hakonson.«

Die Sonne steht schon tief über dem Meer, als Thorleif mit seinem Knorr die Bucht verläßt, über der noch immer der schwarze Qualm der brennenden Schiffe steht und beißend die Augen rötet. Es riecht nach verkohltem Fleisch.
Im Scherenraum hat der Schiffsführer für seinen toten Bruder ein Lager richten lassen, die Leiche mit einer Decke aus Schafswolle zugedeckt. Er steht am Ruder und steuert bei aufkommendem leichtem Wind das Schiff auf das offene Meer hinaus. Während er den schweren Ruderbaum bewegt, ziehen die Ereignisse dieses Tages noch einmal an ihm vorbei. Er sieht die Männer, mit denen er in der Siedlung am Fjord gelebt hat und aufgewachsen ist, ihren letzten Kampf kämpfen, ruft sich die Namen der Toten ins Gedächtnis zurück. Vilgard hat er fallen sehen, den selbstbewußten Schiffsführer, der zuerst Ingolfs Freund und Gönner, später sein Rivale gewesen war. Unter seinen Augen sind die Krieger gestorben, mit denen Ingolf und er als Jungen im Wettstreit um einen Platz im Drachenboot gekämpft haben: Henrik, Egbert, Bjarni und Ulf der Starke, der mit seinem Schwert unter den Feinden gewütet und viele niedergemacht hat, bevor er selbst todwund zu Boden sank. Und Thorleif sieht noch einmal den alten Björn kämpfen, Björnhilds Vater, wie er sich mit dem Mute der Verzweiflung auf die Feinde

stürzt, um den Freunden und vor allem Ingolf, dem Seekönig, den Rückzug zu ermöglichen.

»Tot sind sie, alle tot«, murmelt Thorleif. »Es wird in der Siedlung am Fjord an Männern mangeln, und auch auf vielen Höfen in Norwegen, Dänemark und Schweden werden die Frauen um die erschlagenen Krieger trauern.«

Thorleifs Gedanken wandern zurück zu jenem Tag vor dreizehn Jahren, als er mit Ingolf auf dem Wächterfelsen am Fjord stand und den heimkehrenden Drachenbooten entgegen bangte. Er sieht Ingolf blaß und ratlos hinaus auf den Fjord starren, weil die ›Seeschwalbe‹, seines Vaters Boot, ausblieb. Und ihm kommt Hiltruds trauererfülltes Gesicht in Erinnerung, als der Seekönig Erik auf sie zutrat und ihr berichtete, daß Harald, ihr Mann und Ingolfs Vater, verschollen sei.

»Und es wird viele Tränen am Fjord geben«, murmelt Thorleif. »Und es wird an mir liegen, den Frauen zu berichten, wie ihre Männer in diesem Kampf gestorben sind.«

Der Knorr hat das offene Meer erreicht, der Wind weht stärker. Thorleif gibt den Knechten Order, das Segel zu setzen. Die schäumende Bugwelle zeigt, daß das Schiff gute Fahrt macht. Die Gewässer zwischen Lolland und Fehmarn sind ihm vertraut, so daß er die Nacht durchfahren kann. Morgen abend, so rechnet er sich aus, wird er am Kai von Haithabu festmachen, Björnhild und die Kinder in die Arme schließen. Und tags darauf wird er gleich wieder das Segel setzen und hinauf zum Aurlandsfjord fahren, zu Gudrun und zu Thorstein, seinem Ältesten, und zu all den Familien, die nach dem Tod der Männer und Väter jetzt Beistand brauchen.

Thorleif drückt einem der Knechte den Ruderbaum in die Hand und geht zu Ingolf in den Scherenraum, läßt sich auf einem Ballen neben dem Toten nieder. Das Segel knarrt leise im Wind, das vollbeladene Schiff ächzt und knarrt auf den

Wellen. Gischt schäumt weiß. So fährt der erfolgreiche Handelsmann mit dem toten Krieger dem Hafen entgegen.

Wikinger, Eroberer und Könige im 11. Jahrhundert

Nach der Seeschlacht bei Svolder, in der König Olaf Tryggvason Krone, Land und Leben verlor, wird Norwegen dreigeteilt. Sven Gabelbart verleibt seinem Dänenreich den Süden des Landes, vor allem die Wiken am Skagerrak, ein. Nordnorwegen fällt an Schweden, und in Mittelnorwegen mit Drontheim als Hauptstadt herrschen fünfzehn Jahre lang, von 1000 bis 1015, die Jarl-Söhne Erik und Sven als Könige. Sie werden von Olav dem Heiligen abgelöst, der sie entmachtet und bis 1028 als König das Werk Olaf Tryggvasons fortsetzt und die Christianisierung des Landes auf friedliche Weise vollendet. Ihn stürzt 1028 der Dänenkönig Knut, Sven Gabelbarts Sohn. Als Olav 1030 den Thron zurückzuerobern versucht, unterliegt er Knut bei Stiklestad und fällt auf dem Schlachtfeld. Seine Grabkirche in Nidaros bei Drontheim wird zum Ausgangspunkt städtischen Lebens in Norwegen.

Sven Gabelbart richtet nach der Niederwerfung Olaf Tryggvasons seine Anstrengungen auf die Eroberung Englands. Dort läßt König Ethelred am 13. November 1002 als Rache für die ständigen Übergriffe der Wikinger alle in seinem Machtbereich lebenden Dänen umbringen. Unter den Getöteten ist auch Gunhild, eine Schwester Sven Gabelbarts, der in den folgenden Jahren eine Reihe von Vergeltungszügen gegen England unternimmt. Diese erreichen ihren Höhepunkt zehn Jahre später, als Sven wie schon 994 zusammen mit Olaf Tryggvason, mit einer großen Flotte auf der Themse erscheint und London bedroht. Die Stadt wird diesmal jedoch von dem normannischen Söldner Torkil so umsichtig

und verbissen verteidigt, daß es der Dänenkönig vorzieht weiterzusegeln.
Er erobert Wessex und zwingt Ethelred zu einer überhasteten Flucht nach Frankreich, wo er bei seinen Verwandten in der Normandie Zuflucht findet, die ursprünglich als Wikinger aus Norwegen gekommen und 911 seßhaft geworden waren. Nach Sven Gabelbarts Tod besiegt sein Sohn Knut bei Ashingdon Ethelreds Sohn Edmund und macht sich zum König von England. Zwei Jahre später, nach dem Tod seines Bruders Harald, erbt Knut das Dänenreich, gewinnt 1028 das früher von seinen Vorfahren beherrschte Mittelnorwegen zurück und zwingt 1031 auch Schottland zur Huldigung. Doch das Reich Knuts des Großen, in dem die Nordsee ein Binnenmeer ist, verfällt so schnell, wie es entstanden ist. Schon 1035 erobert Olavs Sohn Magnus, der den Beinamen »der Gute« führt, den norwegischen Thron zurück, und 1042 verlieren die Dänen auch wieder England.
In Schweden setzt sich das Christentum nur allmählich durch. Erst nachdem Olav »Schoßkönig« 1008 zur Taufe geht, dringt das Kreuz von Götaland langsam nach Norden vor.
In Rußland weitet sich unter Jaroslav dem Weisen (1019-1054) die byzantinische Kultur machtvoll aus.
In Deutschland herrscht im Jahre 1000 Otto III. in dem von seinem Großvater errichteten Reich. Die Dänen, die sich im Norden so mächtig ausdehnen, sind dem Kaiser tributpflichtig. In Frankreich sind die normannischen Herzöge mittlerweile mit zahlreichen Fürstenhäusern, vor allem in England, verschwägert. 1042 wird Ethelreds zweiter Sohn Eduard, der bei den Verwandten seiner Mutter Emma, einer Tochter des Normannenherzogs Richard I. aufgewachsen ist, König von England. In seinem Hofstaat überwiegt der normannische Einfluß den der sächsischen Edlen. Als er 1066 kinderlos

stirbt und in der von ihm erbauten Westminster Abbey beigesetzt wird, setzt der einflußreiche Earl Godwin von Kent durch, daß die Lords seinen Sohn Harold zum König wählen. Der illegitim geborene Herzog Wilhelm der Normandie erhebt sofort Anspruch auf den Thron, den er mit seinen verwandtschaftlichen Beziehungen zu seinem Vetter Edward begründet, der ihn schon 1052 zu seinem Nachfolger bestimmt habe. Harold, der von den Lords gewählte König, war als junger Mann von Wilhelm zum Ritter geschlagen worden, nach dem Verständnis der damaligen Zeit also ein Gefolgsmann des Herzogs. Um seinen Anspruch durchzusetzen, rüstet Wilhelm ein Heer aus, bewegt die normannische Ritterschaft, an einem Zug nach England teilzunehmen, läßt Drachenschiffe in großer Zahl bauen (Bildteppich von Bayeux) und bricht mit einer vielköpfigen Streitmacht nach England auf. Zuvor veranlaßt er noch König Harald den Harten von Norwegen, einen ehemaligen Waräger-Führer aus Byzanz, bei York an der Mündung des Humber zu landen. Harold wendet sich sofort gegen den Norweger und besiegt ihn. Wilhelm der Eroberer, wie er fortan genannt wird, geht mit seinem gewaltigen Heer am 28. September 1066 ungestört in *Sussex* an Land. Bei Hastings kommt es am 13. Oktober zur Schlacht zwischen den geschwächten sächsischen Truppen Harolds und der ausgeruhten normannischen Streitmacht Wilhelms. Die Normannen siegen, Harold verliert das Leben und Wilhelm gewinnt die Krone von England.

Schon im 9. Jahrhundert waren Wikinger auch in das Mittelmeer vorgestoßen. 844 suchte eine aus 54 Langschiffen bestehende Flotte die Küsten des Emirats Cordoba heim und überfiel die spanischen und portugiesischen Häfen. Fünfzehn Jahre später verheerte eine Wikingerflotte drei Jahre lang die Mittelmeerküsten und brandschatzte in Marokko und Südfrankreich. 1016 treten normannische Krieger, von Jerusalem kommend, in Süditalien auf, und damit beginnt der Wikingerzug gegen Byzanz und später gegen die Sarazenen, die um diese Zeit das südliche Mittelmeer beherrschen. Robert Guiscard, einer von zwölf Söhnen Tancreds von Hauteville, eines normannischen Landadeligen, erhält 1059 von Papst Nikolaus II. ganz Süditalien als Lehen, nachdem er von seinen älteren Stiefbrüdern die Grafschaft Apulien geerbet hatte. Robert und sein jüngerer Bruder und Nachfolger Roger erobern 1091 Sizilien von den Sarazenen, und Roger II. errichtet das »Königreich beider Sizilien«, das von 1130 bis 1194 besteht und nach dem Tod des letzten normannischen Königs Wilhelm III. an die Staufer fällt.

Zeittafel

793	Mit dem Überfall normannischer Piraten auf das Inselkloster Lindisfarne vor der englischen Ostküste beginnt die Wikingerzeit
800	Krönung Kaiser Karls des Großen in Rom
	Entstehung der nordischen Handelsplätze Skiringssal und Birka
807	Wikinger-Angriffe auf Irland
808	Dänische Wikinger verheeren Friesland
	Der dänische König Göttrik gründet nach Zerstörung des slawischen Handelsplatzes Rerik an der Schlei Haithabu und siedelt dort Kaufleute an; zur Sicherung seines Reiches gegen die Karolinger läßt er das Danewerk errichten
814-840	Kaiser Ludwig der Fromme
820	Überfälle der Wikinger auf Flandern und die Seinemündung
826	Der Corveyer Mönch Ansgar wird Apostel des Nordens
831	Ansgar Erzbischof in Hamburg
835	Wikinger an der Themsemündung
843	Teilung des Fränkischen Reiches
	Norwegische Wikinger plündern Nantes
845	Der Däne Ragnar Lodbrok erobert Paris
	Hamburg von Wikingern zerstört
859	Der Wikinger Rurik Großfürst von Kiew
859-862	Wikinger im Mittelmeer
862	Waräger in Nowgorod
872	Harald Schönhaar entmachtet die Kleinkönige und einigt Norwegen
881	Wikinger zerstören die Kaiserpfalz in Aachen,

	ziehen als das »Große Heer« durch das Land und überfallen Köln, Bonn, Mainz, Worms und Metz
911	Der Wikinger Rollo, Anführer eines Haufens, der nach dem Rückzug des »Großen Heeres« an der Kanalküste geblieben ist, wird als Robert I. Herzog der Normandie
912-950	Kaiser Konstantin regiert in Byzanz
933-945	Erik Blutaxt König in Norwegen
934	König Heinrich I. erobert Haithabu
950	Tod Gorms des Alten in Jelling
950-986	Harald Blauzahn König von Dänemark
955	Sieg Ottos des Großen über die Ungarn bei Augsburg
960	Harald Blauzahn läßt sich taufen und »macht die Dänen zu Christen«
960-970	Harald Graumantel König in Norwegen
962	Kaiserkrönung Ottos des Großen in Rom
969	Olaf Tryggvason geboren
970-995	Jarl Hakon der Mächtige in Drontheim
973-983	Kaiser Otto II.
978-1016	König Ethelred der Ratlose in England
980	Vereinigung der Fürstentümer Nowgorod und Kiew unter dem Wikingersproß Wladimir I.
982	Erik der Rote auf Island für friedlos erklärt
985/86	Erik der Rote entdeckt Grönland und legt dort Siedlungen an
986-1014	Sven Gabelbart König von Dänemark
987	Taufe Wladimirs in Kiew
991	Olaf Tryggvason besiegt bei Maldon eine englische Streitmacht
994	Sven Gabelbart und Olaf Tryggvason mit hundert Drachenschiffen vor London

995	Jarl Hakon †
995-1000	Olaf Tryggvason König in Norwegen
999	Bau des Königsschiffes ›Große Schlange‹
1000	Seeschlacht bei Svolder
	Olaf Tryggvason †
	Norwegen wird geteilt
um 1000	Sven Gabelbart errichtet Militärlager in Trelleborg, Fyrkat und Nonnebakken
1000	Leif Eriksson segelt nach Vinland
1000-1015	Erik Jarl und Sven Jarl Könige in Norwegen
1015-1030	Olav der Heilige König in Norwegen
	Christianisierung Norwegens und Entmachtung der Kleinkönige
1014-1016	Harald König in Dänemark
1016-1035	Knut der Große König von Dänemark
1016	Normannen unter Rainulf in Süditalien
1035-1066	Wilhelm I. Herzog der Normandie
1043	Erste Erwähnung Kopenhagens
1048	Gründung Oslos
1066	Wilhelm der Eroberer setzt nach England über, besiegt bei Hastings Harold und gewinnt die Krone Englands
	England und die Normandie bilden ein Königreich
	Zerstörung Haithabus durch die Wenden
1130	Roger II. aus dem normannischen Hause Hauteville wird in Palermo zum König beider Sizilien gekrönt

Worterklärungen

AGDENES Stadt am Stjörnfjord

ALETHA Alter Name für den Golf von Saint-Malo

ASGARD Befestigter Herrensitz der nordischen Götter

BACK Vorschiff

BERSEKER Bärenhäuter, aber auch blindwütige Krieger im Blutrausch (Bersekerwut)

BIRKA Händlerinsel im Mälarsee bei Stockholm

BLOTHAUS Opferstätte

BLUTRACHE Rache für die Ermordung eines Verwandten, aber auch dauerhafte Fehde zwischen Sippen und Stämmen

BLUTSBRUDERSCHAFT Freundschaftsbund zwischen Knaben oder Männern, die fortan wie leibliche Brüder angesehen wurden und sich auch gegenseitig wie Brüder zu rächen versprachen

BÖMLO Insel vor Stord an der norwegischen Westküste mit gleichnamigem Fjord

BRATTAHLID Freibauernhof Eriks des Roten auf Grönland

BRUCH Teil des männlichen Beinkleides

BUG Schiffsspitze

CHELMSFORD Stadt in Südengland (Essex)

DAMASZENERKLINGE Schwert aus spezial geschmiedetem Eisen

DANEGELD Sondersteuer, die vom englischen König erhoben wurde, um Mittel für Lösegeldzahlungen zu haben

DANEWERK Befestigungswall, den der Dänenkönig Göttrik in der ersten Hälfte des 9. Jahrhunderts zwischen Schlei und Eider zur Sicherung seiner Südgrenze gegen die Karolinger errichten ließ

DAU Arabisches Segelschiff

DIRHEM Arabische Silbermünze

DJURSLAND Halbinsel an der jütländischen Ostseeküste nördlich von Aarhus

DWARSLINIE Segelschiffe, die nebeneinander segeln

EDÖYFJORD Meerenge zwischen dem norwegischen Festland und der Insel Smöla

EIDAM Schwiegersohn

EIDER Fluß, der in die Nordsee mündet

ELLE Unterarmknochen, aber auch altes Längenmaß, etwa sechzig Zentimeter

ERBMAHL Festmahl, das der Erbe ausrichtet, und zu dem oft Hunderte von Gästen geladen wurden (auch: Erbbier)

ESSEX Grafschaft in Südostengland

ETHELRED Auch Aethelred, englischer König Ende des 10. Jahrhunderts

FINNMARK Landschaft im hohen Norden

FREIHEITSBIER Festbier, mit dem ein freigelassener Sklave die Gäste bewirtet

FREYJA Eigentlich: »Herrin«, Göttin der Liebe, Fruchtbarkeit

FREYR Gott des Lichtes und der Fruchtbarkeit

FRIEDLOSIGKEIT Verstoßung eines freien Mannes nach schwerem Verbrechen (Mord) durch Thingspruch aus der Gemeinschaft

FÜNEN Dänische Insel in der Ostsee

GEBOT Aufforderung, Einladung

GODE Nordischer Priester

GEYSIR Heiße, in Vulkangebieten vorkommende Springquelle

GRIPHOLA Eiland südlich der norwegischen Insel Smöla

HAIN Den Göttern geweihter heiliger Wald

HAITHABU Auch Heddeby, im 9. und 10. Jahrhundert bedeutender Handelsplatz

HALGALAND Landschaft im nördlichen Norwegen

HARDANGERJOKULEN Gletscherlandschaft östlich des Hardangerfjordes

HARTMOND Januar

HAUER Eckzähne eines Keilers

HECK Hinterer Teil des Schiffes

HELGÖ Händlerinsel in der Ostsee

HITRA Große Insel an der Küste vor Drontheim

HJALTLAND Shetlandinseln in der Nordsee

HJÖRUNDFJORD Fjord, in dem 986 Jarl Hakon die Jomswikinger besiegte

HOCHSITZ Hervorgehobener Sitz des Hausherrn mit kunstvoll geschnitzten Balken

HOLM Kleine Insel

HOLMGANG Zweikampf nach festen Regeln

HOLMGARD Alter Name für Nowgorod

HORNUNG Februar

HUFTEREN Insel an der norwegischen Westküste

JARL Ursprünglich angesehener Mann, später Statthalter des Königs

JELLING Alte Königsstadt in Jütland

JOMSWIKINGER Kriegerischer Stamm an der Ostsee-Südküste, der Sage nach beim heutigen Wollin

JOSTEDALSBREEN Gletschergebirge zwischen Sognefjord und Nordfjord

JÜTLAND Landschaft in Dänemark

JULFEST Mittwinterfest, auch der Fruchtbarkeit und den Ahnen gewidmet, wurde zwölf Tage lang gefeiert

JUMNE Niederlassung bei Wollin

KAUFFRIEDEN Überlieferung, die Händlern ihre Handlungsfreiheit auch in kriegerischen Zeiten sicherte

KENT Grafschaft in Südengland

KNORR Handelsschiff mit großem Laderaum

KRAPPAR Raum am Fuße des Mastes

KUGELSPIEL Vertrieb Männern vor allem im Winter die Zeit

LADOGA See und Stadt östlich von Leningrad

LAGMANN Vertrauensmann, der auf die Bewahrung der Gesetze achten und die Formeln einmal im Jahr öffentlich vortragen muß, damit sie nicht in Vergessenheit gerieten

LANGFORD Stadt in der Grafschaft Essex

LEDINGSPFLICHT Eine Art Wehrpflicht der freien Männer gegenüber dem König, der das Ledingsgebot erlassen konnte

LOKI Listenreicher Gott

LOLLAND Dänische Insel

LURE Blasinstrument

MALAGA Hafenstadt am Mittelmeer

MASTFISCH Holzfuß, in dem der Mast steckte

MET Getränk aus gegorenem Honig

MOEN Dänische Insel

MUTTERBRUDER Onkel mütterlicherseits

MYRDAL Paßhöhe zwischen Aurlandsfjord und Eidfjord

NIDELV Fluß, der in den Drontheimfjord mündet

NOOR Bucht der Schlei bei Haithabu

ODALBAUER Erbhofbauer

ODIN Gott der Ahnen und der Toten

ODINSMONAT März

ORKADEN Orkneyinseln in der Nordsee

PRAME Leichtes Ruderboot

RAHSTANGE Querbaum am Mast zur Befestigung des Segels

REKSTEREN Norwegische Insel vor der Westküste

SAGA Nordische Heldenerzählung

SALTEN Landschaft in Norwegen

SCHANZE Erhöhter Platz am Heck für den Schiffsführer und den Steuermann, aber auch für Krieger im Kampf

SCHERENRAUM Deck zwischen Mast und Vorschiff

SCHILDARM Der (linke) Arm, der den Schild hielt

SCHILDBURG Aus den Schilden der Schwertgenossen gebildeter Schutzraum für den Anführer

SCHILDTRÄGER Helfer eines Zweikämpfers beim Holmgang

SCHLEI Fjord bei Schleswig (Haithabu)

SCHNIGGE Leichtes Kriegsschiff

SCHUTE Kleines Ruder- und Segelboot

SCHWERTGENOSSE Mitkämpfer, der dem Krieger im Kampf beizustehen hatte; um einen Seekönig scharten sich zahlreiche Schwertgenossen als Leibgarde

SCHWERTTOD Zum Einzug in Walhall berechtigender und deshalb von den Kriegern angestrebter Tod im Kampf, »mit dem Schwert in der Hand«

SCHWESTERMANN Schwager

SCHWESTERSOHN Neffe

SEELAND Dänische Insel

SIPPE Großer Familienverband mit festen Gesetzen und viel Einfluß

SKAGERRAK Nordseearm zwischen Jütland und Norwegen

SKANEVIKFJORD Einschnitt an der norwegischen Westküste

SLEIPNIR Odins achtbeiniger Grauschimmel

SMÖLA Insel an der norwegischen Westküste

SPANTEN Hölzernes Gerippe eines Schiffes, an dem die Planken befestigt werden

STEVEN Ragende, oft drachenkopfverzierte Bug- und Heckspitze eines Kriegsschiffes zur Wikingerzeit

STORD Insel an der norwegischen Westküste

STROHTOD Von den Kriegern verachteter Tod auf dem Lager durch Krankheit oder Alter

SUSSEX Landschaft in England

SVOLDER Ostseeinsel

THING Versammlung der freien, waffenführenden Männer, in der alle wichtigen Entscheidungen getroffen wurden

THORHAMMER Waffe des blitzschleudernden Donnergottes, auch Symbol der altnordischen Religion

TODALSKJOLEN Bergmassiv südlich Drontheims

TRELLEBORG Kriegerlager mit Ringwall auf Seeland (Dänemark)

TREENE Nebenfluß der Eider

TRUSO Handelsplatz an der Weichselmündung

TUNO Insel vor der jütländischen Ostküste

TYR Gott des Krieges und der Thingversammlungen

TYSNESÖ Insel an der norwegischen Westküste

WALHALL Himmel nordischer Helden

WARÄGER Aus Norwegern und Schweden bestehende Leibwache des byzantischen Kaisers

WLADIMIR DER HEILIGE Großfürst und späterer König des Reiches von Kiew und Nowgorod, das von der Ostsee bis zum Schwarzen Meer reichte

VATERBRUDER Onkel väterlicherseits, der in der Sippe vor dem Mutterbruder rangierte

VIZCAYA Biscaya

ZIEHVATER Freier Wikinger, dem die Erziehung des Sohnes eines anderen Mannes anvertraut worden ist

Literaturverzeichnis

Almgren, Bertil:	»Die Wikinger«, Essen 1968
Grönbech, Wilhelm:	»Kultur und Religion der Germanen« I + II, Darmstadt 1961
Jankuhn, Herbert:	»Haithabu, ein Handelsplatz der Wikingerzeit«
Kupcik, Ivan:	»Alte Landkarten«, Hanau 1980
Norwich, John Julius:	»Die Wikinger am Mittelmeer«, Wiesbaden 1968
Norwich, John Julius:	»Die Normannen in Sizilien«, Wiesbaden 1973
Oxenstierna, Eric Graf:	»Die Wikinger«, Stuttgart 1966
Ploetz:	»Auszug aus der Geschichte«, Würzburg 1976
Pörtner, Rudolf:	»Die Wikinger-Saga«, Wien und Düsseldorf 1971
Sachse, Günter:	»Wikingerzeit«, Göttingen 1977
Sachse, Günter:	»Wikinger zwischen Hammer und Kreuz«, Göttingen 1979
Schietzel, Kurt:	»Berichte über Ausgrabungen in Haithabu«, Neumünster 1981
Strasser, Karl Theodor:	»Wikinger und Normannen«, Hamburg 1928
Strasser, Karl Theodor:	»Die Nordgermanen«, Hamburg 1933

Weinhold, Karl:	»Altgermanisches Leben«, Stuttgart 1944 (Bearbeitet und neu herausgegeben von Georg Siefert)
Wolzogen, Hans von:	»Die Edda«, Leipzig 1910
Vos-Dahmen von Buchholz, Tony:	»Adler fliegen allein«, Stuttgart 1979

Inhalt

Band I: *Der Sohn des Seekönigs*

Band II: *Drachen nach Drontheim*